KB062758

윤승한 장편소설

장희빈과
당쟁비사

윤승한 장편소설

장희빈과 당쟁비사

다차원북스

興盡悲來苦盡甘來

흥이 다하면 슬픔이 오고
쓴 것이 다하면 단 것이 온다

비극의 소용돌이에서 잊혀진 희생양

윤준경(시인, 윤승한 선생의 막내 딸)

1950년 아버님이 돌아가실 당시 나는 여섯 살이었다. 남들은 서너 살 적 일도 기억한다고 하는데, 나에게는 어쩐지 아버님에 대한 기억이 없다. 기껏해야 심줄이 파랗게 내비치는 하얗고 고운 손, 그러고는 내가 철없이 뛰놀던 연못둥치에 주검으로 돌아오실 때의 아픈 기억뿐.

아버님(尹昇漢, 1909~1950)은 주로 역사소설을 쓰셨다.
1940년대에 〈조선일보〉와 〈동아일보〉에 연재하셨고, 아버님의 저서들은 지금도 국립중앙도서관에 『장희빈(張禧嬪)』(1952년 일성당), 『대원군(大院君)』(1954년 삼중당), 『만향(晚香)』(1957년 보성서관), 『월광부(月光賦)』(1949년 삼중당), 『장희빈(張禧嬪)』(1955년 서울 학우사)과 국회도서관에 『김유신(金庾信)』 상 · 하권이 보존되어 있는 것으로 알고 있다.

내가 너무 무심했던 탓에 지금 아버님의 저서를 한 권도 가지고 있지 않지만, 내가 고등학교에 다닐 때만 해도 아버님의 작품들은 근처 책방에서 쉽게 찾아볼 수 있었다.

몇 해 전 내가 첫 시집을 냈을 때, 내 글을 좋게 평가해 주신 평론가 한 분이 「윤승한 문학의 재조명」 「전집 발간」 「윤승한 문학비 건립」 등 아버님의 명예회복에 앞장서겠다고 한 일이 있었다. 그러나 내가 너무 소극적인 자세를 보인 탓이었을까, 공론으로 끝나고 말았다.

요즘에 와서 '아버님이 차라리 월북이라도 하셨더라면…….' 하는 생각까지 해본다. 그랬다면 가족들은 처음엔 좀 고생스러웠겠지만 아버님의 이름은 복권되어 길이 우리 역사에 남았을 것이고, 또 지금쯤은 가족들도 커다란 자부심을 느낄 수 있지 않았을까?

내가 알기로 아버님은 그 비참한 죽음의 빛깔과는 달리 대단한 애국자셨다. 고향 마을 작은 분교에서 어린이들을 가르치면서 손수 역사책을 만들어 여러 학교로 보급하면서 우리 역사교육에 힘쓰셨다. 당시 경찰의 몸으로 아버님을 도와주었다는 분이 아직 고향 마을에 생존해 계시는데, 아버님의 그러한 업적이 흔적 없이 사라짐에 대해 몹시 안타까워한다는 말을 들었다.

더욱이 나의 할아버님 윤효정(尹孝定, 1858~1939)은 한말 정치가이며 독립운동가시다. 독립협회와 대한자강회 등을 주도하였고, 〈독립신문〉 창간에 축사를 쓰신 분이다.

첫딸, 즉 큰고모 윤정원(尹貞媛)에게는 일본 및 구미 5개국을 유학시키면서 관립 한성고등여학교 교수 및 황후강관(皇后講官, 왕실 교수)에 임관될 만큼 공부를 시키셨음에도 늦게 태어난 아버님을 비롯한 5형제에게는 '왜놈 글은 안 가르친다'고 학교를 안 보내시고 손수 집에서 학문을 가르치셨다. 그런 할아버님 밑에서 글과 행실을 배운 그분의 큰아들인 아버님(윤승한)이 섣불리 왜색 혹은 적색에 가담할 리 있었겠는가?

정확하지는 않지만 아버님 저서 중에 친일의 색채를 띤 작품이 있다고 들었다. 나는 그것을 크게 나무라고 싶지 않다. 다만 우리의 역사와 함께 아픈 상처로 치부할 뿐……. 당대의 역량 있는 작가로서 친일의 사주(使嗾)를 받았을 것은 뻔한 일이었겠고, 몇 번인가는 그 청을 물리쳤겠지만 결국은 가솔(家率)을 생각해 혹은 생명의 위협 때문에 'No'라고 할 수 없는 지경에 이르지 않았을까.

한국전쟁(6·25동란) 뒤 혼란기에도 김일성을 찬양하는 글을 쓰라는 사주를 수없이 받았을 것이고, 월북 권유를 받았다고도 들었다. 그러나 지금에 와서 그 진위를 밝힐 수는 없는 일이지만 아버님은 마침내 미치광이 행세를 했다는 것이다. 추측컨대 북으로 가지 않으려는 트릭이 아니었던가 싶다.

국군이 들어오고 마을이 온통 흥분의 도가니였을 때, 대대로 벼슬을 지낸 가문에서 글을 쓰던 아버님의 모습은 마을 사람들에게 눈엣가시였을 것이고 증오의 대상이었을 것이다.

경기도 양주군 은현면 용암리 고향 마을, 나와 아주 친한 친구가 아랫마을에 살았다. 외딴 집에 살던 나는 그 친구 집에 가서 놀곤 했는데, 그 집 사랑채에는 툇마루가 있었고 그 툇마루 앞에는 야트막한 주춧돌 위에 네모난 굵은 나무기둥 셋이 추녀를 받치고 있었다. 바로 그 기둥에 아버님과 큰

오라버니가 밧줄에 묶인 채 마을 사람, 특히 그 친구의 아버지로부터 뭇매를 당했다는 것이다. 현실을 직시한 숙부님은 당신이 몸을 숨기며 아버님께도 잠시 피신을 권유했지만 어머님은 '무슨 죄가 있어서 피하느냐'고 아버님을 만류했다는 것이다.

결국 아버님과 큰오라버니는 다시 어디론가 끌려가셨고 얼마 뒤 오빠는 목숨을 부지하여 돌아왔지만, 아버님은 형체를 알아볼 수 없는 많은 시체 가운데서 주머니 속에 들어 있던 인장으로 윤승한임이 확인되어 선산에 묻힐 수 있었던 것이다.

그 친한 친구는 지금 내 사촌 올케가 되었다.

방학이면 서울에서 사촌 오빠가 놀러 왔고 나는 그 사촌 오빠와 함께 내 친구의 집으로 놀러가곤 했는데, 그러면서 맺어진 인연이었다.

어머님이나 가족들 누구도 나에게 그 친구네 집과의 관계를 말해준 적이 없었지만, 사촌 오빠와의 결혼 이야기가 무르익을 무렵 무언가 석연치 않은 집안 분위기를 읽을 수 있었다. 그리고 세월이 많이 지난 지금에야 비로소 뼈저린 과거가 있었음을 깨닫게 되었다.

민족적 비극의 소용돌이에서 친일 혹은 적색의 누명을 쓰고 40의 젊은 나이로 참혹한 죽음을 맞으신 나의 아버지…….

월북작가는 물론 사상을 달리했던 많은 작가들까지도 명예를 회복한 작금에 와서 나의 아버님만 유독 일찍 생애를 마감함으로써 영원히 그 이름이 문학사에서 소멸됨에 자녀된 도리로 늘 죄스러움을 금할 수 없던 차에, 2002년 열매출판사 황인원 사장으로부터의 전화는 참으로 반가운 일이었다. 아버님의 저서 『장희빈』을 현대문으로 수정하여 출간하겠다는 제의였다.

이름이 잊혀진 지 오래인 아버지. 그분의 저서를 다시 다차원북스에서 재출간하게 되다니 감개무량할 뿐이다. 다시한 번 황인원 님께 감사하며 큰 발전이 있기를 기원한다.

이 소설은 윤승한이 지은 『장희빈(張禧嬪)』의 원문을 최대한 존중하여 옮기되, 그 과정에서 현대에서는 이해하기 어려운 난삽한 단어와 문장을 약간 수정하였음을 밝힙니다. ― 편집자 주

차례

제1장

서곡

序曲

가을이다.

　파란 하늘은 드높고 햇살은 아직도 따사롭지만, 이따금 부는 바람은 쓸쓸한 여운을 남기고 스친다.

　노랗게 물든 느티나무 잎이 날아들어 임금의 술잔을 덮었다. 젊은 임금은 그 이파리를 물끄러미 굽어보다가 옆에 있는 늙은 신하들을 바라보았다. 그러고는 시선을 곧 정자 밖으로 돌렸다.

　임금은 마음이 어지러웠다.

　그렇다, 이젠 모두가 시드는 때다…….

　잔을 내려놓은 임금은 우울한 빛을 거두지 못했다. 이때 옆에 있던 궁녀가 앞으로 공손히 나와 나뭇잎이 덮인 술잔을 물리려 했다.

　"이건 그대로 두고, 너희들은 잠깐 물러 있거라."

　이 모습을 보고 있던 신하들도 왕의 심경을 짐작했다. 그러나 감히 무슨 말씀을 아뢸 수는 없었다. 그중 늙은 재상 한 사람이 머리를 조아렸다.

"데운 술이 식어가니 한 잔만 드시오소서."

"나는 벌써 취기가 도니 경들이나 취하도록 드시오그려."

왕은 신하들에게 술을 권했다.

영의정 허적(許積, 1610~1680)이 아뢰었다.

"전하께서는 왜 떨어지는 나뭇잎 한 개로 마음을 어지럽 히시나이까?"

"무슨 까닭인지 술잔에 떨어지는 낙엽을 보니 마음이 갑 자기 애잔해지오그려."

우의정 김수항(金壽恒, 1629~1689)이 다시 아뢰었다.

"황공하온 말씀이오나 신들은 벌써 어심(御心)의 소재를 우러러뵈었습니다. 그러하오나 이제는 전하의 병환도 그만 큼 회춘되옵시고 동궁(東宮, 왕세자)께서도 차차 회복되시와, 오늘날은 이같이 경사스럽게 중구시회(重九詩會)까지 열게 돼 군신이 모여 즐기는 자리가 아니옵나이까? 어심을 상하 지 마시고 유쾌하시옵게 남은 술잔을 받아 주옵소서."

"경들이 짐을 위로하는 말씀은 매우 고맙소만, 이 몸은 생 각건대 아무래도 살날이 얼마 남지 않은 것만 같소. 마치 내 술잔 위에 떨어져 있는 이 조락(凋落)의 나뭇잎과도 같은 것 만 같소. 그리고 시든 나뭇잎과 같이 머지않아 왕실과 사직 도 이 환취정(環翠亭) 주변처럼 점점 황량해질 것만 같아서 마음이 갑자기 슬퍼지오."

　임금은 우울한 표정을 감추지 못했다.

　"황공하옵니다. 이 무슨 말씀이시옵니까!"

　허적이 고개를 조아렸다.

　"아니오, 꼭 그렇소! 우리 왕실은 아마도 이제부터 조락의 운명을 밟게 되나보오. 그러하기에 짐의 나이 삼십 남짓한 젊은 몸으로 이같이 항상 병석에 눕게 되고, 동궁까지 아파서 늘 저러니 종실(宗室)이 이와 같이 위태로워서야 어떻게 국기(國基)가 튼튼하고 사직이 편안하겠소! 돌이켜 생각하건대 삼백 년 종사가 짐의 몸에 이르러서 이다지도 쇠약해지니 너무나 두려울 뿐이오. 짐이 약관의 나이로 이 자리에 오를 때 마음은 무엇보다도 선대왕[孝宗, 조선 제17대 임금, 1619~1659, 재위 : 1649~1659]의 유지를 받들어 이 나라의 만고 치욕을 씻는 대업을 기어이 성취해서, 선대왕께서 일평생 철천지 유한으로 품고 계시던 북벌(北伐)을 반드시 실현해 보려고 생각했었소. 그러나 이 세상일이라는 것은 무엇 때문인지 마음과 같이 되지 않는구려. 그 뒤로부터 지금까지 벌써 십사 년이라는 긴 세월이 지나갔건만, 짐은 아무런 사업도 성취하지 못하고 몸은 벌써 이 지경에 이르렀으니 다음날 무슨 낯으로 선대왕의 혼령을 뵈오며, 열성조(列聖朝, 여러 代의 임금의 시대)의 뒤를 따른단 말씀이오. 이 어찌 부끄럽고 황공한 일이 아니겠소!"

임금은 무겁게 탄식했다. 김수항이 말했다.

"황공무지하옵니다. 이 일은 무엇보다도 조정의 중신 자리에 있는 소신들이 불민한 탓인 줄로 아뢰옵나이다. 하오나 전하께오서 아직 춘추가 부(富)하시고 어체가 점점 회춘되시오니 다음날에 설마 이 갸륵하오신 숙지(宿志)를 이루실 기회가 없으시오리까! 바라옵건대 행여 마음을 부질없이 상하시와 옥체를 해롭히지 마시옵고 다음날 크나큰 사업을 이룩하실 몸을 극진히 보호하시옵소서."

이날은 현종(顯宗, 조선 제18대 임금, 1641~1674, 재위 : 1659~1674) 재위 14년(1673) 되는 해 9월이었다.

33세의 젊은 왕은 몸이 항상 쇠약하여 병석에 누워 있을 때가 많았고, 더욱이 이해 접어들면서부터 병세가 더욱 무거워 몇 차례 위급한 지경에까지 이르게 되었다.

그러던 차에 초가을 날씨가 서늘해지자 왕은 점점 회복되어 9월에 이르러서는 제법 뜰까지 자유로이 산책도 하게 되었다.

오랫동안 우울하게 보낸 터라 마음이라도 유쾌하게 바꿔볼 겸 9월 9일 중양절(重陽節)을 맞이해서 창덕궁 후원(비원)의 환취정에서 중양시회(重陽詩會)를 열었다. 조정의 신하들은 어환(御患)의 회복을 봉축하는 한편, 왕의 기분을 즐겁게 하기 위하여 이날 아침에는 오랜만에 명정전에서 조회를 열어 축하하였다.

낮이 훨씬 기운 뒤 왕은 환취정에 올라 간단한 안주로 두어 순배 술을 든 뒤 신하들을 먼저 보내고 가장 신임하는 영의정 허적과 우의정 김수항을 그대로 머무르게 했다.

왕은 두 대신을 호젓이 대하게 되자, 전에 없이 감격스런 표정을 지으며 손수 술을 따라 두 대신에게 내린 뒤 글 한 수를 지었다. 지은 글을 읊은 뒤 다시 한 순배가 돌 때였다.

허적이 따라 올린 술잔을 들려고 하던 참에 가을바람이 그 잔에 나뭇잎 한 개를 얹어 놓았다. 왕은 누렇게 시든 나뭇잎을 보자 몹시 구슬픈 표정을 지으며 자신의 처지를 속으로 한탄했다.

왕은 인자하고 덕망이 높았으나 성격이 여린 편이었다. 마음만 그럴 뿐 아니라 신체까지 유약했다. 따라서 재위 14년 동안 건강한 날이 드물었고, 따라서 이 기품을 그대로 받은 세자까지 태어날 때부터 허약하고 잔병이 많아 얼른 생각하기에는 임금이 그 대(代)에서 끊어질 듯 보였다.

이러는 한편 왕족 중 인평대군의 집안에는 무쇠같이 튼튼한 아들들이 득실거렸다. 따라서 세상의 뜬소문으로는 왕가가 이렇게 쇠약해지니 종실에서 이 기회를 엿본다는 말까지 떠돌게 되었다. 어쨌든 왕실의 이러한 형편을 막을 수는 없는 실정이었다.

현종 임금도 이 형편을 모르는 바 아니었다. 그러나 자신은 30 초반의 나이로도 여생이 얼마 남지 않은 듯이 생각되어 그 후계자만큼은 튼튼하게 세워두고 떠나겠다는 생각이 항상 마음 한 귀퉁이를 차지하고 있었다. 그러던 차에 오늘 이 시회를 빌미로 가장 신임하는 두 정승에게 왕자를 부탁하는 고명(顧命), 즉 임금이 뒷일을 유언으로 요청하는 말을 남기게 되었다.

왕은 두 정승에게 옥체를 자중하십사, 하는 말을 듣고도 아무런 대답이 없다가 얼마 후에야 두 얼굴을 돌아보았다.

"묵재 상공, 그리고 문곡 상공! 짐이 지금이라도 죽는다면 궁중과 조정은 어떻게 될 것 같소?"

묵재(默齋)는 허적의 호이고, 문곡(文谷)은 김수항의 호이다.

"이 무슨 상서롭지 못한 말씀이옵나이까?"

두 정승은 얼굴빛이 변해 물었다.

왕은 쓴웃음을 지으며 다시 말했다.

"글세 말이오, 설사 짐이 없어져 버린다면 말이오, 그때에는 다음 일을 그 누구가 하게 될 것이오?"

"만세후라 할지라도 그때에는 변변치 못하오나 소신들이 동궁을 받들어 뫼시어서 다음 왕위에 오르시게 하옵고, 선왕의 대에 못 이루신 뜻을 이어서 행할 줄로 생각하옵나이다!"

"경들이 그 일을 틀림없이 이루어 놓게 되겠소?"

"무슨 분부이시옵니까. 하늘이 두 쪽이 난들, 신들의 몸이 부서진들 다시 다른 일이 있사오리까! 동궁이 뚜렷이 계시지 않습니까!"

김수항이 힘있게 아뢰었다.

"그러나 동궁의 몸은 저다지 유약한 데다 잔병이 많고, 종실의 분위기는 점점 세차가니 아무래도 선대왕의 혈통은 짐의 대에서 끊어질 것 같소."

"무슨 분부이시오니까. 신들이 아무리 불민하온들 선대왕의 혈통을 끊어놓으오리까? 신들의 마음을 통촉하시옵소서."

왕은 두 신하를 물끄러미 바라보다가 감개무량한 빛을 지었다.

"고맙소, 참으로 고마운 말씀이오! 그러면 짐이 늘 병치레를 하고 있지마는 사는 날까지는 경들을 믿고 마음을 놓겠소!"

그해 가을 겨울도 지나가고, 이듬해 봄이 돌아왔다.

현종이 항상 근심하던 일 중, 한 가지는 마음을 놓게 되었다. 즉, 자신의 병약한 몸이 나날이 스러져가므로 어머니 앞에서 불효를 끼치지 않을까 염려하던 차에 왕대비 인선장비(仁宣張妃, 仁宣王后, 조선 제17대 왕 효종의 정비正妃, 1618~1674)가 1월 24일에 승하했던 것이었다.

그러나 왕대비의 인산(因山, 장례)이 끝나고 효복(孝服, 상복)을 입은 채 다시 병석에 눕더니 나아지기는커녕 날이 갈수록 병세는 더 깊어져만 갔다.

이해 갑인년(1674)에는 동궁의 병도 더 깊어지게 되어 병상에 누워 있는 왕의 근심도 더 커졌다. 이때에 동궁의 나이는 열넷이었는데, 얼굴이 준수하고 기골도 좋을 뿐 아니라 성품이 온화하고 재질이 총명했다. 어느 모로 보든지 믿음직한 인물이 될 만한 싹이 보였다.

그러나 오직 근심되는 것은 신체가 병약한 것과, 또 설사지금 일을 당하게 된다면 아무리 성숙하다 하더라도 그 나이로 왕위에 오르기에는 너무도 어린 처지였다. 더욱이 종실에는 허다한 후보자가 있어서 이 자리를 엿보고 쑤군거리는 시기이기도 했다.

왕은 병중에도 자신의 병세가 험악해져간다는 것보다 동궁의 일이 여간 염려되지 않았다. 그것은 자신의 아들이 왕위를 다른 종실에게 빼앗길까 보아서만이 아니고, 만일 다른 종실에서 누가 왕실로 들어오면 그나마 국정은 더욱 문란해지고 민심이 한층 동요되어서 나라의 형세가 더욱 기울어지고 위태로워지기 때문이었다.

왕은 때때로 정신이 활기로울 때마다 반드시 동궁의 병세를 물어, 좀 괜찮다 싶으면 으레 부축해서 데려오라 하였다.

아버지는 동궁을 앞에 앉히고 자신의 사후 일을 근심하며 미리 알려주기에 바빴다. 나라는 어떻게 다스리고, 신하는 어떻게 거느리고, 백성은 어떻게 사랑해야 하고, 종묘사직은 어떻게 받들고……. 이런 일들을 아직 지각이 확실히 들지 못한 동궁에게 차근차근 일러주었다.

그중에도 특히 강조하는 말은 이러했다.

"아비가 죽더라도 아비처럼 의지하고 믿을 만한 재상이 있다. 영의정 허적과 우의정 김수항이다. 그중에도 허정승은 여러 대를 내리 섬기던 늙은 재상으로 역대 고전을 꿰뚫어 아는 사람이요, 또 한 사람은 나이는 지금 사십 남짓하지만 사리에 밝고 덕행이 있는 모범인물이니라. 이다음에 어려운 일을 당하게 될 때는 두 재상에게 부탁하고 믿어서 지내라……."

이렇게 이르시고 조정의 이목을 피해 두 재상을 불러들여서 동궁에게 그들의 얼굴을 일러주었다. 동궁에게는 두 재상에게 사부(師父)의 예로써 배우라 하고는 절하여 뵙게 하고, 두 재상에게는 간곡한 말로 유언을 거듭 부탁하였다. 두 재상도 너무나 황공하고 감격하였다.

이런 일이 있은 지 한 달 뒤인 추석이었다.

왕의 병세는 바람 앞의 등불처럼 아주 위독해졌다. 장안의 공기는 시시각각으로 험해졌다. 백성들은 여러 날을 두고 성대하게 준비해 놓은 음식을 조상에게 올리지도 못하고 초조하게 있을 때, 궁중에서는 왕이 벌써 붕어(崩御)했다는 소문까지 들렸다. 따라서 재상이나 선비의 집은 물론이요, 서인(庶人)이나 천민의 집에서도 추석 차례를 지내지 못했다.

그러나 저녁부터 호흡이 살아난 왕은 병세가 차차 나아졌다. 얼마간 마음을 놓으면서 며칠을 지내던 중 다시 위급해졌다. 하룻밤을 그대로 새고 이튿날 아침에는 다시 정신이 돌아왔다.

옆에 있는 궁인들에게 할마마마를 뵈옵게 해달라고 분부했다. 할머니인 대왕대비는 인조 임금의 계비인 장렬 조대비(莊烈趙大妃, 莊烈王后, 조선 제16대 왕 인조의 계비繼妃, 1624~1688)였다.

병상 앞에 나타난 대왕대비는 근심스러운 얼굴로 손왕(孫王)의 이마를 짚었다. 젊은 왕은 대왕대비의 손목을 잡고 할마마마, 부르며 더운 눈물을 흘렸다. 대왕대비도 옷고름으로 눈물을 씻으며 임금을 위로했다.

"왜 그러오. 병중에는 마음을 상하면 몸에 해롭소. 무슨 말을 하려 하오?"

"할마마마. 글쎄, 이 몸의 이 불효불충을 어떻게 하오리까?"

왕은 또 울음을 터뜨리며 눈물을 흘렸다.

"모두가 운명인 것을 어떻게 하겠소! 그러나 아침 이후로 병세는 차차 감해지니 아무쪼록 마음을 상하지 마오."

"그렇지만 회생할 가망이 없습니다. 만일 이대로 세상을 떠난다면 할마마마 앞에서 더욱이 효복을 입은 몸으로 죽게 되고, 그보다도 이 자리에 앉은 지 십오 년에 아무것도 해놓은 일이 없사옵니다. 더욱이 선대왕의 유언을 받고도 여태껏 벼르면서도 분한 국치도 씻지 못한 채 그대로 사라져 버리게 되오니 너무나 원통하옵니다!"

대왕대비는 손왕의 손과 이마를 어루만지면서 간곡하게 위로했다.

"설마 그 지경이야 되겠소. 아무쪼록 마음을 편히 가지고 병이 낳기를 힘쓰오. 이것이 무엇보다 소중한 일이오!"

"할마마마!"

현종 임금은 수척한 얼굴로 울면서 대왕대비의 손을 부여잡고 얼굴을 우러르며 불러보았다. 할머니는 어머니 못지않게 차마 잊을 수 없는 거룩한 존재였다.

할머니는 현종의 할아버지인 인조 임금의 계비로서, 이번 봄(1674년)에 타계한 어머니 인선왕후보다도 여섯 살이나 젊었는데, 현종을 어릴 때부터 지극히 사랑해 주었다. 따라서 어머니보다도 더 따르고 지냈던 분이다. 일찍이 부왕이 붕어할 때에도 효종은 현종을 계모가 되는 장렬 조대비에게 부탁하고, 후에 현종이 20세의 약관으로 왕위에 오른 뒤에도 내정을 보좌하여 오늘에 이르렀던 터이다. 따라서 지금은 어머니도 타계한 입장에 장렬 조대비를 오직 할머니와 어머니로 믿고 의지하는 터이니 그 사모하는 정이 더욱 간절하였다.

"할마마마. 불효손이 죽은 뒤의 일은 크고 작고 무슨 일이든지 오직 할마마마만 믿습니다. 그러나…… 동궁이라는 것이 너무 약질이어서……."

할머니는 이 말을 듣고 더욱 오열하였다. 옆에 앉은 왕비인 명성왕후(明聖王后, 조선 제18대 왕 현종의 비, 1642~1683)도 울음을 삼켰다. 왕비는 왕보다 한 살 아래인 32세였다.

왕은 동궁의 병세를 물은 뒤 곧 앞에 데려오라고 했다.

현종은 동궁의 머리를 쓰다듬다가 갑자기 숨결이 높아지면서 눈을 감고 정신을 잃었다. 병실은 졸지에 당황하여 어의(御醫)가 들어왔다.

한동안 어쩔 줄 모르고 당황하는 중에 땅거미가 질 무렵 창덕궁 궐문 밖에서는 기어이 곡성이 일어났다. 왕은 다시는 못 올 길을 떠나갔던 것이다…….

왕은 약관의 나이로 왕위에 오른 뒤 16년 동안 늘 병석에 누워 있다시피 했다. 그러다가 이제 한창 나라 일을 할 만한 장년의 나이로 이 세상을 떠났다. 이 얼마나 애처로운 일이며 큰 변고이랴!

그러나 그렇다고 해서 다음 일을 던져 둘 수는 없었다.

국상(國喪)을 반포하고 초상을 치르는 한편 다음 군왕의 즉위식이 거행되었다. 이미 현종의 유언을 받들던 허정승과 김 정승이 만조백관을 통솔해서 보좌했다.

이번 임금은 현종의 하나밖에 없는 아들로서 조선 제19대 왕인 숙종(肅宗, 1661~1720, 재위 : 1674~1720)이다.

숙종은 어린 나이로 보위에 올랐는데, 영특한 자질과 호방한 행동거지로 생각처럼 마냥 그렇게 어리지만은 않았다.

그러나 항상 근심되는 일은, 새 임금의 나이가 너무 어리고 어딘지 모르게 미흡한 듯 보이게 되자 평소에 임금의 자리를 엿보던 무리들이 다시 꿈틀거리는 기미가 보인 것이다. 더욱 이번 임금은 숙명적으로 재앙의 근원을 가지고 태어난 사람인 듯, 세상의 물정이 엎치락뒤치락하는 통에 아버지가 붕어하는 시간까지 아들에게 늘 부탁하던 말, 즉 아버지 대신 의지하고 믿으라던 허적과 김수항 두 재상을 자신의 손으로 죽일 밖에 없게 되었던 것이다.

세상의 일이란 또 얼마나 많은 번뇌와 갈등으로 번복되는 것인가!

그 번복되는 물결을 타고 불안하기 짝이 없는 세상바다를 건넌 숙종은 재위 46년을 포함한 60 평생이 너무나 파란곡절이 많았다.

숙종은 이 험한 바다를 건너기 위해서 튼튼한 배에 오르게 되었다. 이 배란 것은 조선조 제19대 용상의 자리였으며, 배를 운행하는 여러 사공을 거느린 도사공(都沙工)은 허적과 김수항이었다.

두 사람은 아무쪼록 험한 바다를 무사히 건너려고 애를 썼지만 원체 파도가 험했고, 또 사공들 사이에는 싸움이 잦아 시비를 가리는 당파를 이루어 맹렬하게 싸우기 시작했다.

이리하여 이기는 편이 삿대질을 하다가 얼마 뒤 다른 편이 지게 되면 그 편에게 삿대를 빼앗기게 된다. 어느 편이나 모두 왕에게 충성을 다해 이 바다를 잘 건너드리겠다는 뜻이지만 방법은 각각 달랐다.

풍랑이 몹시 일어나면 배는 뒤집히려 했다. 이때, 어떻게 해야 배가 뒤집히지 않는지 잘 연구하고 협력해야 하는데, 늘 다투기만 하니 왕이 탄 배는 풍랑 앞에서 결국 뒤집힐 수밖에 없을 것이다. 이어서 진 편에서 다시 일어나 싸움질을 해 삿대를 뺏어 들고 자기 의견대로 배를 저었다.

그러나 원체 바다는 험하고 풍랑은 심하니 어느 편에서 노를 저어도 위태롭기는 매한가지였다. 그중에도 더욱 임금에게 불안을 느끼게 하는 것은 사공들의 지칠 줄 모르는 맹렬한 싸움이었다.

이때에 사공들 중에서 은근히 임금에게 고하는 자가 있었다.

"저 도사공 두 놈이 겉으로는 상감마마를 잘 모시는 척해도 속으로는 이 배를 뒤집어 상감마마를 해치려고 계획하는 자이오니, 놈들을 죽이셔야 이 배가 뒤집히지 않습니다."

이 말을 들은 왕은 미처 딴생각을 할 겨를도 없이 위기일발의 처지에서 배를 구하고자 자신이 차고 있던 칼로 도사공 두 사람의 목을 단칼에 잘라 버렸다. 그리하여 은근히 고해 올렸던 그자들을 다시 도사공으로 삼았으나 배는 여전히 불안했다. 아니, 더한층 위태로웠다. 사공들의 싸움은 더욱

요란했고, 왕의 신변도 한층 더 불안하게 되었다.

　왕은 이때에야 도사공 죽인 일을 후회했으나 이미 죽은 사람을 살려낼 수는 없는 노릇이었다. 후회한 끝에 이번에는 다른 놈의 흉계를 알아내고 또 그놈의 목을 베어 보았다. 그러나 역시 배는 불안하기만 했다. 배 안은 결국 수라장이 되고, 점점 왕의 신변까지 위태롭게 되었다.

　왕은 파란 속에서 일생을 지내고, 또 이 세상을 떠날 때까지 회한을 품은 채 숨을 거두었다…….

달 뜨는 밤

1. 인연의 뿌리

옥순은 아가씨의 등뒤에 서서 아가씨가 수놓는 모양을 들여다보았다.

"아가씨 수 솜씨는 참말 얌전하세요. 쇤네는 언제나 저만치 배울는지요!"

"그러기에 부지런히 배워야 하느니라. 이 병풍 일곱 개 쪽이 대나무 그림이다. 대나무는 퍽 수월한 것이니 그것은 네가 맡아서 해보려무나."

"아가씨도 망령이야. 쇤네가 그 소중한 것을 어떻게 해요?"

"이렇다고 못하고, 저렇다고 못하고…… 언제 배워 가지고 시집가련?"

옥순은 어느 결에 아가씨 앞에 와 앉으면서 이런 말을 했다.

"호호. 아가씨는 시집가려고 부지런히 수 공부를 하시는군요. 참, 저어 시집 말씀이 나왔으니 말이지, 아까 나갔다가 장동 한원부원 군저 손님이 온 것을 보았어요."

이 말을 듣던 아가씨는 바짝 정신이 나는 듯 손을 멈추고 따져 물으며 생긋 웃었다.

"옥순아. 너 실없는 말은 아예 말고 꼭 바른대로 대답해 주려무나. 그래, 신랑집이 어디라고 말씀하든?"

"왜, 좀 궁금하시지요?"

"아따, 고것! 달래도 마찬가지고 나무라도 마찬가지로구나. 실토로 말할 때에는 실상을 대답해야지, 아무 때나 이러기냐? 그래, 뉘 댁이라든?"

"바로 한원부원군 저로 들어가시나 봐요."

"부원군 대감의 누구 되는 이래?"

"부원군 대감마마께 조카 되시는 도련님이라나요."

"무어, 조카?"

"아니, 그렇게도 좋으세요? 호호호."

아가씨는 깜짝 놀라면서 어쩔 줄을 몰라 한다.

"그러면 대비마마의 친족으로 친정 사촌 되시는 이 아니냐. 내가 어떻게 그런 댁으로 시집갈 주제가 되느냐 말이다!"

"난 또 무슨 큰일이나 된다고! 왜 아가씨께서는 누구만 못하셔요? 상감마마 할아버님을 모신 처지신데 무엇이 부족하세요?"

그 아가씨라는 주인댁 따님은 인조대왕의 왕자의 한 사람인 숭선군(崇善君)의 셋째 딸이 되는 부귀한 궁가(宮家)의 귀한 딸이요, 옥순이라는 이 계집아이는 숭선군 저(邸)의 침모

(針母)로 들어와 있는 심성녀(沈姓女, 심씨 성을 가진 여자)가 아비 없이 남의 집에 부쳐 길러 오던 가여운 딸이다.

그러나 주인마님은 후덕하여 명분만이 다를 뿐이지 친딸 같이 옥순을 길러내서 동갑 되는 주인댁 딸과 어려서부터 자라나기를 벌써 10여 년, 이제는 모두 과년한 처녀가 된 나이로 친동기 같이 자라던 터였다.

그들은 이제 열여덟이라는 한창 좋은 나이로 몸이 자랄 대로 자라고 얼굴이 필 대로 피어났다.

그런 중에도 아가씨 유정 소저(小姐, 처녀)는 얼굴이 오종 종하고 몸맵시가 없으며 그리 탐스러워 보이지 않았지만, 옥순은 얼굴이 화려하게 생긴 데다 몸맵시가 예뻐 마치 활 짝 핀 모란꽃 같이 탐스러워 보였다.

그들을 꽃에 비한다면 유정 소저는 그야말로 아담한 매화 요, 옥순은 만개한 모란꽃이었다.

이야기는 그때부터 열다섯 해를 거슬러 올라가게 된다.

숭선군 부인 신씨(申氏)가 아직 새댁 시절일 때다.

친정에 문안을 가게 되었는데, 그때 친정어머니는 모본단 저고리를 내어 입었다. 신부인은 가까이 가서 그 저고리를 유심히 들여다보았다.

"왜 저고리를 유심히 보니?"

"저고리가 좋아 보여서요."

"모본단인데 무얼 그러니? 네게도 모본단 저고리가 몇 개 있을걸?"

"모본단이라서가 아니라 바느질이 참 잘되었어요. 이 바느질이 누구의 솜씨예요?"

"이 바느질이 잘되었어?"

"네, 참 얌전한데요. 누가 지었어요?"

"새로 들어온 침모의 솜씨란다."

신부인은 뒤채로 가서 침모를 찾아보았다. 침모는 그때에 생소(生素, 천을 짠 뒤 삶은 비단으로, 얇고 성겨 여름 옷감으로 씀) 깨끼겹저고리를 하는데, 바느질하는 솜씨가 마치 귀신의 재주같이 보였다. 머리카락보다 더 가느다란 생소의 실오리를 올올이 떠 공글러 박는 바느질이었지만, 그 손은 마치 꽃 위에 나비 놀듯 팔랑거려서 순식간에 한 뼘, 두 뼘씩을 박아나갔다.

신부인은 그 바느질 솜씨에 경탄하지 않을 수 없었다.

"어머니!"

"왜 그러니?"

"나, 그 깨끼저고리보다⋯⋯."

신부인은 20세가 훨씬 넘었어도 어머니에게 응석을 버젓이 한다.

"저, 그 침모는 저를 주세요."

"무어, 침모를 달라고? 그건 안 된다!"

"어머니도! 어머니는 또 그런 사람을 얻어 두시면 그만 아니에요!"

"네가 아직 아무 철도 없는 것이 어떻게 네 또래 되는 사람, 더구나 마음을 못잡고 애를 쓰는 그런 사람을 거느리겠느냐? 그러니까 안 된다. 나이 지긋한 사람을 구해서 보내주마."

"아니, 마음을 잡지 못하다니요?"

"그 침모가 원래 침모질 할 사람이 아니란다. 원래 아랫대 사람으로 역관(譯官, 통역을 맡아보는 관리)하는 사람 첩의 딸로 태어났다가 역시 역관질하는 사람의 아들에게 시집갔는데, 팔자가 기구해서 소년과부가 되었단다. 의지할 곳이 없는 것을 우리 집에 드나드는 어떤 어미가 그 정경이 너무 가여워서 나에게 말하기에 내가 그저 친딸같이 데리고 지내기로 하고 불러온 것이란다. 한 겨울을 지내보니 사람도 얌전하고, 바느질도 잘하고, 남의 침모질 하기는 아까운 사람이더라. 그러나 그 마음을 잡지 못해서 바느질을 하다가도 가끔 화기가 치밀면 누워서 앓고, 앓으면 사흘 닷새 누워 있으면서 무던히 애를 쓰는구나. 그럴 때마다 내가 손수 그 방으로 가서 머리도 짚어주고, 위로도 해주고, 조금이라도 남의 집이라고 불안해 말고 마음을 놓고 몸조섭이나 하라고 이르고 식사와 약 시중을 잘해서 일으키고 하는데, 가만히 보니까 사람이 마음이란 게 다른 데 있겠느냐. 봄에 꽃이 피고 잎이 피고, 이렇게 되니까 그때는 마음을 더욱 잡지 못하고

자주 화병이 나서 드러눕더구나. 역시 제 팔자지만 여간 가
엾고 불쌍하지 않더라."

"참 가엾은 사람이로군요. 그래, 지금 몇 살이래?"

"나이가 아깝지! 지금 네 동갑이란다."

"그러면 스물셋?"

"그렇지. 그러고 또 네 딸만 한 딸까지 있단다. 딸아이도
똑똑해 뵈더라."

"원, 저런! 그러니까 시집가서 재미있게 살다가 그만 꽃밭
에다가 불을 지른 셈이군요. 아이 아이, 아까워라!"

신부인은 그 침모란 계집의 정경이 너무도 아깝고 가여워
보였다.

신부인은 어머니에게 반허락을 받고 나서 그날부터 침모
라는 심씨 여자와 가깝게 사귀기 시작했다.

신부인이 자기 사람으로 만들기 위해서 갖은 방법을 다해
가면서 사귀었던 터라 불과 며칠 만에 사이가 자별해졌다.
더욱이 그들은 나이가 동갑이요, 그 딸들이 역시 동갑으로
올해 세 살이었다. 다만 처지가 다르고 신분이 다를 뿐이다.
그 때문에 심성녀의 마음을 더욱 상하게 하는 것은 '같은 동
갑에 남은 저런데, 나는 왜 이다지도 팔자가 기박한가' 해서
한숨지을 때가 있었다.

심성녀는 이 댁 따님 신부인의 모든 것이 부러웠다. 신분

도 부럽고, 무엇보다도 남편과 재미있게 사는 것이 더욱 부러웠다.

어느 때에는 심성녀가 신부인을 보고 이렇게 말했다.

"쇤네는 이 세상에서 마님같이 복도 좋으신 어른은 없을 듯이 무척 부러워 보여요."

"무엇이 그렇게 복조가 좋으냐?"

"부모님이 있으시겠다, 남편 되시는 어른과 재미있게 사시겠다, 부귀를 누리시겠다, 몸이 튼튼하시겠다……. 이년은 갖추갖추 복이 없는 중에 몸까지 남과 같이 튼튼하지를 못해서 일 년 동안 앓고 눕는 날이 더 많으니 남의집살이도 못하고 쫓겨나겠어요."

"왜, 쫓겨날까 봐서 겁이 나나? 쫓겨나게 되거든 우리 집으로 오지……."

"쫓겨날 때까지 기다릴 것도 없이 쇤네는 오늘이라도 마님을 따라 궁으로 모시고 가서 마님께서 재미있게 살림하시는 것을 보고 싶은데요."

며칠 뒤에 신부인은 시댁인 숭선궁으로 돌아오고, 그때 심성녀도 교자를 태워서 자기가 탄 사인교 뒤에 따라오게 했다. 그때에도 어머니는 심성녀의 일을 신부인에게 열 번 당부하고, '부디 친동기같이 잘 거느려 지내라'고 일렀다.

이리하여 신부인은 이번 친정길에 의외로 새사람 하나를 얻어 가지고 돌아오게 되고, 이 일이 여간 흡족하게 생각되지 않았다.

세상이 어떻게 변하든지 한결같이 한곳으로 옮겨가는 것은 세월이다.

심성녀가 신부인의 사랑을 받아가며 숭선군 궁에 그 몸을 의지한 지도 한 해, 두 해, 다섯 해, 십 년 이렇게 지나가서 어느덧 그 사랑하는 딸의 나이도 이팔청춘이 지나갔다. 동갑이 되는 주인댁 딸 유정 소저는 벌써부터 이곳저곳에서 통혼이 들어오는데 옥순만은 이렇다 할 만한 혼처가 나서지 않았다. 동갑에 원이 나더라고, 유정 아가씨는 신랑 재목을 마음대로 골라잡게 될 만큼 혼처가 나서건만, 딸은 유정 소저의 처소에서 심부름을 하는 몸종 비슷한 신세가 되었다.

생각하면 가엾고 안타까운 일이다. 그러나 다행히 유정 소저도 옥순을 지극히 사랑하고 한동기같이 사랑해 주었다. 대대로 이 댁의 은혜를 입는 일을 생각하면 머리털을 베어 신을 삼아 바쳐도 오히려 다 갚을 수 없는 일이다. 다행히 옥순이도 후덕하고 덕이 깊은 주인마님 덕택으로 좋은 자리를 골라서 시집을 보냈으면 하는 것이 이즈음 심성녀의 소원이었다.

세월은 번쩍번쩍 달아나 어느덧 유정 소저가 열여덟 살을 맞이하는 봄철이 돌아왔다. 여러 해를 두고 수십 처에서 통혼하는 자리를 모두 거절하던 그 혼담도 우연히 한원부원군

저의 하인이 몇 차례 드나들더니 드디어 정혼이 되었던 것이다.

옥순이 그렇게 부러워하며 굉장히 장만하는 혼수 준비도 끝나고, 사월의 훈풍이 부는 어느 날 유정 소저는 드디어 한원부원 군 저의 조씨 신랑을 맞게 되었다.

이날 옥순은 굉장한 궁가 잔치며 범절까지도 부러웠지만, 그러나 그보다도 혼례청에 들어선 풍채 좋은 조씨 신랑이 더욱 부러웠다.

사람의 마음은 조금씩만 다르지 대개는 같은 것이다. 이 때문에 과년한 처녀로서 동무가 시집가는 것을 보면 부럽고, 혼수를 잘해 가지고 가는 것이 부럽고, 훌륭한 신랑에게 시집가는 것을 보고 부러운 것은 사람마다의 상정일 것이다. 과년한 처녀가 남의 집 남자를 흠모한다면 이것은 아름답지 못하지만, 그러나 옥순이가 유정 소저의 남편 될 새 서방님을 보고 무던히 부러워하는 것은 역시 상정이므로 그다지 잘못은 아니다.

그러나 부러워하는 일도 정도 문제일 것이다. 어느 정도로 부러웠으면 문제되지 않는다. 그러나 옥순이 조씨 신랑을 부러워하는 이것이야말로 정상(正常)의 상정을 초월한 야릇한 심정으로 변하게 되는 것이다.

대청 옆문 뒤에 숨어 서서 잠깐 바라본 조씨 집의 신랑은 그 풍채며 체격, 얼굴 모양이며 모두가 옥순의 눈을 황홀하게 했고, 옥순의 얼굴을 까닭 없이 화끈 덥게 만들었다. 드디어 옥순의 마음에 떠날 수 없는 존재가 되었던 것이다.

조씨 신랑이 초례청에서 물러간 뒤 옥순은 자기의 처소로 와서 넋을 잃고 허다한 공상의 세계에 사로잡혀 버렸다. 옥순은 쓸데없는 공상의 세계에서 며칠을 지내고 조씨 신랑은 본가로 돌아갔다. 신행은 가을에나 하게 되리라는 것이었다.

안동서 장동은 화살이 닿을 만한 거리밖에 안 되는 가까운 거리였다. 이따금 조씨 신랑이 처가댁을 찾아왔다. 올 때마다 시중은 옥순더러 하라는 주인 마님이 밉기는 했으나 그렇다고 노상 싫지만은 않았다.

"쇤네는 부끄러워요. 다른 사람을 시키세요."

이 말 한마디만 했으면 그 노릇은 쉽게 면할 수가 있지만, 그것이 노상 싫지 않기 때문에 옥순은 이따금 시키는 대로 조씨 신랑 앞에 나섰다.

그런데 일이 점점 공교로이 되느라고 사태는 이상스럽게 변해갔다.

숭선군의 궁에 침모 심씨 같은 이가 들어오고, 그 딸과 숭선군의 딸이 의좋게 자라나서 숭선군의 딸이 시집을 갔고, 그 신랑이 동무의 남편이라 해서 은근히 부러웠고, 그 뒤에 또 새로운 사태가 전개되려 하고……. 이런 일은 한갓 지극히 작은 일로 아녀자의 치정(癡情)으로 지나가고 말 것이다.

그러나 이 사건 하나가 빌미가 되어 드디어 한 나라의 조정을 뒤집어 놓고, 그 영향이 수백 년을 내려오며 온 세상을 소요케 하고, 허다한 인명이 참혹하게 죽게 될 줄이야 그 누가 알았으랴! 이처럼 끔찍한 참극을 일으킨 재앙의 근원이 옥순의 뱃속으로부터 나올 줄이야 그 누가 꿈속인들 알았으랴!

그해 여름도 어느덧 지나가고 가을로 접어들 때였다.

유정 소저였던 새아씨는 증세는 그리 대단치 않지만 병을 얻어 나중에는 아주 병석에 눕게 되었다.

이 사실을 새아씨의 시댁으로 알렸더니 그 이튿날 장동 새서방이라는 남편 되는 이가 내려왔다. 새아씨의 방으로 들어가서 하루종일 위로해 주고 저녁때에야 방을 나갔다.

그 뒤로는 하루걸러 이틀 걸러 다녀갔는데, 한번은 새서방이 저녁때에 내려와서 새아씨의 방으로 들어가자마자 언제부터 별렀던지 갑자기 소나기가 쏟아지기 시작해 차차 빗발이 가늘어지면서 이내 그치지를 않고 지속해서 내렸다.

새서방은 몇 번이나 본댁으로 돌아가려다가 못 가고 드디어 그 처가의 사랑에서 자게 되었다. 새서방의 이름은 '조사석(趙師錫, 1632~1693)'이라 했다.

사석은 밤늦도록 아내의 병실에서 이런저런 이야기를 하다가 잘 때가 되어서 사랑으로 나가려 하는데, 새아씨는 옥순을 불러 세우고 말했다.

"얘, 어렵지만 어쩌느냐? 내가 해야 할 일인데 이 모양으로 누워 있으니 네가 내 대신 사랑에 나가서 새서방님 금침 범절을 보살펴 드리고 오려무나."

"네."

옥순은 부끄러워서 차마 버젓이 나서지 못하고 장지 뒤에 가려 섰다가 조용히 대답하고 물러나갔다. 옥순은 새서방 사랑으로 조용히 나가서 금침을 펴놓고 새아씨 방 창문 밖에서 여쭈었다.

"자리를 보아놓았습니다."

"오냐, 고맙다."

조금 뒤에 새서방은 침소로 나가고 그 뒤에야 옥순이 밖에 있다가 새아씨의 방으로 들어왔다.

"아씨, 쇤네는 왜 그런지 새서방님을 바로 뵈올 수가 없게 부끄럽고 얼굴이 화끈거려요."

"못생긴 것! 무에 그렇담. 지금은 한집안 식구나 다름없으신 어른인데……."

"그렇지만 그렇게 수줍음이 드는 것을, 뭐."

옥순은 응석부리듯 이렇게 말했다.

"얘. 참, 너에게 어려운 부탁을 할 게 있다."

"무슨 부탁이세요?"

"내가 정신이 나가서 깜박 잊어버리고 드리지를 못했구

나. 이 벽장 속에 엊그제 들어온 복숭아가 그대로 있으니 몇 개만 꺼내 쟁반에 담아서 새서방님께 내다드려라. 심심하신데 잡수어 보시라고."

"아이, 아씨두! 이 밤에 서방님 혼자 계신 데를 왜 쇤네더러 나가라고 하세요? 다른 사람을 시키셔도 좋을걸."

"원, 요런 맹추 보아! 이 깊은 밤에 누구를 깨운단 말이냐! 그러니까 너를 시키는 게 아니냐."

"그렇지만 내가 어떻게 나가요?"

"별소리 다하네. 왜, 새서방님이 너를 깨물기라도 하시니? 뭐가 무서우냐. 벽장에서 등을 꺼내 불 켜고 복숭아 담아 가지고 어서 갖다 드려라."

옥순은 마음에 미덥지는 못했지만, 아씨의 명령이 이 같은 데야 안 할 수도 없었다. 시키는 대로 차려 사랑으로 나가서 조용히 문을 열고 들어갔다.

이때 조사석은 여러 날을 우울하게 지내던 아내의 병 증세를 확실히 알고 나왔는지라 마음에 매우 흡족했다.

아내는 분명히 알 수도 없는 증세로 여러 날 누워 있으니 남편은 공연히 화가 나지 않을 수 없었다. 그래서 아내를 보고 거북하게 물어보았다.

"그 무슨 병이기에 이렇다 할 증세도 없이 여러 날을 두고 누워 있단 말이오. 그전에도 더러 이런 일이 있었소?"

아내가 듣기에는 남편이 마치 처녀 때부터 병으로 골골하는 여자한테 장가들었나 하고 의심하는 모양이라 드디어 숨기고 말하지 못하던 자기의 증세를 고하게 되었다.

조사석은 지금 아내가 말하던 것을 조용히 뇌까려 생각해 본다.

"여보서요. 부끄러워서 이때까지 말씀하지 못했어요. 그리고 또 이런 말씀을 남에게는 아예 말아 주세요."

이런 전제(前提)를 늘어놓으면서 얼굴이 발그레해서 부끄럼을 짓고 말했다.

"내 병은 그리 대단치는 않은 병이니 너무 염려는 마세요."

"그래, 무슨 병이란 말이오?"

"글쎄, 몸이 으슬으슬 춥고 구미가 없어서 먹지 못하겠고, 골치가 아프고, 졸음이 퍼붓고…… 아마 무슨 일이 있나보다고 어머니도 의심을 내서요."

"원, 당신도 딱도 하시오! 그렇다면 진작 나에게 알려야지, 태기가 분명한 모양인데 덮어놓고 무슨 병인지 알지도 못하고 약을 쓰면 어쩌자는 말이오?"

"아이, 떠들지 마세요! 그리고 이 일은 꼭 혼자만 알고 계세요. 아이, 남부끄러워라!"

비는 여전히 소리쳐 내렸다. 이런 생각으로 혼자 방에 있을 때에 인적이 들리고 방문이 배시시 열렸다.

이부자리 위에 그대로 비스듬히 누웠다가 얼른 몸을 일으켜서 바로 앉고 보니 아내의 몸종(그렇다. 그는 옥순을 일컬어 아내의 몸종이라 생각했다)인 계집아이가 무엇을 들고 왔던 것이다.

수줍어라, 복숭아 담긴 쟁반을 문갑 위에 조용히 올려놓고 조심스럽게 물러났다.

바로 이때.

옥순은 가뜩이나 무안에 취해 어쩔 줄을 모르는데, 새서방은 머리를 들고 옥순을 유난스럽게 쏘아보는 것이었다.

옥순은 과년한 처녀로서의 수줍음이 드는 데다가 새서방의 날카로운 시선을 받게 되자 금방 얼굴이 화끈거렸다.

"허, 이거…… 밤늦게 심부름을 시켜서 미안하구나."

이런 말을 하며 윗몸을 일으켰다.

"물어볼 말이 있으니 잠깐 게 앉거라."

그녀는 행세를 어떻게 해야 하는지 몸둘 바를 몰랐다. 그러나 하는 수 없이 멀찌막이 물러서서 머리를 숙였다.

"그래, 너이 아씨께서 언제부터 병환이 시작되었는지 너는 알겠구나?"

"……."

옥순은 얼른 대답을 못하는데, 머리는 더욱 수그러졌다. 얼굴도 더욱 화끈거렸다.

"어째 말을 못하느냐?"

"쇤네는 자세히 모르겠어요."

모기소리 같은 조그만 목소리로 간신히 대답했다.

"전에도 그런 증세로 앓으신 적이 있었느냐?"

"그런 일은 없었어요."

"그래! 그러면 네가 이 댁에 들어온 지는 몇 해나 되었더냐?"

"쉰네가 서너 살 적에 들어왔는데 벌써 열다섯 해나 되었답니다."

새서방은 손가락을 꼽아서 무엇을 세어 보더니 빙그레 웃었다.

"그러면 금년에 열여덟 살? 시집갈 나이로구만. 아씨와 한동갑인데, 아씨는 벌써 시집갔는데 너는 시집을 못 가서 걱정이겠구나. 내, 중매나 들어줄까? 하하하."

옥순은 곁눈으로 새서방을 돌아보면서 수줍어 생긋 웃었다. 그리고 곧 걸음을 옮겨서 머리를 숙여 새서방에게 밤 인사를 여쭈고 조용히 그 방을 나왔다. 옥순은 아씨의 처소로 가서 이런저런 말도 입밖에 내지 않고, 다만 갖다 드리니 손수 껍질을 벗겨서 잡수시더라고만 말하고, 수줍어서 죽을 뻔했다며 그 방에서 아씨를 모시고 자게 되었다.

이튿날도 비는 줄기차게 내렸다. 늦장마가 시작된 모양이다. 잠깐 동안도 개지 않았다. 조사석은 하인을 시켜서 본댁으로 전갈만 보내고 답을 기다렸다. 다행히 본댁에서도 구태여 우중에 올라오지 말고 묵어 있으면서 병든 사람이나 위로해 주고 있으라는 아버지의 분부가 왔다.

그는 은근히 그 말씀이 고마워서 비 오는 하루를 처가에서 보내고 그대로 또 하룻밤을 묵게 되었다.

밥을 뜬 뒤에 아내의 방에서 나와 자기 침소로 정한 방에 들어서니 어젯밤에 나왔던 그 계집아이는 이제 막 자리를 펴는 중이었다. 사석이 방으로 들어서자 얼른 한옆으로 비켜서서 수줍음을 짓고 있다.

"허, 날마다 네가 수고하는구나."

사석은 이렇게 말을 걸었다.

"수고랄 게 있습니까. 모처럼 오셨는데 아씨께서 병환 중에 계셔서 쇤네가 뵈옵기에도 도리어 딱할 뿐입니다."

"너도 그런 말을 할 줄 아니? 제법이로구나. 아씨가 그래서 나도 심심한 참인데 대신 내 말벗이나 해주려느냐?"

"호호. 쇤네 같은 게 어떻게 서방님께 말벗을 해드릴 주제나 됩니까?"

방그레 웃으면서 돌아보고 이렇게 말했다.

사석이 생각해 보았다. 어제는 처음부터 대답도 잘 안 하더니 오늘 밤에는 첫 번부터 할 줄 알고, 제법 사귄 편인 듯 근심스런 마음이 위로될 수 있었다.

"그러면 말벗은 못하겠다면 내가 이곳에서 혼자 거처하니 위로나마 해줄 수 있겠지!"

사석은 아까 안에서 장모가 술상을 차려서 대접한 술이 아직도 덜 깬 듯 이렇게 말하면서 옥순을 바라보고 웃었다. 더욱 마음이 설레고 얼굴이 화끈거렸다.

조사석이 옥순을 본 적는 벌써 오래전이지만, 바로 옆에서 자세히 눈여겨보기는 어제오늘부터였다.

사석도 옥순의 얼굴과 아름다운 태도를 마음속으로 매우 칭찬했다. 뿐만 아니라 궁가의 집 딸이라는 자기 아내보다도 훨씬 나은 편이라는 것도 알게 되었다.

알맞게 자라난 키와 맵시 있게 옷이 입혀진 몸매며, 하얀 살갗이며, 옥같이 희면서도 탄력 있어 보이는 그 피부빛이며, 달덩이 같이 어여쁜 얼굴에 빛어 온 두 눈이며, 옥을 깎아 만든 듯한 두 귀며, 어여쁘게 다문 입이며, 불그스름 피어난 두 뺨이며, 제비의 턱과도 같이 받쳐진 턱이며……. 사석은 일찍이 그 어느 여자에게서도 한 번도 본 적이 없던 이 아름다움이 자기 앞에 가까이 온 이 기회를 놓치고 싶지 않았다.

사석은 웃음의 말, 아니 실없는 말로 옥순을 웃게 하였으나 그녀는 수줍어만 했지 이것을 피하려고도 않았다. 뿐만 아니라 호방한 손길이 그에게 미칠 때에도 이 어인 일이랴! 그녀는 아무런 거부도 않는 것이었다.

이날 밤의 극히 짧은 시간은 옥순과 조사석의 사이를 평생 두고 친밀하게 만들어 놓고, 또한 그 일을 빌미잡아서 온 세상이 흔들리게 된다.

옥순은 아씨에게 의심을 받을까봐 부리나케 아씨에게로 들어왔다.

사랑방에 나간 시간은 잠깐이지만, 이 짧은 시간에 옥순은 일생을 두고 잊지 못할 한 사람에 대한 크나큰 일을 저질렀던 것이다. 아씨에게는 대강대강 시중을 들고 제 처소에 와서 이불 속에 몸을 넣고 조용히 생각하니 그 황홀한 한바탕 꿈속에서 이제까지 가지고 있던 그 보배를 잃어버린 것을 깨달았다. 그러나 다른 사람은 자기가 아직까지 그 보배를 가지고만 있는 줄 알 것이요, 벌써 잃어버린 것을 알지 못할 것이다. 따라서 아까울 것도 없다고 여기기까지 했다. 그만큼 그 황홀한 한바탕 꿈이 마음에 기뻤다.

그러나 옥순의 이 황홀한 꿈이 드디어 조사석과 극히 가까워지게 되고, 따라서 이 인연을 빌미 삼아 오래지 않은 미래에 이 세상 바다에 크나큰 파문을 일으켜 놓을 줄이야 그 누구인들 알았으랴!

아씨의 병은 번연히 아는 병이었으나, 증세는 나쁘게 변해서 그 뒤에는 위급한 지경에까지 이르러 여러 달을 끌어갔다. 아씨의 병으로 인해 조씨 신랑은 자주 숭선군 궁 뒤에서 자게 되었다.

이런 기회를 타서 한 번 맺어진 옥순과 조씨 신랑 사이의 비밀한 인연은 여러 차례 되풀이되고, 그러는 동안에 그들은 서로 잊으려야 잊을 수 없는 사이가 되기에 이르고 말았다.

그러나 지극히 비밀스러운 이 일, 그리고 차마 남이 알면 큰일 날 이 사건은 드디어 끝끝내 지켜질 수 없게 되었다. 옛말에 숨기는 일처럼 잘 드러나는 것도 없다고 한 것과 같이 비밀한 사연은 마침내 두 사람 외의 사람에게 드러나고야 말았다.

이 일을 그 누구보다도 먼저 눈치챈 사람은 옥순의 모친 심성녀였다.

어느 날 밤의 일이었다. 옥순 모친은 마님의 분부를 받았다.

"흉허물없는 터이니 자네가 드리고 오게."

이렇게 이르며 내어주는 약식 그릇을 들고 조용조용 조씨 신랑이 있는 사랑으로 갔다.

이때에는 새아씨의 병이 깊었기 때문에 그 딸을 자기 방으로 데려다가 간호하고, 옥순은 초저녁에나 시중을 들다가 밤이면 제 처소에 가서 자고 있겠거니 생각하고 있어서 사랑하는 딸이 이곳에 와 있다는 것은 마음에도 두지 않은 일이었다.

그러나 옥순 모친이 사랑방으로 가까이 갔을 때에 도란도란 작은 소리로 이야기하는 것을 듣게 되었는데, 자세히 귀를 기울이니 이 어인 일이랴, 그것은 남도 아닌 바로 딸의 음성이었다!

옥순 모친은 스스로 자기 귀를 의심했다. 그러나 아무리 살펴들어도 그것은 틀림없는 딸이었다.

심성녀는 곧 가슴이 두근거리고 눈이 크게 떠졌다. 다시
발을 멈추고 자세히 들으니 그들의 대화는 분명히 벌써 서
로 넘지 못할 어느 한계를 이미 넘은 것이었다. 분노하고 날
뛰며 당장 방 안으로 들어가 한바탕 야단을 치고 싶었지만,
주인댁 체면을 보아서나 내 자식의 입장을 생각해서 차마
그럴 수도 없었다.

그는 할 수 없이 약식 그릇을 들고 도로 들어왔다.

"벌써 주무십니다."

그 일이 의심나서 그대로 한달음에 자기 방으로 갔으나 딸
은 제자리에 없었다.

그는 머릿골이 아찔했다. 방바닥에 탁 쓰러져서 온갖 뒤
숭숭한 생각을 간신히 진정하고 조용히 다음 일을 생각해
보았다. 그러나 아무리 생각한다 해도 엎지른 물을 주워담
을 수는 없었다.

머리가 어지러울 정도로 고민하고 있을 때, 조용히 문소
리가 나고 딸이 들어오는 기척이 들렸다. 그는 죽은 듯이 누
워서 자는 척하고 있으려니 딸은 어두운 속에서 살그머니
제자리를 찾아 드는 것이다.

심성녀는 벌떡 일어나서 촛불을 켜 놓고 누운 딸을 벌컥
일으켰다.

심장이 펄펄 뛰는 것을 억지로 진정하고 차근차근 자초지
종의 경위를 물어보았다. 알고 보니 자기는 한낱 등신이었

다. 벌써 한 달 전부터라는 그 일을 바보같이 모르고 있었으니 딸을 나무랄 용기조차 나지 않았다.

더욱이 그는 자기에게 둘도 없는 사랑하는 혈속이다. 죽인다 해도 소용없고, 때린다 해도 소용없고, 죽이려야 그럴 수도 없는 남의 집 뒤채 방 한 칸이었다. 설사 얼굴이라도 쥐어박아 봐야 그것으로 앞일이 피해 가는 것도 아니었다.

그는 한갓 자기의 처지가 이렇게 된 때문이라는 데로 모든 잘못을 돌리고 다음으로 자기가 느끼고 있는 이야기를 그 딸에게 고백하였다.

"과거의 잘못은 더 말할 것도 없다. 그러나 날짐승 길짐승도 은혜 갚을 줄을 안다는데, 네가 네 신세를 망친 것은 그렇다손 쳐도, 왜 너는 우리 모녀가 태산같이 은혜를 지고 있는 이 주인댁 따님의 신세까지 망쳐 놓으려느냐? 그 새서방님이라는 이가 이렇게 외도를 하다가 난봉길로 들어서서 아씨를 돌아보지 않으면 남의 집 귀한 딸의 한평생 신세를 망치는 게 아니냐! 그러니까 여러 말 할 것 없이 우리 모녀는 이 댁에서 가뭇없이 없어져야 한다."

이런 말을 하는데 눈물이 비 오듯이 흐른다. 그도 그럴 것이 의리를 알고 은혜를 아는 그로서는 과연 주인댁에 미안하지 않을 수 없었다. 은혜로는 갚지 못하나마 원수로써 갚게 되는 터이니 너무나 안타까운 일이라 생각했던 때문이었다.

아침이었다.

옥순 모친은 사사로이 볼일이 있어서 잠깐 나간다는 핑계로 집을 나와서 이곳저곳 친척집으로 돌아다니다가 드디어 아랫마을 초전골에 조그마한 집 한 채를 빌렸다. 대강의 살림살이를 준비해 놓은 다음에 숭선군 궁으로 돌아왔다.

이튿날 아침에는 해가 높이 돋아도 침모 방에서 아무 동정이 없었다. 마님은 궁금해서 들어가 보니 그들 모녀는 간 곳이 없고 방바닥에 글씨 한쪽이 휴지처럼 굴러떨어져 있다.

펴서 보니 옥순 어미의 필적이었다.

갑자기 이상스러운 일이 있어서 쇤네 모녀는 여쭙지도 못하고 궁에서 떠나오니 널리 통촉하시옵소서. 자세한 말씀은 일간 다시 와서 뵈옵는 때에 사뢰겠습니다.

신부인은 놀라지 않을 수 없었다. 아무리 생각해도 알 수 없는 일이었다. 설사 그가 역적모의를 하다가 탄로가 나서 피해 가더라도 자기에게만은 알리고 갈 사람인데, 이게 반드시 큰 까닭이 있는 일이라고 생각하고 방 안을 둘러보니 금침과 의복을 더러는 가져가고 더러는 그대로 두었다.

그는 그 종이쪽지를 든 채 부리나케 딸에게로 가서 보이고 무슨 일인지 알 수 없다고 은근히 반응을 보았다. 어머니의 말을 듣고 딸은 방그레 웃는다.

"어머니는 이제야 아시우?"

이 말을 듣자 신부인은 더욱 의심이 들었다. 자기는 오늘 아침에야 침모 모녀가 실종된 것을 알았는데, 밤새도록 정신 모르고 앓아누워 있던 딸이 어떻게 먼저 아는지 더욱 의아했다.

"너는 어떻게 미리 알았더냐?"

"어머니. 저, 별것 아니에요. 그 옥순이란 년이…… 호호호……."

"무어? 걔가 무얼 어쨌단 말이냐?"

딸은 차마 말을 못하는데 어머니는 더욱 초조하게 다음 말을 재촉했다.

"글쎄, 다른 일이 아니에요. 그년 때문에 제 어미도 우리 집을 하직하게 된 거예요. 나는 벌써부터 눈치채고도 통 모른 척했는데요."

"무어? 그게 무슨 말이냐?"

부인은 아직도 그 말을 알아듣지 못하고 있었다.

"에그, 어머니두! 그렇게두 못 알아들으시는 건 첨 보겠네! 거, 어째 가만둘 듯싶으시우. 밤낮없이 커다란 계집아이를 내보내서 사랑 심부름을 시키는 것을……. 그렇구 그렇게 되니까 에미가 알고 나니 주객간에 차차 알려지면 재미없을 테니까 에미가 아무도 몰래 치워 버리려고 데리고 나간 게지요!"

"이게 무슨 말이냐! 그런 기미를 알았거든 왜 진작 나에게 일러주지 않았단 말이냐?"

"호호, 그게 무에 그리 대단한 일이라구 어머니께 이야기를 해요? 남은 좋아서들 하는 일을……."

"아니, 이게 무슨 지각없는 소리냐! 진작 알았으면 그 모녀를 내가 다 알아서 조처를 해주었을 게 아니냐. 옥순이는 내가 바삐 서둘러서 시집을 보내고, 침모는 내가 그대로 가라앉혀 데리고 있을 것을……. 그것들 모녀가 별안간 거리로 나가서 어떻게 되었는지 아느냐?"

"그렇지만 설마 어떻게 될라구요? 염려마시우."

"그건 그렇고, 그년도 참 맹랑한 년 아니냐. 젊은 마음에 혹 그런 눈치를 하더라도 눈치있게 피할 일이지 허다한 사나이 중에 하필 네 남편이 그렇게도 탐이 나서 그따위 짓을 했더란 말이냐? 귀여워 기른 개가 발뒤꿈치를 물어도 분수가 있지!"

어머니는 찬물을 마시고 가슴을 쓸어내리며 땅이 꺼지는 듯한 우려에 젖어도 딸은 마냥 태평이었다. 장차 사위의 난봉을 생각하자면 그 걱정의 끝이 없음은 당연한 일인지도 몰랐다.

어머니가 딸에게 흘기죽하고 나가 버렸다. 새댁인 이부인은 이만큼 삼각관계에 무관심하고, 이만큼 남편과 옥순을 비호하며 관대하게 여겼다. 이처럼 옥순에게 깊이 사랑을 기울였던 것이다. 옥순에게는 그 무엇도 아까울 것이 없었다. 여자로서는 생명을 걸어 빼앗길까 두려워하는 남편의 애정까지도 옥순에게만은 나누어주려고 했다.

그렇기 때문에 이부인은 남편과 옥순의 사이의 이번 일을 조금도 마음에 꺼려하지 않고 혼자 그 정경을 생각하면서 빙그레 웃는 것이었다.

그날 아침이 늦은 때다.

어젯밤과 오늘 아침에 걸쳐서 이 집안에 어떠한 일이 있었는지도 알지 못하는 조서방은 태연한 태도로 안으로 들어와서 평일과 같이 아내도 위로하고 장모에게도 아침 인사를 한 뒤 아내의 병석 앞에서 아침상을 받게 되었다.

아내와 장모가 조소와 증오로 자기를 물끄러미 바라보는 것도 알지 못하고 밥숟가락만 퍼 올렸다.

장모가 옆에 앉아서 빤히 바라보다가 그 염치없음을 보고 빙그레 웃으면서 물었다.

"지난밤에는 너무 수고를 해서 시장하셨던가 보군!"

조서방도 싱글싱글 웃으면서 답했다.

"그렇습니다. 간밤에는 통 잠을 자지 못했습니다. 그래서 새벽에는 시장하던데요."

"호호. 내 참 어안이 벙벙하지. 침모가 밤참으로 약식을 들고 갔더니 밤도 깊기 전인데 벌써 불을 껐더라던데, 무얼 잠을 못 주무셨다구 그래요?"

"잠이 안 오기에 불을 껐더니 그래도 잠이 안 오지 뭐요. 그럴 줄 알았다면 불이나 끄지 말걸, 공연히 약식 한 그릇만 놓쳤소그려."

장모는 사위가 너무 얼굴이 두꺼운 것이 슬그머니 밉살스럽기도 했다. 그러나 역시 더 말할 수도 없고 그대로 나와 버렸다.

"저, 그 옥순이란 년이 어떠세요?"

"그게 무슨 소리야?"

조서방의 얼굴에서는 미소가 흘렀다.

"아니, 글쎄, 어떠시냔 말이에요?"

"무에 어떻다는 말이오?"

"호호, 그렇게도 못 알아들으세요?"

"나는 무식해서 그런 말은 못 알아듣겠소."

"참, 딱도 하시지! 옥순이년이 마음에 드시느냐는 말이에요!"

"이건 또 무슨 말이야, 마음에 들다니?"

"그럼, 틀렸군!"

아내는 별안간 시무룩해서 이렇게 혼잣말을 하면서 싸늘한 눈으로 남편을 바라보았다.

"틀렸지, 틀렸어!"

"아니, 내가 무슨 말을 하는지 아시고 그러시오?"

"그것도 모르겠소. 혹시나 내가 옥순이에게 마음을 두나 하고 그것을 좀 살살 달래 물어보려는데 그 노릇이 틀렸다는 말이지."

조서방이 잠시 말을 끊었다.

"원, 능청스럽기도 해라! 그런 게 아니에요. 옥순이란 년이 하도 새서방님을 부러워하니 말이에요. 풍채가 좋으시니 어쩌니 하고……. 호호."

"원, 저런 방정맞은 년 보았나! 그래, 제가 나를 좋아하면 어쩔 테야. 날더러 계집종의 지아비라도 돼 달란 말이야?"

조서방은 짐짓 화기를 벌컥 일으킨다.

"그러나저러나 나는 장모가 무서워서 그런 계집애는 눈을 바로 뜨고 바로 보지도 못하는 위인이오!"

"호호. 그래도 마음에는 계시지!"

"원, 이런 진땀 날 일이 있나. 바로 보지도 못한다는데 내가 그년의 얼굴을 바로 보았어야 마음에 있고 없고가 아니겠소?"

"그러니까 아직까지도 당신은 그년의 속을 모르신단 말이지요?"

"원, 이것 큰일났군! 겉으로 얼굴도 자세히 보지 못했다는데 그년의 속을 내가 어떻게 안단 말이오?"

"호호. 그럼 그년은 천치바보에다 벙어리까지 겸했군요."

"이건 또 무슨 말이야?"

"왜 이렇게 시치미를 딱 잡아떼시우. 십오 년 같이 자란 동무를 찾아야 하겠으니 어서 한말씀하세요. 어제 당신 방에서는 무슨 일이 생겼는지는 몰라도 밤중에 침모의 방에서는 모녀가 울고불고 하더니 새벽에 보니 그 모녀가 없어졌다는군요. 자, 이것을 보세요. 이것이 침모의 필적이에요."

아내는 어머니에게서 받은 종이쪽을 서방에게 내보였다.

그 종이쪽을 받아보던 조서방은 얼굴이 흙빛이 되지 않을 수 없었다.

옥순 모친은 기어이 딸을 데리고 그날 밤 십오 년간 모녀를 지극히 비호해 주던 주인댁 궁가를 등지고 큰길로 나왔다.

그는 열 번, 스무 번 궁 대문을 돌아보며 눈물을 씻으면서 애처롭고 섭섭한 마음으로 떠나갔다. 그동안 의지할 곳 없는 고아 홀어미를 그만큼 길러준 그 은혜는 참으로 백골이 된다 해도 잊을 수 없건만, 그 은혜를 백분의 일이라도 갚지 못하나마 도리어 씻지 못할 죄를 짓고 나오는 생각을 하면 참으로 미안하고 황송하기 짝이 없었다.

그는 주먹으로 앞서가는 딸의 귀퉁이를 가볍게 쥐어박으면서 조용조용 나무랐다.

"이 몹쓸 년아. 어쩌자고 감히 엄두도 못 낼 그런 짓을 했더란 말이냐. 은혜를 갚지는 못하나마 이렇게 죄를 짓고 도

망해서 나오게 되니, 이런 미안 황송할 데가 어디 있더란 말이냐."

"……."

딸은 죄가 있는지라 대답이 없다.

"네 일도 그렇지, 가만 있으면 친따님같이 사랑하시는 터이니 상당한 자리를 고르셔서 혼수까지 힘껏 해주어 시집보내실 게 아니냐? 제 발등을 제가 찍어도 분수가 있지, 그때 잠깐 정신만 차렸던들 이 노릇은 안 될 게 아니냐!"

그는 홀로 넋두리를 하면서 큰길을 피해 행랑 뒷골목으로 들어서서 더듬어 어제 낮에 구해 놓은 집으로 들어갔다.

모녀는 다 쓰러져가는 오막살이로 들어와 자리를 잡고 그 밤을 쉬었다.

이리하여 주인댁을 피해 나오기는 했으나, 그러나 그러는 중에도 염려되는 것은 한 달 전부터 그런 일이 있었다 하므로 혹시나 어떠한 일이나 일어나지 않을까, 염려하는 생각으로 부랴부랴 사방으로 수소문을 해가면서 되는대로 딸을 치워 버리기 위해서 사위 재목을 구하러 나섰다.

그러는 한편으로 친척들을 찾아다니면서 바느질감을 구해 삯바느질을 하고, 또 사윗감을 고르던 중에 마침 적당한 자리가 나서게 되었다.

그의 처지로 제법 괜찮은 자리를 구하자면 천한 일을 하지 않는 중인(中人)을 골라야 하겠으나, 그런 사람이 무엇이 답

답해서 이런 보잘것없는 집 딸과 혼인을 하겠는가.

　그러다가 누구의 중매로 현재 역관 다니는 장현이라는 사람이 거의 40세에 상처(喪妻)를 하고 다시 아내를 얻는다는데, 이 자리로 말하면 한갓 후취가 흠이지 인품이나 가세, 지체나 무엇으로나 나무랄 데 없는 좋은 자리라고 입에 침이 마르도록 칭찬하며 권했다.

　옥순 어머니도 그 자리가 적당하기는 했다. 그러나 한 가지 후취 자리라는 게 마음에 걸렸다.

　그러나 그만한 집에서 후취가 아니면 자기같이 구차하고 변변치 못한 집에 통혼을 했을 리 없는지라 마음을 달래 겨우 성사시키게 되었다.

　그러나 여기에서 또 문제가 생겼다. 그것은 옥순이 절대로 시집을 가지 않겠다고 버티는 것이었다. 모친은 또 울화가 나지 않을 수 없었다. 무엇 때문에 시집을 안 가겠다는 거냐, 물으니 딸의 대답이 걸작으로 나왔다.

　"사람이 시집을 한 번 가지, 두 번이나 가요?"

　"아니, 이년아! 네가 언제 시집갔더냐?"

　"호호. 나는 이미 시집간 셈치고 있으니까요!"

　"옳아, 이 맹랑한 년 보아! 남의 천금같이 귀여운 따님의 새서방님하고 그따위 짓을 하고 이제 아주 그 새서방님에게 정절을 지키려는 모양이로군!"

　"어떻게 갔어도 시집간 건 간 게 아니에요? 나중에 기회

되시면 반드시 따로 살림을 차린다고 하셨어요."

"무에, 어째?"

모친은 기가 차고 화가 나는 바람에 악을 바락바락 썼다.

"아이고, 깜짝이야!"

딸은 깜짝 놀라 소스라쳐 물러앉았다.

"이년아! 에미가 이만큼 이르면 들을 일이지, 끝내 이럴 수가 있느냐? 네 아가리가 무슨 아가리란 말이냐?"

"호호. 어머니가 암만 그래보시구려!"

딸은 도리어 응석조로 어머니를 조롱하는 것이다. 어머니는 울화통이 터져 지금 바느질하고 있던 침판을 둘러메고 딸을 때리려는데, 딸은 어느 틈에 어머니 뒤로 돌아가서 두 팔을 겹쳐서 허리춤을 안고 깔깔대고 웃는다.

"어머니 내 얘기를 좀 들으시우. 이제 장동 새서방님이 머지않아 소과 · 대과 다 해 가지고 참의 · 참판 · 판서 · 감사 지내서 삼십 넘어 사십이면 삼정승 영의정을 하실 텐데! 아니, 그런 데로 시집을 가야지, 그래, 그 역관질하는 늙은 놈에게로 시집을 가란 말이오? 내 신분이 변변치 못하니까 버젓하게 숫신랑으로 그런 자리를 고를 수 없으니, 차라리 뺨을 맞을 바에는 옥가락지 낀 손에 얻어맞는 격으로, 비록 첩으로 갈망정 남편이라면 그래도 이렇다 할 남편을 얻어가야 할 게 아니에요. 호호호."

"……."

어머니는 하도 기가 막혀서 어안이 벙벙하여 대답을 못하고 있다.

"어머니, 내 인제 그렇게 되면……."

딸은 응석조로 이렇게 말했다.

"그때에는 비록 첩질일망정 내가 어머니에게 호강을 흠씬 시켜 드릴게요."

"얘, 그렇지만 안 되는 일이니까 말리는 게 아니냐!"

어머니의 어조가 부드러워지자 딸은 어머니를 풀어 놓고 앞으로 와서 마주앉았다.

"무엇 때문에 안 된다는 말씀이오?"

어머니는 너무 화가 나 말을 제대로 잇지 못했다.

"정승의 첩질이 아니라 더한 게 된대도 말이다. 남의 첩이라는 것은 마누라의 눈엣가시라는데, 다른 사람과도 그런 관계가 되면 못쓰는데, 하고많은 사나이 다 싫다 하고 꼭 조씨 새서방님에게로 가겠다고 해서 십오 년이나 우리 모녀를 길러주신 은인의 귀한 따님의 눈엣가시가 되고 그 마님의 화근이 될 것이 무에냐? 그렇다면 다른 자리로 골라서 첩살이를 가려무나!"

"흥! 그러면 나는 밑지지."

"무엇을 밑져?"

"나는 그래, 공연히 그분에게……."

"그것은 네가 잘못이지."

"왜요?"

"그이의 음침스런 손길이 들어올 때에 매몰스럽게 홱 뿌리치고 몸을 벌벌 떨어서 '점잖은 어른이 이게 무슨 짓이에요?' 하고 악을 바락바락 쓰면, 그이가 쩔쩔매고 '얘, 그만두어라. 창피하니 떠들지 마라'하고 그만뒀을 게 아니냔 말이다!"

"아니, 무엇 때문에 그이를 그렇게 해요?"

"아니, 그래도 네가 잘한 것만 같으냐?"

어머니는 화기가 일어나서 나무랐다.

"호호. 어머니는 잘 아시지도 못하고 저러셔어! 실상인즉 새아씨와 다 내통이 있었던 노릇인데 무엇을 그러세요. 새아씨가 시집을 가기 전부터 너와 나는 한집으로 들어가서 한 남편을 섬기자, 보내주지 않거든 내가 교전비(轎前婢, 귀족이나 부유층의 혼례 때에 신부가 데려가는 여종)로 데리고 가겠다고 떼를 쓸 터이다, 하셨어요. 또 네가 양민이니까 안 된다고 너의 모친이 듣지 않거든 너도 '나는 새아씨를 따라가겠노라' 떼를 쓰고, 그래서 그 집으로 들어가서 네 지아비로 삼아라, 이럭저럭 지내다가 서방님이 귀히 되시거든 이럭저럭 첩살림을 하시게 하고. 이렇게 해서 한평생 이별 없이 한 집에서 살자고 굳게굳게 맹세까지 했는데 아씨가 나를 눈엣가시로 알 턱이 무엇이며, 마님도 당신 따님이 이렇게까지 싸고도는 데야 그분이 왜 나를 싫어하신단 말씀이오?"

"아씨나 마님들은 그렇게 하신다 해도 그 일은 내가 말리겠다!"

"그건 무슨 까닭으로?"

그녀는 여러 가지로 어머니의 마음을 돌려보려 했으나, 조금도 그 뜻을 굽히지 않으므로 돌려보지 못한 채 어머니의 질책 끝에 울고불고했다. 그러다가 자기의 신세 한탄하는 이 꼴을 차마 볼 수 없어서 드디어 어떠한 확고한 결심을 품은 채 어머니의 명령에 복종하기로 했다.

이리하여 어머니는 장씨 집 주단을 받고 날을 가려서 부랴부랴 물만 떠놓고 식을 올려 딸을 장현에게 시집보냈다.

옥순은 시집가는 그 전날 밤에 밤이 새도록 울었다. 그는 자기의 안타까이 가여운 과거와 의지 없이 외로운 현실을 스스로 슬퍼하면서 홀로 남겨두고 떠나갈 그 어머니를 생각하며 쓸쓸하게 다 치워지는 가문을 한탄하여 이와 같이 슬퍼했다.

과연 옥순은 가엾은 계집이었다.

성은 윤이라고 불렀으니, 그는 느릿골 사는 역관 윤규의 딸이기 때문이다.

윤규는 대대로 한어 역관(漢語譯官, 중국어를 통역하는 관리)을 하던 사람으로서, 사대부를 찜 쪄 먹겠다고 하는 꼿꼿한 중인(中人)의 집에 태어나 똑똑하고 지조가 올곧았다. 그래서 일찍이 임관해 두 차례나 북경에 사신 가는 동지사(冬至使, 조선시대에 매년 동짓달에 중국으로 보내던 사신)를 따라 갔다 온 훌륭한 이력이 있고, 문필과 언변이 능란했던 사람이었다.

불행히 소생이 없었고, 또 중년에 상처까지 해서 신세가 고단했다. 그런 외로운 집안이기 때문에 가까운 친척도 없어서 후취를 들려는 사람조차 없다가 몇 년 뒤에 심씨(沈氏) 성을 쓰는 집 딸에게 다시 재취 장가를 들어서 끊어진 거문고 줄에 맑은 소리가 어울려지고 첫아이로 딸까지 낳았다.

엄마 아빠 부르면서 걸음 떼는 딸을 앞에 놓고 보면서 재미있게 살던 터에 조물주가 시기했음인지, 연전에 북경으로 사신을 따라갔을 때 인조대왕의 왕비 되는 인열왕후(仁烈王后, 1594~1635) 한씨의 국상에서 왕비를 왕대비라고 그릇 고했다는 일을 다른 역관이 조정에 고했던 일이 있었다. 그때에 당파 싸움으로 유명했던 서인의 영수인 우암 송시열(宋時烈, 1607~1689) 이하 서인 일파들이 이 일을 문제 삼아 당시에 동지사로 사신 갔던 남인 이현기(李玄紀, 1647~1714)는 드디어 제주로 귀양 가게 되고, 역관 윤규는 의금부로 끌려가 모진 국문을 받았다.

그런데 이때에 윤규는 그런 일이 없다고 완강히 이 일을 부인했다. 사실 그런 일이 있었는지 없었는지 하는 그것이 중요한 것이 아니고, 같은 역관이라 해도 그때에 서로 으르

렁대는, 소위 '남인'이니 '서인'이니 하는 두 당파가 갈려 있어서 벼슬을 하려면 당파로 갈리는 세도 재상들을 따라야 되고, 이들을 따르려면 그 편으로 서서 일을 하기 때문에 남인을 배경으로 역관을 하던 윤규는 꼼짝없이 당하고 말았다.

이런 문제를 두고 그런 말실수를 한 일이 없느냐며 '무슨 까닭으로 외국에서 우리 왕실을 망발시켰는지' 그 이유를 대라고 뼈가 튀고 살이 해지도록 혹독한 형벌을 받았던 것이다.

그러나 다음에는 서인이 경쟁에서 이기게 되었다. 윤규는 모진 형벌을 못 이겨 옥중에서 죽게 되니 남인들은 어깨가 축 처지고 서인들은 저마다 으쓱해졌다. 아무런 혐의나 이유도 없이 싸우려고 생트집을 잡는 것이 그들의 생활이었다. 심지어 사사로운 문제나 수십 년 묵은 문제까지 일부러 들추어 시시비비를 가려가며 반대 당파의 흉을 찾아냈던 것이다.

애매한 역관 윤규도 역시 이 무서운 편싸움에 치어 죽었다.

윤규는 당파 싸움의 파벌에 치어 죽고 말았지만 그의 유족은 어떻게 되었을까.

유족이라고 해야 젊은 아내와 어린 딸 둘뿐이었다.

그의 아내 심성녀는 이 참변을 당하고 가산을 팔아 남편의 죄를 벗겨 구원해내려고 했다. 당시 워낙 흔하던 뇌물을 마련해 아는 이를 통해 백방으로 운동을 벌였으나 가산은 이

내 바닥이 났다. 그녀는 애통하는 중에도 가산의 나머지를 들여 남편을 장사지냈다. 의지할 곳 없이 집을 지키고 살고는 있으나, 20세 남짓한 규중 여자와 두 살 된 어린아이가 도저히 생활을 유지할 수 없었다.

이웃에 사는 한 노파가 이를 가엾게 여겨 참극이 날 때부터 같이 와서 잠동무도 해주고 위로도 해주다가 필시 그 생활이 계속되지 못할 줄을 알고 자기가 알고 있는 인품 좋은 재상의 집을 생각하기에 이르렀다.

당시 공조판서의 집에 침모로 들어가라고 권고하여 이 과부는 주인이 죽은 그 이듬해에 신씨의 집으로 가서 주인이 후덕한 덕분에 편안히 지내기는 했으나, 비 오는 가을날이나 버들 싹 돋는 봄마다 남몰래 안타까운 애통함을 견디기에 그 마음의 괴로움은 차마 말로는 옮길 수 없으리만큼 애처로웠다.

그러나 신씨의 집에 의지하던 차에 그 집의 딸에게로 옮겨 숭선군 궁으로 들어온 이래 15년, 그들 모녀는 이 집에서 두터운 사랑으로 살아오다가 불행히도 이번 사련(邪戀)이 생기게 되었다. 차마 고개를 들지 못할 죄송한 마음으로 자기의 분수를 지키노라고 궁을 나오기는 했으나, 이 일을 노상 좋게만 말하니까 그렇지 단지 하나인 혈육에 대한 감정은 그렇지만도 않았다. 남은 뭐라고 하든지 간에 자신으로 보자면 남의 집 아들 열보다 더 든든하고 사랑스러운 딸이 호락

호락하게 정조를 빼앗긴 것만도 옥순 모친의 마음을 여간 괴롭히는 일이 아니었다.

그는 이 일을 알게 된 때부터 처지가 처지인 만큼 차마 겉으로 말은 못했지만, 속마음으로는 치가 떨리도록 분했을 것이다. 딸의 말을 빌리자면, 그는 처음에 술 취한 마음으로 그런 손길을 내밀어서 완강하게 몸을 껴안았다고 했다.

재상의 집 지체 귀한 사위로서, 더구나 취중에 다른 사람도 아닌 아내 방에서 심부름하는 계집 하인 하나쯤 일시 풍정으로 그런 일이 있다기로서니 그 일이 그리 큰 변이 될 것은 없다는 것이 당시의 물정이요 풍속의 일면이다.

그렇기 때문에 구태여 조씨 신랑에게 옳으니 그르니 이것을 가리지도 않고, 무엇 때문에 계집에게는 생명 이상인 처녀의 정조를 허름하게 그따위로 빼앗기고도 이것이 무슨 변고 될 일도 아니라는 이런 허름한 사람의 신세가 되었던가를 한탄할 뿐이었다.

만약 지체 높은 주인댁 딸이나 또는 재상가의 집 딸에게 이처럼 허름하게 여기고 억지로 처녀 정조를 빼앗는 자가 있다면, 이것은 묻지 않고 타살이나 처참(處斬, 목을 베어 죽이는 형벌)에 처했을 터였다.

다 같은 남의 딸로 태어나서 어째서 그렇게도 큰 차별이 있으며 남루한 사람의 신세가 되었던가. 그녀는 새삼스럽게 자기 딸의 신분과 처지가 미천했던 것을 뼈아프게 가엾이 여겼다. 그 때문에 더욱이 그 딸은 아무쪼록 시집이나 잘 보내서 안락한 생활을 하게 해주자는 것이요, 자기의 처지에 지나치는 신분을 고르려니 후취 자리를 골랐던 것이다.

옥순은 마침내 장현의 집으로 들어가게 되었다.

장현은 이제 40 가까운 나이로서 사람된 품이 그리 녹록하지는 않았다. 지내는 범절도 그리 빈한하지 않았다.

그러나 옥순은 이 시집자리 생활에 만족을 느끼지 못했다.

장현은 용모와 자태가 드물게 어여쁜 어린 아내를 데려오자 가슴이 뿌듯하도록 든든하고 기뻤다. 아내를 사랑하는 품이 자기의 그 무엇이라도 남김없이 주고 싶은 처지였다. 그러나 아내는 어느 때고 그 얼굴에 아리따운 웃음이 흘러가는 것을 볼 수 없었다. 장현은 단지 색시의 부끄럼이나 수줍음이려니 했을 뿐 속마음을 엿볼 수는 없었다.

옥순, 아니 윤성녀(尹姓女, 윤씨 성을 가진 여자)는 부부간의 애정을 느끼지 못했다. 다만 통속적인 개념으로서 저 사람이 남편이려니, 하는 정도였다. 낮이면 그 사람의 하인처럼 일을 해주고, 밤이면 그 사나이에게 몸을 맡겼을 뿐이요, 그 이상 자기의 성의를 일으켜서 그 사나이를 사랑해 본 적이 없었다.

한 해가 되고 두 해가 되어도 아내의 태도는 마치 한 폭의 그림으로밖에 보이지 않으니까 하루는 장현이 진정으로 아내의 충정을 떠보았다. 아내는 그 자리에서 자기가 이 집으로 시집온 것을 불만하게 여긴다는 말을 솔직히 고백했다.

장현은 눈이 휘둥그레져 놀랐다. 즉각, 자신이 공연히 어린 처녀에게 후취든 것을 후회했다. 차라리 나이 30쯤 된 과부라도 데려다 가족으로 삼아 살 것을, 하고 생각했다. 그러나 아내의 심경을 더듬어 보기 위해 무엇 때문에 불만을 느끼느냐고 조심스레 물어보았다. 그러면서도 자기의 나이가 아내의 나이 갑절이나 된다는 이것이 첫 불만이려니, 염려했다.

그러나 아내의 대답은 그렇지도 않았다. 당신이 우리 집에 통혼해서 시집가기 싫다는 나를 어머니가 굳이 시집보냈기 때문에 나는 20년 가까이 친형제 같이 한 집안에서 자라며 한마음 한뜻으로 지내오던 그 동무를 잃어버렸기 때문이라고 말했다.

장현은 껄껄 웃었다.

"여자가 과년하면 으레 사나이를 그리워하여 시집을 가게 되고, 그때는 친부모 친형제에 대한 애정도 다 멀어지고, 새 남편 새시집에 마음을 붙이고 애정을 기울이는 것인데 당신은 아직도 어린아이의 마음이기 때문이오. 그러나 그 동무라는 이도 시집을 갔다니 그의 시집으로 찾아가서 자주 만나보고 서로 왕래하며 지내면 그만이지, 예전 동무를 영원히 이별했다 해서 그렇게 시집 전체에 대해 불만을 가질 것이 무어란 말이오? 오늘이라도 그 동무되는 이를 가서 보고 오구려."

윤성녀(옥순)는 이런 허락을 받게 되자 마음이 환하게 밝아왔다. 이때는 앵두가 햇과실로 나왔을 때였다. 그는 하인을 시켜 앵두를 흠뻑 사다가 한 함지박 소담스럽게 담고 두어 줄 편지를 써서 하인에게 주어서 장동 한원부원군 저 이웃에 사는 조사석의 집으로 보냈다.

그 편지 사연은 먼저 오래 격조하여 뵈옵고 싶은 마음 미칠 듯 간절하다는 것을 말하고, 이어 전날의 잘못을 다 용서하시고 한번 만나 보시겠다 하면 곧 올라가서 뵈옵겠나이다……. 이런 뜻이었다.

윤성녀는 하인을 보내고 나서 돌아오기를 기다리며 그 답 전갈이 어떻게 될 것인가 어지간히 궁금했다.

윤성녀가 기다리는, 장동 갔던 하인은 얼마 뒤에 돌아왔다. 답 전갈은 역시 편지로 받아 왔고, 그 사연은 이러했다.

오래간만에 그대의 소식을 들으니 반갑고 기쁜 마음 비할 길 없으며, 어느 때라도 좋으니 하루바삐 찾아주기를 바라노라. 열다섯 해 같이 자라난 동무.

그녀는 글을 읽어가다가 '열다섯 해 같이 자라난 동무'라는 데 이르러서는 곧 두 눈에 더운 눈물이 핑 도는 것도 깨닫지 못했다. 그녀는 전에 없이 기뻐하며 그 편지를 들고 사랑으로 가 남편 장현에게 내보이고 눈물 어린 눈으로 해죽이 웃으면서 반가움을 견디지 못했다.

그러나 편지는 아내에게나 반가웠지 장현에게야 무엇이 그리 반가우랴마는, 그 편지를 내려보고 아내의 하는 모양을 보니 장현이 도리어 더 반갑게 여겨졌다. 무엇보다도 장가를 든 지 햇수로 이 년, 달수로 아홉 달이 지나는 동안에 그 어여쁜 아내의 얼굴에서 한 번도 웃음이 오는 것을 보지 못한 한 폭의 미인도 같은 아내가 오늘 이 소식을 듣고 이다지도 기뻐하여 비로소 그 얼굴에 웃음이 흐르고 기쁨이 깃드는 것을 볼 수 있게 되는 일이 너무나 반가웠다.

"돌아가신 아버지의 소식이나 들은 듯싶은 심정이구려. 하하."

장현은 껄껄 웃으면서 말했다.

"나는 그보다 더 반가워요. 아버지야 어려서 돌아가시고 그리 깊은 정이야 들었겠어요? 나는 정말 반가워요!"

"반가우면 아주 반가워야지. 반쯤만 반가워서는 그대로 화병이 날 테니까……. 그럼, 오늘이라도 올라가서 그 못 잊어 그리워하는 동무를 찾아가서 봐야지. 만일 못 갔다가는 상사병이 나서 죽게 될걸."

"호호. 참 고마우셔요! 그러면 오늘밤에 다녀오겠어요."

이날 장현은 차비를 준비해 주어 아내를 장동으로 보냈다.

윤성녀는 드디어 예전의 동무, 유정 소저였던 이부인을 만나 보았다.

그녀가 중문 안에 들어서자 이부인은 마루 끝에 나와 섰다가 다른 하인의 체면을 돌아볼 겨를도 없이 버선발 그대로 마당 아래로 뛰어내려와 윤성녀의 손을 마주 잡으면서 눈물이 글썽글썽했다. 윤성녀도 눈물이 글썽거렸다.

"이거 얼마 만이야?"

"참 오래간만에 뵙습니다!"

이부인은 윤성녀의 손을 잡은 채 마루 위로 올라와서 방으로 들어갔다.

주객이 서로 대좌하니 무슨 말을 먼저 해야 할지 몰랐다.

"쇤네는 차마 아씨를 뵈올 면목이 없건만 예전에 지극히 사랑해 주신 은혜의 정리를 생각해서 차마 잊을 수가 없고, 오늘날까지 아씨를 사모하고 있었습니다."

"그럴 터이지! 지나간 일은 말하지 말아."

이부인은 예전 일에 대해서 조금도 꺼리거나 싫어하지 않았다.

이부인은 하인에게 장국상을 차리라 분부하고 그녀와 회포를 풀기 시작했다.

"그래, 시집 재미가 얼마나 좋은가? 어머니의 소식도 종종 듣나?"

"네. 소식은 종종 듣지요."

"그래, 남편 되는 이는 사람이 어때?"

이부인이 생글생글 웃으면서 이렇게 묻자, 그녀는 아주 무표정하게 대답했다.

"그저 그렇습니다."

"시집을 가더니 그동안 얼굴이 더욱 어여뻐졌구먼. 남편이 오죽 귀여워할라고!"

"호호. 왜 서방님께서는 아씨를 귀여워하시지 않으세요?"

"그렇지만 자네같이 어여쁜 사람은 남편이 더 귀여워하는 거거든. 호호."

두 사람 사이의 대화는 이런 정도로 한동안 지나가고 봄바람을 일으키며 얘기꽃을 피웠다.

얼마 뒤에 장국상이 들어와 주객이 마주앉아서 재미있게 먹어치우고, 상도 물리고, 밤이 드니 하인들도 물러났다. 그녀는 자고 가기로 했다.

밤이 깊어 두 사람은 호젓이 대하게 되었다.

이때에 그녀는 먼저 전의 일을 이야기했다.

"글쎄, 일이 그렇게 되려니까 모두가 심상치 않았어요. 마님께서 왜 허다한 하인들 중에 하필 쇤네에게 사랑 심부름을 시키셨으며, 그때에는 공교로이 대감마님께서도 외지에 임관해 계시고 궁에 계시지 않았기 때문에 다 그런 일이 생기지 않았겠어요."

"그렇지만 자네가 그때 첫 손길이 갈 때에 홱 뿌리쳤으면 아무 일도 없었을 게 아니야. 호호.”

“점잖으신 어른이 그러시는 것을 어떻게 그렇게 할 수 있어요. 그저 수줍기만 했습지요. 그래, 손목을 잡으시기에 억지로 모기소리만 하게 ‘놓으세요’ 하니까 아무 대답도 없으시고, 그리고 취중이셨어요. 그래서 그 지경이 되고, 그 뒤에도 또 피할 수 없는 처지가 되어서…… 호호호.”

“호호. 그러면 옥순이가 지금 나에게 변명을 하는 셈인가?”

“아니요, 그런 것은 아니에요.”

“그러면 무슨 말이야? 취중에 그러셨기 때문에 어쩔 수 없었다고 그랬지. 그러면 지금도 서방님께서 취중에 그러시면 역시 하는 수 없을 테지.”

“아이, 아씨께서는 별말씀을 다하시네! 호호.”

“아니야, 서방님도 그 뒤부터 오늘까지 너 옥순이의 이야기를 하시는데, 이제 꼭 그런 아내에게 장가를 들어 살든지 그렇지 않으면 첩으로라도 얻어서 살아야 하겠다고…….”

“아씨께서는 공연히 그러시네. 호호.”

“아니냐! 공연히가 무에야. 그리고 내 다 알지. 옥순이도 실상은 나보다도 서방님을 더 그리워했을 게야. 덩달아 나도 보고 싶었겠지. 그렇지만 나보다도 서방님을 뵈옵고 싶어서 이렇게 왔지. 내 말이 어때? 네 양심으로 말을 해보아.”

“호호. 원 큰일 날 말씀을 하세요. 아씨께서 이렇게 생각하고 계신 줄만 알았으면 애당초 쇤네가 와서 뵈옵기가 잘 못이에요."

"그럼, 내가 말을 잘못했나 보군. 그런데 서방님은 옥순이를 오늘날까지 생각하고 계신가 보던데, 옥순이가 서방님을 조금치도 생각지 않았다면 이것도 옥순이의 잘못이거든."

"호호. 아주 잊어버리기야 했겠어요? 그러나 옛날에 귀여워해 주신 은혜만 생각할 뿐이지 지금이야 처지가 다르지 않습니까."

윤성녀는 얼굴빛이 갑자기 흐려졌다.

이부인은 그녀가 말하는 여운을 보아 벌써 심경을 추측하게 되었다. 분명히 과거의 사련(邪戀)에 자기 남편에게 미련이 남아 있는 것이다.

그러나 지금에 와서는 자기의 처지가 전날과 다르고, 또 떳떳하지 못했던 이 남녀의 사랑에 대한 마음도 어느 정도로 변해졌을 것이니, 그 옛날의 애정을 다시 이을 길이 없음을 슬퍼하는 눈치였다.

"아씨?"

"그래."

"참, 저…… 서방님께서 정말 제 말씀을 더러 하시나요?"

"그럼!"

"무어라고 말씀하세요?"

"왜 그건 묻는 게야?"

"호호. 글쎄 말씀이에요."

"숭선군에 그런 어여쁜 색시가 있는 줄 알았으면 애당초 그 집 사위가 되지 말고 숭선궁에 비부(婢夫, 계집종의 남편)를 들 것을 그랬다고 이때까지 후회이신데……. 옥순이를 꼭 내 방에 있는 심부름하는 몸종으로 아셨던가 보아. 호호."

"호호. 아씨께서도 별말씀을 다 하시네! 서방님께서 행여나 아씨께 쇤네 말씀을 하셨겠어요. 그런 일을 아씨께서 혹시나 아실까 걱정하셨을걸."

"아니야. 내가 자네에게 거짓말을 할 리가 있나. 그러고 내일 아침에 내가 사랑에 나가서 서방님께 이렇게 여쭈어 보고 그 하시는 양을 보려고 그런다. 옥순이가 서방님을 못 뵈어 그리워하고 그리워하다가 이번에 찾아왔다고."

"아이, 참! 아씨도 망령이셔. 저는 그러면 이 밤으로라도 내려갈 터이에요."

"아니야. 그래서 그 양반이 이 말을 듣고 어떻게 하시나, 또는 안으로 들어오시나, 옥순이를 보시고 어떻게 하시나 그것도 좀 보자는 말이야. 재미있지 않아? 그때에 서방님이 무에라고 하시거든 아까 나하고 하듯이 아무 말도 말고 흐느껴 울란 말이야. 그래서 서방님이 어떻게 하시나 보자는 말이야."

"호호. 아씨께서는 쇤네를 살살 달래 이렇게 하셔서 쇤네더러는 서방님의 하시는 양을 보겠다고 하시면서 실상은 서방님 앞에 쇤네를 세우시고 쇤네 하는 양과 서방님 하시는 양을 보아가며 그 속을 보리라는 게 아니에요? 쇤네는 벌써 알았어요. 호호."

"원, 저런 소견 좀 보아! 아니, 내가 그렇게 소견이 좁은 사람 같으면 애당초에 옥순이 같은 어여쁜 계집애를 새서방님 방에 심부름을 시켰을 리도 없고, 또 그런 눈치는 내가 누구보다도 제일 먼저 알았을 게 아니야. 그러니 그때에 야단이 났을 게지, 그대로 하는 꼴만 보았을 리 있어. 그렇지 않은가? 생각해보란 말이야."

"아씨?"

"그래."

"그렇지만 서방님께서 쇤네를 보시고 예전 정리(情理)를 생각하시고 너무 언짢아하시며 차마 못 잊어 하시면 어떻게 해요?"

"글쎄, 그때는 어떻게 하나?"

"호호, 아씨는 자꾸 쇤네 속만 떠보려고 저러시지!"

"호호호. 아니, 내가 자네 속을 떠본단 말인가? 자네가 내 속을 떠보는 게지!"

"호호. 참 애매해요."

"그러나저러나 간에 그런 마음은 가지는 게 아니니 만일 서방님이 자네를 보시고 못 잊어라 하시면 그때에는 또 별수 있나. 자네 처분이지."

"호호. 별말씀을 다 하시네요."

"왜, 네 남편이 무서워?"

"그까짓 것이야 무서울 게 없지만요!"

"그럼, 내가 무서워서?"

"호호. 아씨두 참!"

"아니, 옥순이가 나와 같이 자라나고도 내 마음을 이렇게도 못 알아주니 이런 경우도 있나? 나를 그렇게 마음이 옹졸한 여편네로 아는가베. 나는 서방님이 하도 그 어여쁜 옥순이, 아리따운 옥순이 하시던 터이라 기회만 있으면 그 원을 풀어드리자고 했던 사람이야. 실상인즉 옥순이나 옥순모가 그렇게만 말을 들어주었다면 예전에 옥순이 말마따나 한 남편을 같이 섬겨보려고도 했어."

이 말을 듣던 윤성녀는 어느 틈에 두 눈에 눈물이 글썽글썽해서 그대로 아씨의 무릎에 푹 엎드려서 흑흑 흐느껴 우는 것이었다. 그녀는 참으로 이부인의 질투 없는 그 후덕의 거룩함과 자기를 이처럼 사랑해 주신 데 너무도 감격했던 것이다.

"아씨, 참으로 쇤네는 아씨 뵈옵기가 부끄럽습니다. 용서해 주십시오."

그들은 이것으로 말을 마치고 베개를 나란히 해서 잤다.

그리고 이튿날 아침에 윤성녀는 잠깐 사랑에 나가 옛날 애인이던 조사석에게 다녀가노라고 인사한 뒤에 곧 자기 집으로 돌아갔다.

윤성녀와 조사석이 오래간만에 서로 대하는 장면도 그리 미묘하지 못하여 예사로이 지나갔다.

오랜만에 이부인을 찾아보고 또 조사석까지 만나보고 집으로 오니 윤성녀는 마음이 한결 가벼웠다.

저녁때 돌아온 아내를 보고 남편이 물었다.

"그래, 그 못 만나서 성화하던 동무를 만나보니 얼마나 시원하오?"

아내는 명랑한 웃음을 지으며 기뻐했다.

"참, 고마우세요. 그렇게 보내 주셔서 이제는 소원을 이루었어요. 이다음에도 또 보내주세요, 네?"

예전에 그 어느 때도 일찍이 보지 못하던 명랑한 태도였다.

"보내주고 말고 할 게 아니라 그분을 보고 싶거든 언제라도 가서 보고 오구려."

"정말?"

"그렇다니까!"

"아이, 좋아! 얼마나 좋겠어요!"

아내는 기쁨을 견디지 못했다.

이 모양을 보는 장현은 아내의 얼굴이 이다지도 명랑해질 줄 알았던들 진작 아내에게 자주 해방이라도 좀 시켜 줄 것을 이제야 알게 된 게 후회되었다.

그가 가만히 생각해보니 찾아가서 본다는 그 사람은 15년 간 같이 자랐다는 동기 같은 사람이요, 또 왕자 숭선군의 따님이라면 점잖은 범절이 어련할 게 아닌가. 또 그 조씨의 집이 본시 부원군의 아들 되는 이의 집이니 모든 것이 다 점잖은 터인즉 젊은 아내가 아무리 자주 간다 하더라도 아무 염려 없으려니 생각했다.

그 뒤에 윤성녀, 즉 장현의 아내는 닷새에 한 번도 가고 사흘에 한 번씩도 가게 되었다.

이러다가 숭선군 궁까지 찾아가서 숭선군 부인에게 전날의 잘못을 사죄하니 그도 일찍 친딸같이 사랑해서 15년간이나 길러준 옛 정분이 있었던지라 예전 잘못은 다 말할 것 없고 '아무쪼록 착한 아내가 되어 잘살라'고 일렀다. 그러면서, 일찍이 '옥순'으로 있을 시기에 출가시킬 준비로 남 몰래 준비해 두었던 혼수들이라고 비단옷과 옷감들을 그득히 담아 두었던 상자까지 내어 주었다.

윤성녀는 감격해서 받았다.

그 뒤부터 윤성녀와 모친 심성녀는 숭선군 궁과 조씩 댁을 드나들며 옛날처럼 편하게 왕래하게 되었다.

그런데 일이 야릇하게 되느라고 조사석은 한번 예전의 연인을 보게 되자 마음이 차차 어지럽게 움직여졌다. 또 그녀가 아무리 며칠 전 이부인의 훈계를 듣고 회개했다 하지만, 예전 연분의 미련이 없어진 것도 아니어서 자주 조씨 집을 드나들던 장현의 아내는 이부인과 장현의 눈을 도적질해 가면서 그동안 서렸던 옛정을 펼치기 시작했다.

그들은 한번 옛 인연을 이어 보게 되자 그 은밀한 정열은 마치 고기가 물을 얻은 것 같고, 아교에 칠을 씌운 것과 같아 치정의 움직임이 날로 심해갔다. 그러나 앞에서도 말한 바 있지만, 세상일이라는 것은 몰래 하는 일처럼 드러나기 쉬운 것이 없는 것이다.

이부인은 이 눈치를 챘는지라 한번 그네들이 하는 꼴을 보느라고 남편이 안방에 들어와서 앉았을 때 옆방에 있는 윤성녀를 불러들여서 이런저런 이야기를 한참 하다가 무심코 나가는 것처럼 변소에 가는 척하며 방에서 나갔다.

그때에 윤성녀로 말하면 외간남자만 있는 방에 머물러 있을 리가 없는데 아무 생각도 없는 듯이 그대로 앉아 있었다. 이부인은 뒤곁으로 돌아가서 문틈으로 엿보니 자기가 나간 뒤에 그들 사이에는 눈초리가 이어지고 웃음이 오가는 등 얄궂은 행색이 보였다.

이때에 이부인은 확실히 그네들 사이에 아직도 미련이 남아 있는 것을 알고 기회를 주고 몸을 피해 주었다. 그러다가 한번은 이부인에게 실제로 들키게 되자 남편은 마침내 아내에게 자기의 본심을 솔직하게 고백했다.

원체 마음이 어진 이부인이었는지라 혹시 이런 좋지 못한 짓을 소홀히 하다가 좋지 못한 일이 생길까 봐 이제는 으레 윤성녀가 오면 제 마음대로 사랑에 들어가 조사석을 만나게 했다. 그녀가 이부인에게 황송하다고 말한 뒤로는 아예 예사로이 두 사람 사이를 열어 주었던 것이다. 이부인은 이만큼 도량이 너그러웠다.

이것은 남편의 마음을 즐겁게 해주고 한편으로는 옥순이란 옛 동무의 소원을 풀어주려는 그런 뜻도 되었다. 아니, 그보다 이들이 그런 일을 구차히 하다가는 더욱 남에게 탄로나기 쉽고, 그때에는 남편의 체면이나 가문의 명예가 풍비박산해 더한층 창피를 당하게 될 것을 염려했던 때문이다.

이부인의 이러한 덕성스런 일은 과연 좋은 결과를 낳게 될 것인가.

2. 장옥정의 꿈

이듬해 정월이다.

장현의 아내가 아들에 이어 딸을 낳았다. 장현은 살아생전 피붙이인 자식을 처음 얻어 너무나 반가웠는데, 이번에는 딸까지 낳아 무척 반가웠다.

윤성녀가 조씨의 집을 드나들기 시작한 것은 지난해 5월 앵두철이었다. 그때 입덧이 나 조씨 집에 앵두를 보내려고 사온 것에서 절반을 덜어 먹으며 배었던 아기였는지라 딸은 앵두같이 어여뻤다.

아기는 무럭무럭 자라났다. 장현은 이 사랑하는 딸을 품에서 내려놓을 줄 몰랐다. 이름은 '옥정(玉貞)'이라 지었다. 장현은 사는 것이 너무도 기뻤다.

아들딸을 갖게 되면서부터 장현은 더욱 아내를 사랑하고, 그의 행동을 아예 자유에 맡겨버렸다. 이즈음 아내는 조씨의 집에 가서 자거나 며칠을 묵기도 했다. 윤성녀는 아주 조씨의 집 식구로 생각하는 것 같았다.

얼마 뒤에 장현의 집에서 반찬 만드는 늙은 여종이 장현을 찾아와 아내의 행실이 의심된다는 말을 들려주었다. 하지만 장현은 불문에 부쳤다. 그도 이젠 어느 정도 눈치를 채었는지도 모른다.

아내의 방종한 생활에 마음이 괴롭지 않을 수 없었다. 그러나 아들과 딸은 누가 보더라도 장현의 아들이요 딸이었다. 여기에만 세상 재미를 붙이고 살아가는 것이 그의 생활이었다.

그 뒤에도 하인 중에는 종종 윤성녀의 일을 의심하여 고하는 사람이 있었다. 그러나 그는 언제나 이 일을 모른 척했다. 그러면서도 속으로는 '얼굴값 하느라고' 하고 흘려버렸다.

윤성녀는 참으로 얼굴이 아름다웠다. 20이 지나 30이 되도록 처녀 때의 눈부신 미모가 조금도 쇠하지 않았다.

한번은 숭선군의 아들 동평군(東平君)이 매부 조사석의 집에 왔다가 마침 거기 와 있던 그녀를 보고 깜짝 놀랐다.

옥순이라는 이름으로 숭선궁에서 심부름이나 하고 있을 때는 동평군이 아직 10세의 아이였으니까 알지 못했다가 이제는 그도 성관(成冠, 성인으로서 관례를 치르는 것)까지 한 터였다. 여자의 얼굴을 뜯어볼 줄 아는 나이가 된 뒤 활짝 피어나고 화사하게 차린 그녀를 보게 되자 그야말로 절색이라고 찬탄했다.

조사석과 동평군이 모여 앉아서 술을 마시면 으레 윤성녀가 시중을 들고 술을 따라 권하면서, 그들은 이즈음 전에 없이 자주 모여서 쑤군거리는 것이었다.

어떤 때에는 조사석이 주먹을 불끈 쥐고 땅바닥을 쳤다.

"에이, 그 서인놈들을 그저 이 주먹으로 모조리 때려눕혔으면……!"

이때 술을 따르던 윤성녀는 깔깔 웃었다.

"호호. 서인이란 사람이 누군지 그렇게 때리시다가는 나으리 주먹만 깨지시겠어요!"

동평군이 빙그레 웃으며 말했다.

"아, 저게 여태까지 서인이 뭔 줄도 모르는구려. 제 아비를 죽인 원수도 모르는 모양이구려? 하하하."

그녀는 깜짝 놀라 바짝 다가와 물었다.

"아니, 대감! 무슨 말씀이세요?"

"아니, 그래도 모른단 말이야?"

조사석이 조롱 비슷이 묻는 것이다.

"저는 통 몰라요!"

"아니, 어머니에게서도 듣지 못했어?"

"못 들었어요. 무엇 때문에 서인이란 사람이 우리 아버지를 죽였어요?"

"서인이라는 사람이 아니고 서인이란 당파가 있는데, 그 당파에서 남인이란 당파를 미워하던 끝에 자네 아버지가 남인과 가까이 지내니까 미워서 서인 당파들이 죽였던 것이야. 말하자면 서인 당파는 자네의 아비를 죽인 원수인 셈이지. 이제는 알겠나?"

"네?"

"그러니까 아비 죽인 원수가 누구인지 알았거든 그 원수를 갚아야지."

동평군의 말이었다.

윤성녀는 이 말을 듣고 그들에게 바짝 다가앉으며 윤규가 애매하게 죽었던 사실을 물어 드디어 부친의 일을 자세히 알게 되었다.

그녀는 가슴이 새삼스럽게 두근거렸다. 이때에 조사석이 또 물어보았다.

"그러니까 자네도 우리와 같이 남인 편이 되어서 그 서인 놈의 원수를 갚아야지 않겠나?"

"갚아야지요! 하지만 제게 무슨 힘이 있어야지요!"

"원수는 힘으로 갚는 게 아니라 꾀로 갚는 게야. 알겠나?"

"꾀가 있어야지요."

"그것은 차차 생각해내면 되는 게지."

윤성녀는 그들의 대화로 부친이 원통히 죽은 것을 알게 되고, 집으로 돌아와서 즉시 모친을 불러왔다. 심성녀는 여전히 바느질삯을 받아 겨우 살아가고 있었는데, 장현이 쌀이나 나무를 보내주어서 생활을 유지했다.

그녀는 모친에게 부친의 예전 일을 물어보았다. 그러나 모친은 다만 역관으로 사신을 따라갔다가 말을 잘못해서 죄를 받고 참혹하게 죽은 것으로만 알 뿐이고, 그 이상 더 자세한 것은 알지 못했다.

윤성녀는 아버지를 사모하는 마음이 간절히 일어났다. 아버지를 가엾게 여기는 마음뿐 아니라 자기의 신세나 집안이 결딴난 것은 결국 아버지가 일찍 죽게 된 데서 기인한 것을 알게 되었다. 아버지를 애매한 죄로 참혹하게 죽였다는, 조사석과 동평군이 말하는 그 서인 당파를 차차 이를 갈고 미워하기 시작했다.

이러는 중에서도 아들 희재(希載)와 딸 옥정은 무럭무럭 자라났다.

어느덧 옥정의 나이 13세가 되었다.

옥정은 아직 어린 나이기는 하나 역시 그 모친의 모습을 닮아서 참으로 어여뻤다. 신체에 윤기가 나면서 맵시 아리따운 점으로는 오히려 어머니보다 훨씬 더 나은 편이었다.

장현은 딸에게 글을 가르쳤다. 총명한 재질은 벌써 소학을 다 배우고 내칙을 읽기 시작했다. 하나를 배우면 열을 아는 이 영특함에 부친도 놀랐다.

이처럼 오붓하게 재미있던 장현의 집에도 이 봄에 졸지에 슬픈 사건이 들이닥쳤다.

그것은 지난겨울에 장현이 동지사를 수행했다가 역시 무엇이 잘못되어 그 장인인 윤규 모양으로 의금부에 잡혀가서 하옥되고, 모진 고문을 받아 죽게 되었던 것이다.

이번에도 역시 옥사를 주심한 사람은 서인이었다. 세상에서는, 특히 남인 쪽에서는 또 서인 당파들이 남인이 배경인 역관 장현으로 하여금 사건을 얽어 죽였다고 했다.

윤성녀는 비록 장현에게 알뜰한 애정을 느끼지는 못했다 하여도 세상이 다 아는 남편이었다. 자라는 자식들을 보아서라도 남편의 원수를 생각지 않을 수 없게 되었다.

이리하여 아무것도 알지 못하는 부녀자들인 윤성녀와 딸 옥정과 아들은 서인 당파를 원수로 삼게 되었다.

'서인놈들의 원수를 언제나 갚나!'

이것이 그들의 소원이 되고 말았다.

역관 장현이 죽은 때는 현종 재위 때로서 현종이 항상 병석에서 지내던 때였다.

조정은 서인 당파가 세력을 잡고 있는 중에 왕의 건강까지 좋지 못해 어느 때 무슨 일이 벌어질지 모르는 처지였다.

이처럼 나라의 형편이 흔들리는 때라 이때를 이용해서 어깨가 처져 있던 남인들이 기회를 엿보아 판국을 뒤집고 자기네 세상을 만들어 놓아야 할 터인데, 임금은 어느 때 승하할지 모르게 위독한 형편이었다. 이럴수록 무슨 일이 있을까 염려해서 서인 재상들은 궁중과 조정에 철벽을 치고 그야말로 계엄령을 내린 듯이 단속이 삼엄했다.

이런 판국에 남인들은 그 틈을 헤치고 궁중이나 조정에 들어갈 수가 없었다. 남인들이라면 모두 그 방법을 생각하나 이렇다 할 묘책이 나서지 않았다.

이때에 조사석이 동평군과 밀책을 하나 생각해냈으니, 그것은 다름 아니라 우선 궁가의 내정도 정찰할 겸 또 어느 임금이 들어서더라도 일단 총빈(寵嬪, 임금으로부터 총애를 받는 여자)이라도 될 법하여 장현의 딸 옥정을 나인(內人, 궁녀)으로 만들자는 것이었다.

우선 옥정이 그만큼 똑똑하니 어느 왕자가 들어서든지 즉위해서 총빈이 될 수도 있고, 또 장현의 아들 희재가 자라면 부친의 원수도 갚아야 하므로 희재를 무예청에 들어가게 하고, 옥정은 궁중 내정을 살피고, 희재를 시켜서 내정을 알아내어 오도록 한다……. 이런 공작을 꾸며 차차 일을 도모하자는 것이다.

그다음으로 궁중의 정세를 살펴보면 동궁도 역시 병약하니 만일 임금이 붕어하고 동궁도 요절하면, 그때에는 남인 쪽의 종실 집안에서 군왕 재목을 추대해서 임금 자리에 오르도록 준비하고 있자는 것이다.

그래서 그들은 삼단 공작을 준비하고 있었다.

첫째로 기회를 보아 역적 노릇 안 될 정도에서 남인 편의 종실 집안 자제를 내세울 것, 둘째로 그 일이 여의치 않으면 후일 어떤 임금이 들어서더라도 미모가 빼어난 나인을 들여보내서 그로 하여금 승은(承恩, 여자가 임금의 총애를 받아 밤에 모시는 것)하게 하여 임금의 마음을 남인 편으로 돌리게 할 것, 그도 안 되면 그 나인을 시켜 궁중 정세를 잘 살펴서 밖에서 무슨 일을 도모할 것.

이와 같은 두 겹, 세 겹의 계교를 세웠는데, 그 첫걸음으로 우선 옥정을 궁중에 들여보내자는 데 뜻을 모았다.

그들은 윤성녀를 찾아가 남편의 원수를 갚자는 말로 설득해 마침내 옥정을 궁중에 들여보낸다는 허락을 받게 되었다.

이리하여 조사석은 알현할 때 동평군과 같이 궁중에 들어가 조대비에게 인사하고 물러나오며 지나가는 말로 '이번에 나인을 뽑을 때에 숭선군 궁에서 자라난 침모에게 얌전한 딸이 있으니 거두어 주옵소서' 하고 추천했다.

조대비는 사촌조카와 손자뻘 되는 동평군의 아룀을 믿고 그 이튿날로 곧 장현의 딸 옥정을 불러보게 되었다. 일이 또 공교로이 되느라고 조대비는 옥정이 첫눈에 들게 되어 나인으로 거두어 주었다. 그래서 대왕대비 조씨는 궁에 있는 상궁에게 맡기어서 애기나인으로 두고 가르치라 하고, 반 년이 못 되어서 곧 대비의 궁으로 불러서 가까이 두고 사랑하였다.

옥정은 그만큼 똑똑한 외에 궁중에서 깎이고 닦여서 훌륭한 바탕이 되고 보니 그야말로 안팎으로 일색이었고, 조대비는 금지옥엽으로 사랑하게 되었다.

세월은 흐르고 임금의 병은 깊어갔다.

갑인년(1674) 봄이 돌아오고, 왕대비인 인선왕후 장씨까지 병세가 위중하게 되었다.

예사로운 때와 같이 세자는 대왕대비, 즉 조씨 할머니에게 아침저녁으로 문안을 들게 되었는데, 이 세자가 후일 숙종 임금이 되었다.

세자는 그때 벌써 동궁으로 책봉한 뒤였지만, 항상 병약하였기 때문에 자연히 자유롭게 키웠다. 까다로운 절차를 따로 거치지 않고, 동궁이라 해도 아무런 체제나 구성을 차리지 아니한 채 나인 한두 사람이 보호하게 하고, 아무 처소든 자유로이 출입하도록 되어 있었다.

따라서 동궁의 처지로 대왕대비의 처소에 문안을 할 때 그 기구를 제대로 차린다면 무관·별감·내시·나인 등 적게 잡아도 10명 이상이 따르게 되지만, 이런 절차를 다 치우고 나인 한둘만을 데리고 그저 예사 여염집 아이와 같이 자유롭고 구속 없이 드나들게 했다.

그날도 예사롭게 밤문안을 드리려고 할머니의 처소에 와 보니 때마침 할머님마마는 왕대비의 병실에 납시었고, 나인들만이 몇 사람 있었다. 할머니가 안 계신 그 방으로 들어가서 앉아 있는데, 다른 궁인들은 어디로 갔는지 나이 늙은 궁인은 잠깐 누워 잠이 들고 오직 각시나인 하나만 앞에서 머리를 조아리는 것이었다.

이 각시나인은 어린 동궁의 마음에도 예전부터 어여삐 보였다. 이야기도 하고 놀기도 했으면 좋으련만 서로 가까이 지내지 못하던 차였는데, 오늘 공교롭게 호젓이 대하고 보니 마음이 이상스러워지는 것 같았다. 더구나 두어 살 위가 되는 그 계집은 수줍고 부끄러워하는 것 같았다. 그러나 그 어여쁘고 아리따운 것은 거의 가지고 놀고 싶도록 귀여웠다.

열네 살 된 세자는 철이 날까 말까 할 때였다. 그러나 아직도 아이의 마음이었다.

세자는 어깨를 으쓱으쓱하다가 각시나인을 보고 명령했다.

"얘, 이리 와서 내 등을 좀 긁어주렴."

각시나인은 머뭇머뭇하다가 세자의 뒤에 조용히 앉아 세자가 입고 있는 도포를 들치고 손을 옷 밑으로 넣어 조심스럽게 긁다가 물러나려 하는데, 세자가 각시나인의 손목을 꽉 쥐었다.

"어디, 그 손톱 좀 보자. 어째서 긁는 것이 그렇게 시원치가 않으냐?"

이런 말을 하고 손을 들여다보는 것이었다. 손을 보니 옥을 깎아 빚어서 만든 듯 어여쁘고 보드라워 마치 장난감같이 귀여운데, 손을 보다가 얼굴을 보니 각시는 수줍음을 이기지 못해 한 손으로 입을 가리고 머리를 돌려 숙인 모양이 더욱 어린 왕자의 마음을 부드럽게 쓰다듬어 주는 듯했다.

"무어 이리 부끄러우냐?"

"……."

각시나인은 감히 사뢰지 못했다.

"너, 올해에 몇 살이냐?"

"……."

"왜 대답이 없어?"

"열여섯 살이옵니다."

"성이 무어냐?"

"장가(張哥)라 하옵니다."

"장가야, 궐내 있은 지는 몇 해나 됐니?"

"삼 년 전에 들어왔사옵니다."

이만큼 묻고는 한 손으로 잡혀 있는 손가락을 쓰다듬어 보았다.

"참, 그 손이야 곱기도 하다!"

각시나인은 물러나서 장지 너머로 넘어가서 여전히 서 있었다.

"다리가 아플 테지. 거기 앉으려무나."

"황공하옵니다."

"아무도 보는 이가 없으니 잠깐 앉으려무나."

"네에, 황공하옵나이다."

그제에야 각시나인은 조용히 앉는데 무엇 때문인지 전신의 절반이 장지 밖으로 드러나게끔 공손히 앉아서 머리를 다소곳이 숙이고 수줍음을 짓고 있는 것이었다.

"얘, 내 얼굴이 붉어졌나 좀 보아라. 아까 어떤 나인이 장난으로 술을 권해서 한 모금 마시었다. 혹시 얼굴이 붉어져서 꾸지람을 들을까 염려된다."

아직까지 수줍음을 짓고 있던 각시나인도 이 말을 듣더니 아무 생각 없이 얼굴을 들어서 방그레 웃으면서 세자의 얼굴을 마주보았다.

마주보다가 얼른 고개를 숙여 약간 돌리면서 아뢰었다.

"소녀가 뵈옵기에는 아무 기색이 없사옵니다."

실상은 취한 얼굴을 들킬까 염려되어서가 아니고, 각시나인의 얼굴을 좀 바로 보자는 생각에서 나왔던 일이다.

세자는 비로소 분명히 그 얼굴을 볼 수 있었다. 과연 아름답고 어여뻤다. 꽃으로도 비할 수 없고 그림으로도 비할 수 없었다.

귀여운 마음에 자꾸만 말을 물어보고 싶었다.

"지금 네 처소가 어디쯤 되느냐?"

"지금 대왕대비 궁의 거행을 받으옵기 때문에 동편 끝에 있는 방 한 칸에서 머물고 있습니다."

"손위 나인은 누구냐?"

"제조상궁 안씨였습니다마는 지금은 그 앞에서 물러났습

니다."

"그렇던가."

이런 말을 하는 차에 뜰에서 인적이 들렸다. 대왕대비가 돌아오는 기척이었다.

각시나인은 황황히 누워 자던 나인을 깨워 일으키고 문을 열고 나가서 행차를 맞는 것이었다. 세자도 밖으로 나와 할머님마마를 모시게 되었다.

그 뒤부터는 매양 이 궁에 왔다가 각시나인 장씨를 보면 남의 눈에 띌세라 웃음을 보이고, 그럴 때마다 장씨는 수줍어 머리를 돌리며 웃음을 받아 웃는 것이었다.

이러는 사이에 은은한 사랑은 자라났다.

봄부터 가을까지 지내는 동안 그들의 사랑의 싹은 어지간히 자라나기는 했으나, 그사이 왕대비와 상감의 국상이 지나가고 애통하는 중에 세자는 왕위에 오르게 되었다.

이때, 남몰래 누구보다 기뻐한 사람은 장씨 궁인이었다.

장씨는 벌써 자기가 세자의 애정을 사로잡았다는 것을 알았고, 세자가 왕위에 올라 다음날에 영화롭고 귀하게 될 것은 불 보듯 뻔한 일이었다.

세월은 흘러 어느덧 신왕(新王)은 열일곱이 되어 새봄을 맞이하게 되었다.

국법으로 선비의 집 규수는 누구든 마음대로 혼취를 못한다는 엄명이 내렸다. 이 봄에 신왕이 관례(成年式)를 거행하고 왕비 간택을 하기 전 신왕의 정조는 벌써 빼앗긴 곳이 따로 있었다.

지난겨울, 상복을 벗자마자 평소에 대왕대비 처소에 갈 때마다 눈에 띄었던 장씨 궁인이 그리웠다. 장씨 궁인은 열여덟의 꽃다운 나이로, 그야말로 필 대로 피어난 한 떨기 고운 꽃이었다. 아깝게도 변변치 못한 꽃들 틈에 끼어 있어서 그 꽃을 알아낸 사람도 드물었다.

눈 내리는 겨울밤, 달빛이 눈발을 뚫고 잠시 홀연히 비칠 때 젊은 왕은 어렵지 않게 의소재 동편 끝 외딴 방을 찾아와 가볍게 문을 두드렸다. 이때에 바느질을 하고 있던 장씨 궁인은 이상한 예감이 들었던지 밤늦게 화려한 복장을 차리고 있었던 터이다.

문소리를 듣고 바람인가 하여 문을 열어보니 꿈엔들 생각이나 했으랴! 이 깊은 밤에 상감께서 납시었을 줄이야, 그 누가 뜻하였으랴!

장씨 궁인은 버선발로 뛰어나와 뜰아래 내려서서 황공무지하여 엎드렸다. 왕은 손수 장씨 궁인의 손을 잡아 일으켜 이내 장씨의 방으로 들어갔다.

장씨는 어느 정도까지는 이런 일이 있을 줄 알았고, 또 며칠 전 꿈에는 황룡이 자기 몸을 친친 감았던 일도 있어서 속으로 이상하다 생각하고 아쉬운 마음에 벌써 여러 날 전부터 밤 단장을 하여서 기다렸으나 이렇다 할 조짐이 없었다.

그러던 차 오늘날 의외에 이런 일이 있게 되니 감격하고, 기쁘고, 황송하고, 불안하여 진실로 몸둘 곳이 없었다.

장씨 궁인은 사뿐사뿐 다니면서 방장(房帳, 겨울에 외풍을 막기 위해 방 안에 치는 휘장)을 두르고 촛불을 바꾸어 켠 뒤 한옆에 공손히 서서 분부만 기다렸다.

때는 장씨의 나이 열여덟이니 2년 전 그때보다 얼굴은 더 곱게 피어나 있었다. 한 떨기 모란꽃이 아침이슬을 머금은 듯했다.

왕은 환담을 즐기다가 새벽에 돌아가고 장씨는 지난밤 승은하던 일을 생각하며 거울을 보고 미소를 지었다.

장씨 궁인에게 이렇게 엉뚱한 꿈이 지나간 뒤에도 왕은 자주 이런 엉뚱한 꿈을 실어 주었다. 한 번, 두 번 횟수가 거듭되는 대로 왕과 차츰 친숙하게 되었다.

어려움도 차차 덜어지니 이제부터는 애정만이 깊어갔다. 이때부터 장씨는 왕을 포근히 자기 품에 안아 보려는 마음을 갖기 시작했다. 그러나 한편으로 자기의 나이가 임금보다 두 해 위인 것을 한탄할 때도 있었다.

이듬해 봄이 되자 대왕대비는 왕비 간택을 행하게 하여 호조판서 김만기(金萬基, 1633~1687)의 딸이 결정되었다.

백화가 만발했던 화창한 봄날, 가례(嘉禮)가 끝나고 왕과 동갑인 열일곱 살의 왕비는 곤순전(坤順殿)의 안주인으로 들어오게 되었다.

왕비 김씨는 상감과 보름 정도 어린 동갑이기는 하지만, 조숙한 지각과 활달한 언동으로 한번 궁중에 들어온 뒤에 예의로 위를 섬기고 어진 마음으로 아래를 거느렸다.

그러나 항상 마음이 여린 것은 아니었으니, 왕비는 자신의 직분을 다하는 것 외에 상감의 동정과 주위 형편을 남모르게 여러 각도로 살피고 있었다.

그리하여 이듬해 봄에는 벌써 젊은 왕의 관심이 어디에 기울어진 것을 확실히 알게 되어, 어느 날 대왕대비께 문안을 갔을 때에 조용히 여쭈었다.

"소녀가 무엇을 아오리까만, 어느 편으로 들으니 주상은 어느 곳에 총애하는 궁인이 있다 하옵는데, 궁중에 그런 궁인을 그대로 두면 왕실의 누가 될 것 같사오니 명분을 달리하시고 처소를 정해 주심이 옳은 줄로 아뢰옵나이다."

대왕대비는 이 말을 듣고 너무도 기특하고 고마웠다. 진작부터 서둘러 장씨 궁인의 명분을 달리해 주려고 했다. 즉, 첫째는 왕의 나이가 어린데 후궁 책봉이라는 말을 내면 임금의 덕목을 상할 염려가 있었고, 둘째는 새로 들어온 왕비의 마음이 어떠할까 염려하여 마음은 있으나 아직 발설하지 못하던 형편이었다.

그런데 오늘 왕비로서 먼저 이런 의견을 물어오니 그 착하고 아름다운 마음에 감탄하지 않을 수 없었다.

"중전의 말이 너무도 기특하오! 그러나 궁인으로 따로 무슨 공이 없으면 후궁으로 책봉하지는 못하는 법인즉, 아직 명분은 정해 줄 수 없고 처소나 따로 정해주려 하오. 그러나 아직 주상이 어릴 때에 후궁을 둔다는 것이 임금의 덕에 누가 될 듯하니 아직은 아예 발설하지 말게 하오."

이후에 대왕대비는 장씨에게 다른 상궁들과 같은 대접으로 처소를 따로 정해주어 그 근처로 옮기게 하고, 그날부터 자신의 처소의 거행을 받드는 소임을 면하게 해주었다.

이 정도의 대접이라 해도 장씨 궁인에게는 여간 영광이 아니었다. 다행히 왕자라도 탄생하면 벼슬이 내릴 것이고, 왕자가 크게 되면 더욱 무한한 영화를 누릴 수가 있을 것이었다.

이만한 처지에 옮겨지게 되자 궁중 여기저기에서 쑤군거리기 시작했다. 그 말 속에는 별말들이 다 있었지만, 그중에는 범상하게 넘겨들을 수 없는 말이 들리기 시작했다.

새 왕비는 외모가 그리 좋은 편이 아니었고, 언행이나 범절이 점잖을 뿐 그리 뛰어난 재주는 없었다. 뿐만 아니라 상감보다 키나 몸집이 훨씬 컸다.

상감은 처음부터 그러한 왕비가 탐탁해 보이지 않았고, 더욱이 벌써부터 옥과 같고, 꽃과 같고, 보배와도 같은 사랑하는 여인이 있는 터에 이런 왕비는 어디로 보나 애정이 느껴질 리 없었다. 게다가 왕과 왕비 사이는 명분만 부부였지 실상은 아무런 애정은 없었다.

이런 일 저런 일을 알고 있는 측근 중에는 이 틈새에서 이를 기회 삼아서 자기들의 운명을 여기에 시험해 보려는 자가 생기기 시작했다. 장씨 궁인 처소의 말을 왕비 처소에 와서 조용히 고하는 자도 있었고, 왕비의 일을 장씨 궁인의 처소에 가서 일러바치는 자도 있었다.

왕비는 상감이 자신을 대하는 태도가 처음부터 그런 것을 근심하였다. 더욱이 젊은 상감에게 벌써 애정을 기울이는 어여쁜 여인이 있다는 말을 듣게 되자 여자들의 항용 갖기 쉬운 투기의 마음으로서가 아니요, 혹시 이렇게 지내다가 성덕에 누가 된다든지 또는 총애를 받는 여자가 너무 방자한 짓을 하게 되는 불상사가 일어나지는 아니할까, 하는 정도의 근심으로 항상 장씨 궁인을 걱정하며 그녀의 동정을 살피는 입장이었다.

왕비 처소와 장씨 궁인이 있는 응향각(凝香閣)을 드나드는 한 나인은 장씨 궁인을 일컬어 '이 세상에 비할 바 없이 어여쁜 계집'이라고 했다. 그런데 왕비가 대왕대비 처소에 문안을 갈 때마다 그 궁인의 얼굴을 보려고 했으나, 장씨 궁인은 늘 몸을 피하고 끝내 왕비의 눈에 띄지 않았다. 이것부터가 자연스럽지 못한 일이었다. 그뿐 아니라 그 편 나인들의 말을 들으면 장씨 궁인은 상감을 대할 때마다 기회가 있기만 하면 왕비를 비방한다는 것이었다.

왕비는 처음에는 그 말이 모두 중간에서 말을 좋아하는 철 없는 궁인들의 소리로 여겼다. 그러나 이 사람 저 사람들이 공통적으로 하는, 떠도는 말은 대개 이러한 것이었다.

'이제 얼굴값을 하려 한다.'

'어느새 그렇게 엉뚱한 짓을 하기 시작하니 다음날 궁중에 큰 화근이 될 것이니……'

'말과 행동이 너무도 엉뚱하다.'

이런 말이 너무 자주 들리니 그냥 대수롭게 볼 수도 없는 일이었다. 그러나 한결같이 말을 막아 버렸다.

"설마 그랬을 리야 있겠는가!"

그러자 한번은 한 나인이 이렇게 말했다.

"황공하온 말씀이오나 나인 차림으로 한번 미행(微行, 무 엇을 몰래 살피기 위하여 남루한 옷을 입고 남이 모르게 다니는 것. 미복잠행微服潛行의 준말)을 납시어 친히 그 거동을 보옵 소서."

그러나 왕비는 그 말을 듣지 않았다.

그런 참에 한번은 장씨 궁인이 왕비에 대해 갖은 욕설을 다하고 별별 험담을 하고 다닌다는 말을 듣게 되자 갑자기 흥분하였다. 그러나 역시 전하는 말을 들은 것이지 직접 보 고 들은 게 아니어서 어떠한 조처를 내릴 수도 없었다.

부덕이 높은 왕비도 드디어 양심의 가책을 억누르고 몸소 살피기로 결심했다.

　달 밝은 밤 삼경이 지낸 때다. 왕비는 나인 복장으로 바꾸어 입고 몸소 응향각을 향하게 되었다. 왕비가 미행으로 응향각 앞에 왔을 때에는 벌써 재미있는 대화가 한창이었다.

　왕비는 나인의 인도로 조용히 뒤창 밑에 서서 귀를 대었다. 시간이 얼마나 지나갔는지 상감과 장씨 궁인은 한창 봄바람을 일으키며 꽃을 피우는 때였다.

　젊은 왕의 걸걸한 웃음소리와 아리따운 총희(寵姬, 총애를 받는 여자)의 간드러진 웃음소리가 뒤섞여 소리보다는 실제 광경이 더 궁금해졌다. 왕비는 문틈으로 잠깐 방 안의 광경을 엿보았다. 왕비의 가슴은 심하게 울렁거렸다.

　방 안의 광경을 살펴보던 왕비가 우선 놀라운 것은 장씨 궁인의 어여쁜 얼굴이었다. 아무리 미운 마음을 품었다 해도 그 얼굴을 보고는 감탄이 일어나지 않을 수 없었다.

　'저만치 어여쁘니 상감의 사랑을 독차지할 수밖에! 대체 어디서 저런 게 났나!'

　장씨 궁인은 참으로 놀랄 만큼 어여뻤다.

　다음으로는 왕과 장씨 사이에 드러나는 행동이었다.

　왕이 아무리 젊어 그렇다고는 하나 왕으로서의 체신을 잃은 모양도 모양이려니와, 왕비 자신도 감히 이런 행동을 못 할 일인데 장씨의 행동이 너무 무엄하고 방자한 데 놀라지 않을 수 없었다.

다음으로 왕비의 귀를 놀라게 한 것은 왕과 장씨의 대화였다.

무슨 이야기를 했는지는 모르나 장씨가 시샘하여 잔망스런 얼굴로 말하는 것이었다.

"……글쎄, 김씨인지 뭔지 하는 여자가 이렇게 말했답디다. 그까짓 게 무슨 상감이야? 그래, 관례도 하기 전부터 상복을 입은 채 그 간특하고 요사한 계집년에게 빠져 왕비가 무언지 임금노릇이 무언지 아무것도 모르고 그년의 치맛자락에 휩싸여 지낼까. 무엇보다도 그 간특한 그년부터 능지처참 없애버려야 나라가 될 걸. 이랬다니, 이게 차마 입으로 할 소리입니까! 그 말을 들은 뒤로 소녀는 참으로 치가 떨리고 분해서 못 견디겠어요! 그따위를 궁중에 두시니 그야말로 나랏일이 되겠습니까!"

이어 분하고 슬퍼 못 견디겠다는 듯 옷고름으로 눈시울을 문질렀다.

"중전이 그랬을 리가 있나!"

왕이 빙그레 웃으며 대꾸하자 장씨는 바락 심술을 냈다.

"중전은 무슨 중전이에요?"

"왕비니까 중전이지 무어냐."

"왕비는 누가 왕비에요, 내가 왕비지요!"

너무나 당돌하고 발칙한 말이었다. 그러나 왕은 별로 노하지도 않고 또 빙그레 웃으며 비위를 맞추었다.

"참, 그렇던가……."

"그럼, 아니고 뭐예요. 상감을 누가 먼저 뫼셨어요. 먼저 뫼신 사람이 정궁 아니에요? 호호……."

지금 막 눈물을 씻던 장씨는 어디서 그런 웃음이 나오는 지 그 웃음소리에 왕은 따라서 걸걸하게 웃음을 마주 건네 주었다.

이런 정경을 직접 보게 된 왕비는 해괴하고 분노가 치밀어 차마 더 볼 수가 없어 곧 눈을 떼고 물러났다.

생각 같아서는 당장 문을 버럭 박차고 들어가 장가 계집의 머리채를 끌어 뜰아래에 꿇려 놓고, '너 지금 무슨 주둥이를 놀렸더냐?' 이렇게 다그쳐서 죄를 자백시키고 당장에 쳐죽이고 싶었으나, 우선 자신이 미행한 것이 떳떳치 못했다. 뿐만 아니라 여염집도 아니요 왕실에서 이런 일을 할 수도 없고, 또 그 계집이 목 잘릴 짓을 했더라도 자신의 도리를 바로 지켜야 한다고 생각하여 가까스로 가슴을 억눌러 나인들을 데리고 궁으로 들어왔다.

이 일이 있고 난 뒤 왕비는 전보다 몇 갑절 더 장씨 궁인 때문에 속을 앓게 되었다. 계집을 그대로 두었다가는 나라가 위태로워질 것이라고까지 여겼다. 따라서 무슨 방법을 써서라도 계집을 궁 밖으로 하루바삐 쫓아내야겠다고 결심했지만, 그 방법이라는 것이 좀체 나서지 않았다.

단순히 생각하면 지난 미행만으로도 장씨의 언동을 들어 쫓아낼 수도 있다. 그러나 그렇게 하자면 먼저 왕비 자신이 미행한 일을 스스로 말해야 하고, 또 부왕의 모든 잘못까지 드러나게 될 터이다. 따로 어떠한 단서를 잡으려는데 좀체 이렇다 할 단서를 얻을 수가 없었다.

왕비가 장씨 궁인으로 속을 끓이던 차에 한번은 대왕대비의 처소에 문안을 갔는데, 그렇게 잘 피하던 장씨 궁인이 이때는 채 피하지 못했다. 그런데 이때 장씨는 윗방 한옆에 앉은 채 왕비의 행차를 공경하여 맞이하려고도 않고 또한 왕비를 알은 척하지도 않았다.

왕비는 일부러 장씨가 있는 방을 들여다보고 짐짓 모르는 척 다른 중인에게 물었다.

"저기 앉은 저 계집은 어찌 된 계집이냐?"

궁인들은 무엇이라 사뢸지 몰라 우물쭈물하는 눈치였는데, 그 장씨라는 나인은 아무 말 없이 살짝 벽을 향하고 돌아앉아 버리는 것이었다.

왕비는 너무도 해괴하고 기가 막혀 대왕대비께 여쭈었다.

"황공하오나 저 계집은 어찌 된 계집이옵나이까?"

"왜, 모르오? 요전에 중전이 명분을 달리해 달라던 그 장성궁인(張姓宮人)이오. 애, 저리 뜰아래로 내려서서 중전마마께 현신(現身, 아랫사람이 윗사람에게 처음으로 뵈는 것)드려라."

처지와 명분이 있는 이상 냉큼 뜰아래로 내려서서 뵈어야 할 것이기 때문이었다.

장씨는 자리에서 일어나면서 두 눈이 샐쭉해져서 할끔 왕비를 돌아보고는 그대로 뒷문을 열고 나가버리고 마는 것이었다!

왕비는 순간적으로 분노가 치밀었다. 왕비인 자신에게 그런 지엄한 무례를 범하는 일도 그러려니와 엄중한 대왕대비의 분부에 이렇게도 방자한 짓을 하는 것을 그대로 지나쳐 볼 수는 없었다.

그러나 더 기막히는 일이 벌어졌다.

"그게 뒷문으로 나가버리는구나. 아마 제 생각에는 중전마마 뵈옵기가 겸연쩍어 그러나보다. 그만 내버려두어라."

대왕대비는 이런 말로 장씨가 나간 뒤에 문을 열어보는 나인에게 분부했다. 대왕대비의 장씨를 사랑하는 깊이는 이 정도였다!

왕비는 이 모양을 보고 즉석에서 장씨의 방자한 죄와 대왕대비에 대한 예도(禮道)를 밝히지 않는 일을 잡아서 따끔한 맛을 보이려 했다.

하지만 다시 생각하니 대왕대비가 일찍이 그 장성녀(張姓女)를 불러들이고 지극히 사랑한다는 말을 들은 데다가 응석이 늘고 교만이 자라서 오늘날 이 지경이 된 것이었다. 그러니 이 자리에서 그 잘못을 짚어낸다고 해야 별로 신통하지 않을 것이고, 도리어 자신이 질투심으로 그녀를 미워하는 마음이 드러나는 것으로밖에 알려지지 않을 것이라 여겨 분을 삭이며 그대로 처소로 물러갔다.

그러나 처소로 돌아온 왕비는 밤새도록 생각해도 도저히 그대로 용인해서 지나칠 수 없는 노릇이었다.

어느새 그만큼 교만 방자해진 계집이니 이대로 두었다가는 장차 얼마나 찧고 까불게 될지 실로 한심하고 근심스러웠다. 그보다도 대왕대비는 늘 사랑하고 너그러운 마음으로 이런 일을 봐도 그만이요 저런 일을 저질러도 용서를 하니, 이렇게 되어가다가 그 계집 몸에서 왕자나 탄생하고 큰 벼슬이나 받는 날이면 제 말대로 제가 왕비라 외치고 왕비 따위는 발길로 걷어차 버릴지도 알 수 없는 노릇이었다. 실로 두렵고 한심한 일이었다.

그러므로 차라리 자신이 궁중에서 '질투하는 계집'이라는 오명을 쓴다 하더라도 그 세력이 궁중에 좀 더 뿌리를 박기 전에 진작 뿌리를 뽑아야만 왕실을 위기에서 구하는 것이라고 단호한 결심을 했다.

왕비는 새벽부터 일어나 앉아 나인을 불러 장성녀의 죄상을 일일이 받아 적게 했다.

……아무날 밤에 응향각에서 어떠어떠한 일까지 있는 것을 본 자가 있으니 이런 계집을 늘 관대한 처분으로 그

대로 궁중에 묻어두면 후일 어떠한 후회가 올지 모르는 일이옵니다. 소비(小妃)의 처지로 이런 말씀을 아뢰면 혹 질투로 그러는 줄 알지라도 이 질투는 지극히 작은 일에 지나지 않는 것이옵니다. 작은 일로 시작된 크나큰 일을 그르칠 수 없어, 황공하오나 이같이 아뢰오니 널리 통촉하시고 사실을 틀림없이 살피신 뒤에 곧 장성녀를 하루바삐 방축(放逐)하옵시기 바라옵니다…….

겉봉을 봉해 날이 밝은 뒤에 대왕대비께 올렸다.

이 글을 본 대왕대비는 너무도 놀라워 그 봉서를 자리 밑에 넣어둔 채 상궁들을 시켜서 며칠 동안 응향각의 동정을 살펴보니 참으로 해괴망측하였다. 비록 장씨를 그렇게 아꼈으나 행동이 그러하고, 또 왕비의 정당한 말을 그대로 묻어둘 수는 없어 마침내 장씨 궁인을 불러들여 엄하게 꾸짖고 궁에서 당장 나가라고 명령했다. 그러면서도 전날의 자상한 애정을 금하지 못하여 따로 귀띔까지 해 내보냈다.

"네가 나가서라도 몸을 잘 닦고 잘못을 깊이 깨달으면 그때에는 다시 궁중으로 들어올 수 있을 것이다."

그러나 장씨 궁인은 원체 덕이 없는 터라 자기의 잘못은 털끝만큼도 깨닫지 않고 오직 왕비의 흉계로 이렇게 된 일이라 하여 한없이 혐오하고 살기가 등등했다.

장성녀가 집으로 가버렸으니 이제 궁중에 화근은 사라지

고 평온이 찾아온 듯 보였다.

　하지만 일은 이것으로써 일단락을 짓는 것이 아니요, 사태는 점점 더 험악해져갔다.

　장씨 궁인이 궁중으로부터 추방 처분을 받아 사친(私親, 자신의 친족)의 집으로 돌아온 때는 늦가을의 일이었다.

　이때에 왕은 열아홉을 헤아리는 때요 장씨는 스물이 지나, 하루하루가 아까우리만큼 한창 좋은 시절이었다.

　장씨는 집에 들어와 머리를 동이고 드러누워 한숨으로 날을 보내고, 모친 윤성녀는 쫓겨난 딸을 보고 몸부림쳐가며 통곡했으나 이미 엎질러진 물이었다.

　장씨는 자기의 시샘을 못 이겨 이따금 미친 듯이 벌떡 일어나 경대의 거울을 깨뜨리고, 궁에서 승은 당시에 입던 속옷을 있는 대로 발기발기 찢어버렸다. 머리털은 있는 대로 흐트러졌다.

　이럴 때마다 모친 윤성녀는 딸을 안고 위로하여 그 정경이 더욱 가련했다.

　"애야, 진정해라! 이게 무슨 짓이냐! 전생에 우리 모녀는 무슨 죄를 지었기에 이다지도 운수가 꽉 막혔단 말이냐. 팔자가 기구하거든 외롭지나 말거나, 신세가 외롭거든 복이라도 타고나거나, 복도 못 타고 신세조차 외로우니 이것이 대체 무슨 죄냐……! 할미가 박복하거든 에미나 복이 있거나, 에미마저 박복하면 딸이나 복이 있어야지, 무슨 죄가 이다지도 무거워 양대(兩代)가 벼락과부가 되다가 딸자식마저 생과부가 된단 말이냐! 아들이 없거든 딸이나 잘되거나, 딸마저 이렇거든 아들이나 일찍 컸거나, 밖으로는 친척도 없고 안으로는 집안 떠받칠 사람 없이 이후로 삼대(三代)가 반백 년 동안에 내리내리 운수가 이다지도 박복하니 외가 · 처가 · 본가 · 딸의 집 모두가 이년의 죄다! 이년 하나만 없어지면 자식들이라도 나을 게다!"

이와 같은 넋두리를 내리 주워섬기며 슬피 울 때에 열어놓은 대문이 흔들리고 있었다.

황혼이 깊고 찾아올 사람은 전혀 없는데, 혹시나 또 궁에서 무슨 처분이 내리는지 알 수가 없어서 모녀는 귀를 쫑긋했다. 대문은 또 덜그럭 흔들렸다.

윤성녀가 문을 열고 내다보니 검은빛 덧저고리에 패랭이 쓴 남정네가 대문이 열리기가 무섭게 안으로 쑥 들어오는 것이었다.

신세타령에 슬프게 울던 윤성녀는 이 광경을 보자 깜짝 놀랐다.

"에그, 웬 녀석이 남의 집에 불문곡직 뛰어드느냐!"

대문을 열어젖히고 그대로 안으로 들어오니 딸도 깜짝 놀랐다.

"에그머니, 이게 웬 놈이야!"

질겁해서 뒤꼍으로 쫓겨가는데, 그자는 누가 뭐라 하든 다짜고짜 방 안으로 짚신을 신은 채 들어간다.

윤성녀는 처음에는 무섭다가 이제는 악이 끝까지 올랐다.

"재앙은 매양 겹쳐서 오게 된다더니 화변 끝에 불한당까지 드는구나. 될 대로 되어라!"

악에 받친 마음으로 이렇게 뇌까리면서 그래도 궁금해서 무서움을 무릅쓰고 방문을 열어젖히고 들여다보니 그자는 방 한옆에 쭈그리고 앉아서 움직이지 않았다.

윤성녀는 하도 이상해서 용기를 내서 물어보았다.

"웬 사람이야?"

"지나가는 사람이로세."

대답은 제대로 하였다. 뿐만 아니라 그 말소리가 매우 귀에 익었다.

"지나가는 사람이 누구야? 불한당 놈이면 있는 대로 들고 갈 일이지, 왜 저러고 앉아 있는 게야?"

"응, 불한당은 아닐세."

이때야 윤성녀는 깜짝 놀랐다.

"아니! 이거 누구셔?"

등불을 당겼다. 어둡던 방이 밝아지자 드러나는 사람은 의외의 사람이었다.

"아니, 대감! 이 일이 웬일이오니까?"

윤성녀는 너무 기가 막혀서 그 앞에 펄썩 주저앉았다. 그는 동평군이었다!

동평군은 손을 내저으면서 조용히 말했다.

"떠들지 말게. 남의 이목을 가려서 오느라고 이 꼴을 하고 왔던 것일세. 그건 그렇고 우선 각시를 좀 봐야겠는데……."

각시라는 것은 장씨 궁인을 이르는 말이었다.

"원, 이렇게 미안할 데가 없습니다! 용서하셔요. 호호……."

윤성녀가 밖으로 나가서 장씨를 데려오는 동안에 동평군은 윗목으로 가서 짚신을 벗은 뒤 보자기를 풀어 다른 옷으로 갈아입었다.

장씨는 그새 밖에서 귀기울여 동평군이 온 줄을 알고 머리를 쓰다듬고 매무시를 고치고 있다가 그 모친을 따라서 방으로 들어왔다.

"에그, 대감! 오래간만입니다. 그래, 그간 평안하셨사옵니까?"

허리를 반쯤 구부려서 인사를 한다.

"우리 집은 아무 일 없었네만, 듣자니 너무도 아깝고 가여운 그런 변고가 어디 있더란 말인가?"

"흐흐…… 모두 제 팔자고 운수지요, 하는 수 있습니까."

"그래, 일이 이렇게 갸우뚱하게 되는 수가 있더란 말인가?"

"그것은 모두 박복한 탓이지요."

"그런가보이. 그래, 대관절 자네 짐작으로는 혹시라도 다음 기회가 있을 듯한가?"

"한 번 추방되었으면 그만이지 어떻게 다음 기회를 바라겠습니까? 그 한 군데서는 송곳니가 방석이 되도록 이를 박박 가는 터이온데……."

이때 동평군은 손을 홰홰 내저으며 질겁하여 말렸다.

"쉬쉬, 이게 무슨 큰일 날 말이야!"

동평군이 이렇게 질색해서 말리는 것은, 장씨의 말이 왕비를 빗대놓고 불경(不敬)에 가까운 말을 하여 혹시라도 이웃에서 들을까 두려워서 그랬던 것이다.

"일이 이 처지가 되었으니 장차 어떻게 하잔 말인가?"

"별수 없지요. 살아가려면 고생과 설움이요, 그것을 당하지 않으려면 오늘이라도 저세상으로 가야지요!"

"그렇지만 아주 죽으라는 법은 없는 게니까 얼마간 기다리게. 지금 밖에서 서두르는 분들도 있는 터이니 다시 부르실 날이 아주 없으실 것 같지는 않으이."

"그렇게 되면 작히 좋겠습니까만, 바랄 수가 있습니까? 하늘의 별따기지요."

이것은 옆에 있던 윤성녀의 말이었다.

"그래도 밖에서 우리들이 서두르는 일이 노상 헛일은 안 될 것이라고 믿고 있네."

"진정이십니까?"

이 말을 듣던 장씨는 반신반의 중에 정신이 드는 듯 물었다.

"내가 헛말을 지껄일 리가 있나!"

"너무도 분하고 이 갈리게 분해서 죽어서라도 다시 궁중으로 들어갈 수 있다면 지금이라도 목숨을 끊겠어요. 진정입니다, 진정으로 하는 말씀입니다!"

장성녀는 얼굴이 흐려지고 눈물을 철철 흘리며 그대로 방바닥에 엎드려 버렸다. 등이 들먹들먹하고 노란색 저고리에 남치마를 입은 옷 위를 척추의 곡선이 이상스럽게 움직인다.

동평군이 좋은 말로 위로해도 장씨는 울음을 그칠 줄 몰랐다.

이때에 그는 장씨가 엎드린 앞에 마주 엎드려 장씨의 귀에 입을 가까이 하고, 한 손으로 장씨의 등을 흔들며 울음을 그치게 하여 조용조용 무슨 말을 일러주었다.

그 개요를 말하자면, 지금 왕비가 아무리 장씨를 괄시하고 내쫓았다 하더라도 주상께서 장씨를 총애하시던 그 옛정을 도리어 잊지 못하실 것이요, 대왕대비께서는 비록 일시적 처분으로 그와 같이 명령을 내리셨으나 근 10년 기르고 사랑하시던 마음이 그대로 남아 계신 터라고 타일렀다. 다시 대왕대비와 주상의 마음을 돌리고 다시 부르게 하기 위해 조승지[趙師錫] 같은 분이 대왕대비께 들어가 뵈옵고 말씀을 사뢰겠노라고 말했으니, 어떻게 하든지 다시 부르는 처분이 내릴 날이 머지않았다는 것이었다. 그러나 그보다도 나중에는 더욱 은밀한 말을 이르는 것이었다.

장씨는 이야기를 다 듣고 나서 일어나며 눈물을 씻었다.

"이와 같이 이 몸을 비호해 주시니 그 은혜 갚을 바를 알지 못하겠습니다."

장씨는 동평군을 보내면서 마음이 짠했다.

"이렇게 찾아오셔서 보아주시니 너무나 황공합니다. 또 어느 때나 뵈올지……."

동평군이 대답했다.

"아, 이젠 일을 해 나가려면 자주 와야지……."

"그러면 자주 뵈옵게 되겠군요."

장씨는 명랑하게 웃어 보이면서 대문까지 나갔다.

이 무렵 동평군은 부친 숭선군이 이미 세상을 떠난 뒤요, 자신이 집안을 맡은 터라 그와 친한 사람들은 대개 세력을 잃은 남인들이었다.

남인들은 어느 때나 이 시국을 전환시켜 자기들의 뜻을 펴 보게 될까 하여 이리저리 주인을 정하려고 인물을 물색했다. 그런데 이 동평군으로 말하자면 인조대왕의 손자뻘 되는 인물일 뿐만 아니라 풍채가 좋고 기골이 당당해서 얼른 봐도 외모가 준수하고 쾌활한 데다 또 신언서판(身言書判, 인물을 골랐던 네 가지 조건을 이르는 말. 신수, 말씨, 문필, 판단력)에 별로 남에게 뒤질 게 없는 인물이었다. 따라서 남인에서 동평군을 찾아오는 이가 많았다.

동평군은 이들의 추앙을 받으며 자존(自尊)하기로 했다.

스스로를 잘 다스리기로 한 것이다. 그야말로 시절을 낚으며 지내던 터인데, 역관 장현의 딸, 즉 예전에 자기 집 침모의 딸로 자기 집에서 자라나서 시집갔던 윤성녀의 딸이 반반하게 자라는 것을 보게 되어 남인들의 의견으로 그녀를 궁중에 들여보냈던 것이다. 그러한 그가 이미 승은되어 왕의 총애가 지극하다는 말을 들었는데, 그 장씨 나인이 왕비의 노여움을 사 궁중에서 추방되었다는 소식을 최근 접하게 되었다.

이 사실이 남인에게 알려지자 그야말로 다 익은 벼가 썩어 간다고 아깝게 생각하여 다시 궁중에 들여보내려는 계획을 세웠다. 우선 동평군을 시켜 장씨의 건재함을 몰래 살펴보려고 하나, 궁중에서 쫓겨난 궁인의 집을 드나들다가 세상 사람들의 이목이 어떻게 해석할지, 또는 어떤 혐의를 받을지 몰라 가마꾼 차림으로 찾아왔던 것이었다.

동평군은 장씨의 집을 다녀온 뒤 남인들을 모아놓고 장씨의 실정을 자세히 말한 다음, 앞일을 구체적으로 의논했다.

이튿날 동평군은 곧 부근에 십여 칸 얌전한 집을 사서 즉시 장씨 모녀를 이사시키고, 장씨의 오빠인 희재는 공부를 시키기 위해 절로 보내주고 양식과 땔감, 반찬거리 등을 궁색함이 없이 대주며 자주 그 집을 드나들었다.

이 때문에 동평군이 이 집 식구인지, 이 집 식구가 동평군 댁에서 봐주는 식구인지 모를 만큼 친밀해지고, 그들은 서로 못할 말없이 털어서 말하는 사이가 되었다. 이처럼 동평군을 중간에 넣어 남인파들은 장씨 궁인을 음으로 양으로 도와주면서 장씨 재입궁을 열렬히 주선하고 있었다.

그러나 궁중에서는 왕비가 장씨 궁인을 추방하여 내보낸 뒤에 궁중의 기강을 극도로 엄하게 하고, 여관(女官)이나 환관들에게 특별히 지시하여 이런 요망한 계집이 다시 궁으로 들어오거나 또는 이 같은 계집이 생기지 못하도록 삼엄하게 규칙을 세워놓았다. 따라서 장씨가 추방된 이후로는 궁중의 모든 범절이 깍듯하여 조금도 느슨한 여가가 없었다. 남인들이 궁중 일을 아무리 내탐(內探, 남모르게 살펴보는 것)하려 하나 발붙일 곳이 없었고, 더욱이 장씨를 다시 들여보낼 계책이 전혀 없었다.

그래서 생각해낸 것이 대왕대비에게 귀띔을 해 당신의 지위를 좀 더 뚜렷하게 가지십사, 건의하는 방법이었다. 즉, 권위를 더 높이 가져 왕비의 등등한 세력을 억눌러 보라고 권했던 것이다.

남인들은 60세에 가까운 대왕대비에게 은근히 궁중 일을 왕비에게만 맡기지 말고 권위를 강하게 하여 당신의 뜻대로 하라고 부추겼다.

이를테면 이번에 장씨 궁인 문제만 하더라도 당신께서 그만큼 아끼는 터에 왕비의 위압으로 그리 큰 죄도 없는 것을 매몰차게 쫓아버리는 마당인데, 그런 것을 왜 당신 뜻대로 조처하지 못하고 왕비가 하는 대로 맡겨두느냐는 말로 대왕대비를 충동하였다. 즉, 왕비에게 억눌려 지낼 필요가 뭐 있겠느냐는 말이었다.

이때에 궁중에는 효종 왕비도 승하하고 현종 왕비 명성 김씨(明星金氏)가 왕대비 자리에 있어서 숙종의 아버지의 할머니, 즉 증조모이자 인조대왕 계비인 장렬 조비가 대왕대비로서 내궁(內宮)의 모든 일을 맡아보았다. 왕의 어머니인 명성 왕비는 40세 가까운 나이로 이제 회갑이 되어가는 계조비(繼組妃)의 위엄에 눌려 마음대로 일을 하지 못했다.

그런데 워낙 장렬 조비는 성품이 변덕스러운 데다가 편증편애(偏憎偏愛), 즉 누구 하나를 특히 미워하고 어느 누구를 편애하는 성격이었는데, 60세 가까운 나이에 망령에 드는 일이 잦았다.

당시에 궁중에서 떠도는 말로, 그러한 대왕대비가 자신의 처소에서 부리는 각시나인을 무척 아끼기 때문에 왕에게 슬그머니 총애를 받도록 기회를 만들어 주어 아직 관례도 하기 전인 어린 왕으로 하여금 벌써 총희를 두게 만들었다며, 조대비를 지목하는 이도 있었다.

이러한 사실을 두고 한쪽이 '그럴 리가 있겠느냐'고 하면, 저쪽에서는 '원래 궁중예법에도 나이 어린 상감 앞에서 늙은 여관과 나인이 거행하고 젊은 나인을 시키지 않는 것은, 혹시 아직 철이 들지 않은 왕이 여자 쪽으로 신경을 써서 기강이 문란케 되거나 어체를 손상하게 될까봐 그렇게 한다'고 반응했다. 이어 '조계비는 젊은 왕이 문안을 드릴 때에도 그 옆에 뫼시었던 젊은 궁인들을 물리지 않고, 더욱이 이번 장씨 궁인은 왕이 문안 갈 때에 웬만한 거행까지 받들어 드리게 했다 하니 이게 될 일이냐'고 했다.

왕대비도 장씨 궁인의 일을 대왕대비의 실수로 생각하는 터였다.

뿐만 아니라 왕대비는 대왕대비의 모든 일에 항상 불만을 가지고 있었으며, 대왕대비 역시 왕대비를 매우 못마땅하게 여겼다. 그 때문에 자연히 재상들도 서인파들은 대비의 편에 서게 되고, 남인파는 대왕대비 쪽에 섰다.

대왕대비 조씨는 부친이 양주 조씨 한원부원군 조창원으로, 당당한 서인 편의 집안이었다. 따라서 대왕대비도 처음에는 서인파를 중히 여겼으나, 궁중의 정세로 보아 왕대비와 대립하는 정책을 쓰자면 남인 편을 거두어야 하므로 사촌아우 되는 조사석과 함께 남인을 가까이 했다. 조사석의 아들인 태억·태구도 모두 남인과 가깝게 지내는 소론의 당파가 되어 서인파의 강경한 파가 되는 노론파에 대항하였다. 그러나 조사석의 조카 조태채만은 꾸준히 그 문중의 지조를 지키며 서인 편인 노론을 고수하며 지조를 빼앗기지 않고 충절을 다해 신임사화(辛壬士禍, 경종 1년인 1721년부터

1722년에 걸쳐 왕위 계승 문제를 둘러싸고 노론老論과 소론小論 사이에 일어난 사화) 때 충신의 한 사람이 되었다.

제 3 장

갈등과 대립

1. 허적의 무지개

　당쟁(黨爭)은 엎치락뒤치락하는 대로 성하고 쇠하며, 흥하고 망하기를 무릇 백 년.

　선조 8년(1575) '을해분당(乙亥黨論)'으로부터 현종 16년(1674) 을묘년에 이르기까지 꼭 백 년 동안 대체적으로 전반기 50년은 동인이 득세했고, 후반기 50년은 서인이 득세했던 것이다.

　그러면 그 뒤에는 또 누가 득세했던가, 또는 세상은 어떻게 변했는가.

　남인의 영수 허적과 서인의 거두 김수항 모두 현종의 고명유신(顧命遺臣, 전 임금의 유언을 부탁받은 신하)으로 현종이 승하하신 뒤, 숙종을 보좌하여 나라를 다스렸다. 그러다가 드디어 서인을 슬슬 비켜놓고 차차 자기 당이 되는 권대운·허목 등을 조정에 불러들여서 좌우상(左右相)을 삼으면서 남인의 세력을 최대로 키우다가 마침내 반역죄로 몰려 내쫓겼고, 이어서 큰 역옥(逆獄)이 일어났다. 때는 숙종 6년 경신년(1680)이었으므로 이 일을 '경신역옥(庚申逆獄)'이라 한다.

남인이 득세하자 서인이 다시 일어나서 김수항이 영의정이 되고, 민정중은 좌의정, 김석주는 우의정이 되어 일시 하야(下野)했던 송시열을 다시 모셔 올리니 송시열의 덕망이 세상을 뒤흔들었다.

세상은 서인의 천하가 되었지만, 서인들도 세력을 잡자 역시 그 당파 중에서 서로 다투기 시작했다.

국정을 의논하면서 노인파 김석주·김익훈 등과 소장파 한태동·조지겸 등은 서로 의견이 충돌하여 숙종 9년 명성김비, 즉 왕비의 타계에 대해 상감이 입을 복(服)의 기한을 얼마로 하느냐 하는 예론문제(禮論問題)로 서로 싸웠다. 드디어 소장파는 소론(少論)이라 해서 윤증을 중심으로 박세채가 껴안아주는 한 파가 있고, 노인파는 노론(老論)이라 해서 김석주를 중심으로 하고 송시열을 고문(顧問)으로 하는 한 파가 있게 되어 드디어 노론·소론의 대립을 보게 되었다.

이와 같이 노론·소론이 서로 으르렁대며 지내오던 중, 숙종 15년에 왕서자(王庶子)를 세자로 책봉하지 못한다는 문제가 생겼다. 한동안 세력을 잃었던 남인들은 이 기회에 다시 지위를 회복하려고 왕서자를 세자로 책봉하려 했으나 서인들은 그 일을 극구 반대했다.

서인들은 이렇게 간했다.

　"정실 왕비는 궁외로 쫓으시고 왕비의 소생도 아니신 서자로서 아직 두 살밖에 되지 않은 나이에 세자로 책봉하심은 불가하시니 폐비를 복위시키시어 왕자를 탄생케 하시거나, 또는 다시 왕비를 맞아들이셔서 왕자를 탄생하셔도 오히려 늦지 않으시거든, 주상께옵서 아직 삼십 미만의 춘추로 무엇이 바쁘셔서 두 살 된 서자를 세자로 책봉하시옵니까."

　그러나 왕은 '왕실에서 세자 책봉에 이다지도 무례한 말을 하는 것은 도저히 용서할 수 없는 패역무도한 일이니 이런 일은 절대로 용서할 수 없다' 하여 서인들을 다 내쫓고 서인의 영수가 되는 송시열은 80세의 노령으로 제주에 귀양 보내고 뒤에 기어이 사약을 내렸다. 그 결과 서인 일파가 갑자기 몰락하게 되고 오도일·홍치상·김익훈 등도 모두 사직하였다. 반면에 남인 목래선·김덕원·민점 등이 정승이 되고, 이현기·남치훈·윤빈 등이 모두 빛을 발했다. 이것이 숙종 15년 기사년(1689)의 일이어서 이를 '기사환국(己巳換局)'이라 일컬었다.

　이후 숙종 20년까지 이르는 동안에 남인이 득세를 했다가 드디어 왕자가 탄생해서 세자로 책봉되어 지체 높고 귀하게 된 그 총빈, 즉 장희빈의 행동이 점점 교만 방자해서 그 폐해가 이루 헤아릴 수 없게 되었다. 숙종은 뒤늦게 왕비를 폐위시킨 일을 후회하고 서인의 말을 듣지 않았던 일을 뉘우

치게 되어 마침내 장희빈을 내쫓고 추방된 왕비를 다시 불러들여 복위시켰다.

이제는 남인이 물러가고 서인이 세력을 잡게 되었다. 이러는 통에 그해에 왕은 한 처녀의 몸에서 또 왕자를 낳게 되어 서인들은 이 아기왕자를 옹호하게 되었다.

이때 서인파의 거두 남구만이 영의정이 되고, 연전에 죄를 입어 사약을 받고 죽은 송시열의 죄명을 벗기고 작위를 회복하게 하였다. 이해가 갑술년(1694)이어서 이 일을 '갑술재환국(甲戌再換局)'이라 일컬었다.

이때부터 서인의 세력이 급작스레 팽창했다.

숙종 20년 갑술재환국으로 남인이 세력을 잃고 정권이 서인에게 다시 돌아가자, 이때부터 또 서인끼리 전부터 못마땅했던 당쟁 알력이 표면화해서 노론·소론이 뚜렷이 드러나 경종 4년(1724)까지 30년 동안은 노·소론의 투쟁시대가 되었다.

원래 경종은 약한 운명으로 태어나 어려서부터 병약해서 대를 이을 아들을 고대할 수 없어 즉위 원년에 노론파에서는 왕제세(경종왕의 동생, 즉 영조 임금)가 대리청정을 하게 하자는 의논을 세웠는데, 이 일을 왕에게 소청하니 영의정 김창집·좌의정 이이명·우의정 조태채·영부사 이건명 네 사람, 이른바 '노론 사대신'은 노론의 거두로서 여기에 찬성했다.

그러나 소론파들은 이 일을 절대 반대했다. 번연히 군왕이 계신데 군왕 대리를 세우는 일은 역적이 할 일이라고 격렬한 탄핵을 했는데, 그들은 조태구 · 최규서 · 최석항 등이었다.

그중 소론에는 목호룡이 궁중과 결탁해 궁중에서 물의를 일으켜서 이 노론의 대리청정 논의를 여지없는 역적으로 몰아서 옥에 가두고 처형 · 유배시키는 한편, 4명의 대신들은 자신의 충의를 드러내어 바른말로 간하다가 모두 참화를 당하게 되었다. 노론이 세력을 잃자 조태구는 영의정, 최규서는 좌의정, 최석항은 우의정으로 돌연 정권을 차지하니 세상은 다시 소론의 천지가 되었다.

그러나 소론 중에도 급진파가 있어서 승지 김일경 등은 환관(宦官)과 궁비(宮婢)들을 끼고 병으로 목숨이 위태로운 경종을 치우고 시급히 왕세자를 추대하려다가 그 사실이 미연에 탄로나 모두 사죄(死罪)에 처해졌다.

이와 같이 노론이 쓰러지자 소론파인 김일경, 목호룡이 모두 득세하고 소론 일당이 모두 제 세상을 만나게 되었다.

몇 년 뒤 영조가 즉위했다.

영조는 조선 말엽의 뛰어난 임금으로서, 당쟁이 없어져야 나라가 제대로 선다는 의견으로 당파를 타파하고자 힘썼다. 영조는 적극적으로 자신의 의지를 밀고 나갔는데, 이를 '탕평론(蕩平論)'이라 일컬었다.

그러나 소론 영수이던 목호룡·김일경 등은 이 뜻에 동의하지 않아 매우 괘씸하게 여기던 차에 신임무옥의 내막을 상세히 살펴보니 바로 이들이 간악한 계책으로 충실하고 선량한 신하들을 모함해 죽게 했던 것을 알게 되었다. 따라서 김일경 일당인 이인좌가 반란을 일으켜서 그자를 잡아 국문해 보니 조정에서 김일경, 목호룡이 내통하여 밀어 준 것이 백일하에 드러났다.

왕은 이어 이인좌와 함께 두 역적을 처형하고 연전 무옥(誣獄)에 죽은 네 충신에게 시호를 내리는 한편 소론 일당을 물리치시니 노론이 또 등용되었다.

이때, 즉 영조 원년(1724)으로부터 정조 24년(1800)까지 약 80년간은 부왕과 자왕(子王)이 철저히 탕평정책을 썼기 때문에 다시는 사화(士禍)니 당쟁이니 하는 폐단이 없게 되었다.

현종의 고명유신으로 숙종을 추대하던 영의정 허적은 어떤 사람인가.

허적은 양천 사람으로서, 그 부친은 부사 벼슬한 허간이요, 경상감사 김제갑의 딸과 혼인하여 허적을 낳았다. 약관에 이미 문과에 장원해 40세 전에 평안감사를 두 번이나 했던 사람이다. 형 허치는 병자호란 때에 호조관향랑청으로 군인의 양식에 관한 일을 맡아보다가 적진에서 죽었으니 순직 충신이었다. 뿐만 아니라 그의 집안은 대대로 문필이 뛰어나고 학문과 덕행이 두드러진 훌륭한 집안이다.

허적도 소년등과하여 40 안에 도백(道伯)이 되고, 50 안에 영의정이 되어 눈부신 활약이 세상의 이목을 놀라게 할 만했다.

그런데 70 평생을 천지를 뒤흔들 만큼 부귀하게 살아가다가 무슨 이유로 끝내 역모로 몰려 사약 사발을 받아 죽고, 가족이 멸망하는 참화를 당하지 않으면 안 되었는가…….

허적의 나이 30세 가깝고 벼슬이 아직 지평(持平, 지금의 법관)으로 있을 적의 일이다.

어느 날 허지평이 공무를 마치고 집으로 돌아오던 중 금천교 근처를 지나려니 그가 탄 가마 앞에 어떤 초립동 하나가 버릇없이 길을 끊고 지나갔다.

아무리 어린 나이기로서니 관원의 행렬 앞을 그렇게 무엄하게 싹 지나가는 것을 본 그이 마음에 썩 불쾌할 것이요, 더욱이 그의 관직이 지평이라 법관의 눈으로 보면 법에 대한 감찰력이 남보다 더했음이랴! 게다가 어린 나이로 그 성정이 여간 깔끔한 것이 아니었다.

"당장 가마를 놓고 저 방정맞은 놈을 잡아 대령하라!"

"예이……!"

사령들이 곧 바람같이 골목으로 쫓아 들어가 초립동을 잡아 사인교 앞에 엎어놓았다.

"여보시오, 내가 무슨 죄가 있기에 나를 이와 같이 한단 말이오?"

초립동은 두 눈에 핏기를 올려 그를 쏘아보며 악을 쓰고 반항하며 일어나는 것이었다. 지평은 가뜩이나 그 행위가 괘씸해서 따끔하게 벌을 주려고 불러온 터인데, 그자는 한술 더 떠 오히려 반항하며 말씨까지 무엄했으니 화가 잔뜩 올랐다. 잠깐 동안은 어이가 없어서 초립동을 바라만 볼 뿐이었다. 위아래를 훑어보니 그 차림새가 부귀한 집에서 교만스럽게 자라난 분위기였다. 더욱이 당시로 말하자면 의식주(衣食住) 세 군데에 생활의 정도가 귀천상하(貴賤上下) 및 왕가·사가(王家私家)의 구별이 있었다. 그러기에 분에 넘치게 먹고, 입고, 집 짓고 거처하는 일을 국법으로 금했던 터였다. 그런데 이 초립동이 옷 입은 것을 보니 모두가 능라주의(綾羅紬衣, 무늬가 있는 두껍고 얇은 비단으로 만든 명주옷)로 옷을 지어 입은 품이 평민으로는 지나쳤다. 마땅히 국법으로 다스릴 정도로 지나친 사치를 했던 것이 지평의 눈에 띈 것이었다.

지평이 생각하니 그자가 자기에게만 언동이 교만 방자한 것이 아니요, 평소의 행동거지가 모두 이같이 분수에 지나친 교만과 사치를 마음대로 부리고 있는 놈으로 알게 되었다. 도저히 그대로 지나쳐볼 수 없는 일이라 생각됐다.

그는 몇 차례나 그자를 위아래로 훑어보다가 드디어 고함을 질러 호령했다.

"네 이놈! 뉘 집 자식이기에 관장(官長, 시골 백성이 고을 수령을 높여 일컫는 말)의 행렬이 지나가는 앞을 무엄하게 가로막아 홱 지나가고, 그렇다고 그 죄를 밝히려고 불러왔거늘 항거가 무슨 항거냐! 네가 평일에도 교만했던 것은 지금 네 옷 입은 것을 봐도 넉넉히 짐작할 수 있도다! 보아하니 평민의 집 자식이요, 더욱이 사가 사람으로서 예사로이 능라주의를 몸에 감다니 이와 같이 신분을 생각지 아니하고 함부로 사치하며 더구나 행동거지가 아까와 같이 방자하니 너 같은 놈은 도저히 용서할 수 없을 것이라. 너는 아직 지각이 들 때가 아니겠으나 부모가 있을 터인데, 지각없이 자식 기른 죄를 물어보려 하니 냉큼 네 애비의 이름과 네 집이 있는 곳을 알려라!"

그의 호령소리가 교만한 초립동을 놀라게 할 만했다. 그러나 초립동은 조금도 겁내거나 수그러지지 않고 도리어 생글생글 웃으면서 지껄였다.

"내, 참! 기막혀 죽겠네! 그래, 내가 행차 앞을 싹 지나갔대서 이걸로 화가 나서 생트집으로 옷을 비단으로 입었느니 신분에 맞지 않느니 이런 턱없는 말을 하시오? 그러나 나는 조금도 잘못한 것이 없으니 마음대로 하시오!"

이 말을 듣자 그는 더욱 노기가 폭발해서 호령했다.

"네, 이 무엄방자한 놈을 당장 묶어서 포도청으로 넘겨 타살(打殺, 때려서 죽이는 것. 박살)을 시켜라!"

"예이!"

사령들이 달려들어서 초립동을 잔뜩 결박을 하는데, 결박 당하면서도 무슨 죄로 나를 결박하느냐고 대들었다. 하지만 결국 결박을 당하고 말았다.

막 결박했을 때 골목 안에서 나이 20쯤 되어 보이는, 초립 동보다는 세 살쯤 위가 될 젊은 계집이 나오면서 초립동이 결박당한 것을 보게 되었다.

"이게 웬일이오!"

악을 바락바락 쓰면서 달려들어 결박을 풀려고 독기를 펴며 날뛰는 꼴이 예사 계집이 아니었다.

계집의 차림새로 보아 역시 호화롭게만 살고 있는 계집이 었다.

능라주의로 위아래를 맵시 있게 해 입고, 그리 밉지 않은 얼굴에 아담스럽게 차린 화장이나 몸가짐은 교만스러운 것이 얼른 봐도 그 초립동의 아내인 듯싶었다.

계집은 악을 버럭 쓰며 초립동을 묶은 밧줄을 쥐어뜯으면서 그를 돌아다보더니 두 눈이 샐쭉 올라갔다.

"여보시오! 이 사람이 무슨 죄가 있다고 이렇게 결박을 지어서 잡아가려 하오?"

"응, 그놈은 관장의 행차 앞을 무엄하고 방자하게 가로 건너갔을 뿐 아니라 신분에 당치않은 사치를 하고 다니는 놈이어서 국법으로 다스리고자 잡아가거니와, 너는 어떠한 계집인데 이와 같이 또 무엄하게 관장에게 내달아 항거를 하는 것이냐?"

그는 그 계집이 알아듣도록 일렀다.

그러나 계집은 표독스럽게 고함을 지르며 앞으로 버럭 달려들었다.

"관장이고 난장이고 자기 할 일만 했으면 그만이겠지! 지나가는 사람이 옷을 어떻게 입었든지 그런 일을 다 탓해 가지고 잡아가면 이놈의 세상에 사는 사람이 누구며, 무슨 연유로 남의 집 부녀를 보고 함부로 하대를 하니 이건 어디 당한 버릇이야?"

계집은 도리어 그에게 톡톡히 호령을 하는 것이었다.

"네, 이년! 뉘 집 계집년이기에 이다지도 무엄방자하단 말이냐?"

"나는 네가 죄 없이 잡아가려고 결박해 놓은 저분네의 아낙되는 사람이다! 네가 내 근본을 알아서 무엇 하려느냐?"

하인들이 하도 기가 막히고 그대로 지나볼 수 없어서 사령 하나가 나섰다.

"네, 이 천하에 방자한 년 같으니! 아무리 지각없는 어린 년이기로서니 관장 행차 앞에서 이와 같이 무엄하기 짝이 없는 행동을 하는 것이냐?"

계집의 발악은 들을수록 해괴했고, 그야말로 노기충천해서 더 참으려야 참을 수 없게 되었다. 그는 충혈한 눈으로 계집을 바라보다가 호령을 내렸다.

"네 저 연놈들을 제 말마따나 밤을 재울 수 없으니 이 시각 내로 곧 내 집으로 끌고 올라가자!"

이리하여 하인을 시켜 그 서방 계집을 묶어 걷게 하여 자기의 가마 뒤를 따르게 했다. 자기 집인 사직골로 올라오면서 생각하니 그것들을 구태여 자기 집으로 끌고 갈 것 없다고 생각하여 사직단 담을 돌아 산속 수풀 속으로 데리고 올라갔다. 거기서 나무등걸에 단단히 묶고 문초하면서 하인을 시켜서 몹시 때리게 하니 이때에도 계집은 발악이 극심했다.

그는 분이 나는 대로 하인을 호령해서 모진 매를 치게 했으나, 하인은 그 젊고 어여쁜 계집의 비명소리가 차마 끔찍스러워 매를 약하게 쳤다. 그러자 그는 몸소 막대기를 들어 하인을 때리면서 헐장(歇杖, 때리는 형벌에서 때리는 시늉만 하는 매질)을 한다고 꾸짖는 것이었다.

이때에는 하인도 화가 치밀어서 사정없이 계집·서방을 때리니 얼마 뒤에는 '킥, 킥, 킥' 하는 소리를 내다가 나중에는 그 소리도 들리지 않았다. 살펴보니 그들 청춘부부는 드디어 절명하고 말았다!

당시의 법으로 말하자면 관장을 능욕한 죄는 사형에 처해도 용인되는 것이어서 그에게 남형(濫刑, 함부로 형벌을 가하는 짓)을 했다는 죄는 돌아올 리 없었다.

허적은 하인을 시켜서 그 시체를 어디로 치워버리라고 하고 자기 집으로 돌아갔다.

그런데 며칠 뒤 허적의 집에 반가운 소식이 들렸다.

허적은 나이 30이 가까워도 자녀가 없으므로 여러 가지로 생각하다가 드디어 첩실이라도 얻어들여서 혈속을 얻어보려고 아는 사람들에게 널리 현숙한 부실(副室, 첩) 재목을 구해달라고 부탁했다. 그러나 어쩐 일인지 마음에 드는 여자는 좀처럼 나서지 않았다. 사람이 괜찮으면 따지는 게 많고, 그렇지 않으면 사람이 시원치 못하고…….

이러기를 여러 달이 지난 뒤 하루는 그의 친척 부인이 와서 말했다.

"사직단 저편 동네에 조촐한 과부가 있기에 말했더니 남편 될 사람의 건강을 물어보기에 자세히 말한즉, 어느 날 서로 선을 보고 서로 맞으면 시집가겠노라 하니, 오늘 저녁이라도 그곳을 가보는 게 어떠냐?"

허적은 너무도 반가웠다. 그래서 그는 그날 밤 친척 부인과 같이 그 집을 조용히 찾아가는데, 부인이 인도하는 길을 따라간즉 가깝게 가기 위해 질러서 간다는 것이 사직단 담을 끼고 올라가는 것이었다.

그런데 먼저 떠오르는 것이 일전에 그 남녀를 때려죽인 일이었다. 허적은 이런 생각으로 불쾌해지는데, 가는 길은 꼭 그 남녀를 타살하던 그 자리를 밟고 지나가는 것이었다.

그 여자가 가는 대로 뒤따라 말은 않고 지나가지만 섬뜩한 생각이 들었다. 그러나 거기를 지나 부인이 안내하는 집으로 가서 마침내 그 여자를 대하게 되었다.

그런데 이게 무슨 일이랴! 허적이 막상 여자를 대하니 얼굴은 흡사 일전에 자기가 죽인 그 여자의 모양과 같은데, 어여쁨이며 맵시 있는 것은 그 여자보다 훨씬 아름다웠다. 의복을 화사하게 입은 데다 단장도 번화하게 하고 방 치장도 얌전하게 했다.

계집은 편모슬하에 일찍이 자라서 출가했는데, 출가 즉시 모친도 작고하고 몇 년 뒤에는 남편마저 또 죽었다. 그래서 어디 의지할 수도 없는 신세가 되어 부득이 개가를 하려는데, 누구에게 시집을 가든 일평생 해로하면 그것만이 소원이라고 말하는 것이었다.

허적은 가만히 생각해 보았다.

생각하면 할수록 이상스러운 일이었다. 세상에 얼굴이 비슷하게 생긴 사람이 있기는 하지만, 이처럼 빼다 박은 듯 닮은 사람은 없을 것이었다. 이런 계집을 얻는 것은 좋으나, 얼마 전에 죽인 계집과 혹시 무슨 연관이라도 있는 사람은 아닌가, 하는 의심이 들었다.

허적이 조용히 '그대에게 형제나 사촌 되는 사람이 있는

가' 하고 물어보니 친척이라곤 통 없다는 것이었다.

허적은 생각을 굳게 가졌다.

'그때에 그 계집을 타살한 것은 의당 할 일을 했던 것, 이 계집의 얼굴이 그 계집과 흡사하다는 것은 우연의 일이고, 아무런 상관이 없는 일이다…….'

이렇게 생각하고 의견을 교환한 뒤 합의하여 즉석에서 부실로 삼을 것을 작정하고 날을 골라서 데려가기로 했다.

허적은 아랫동네에 집 한 채를 사고 살림을 장만한 뒤 그 여자를 데려왔다. 이날 허적은 기쁜 마음으로 새로 치가(置家, 첩을 얻어서 딴살림을 차리는 것)한 첩의 집에서 처음으로 원앙몽을 꾸게 되었다.

계집은 나이 20여 세라 얼굴이나 자태가 아름다울 뿐 아니라 길쌈을 비롯해 행동거지가 나무랄 데 없었고, 남편을 섬기는 도리에 조금도 부족한 점이 없었다. 그는 부실(副室, 첩)을 매우 사랑하고, 따라서 하루바삐 임신하기를 기다렸다.

그런데 두어 달이 지난 어느 날이었다.

허적이 일을 마치고 집으로 돌아오니 부실이 수심이 가득한 얼굴로 앉아 있었다. 허적은 껄껄 웃으면서 그 까닭을 물어보았다.

부실은 그제야 자세한 이야기를 들려주었다.

"저는 참으로 이상한 일을 보았어요."

"무슨 일이기에?"

"글쎄, 우리 집에 별 이상한 일이 있었어요."

"이상한 일이라니? 말을 해야 알지."

"아까 저녁때였어요. 방에 앉아 바느질을 하는데 별안간 머리끝이 쭈뼛하면서 가슴이 섬뜩하고 무엇을 삼키는 것 같지 않겠어요?"

"그래서?"

"그래서 가슴을 쓸어내리며 우두커니 앉아 있는데 별안간 아이들이 우르르 들어와서 씨근대면서 '주인어른 계세요?' 외치기에 내다보니까, 그 아이들이 제 얼굴을 바라보더니만 '조금 전에 이 집에 무엇이 들어온 것 없어요?' 하고 묻기에 '무엇이 들어왔는지 나는 모른다'고 대답했지요. 아이들은 저마다 이상하다는 듯 서로 돌아보더니 '그러면 다른 집으로 들어간 겁니다. 알았어요.' 이런 말을 하고 나가기에 '그래, 우리 집에 무엇이 들어오는 것을 보았느냐?'고 물으니, '지금 틀림없이 이 집으로 사직단 뒤에서 무지개가 쭉 뻗쳐서 들여꽂혔던 것을 보고 들어왔습니다. 그래서 무지개를 따라 쫓아 들어왔더니 벌써 사라졌습니다.' 이런 말을 하겠지요!"

"거참 이상하군! 우리 집에 서기(瑞氣)가 뻗친 것으로 보였겠지."

"서기가 뭐예요. 하도 이상하기에 '그래, 그 무지개가 사직단 어디서 뻗어 나오더냐?'고 물으니, '우리가 큰 뱀을 때려 죽여서 불을 놓았더니 그것이 타면서 갑자기 무지개가 뻗치기에 이상한 생각이 나서 그 불을 끄고 왔습니다. 지금 나가서 다시 불을 놓아 볼 터이니 이 마루에 나와서 직접 보십시오.' 이런 말을 하고는 나갔습니다."

"그래서?"

허적은 이야기가 심상치 않은 듯싶어서 다음을 재촉했다.

"아, 그런 말을 하고 나가는 것이 한편으로는 이상스럽고 한편으로는 아이들 장난의 소리 같기도 해서 그대로 방 안으로 들어왔더니, 글쎄 얼마 지나서 분이라는 년이 갑자기 마마님을 부르길래 뛰어나와 보니까, 글쎄 이게 무슨 일이에요! 정말 저 사직단 있는 편에서 무슨 불줄기 같은 것이 우리 집께로 쭉 뻗쳐 들어오는 것이 완연히 보이는데, 마음이 섬뜩하고 가슴이 두근거리겠지요. 그러면서 그 기운이 제게로 쏟아져 드는 것 같기에 얼른 방으로 뛰어 들어왔더니 분이년도 따라서 질겁해 들어오더군요. 한동안 마음이 두근거리는 것을 진정하고 내다보았더니 그 기운은 없어져 버리고 마음도 가라앉기는 했으나, 이게 무슨 일이에요?"

"난들 알 수 있나?"

"그런 뒤에 조금 있다가 아이들이 또 뛰어들어와서는 무지개를 봤느냐고 물어보길래 봤노라고 했더니, 아, 이놈의 아이들이 손뼉을 치고 나가면서 '이제는 되었다! 이제는 되었다!'하는 게 아니겠어요! 하도 이상해서 쫓아나가면서 '이놈들아, 무엇이 이제는 되었다는 게냐?' 물으니까 뒤도 돌아보지 않고 달아나니, 참 심상치 않은 노릇이에요."

"그래, 그 아이놈들이 이 근처 아이들이던가, 모르는 아이들이던가?"

"아, 뻔하지요! 알 수는 없어도 사직단 아이놈들이기에 사직단 옆에서 그런 짓을 하지 않았겠어요? 그 아이놈들을 좀 수소문을 해서 불러다가 물어보셨으면 좋겠어요. 말하는 눈치가 꼭 우리 집에 훼방을 놓으려고 일부러 그런 짓을 한 것만 같아요."

"그야 아이들 장난이겠지. 그런 일을 가지고 아이들을 일부러 수색해서 물어볼 게 있는가. 그리고 기운이 뻗쳤다는 것은 아마 기운이 쇠약해서 아찔하는 통에 무엇이 어리어 보였던 게지."

"아니에요. 분명히 제 눈으로 또렷이 보았어요. 그리고 한 사람이 본 것도 아니고 저 분이란 년이 먼저 보고 일러준 일인데요!"

옆에 있던 분이라는 계집애도 말했다.

"제 눈으로 분명히 보았습니다. 오색 무지개 같은 것이 쑥 뻗쳐서 마당으로 비치는데 깜짝 놀랐어요!"

허적이 가만히 그 말을 듣고 전후 일을 생각하니 아무래도 심상한 일이 아니었다. 그러나 점잖은 처지에 그런 일이 있었냐고 아이들을 불러다 소동을 할 것은 없다. 무슨 일이 있을 징조인지 꽤 궁금했다.

첩은 다시 졸랐다.

"암만 해도 이대로는 있을 수 없으니, 내일 아침이라도 사람을 시켜서 그 아이들에게 연유를 자세히 물어보셔야 하겠어요."

"글쎄……."

허적은 이쯤 대답하고 꺼림칙하게 생각하는 애첩을 유쾌하게 해줘 밤늦도록 이야기하다가 잠자리에 들었다.

이튿날 아침, 허적은 본가로 분이를 보내 하인에게 그 이야기를 이르게 하고, 사직단 근처 아이들을 종일 수소문해서 그렇다는 아이가 있거든 잡아두었다가 내일 아침에 데리고 오라고 했다.

이튿날 아침에 하인은 과연 두어 명의 아이를 데리고 첩의 집으로 왔다.

허적이 그 사실을 자세히 물어보니 한 아이가 대답했다.

"아이들과 같이 사직단 뒤에서 놀고 있는데, 담 밑에서 큰 뱀이 나와서 산으로 기어올라가는 것을 장난으로 돌로 때려 죽였습니다. 이리저리 굴리고 던지며 놀다가 장난 심한 아이들이라 나뭇가지를 주워 쌓아놓고 그 위에 올려놓고 불을 놓았더니, 불이 활활 타올러 뱀의 몸이 타면서 기름이 끓어나는 것을 재미있게 보는데, 갑자기 탁, 하고 뱀의 몸이 튀면서 무슨 김이 피, 하고 뻗쳐 나왔습니다. 애들이 깜짝 놀라서 물러섰더니 김이 무럭무럭 나는데 점점 자라서 쭉 뻗쳐 나가면서 마치 무지개가 뻗치는 것 같더니, 그 무지개 줄기가 하늘로 올라가서 다시 구부러지면서 누구 집 안으로 들어갔는데, 그곳을 살펴보니 쌍가지 은행나무가 있는 뒷집이었습니다. 가지가 쌍(雙)으로 난 은행나무 뒷집이면 바로 이 집이 분명합니다!"

이어 다른 아이가 말했다.

"무지개 줄기가 하도 크고 굉장히 뻗치다가 남의 집으로 들어가는 것을 보고, 못할 일을 하는 것 같아서 얼른 불을 껐지만 무지개는 여전히 뻗쳐 있었습니다. 그래서 하도 이상하기에 달려와서 보니 주인댁에서는 모른다고 하시기에 다시 가서 불을 싸지르고 어떻게 되나 봤더니, 또 무지개가 뻗쳐 나오는데 그때도 이 집으로 와서 알아보니 분명히 무지개가 뻗쳐 들어왔다고 하시는데, 그때는 벌써 무지개가 사라진 뒤였습니다. 그런데 이게 무슨 까닭인지 저희들도 모르겠습니다!"

"그러면 너희들이 장난으로 그런 짓을 했을 것 같으면 그냥 갈 것이지, 우리 집에 무지개가 들어온 것을 알고 나서 '이제는 되었다'고 했다니 그것은 무슨 소리냐?"

"처음에는 무지개를 못 봤다고 하는 어른이 나중에는 보았다니까 인제는 되었다고 했던 것이지요!"

아이들의 말을 들으니 역시 그럴듯한 일이었다. 열 살 안 팎 되는 아이들이 무슨 앙심을 가지고 남의 집을 해롭게 하

려고 그런 일을 했을 리도 없다. 아이들을 그대로 돌려보냈
으나 마음은 늘 찜찜하였다.

이런 일이 생긴 뒤 며칠이 지나갔다.

허적이 잠자리에서 채 일어나기 전 새벽이었다. 꿈에 어
떤 영감쟁이 마누라쟁이 두 사람이 그를 보고 노기충천하여
원통함을 호소했다.

"그대는 왜 남의 집 삼대독자를 애매하게 때려죽였소? 그
러고도 무엇이 부족해서 단지 하나인 독자로 태어날 아이까
지 밴 그 사람의 아내까지 때려죽여서 무고한 세 식구를 송
두리째 타살을 했으니 이게 대체 무슨 일이오?"

허적은 꿈속에서도 대단히 불쾌했다. 그 사나이와 계집이
이러이러하여 국법으로도 당연히 죽일 만하니까 그렇게 했
던 것이고, 아무리 삼대독자라도 죽을죄를 지은 이상에야
죽인들 어떠하다는 말이냐, 도리어 호통을 쳤다.

"그러니까 그대에게는 아무런 잘못이 없다는 말이구려!
그러나 제법 덕이 있고 도량이 있는 사람이라면 나만 못한
백성이요, 나이가 어린 사람이요, 또 분수를 모르고 했던 일
이면 그것을 알아듣도록 달래고 일러야 하지 않겠소! 그래
도 듣지 않으면 그때 가서 상당하게 징계나 할 일이지, 아
무것도 모르는 백성 어린아이를, 더욱이 관장이 무서운 줄
모르니 제 몸조심도 할 줄 모르는 그것들을 알아듣도록 일

러야 하는 것 아니오? 처음부터 호령짓거리를 해서 철모르고 함부로 말을 한다고 관장 능욕이라는 죄명을 씌워 당장에 때려죽였으니, 그대의 음덕에 손상이 되고 복을 깎고 재앙을 장만한 줄을 모르는 게 아니오. 사나이가 삼대독자라거나 계집이 애를 뱄다는 것은 보지 못하는 일이니까 그렇겠지만, 여기에 대한 관장으로서의 너그러운 처분이야 좀체 지각만 있다면 넉넉히 저지르지 않을 일이 아니겠소!"

"그러나 나는 지나친 형벌을 한 게 아니오!"

"그렇지요. 현세에서야 잘못된 게 없으리라고 생각할 터이지요. 그러나 그대는 벌써 이 일로 인해 귀한 아들을 점지하게 되었소. 이 아이가 나면 그대는 정승이 될 것이고, 그대의 집은 천지를 뒤흔드는 벼슬과 부귀를 누리게 될 것이오. 그럴 때에 징조를 경험하는 일이 있을 터이니 그리 아오!"

이런 말을 하고 표연히 나가버리는 것이었다.

그들을 보내고 생각해보니 아무래도 심상한 일이 아니었다.

그 뒤에는 마음에 매우 켕기고, 찜찜하며, 찐덥지 못하게 지내게 되었다. 한가할 때면 매양 그때 일을 생각하게 되었다. 젊은 부부를 때려죽인 일, 뱀을 죽여서 태울 때 이상한 기운이 자기의 집으로 뻗쳐 들어온 일, 자기 첩이 그 기운을 들이마셨다는 일…….

마음이 불쾌한 중에 또 새로운 일이 생겼다.

그 새로운 일이라는 것은 허적의 첩이 잉태를 한 일이었다.

그가 이 일을 알게 되니 오죽이나 반가우랴! 30이 다 되도록 자녀가 없다가 첩을 얻어 자녀를 낳을까 하던 차에 드디어 잉태 사실을 알았으니 반갑지 않을 수 없고 기쁘지 않을 수 없었다.

그러나 무슨 까닭인지 첩의 말을 듣고도 도리어 섬뜩해지는 두려움이 들어 마음이 찌뿌드드하고 우울해지며 생각이 무거워지는 것을 어이하랴!

"오죽이나 기쁘시겠소!"

집안 사람이나 아는 사람들은 이렇게 축하했으나, 무슨 까닭인지 여기에 대한 그의 태도는 무표정했다. 사람들은 무슨 까닭인가 의심했다. 예사 추측으로는 알 수 없는 일이었기 때문이다.

열 달이 지나갔다.

허적의 우울함이 점점 더 무거워지는 때에 하인은 무슨 큰 경사나 난 듯 허둥거리고 들어왔다.

"작은댁 마마님께서 순산 생남하셨습니다!"

그는 일을 마치고 바로 본가로 돌아갔다. 이튿날도 첩의 집에는 가지 않았다. 일주일이 지나도 첩의 집에는 들어가지 않았다. 아기가 아주 훌륭하게 생겼더라는 말도 들렸다. 그러나 허적은 못들은 척했다.

그는 마음을 더욱 굳게 가지면서 그때의 일과 이번에 순산한 아들과는 전혀 관련이 없는 것이라고 굳게굳게 스스로 변명했다.

삼칠일(三七日, 아이가 태어난 지 스무하루가 되는 날. 세이레) 이 되는 날에서야 첩의 집으로 가서 아들을 대했다.

아들로 태어난 그 어린것의 얼굴은 이게 또 무슨 일이랴! 아직도 허적의 뇌리에 인상이 남아 있는 그 초립동 얼굴의 모습이었다!

얼굴이 준수하고 체격이 장대했다. 훌륭하게 생긴 아들을 보고도 허적은 무슨 까닭인지 즐거워할 줄을 몰랐다. 도리어 우울한 표정이 넘쳐흘렀다.

첩도 이 모양이 의심스러웠다. 야속하다는 듯이 말했다.

"어쩌면! 아이를 낳았다고 해도 한 달 가까이 한 번도 안 오셔요? 첩의 소생이라 그러세요?"

"별말을 다 하는군! 공무가 밤낮 분주하게 되니까 자연 그렇게 된 게지……."

그제서야 첩은 얼굴에 웃음을 띠고 물었다.

"아이가 예쁘지요? 누구 닮았을까요?"

"그야 난들 아나?"

"아니, 이게 무슨 말씀이셔요? 영감이 모르시면 누가 아셔요?"

"나보다 자네가 더 잘 알 것이 아닌가?"

"참, 딱한 말씀도 하시네……! 그리고 인제 삼칠일이 되었으니 이름을 지어야지요."

"지어야지."

"무엇이라고 불러요?"

"아명은 기득(奇得)으로 부르고 관명은 견(堅)으로 부르지."

첩은 기득이, 기득이 새 아이의 새 이름을 입에 올려보는데, 허적은 허견, 허견…… 하고 관명(冠名)을 입에 올려 불러보았다.

'견'이라고 이름을 지은 것은 마음을 굳게 가져서 죽은 젊은 부부의 일과 뱀을 태운 무지개가 뻗친 일, 이번 아이를 낳은 일에 대한 연관을 끊어 생각하자는 의미로 생각해낸 것이었다.

그런 뒤, 허적은 그 아이가 이미 자기의 소생인 이상 잘 기르고 잘 가르쳐서 문호를 이으려고 생각하고 본가로 돌아갔다.

그 뒤로 이따금 첩의 집으로 가서 허견을 들여다보는데, 그런 생각을 말자고 하면서도 아이의 얼굴만 보면 새삼스럽게 그때 때려죽였던 초립동 얼굴이 머리에 떠오르고 정마저 떨어지는 것이었다.

이런 생각이 나게 되면 그 즉석에서 나가버리고, 닷새고 열흘이고 와서 보지 않으면서 그때마다 허견의 '견'자를 '자식으로 생각지 않기로 굳게굳게 결심했다'는 '견(堅)'자로 생각했던 적도 있었다.

그러나 어쨌든 내 속으로 낳은 자식이다, 마음을 돌이켜 생각하고, 얼굴이 비슷하다는 것은 우연한 일인데 이 일을 깊이 근심하는 것은 도리어 어리석은 짓이라고 스스로 그 마음을 꾸짖고 아들에게 애정을 느껴보았다.

어쨌든 허견이라는 어린 아들은 자랄수록 용모가 단정하고 행동이 출중해 보였다.

세월은 흘러 허적은 아들을 사랑하고, 기르고, 가르치고, 어느덧 출가시키고, 과거를 보게 하였고, 허견은 아버지의 아들 됨에 부끄럽지 않은 훌륭한 대장부가 되었다.

허적은 원래 혈속자식이나 보려고 첩을 얻었고, 예전 전통을 따라서 서자는 봉사(奉祀, 조상의 제사를 받들어 모시는 것)를 못하는 터이므로 따로 문중에서 양자를 하려다가 허견이 출중하므로 그대로 봉사를 시키려고 양자도 하지 않았다.

이때는 허적이 벌써 정승자리에 나아가 있을 때였다.

허견은 어렵지 않게 소과, 대과를 다 치르고 30 안에 벌써 당상관(堂上官)이 되었다.

허견은 이따금 그 부친의 마음을 떠보는 버릇이 있었다.

"아버님, 차차 연로해지시니 봉사손(奉祀孫)을 솔양(率養)하셔야지요?"

제사 모시는 손자를 양자로 데려오자는 얘기이다.

허적은 적서(嫡庶, 적자와 서자)를 구별 않고 길렀기 때문에 허견은 다른 집의 풍속대로 그 부친을 보고 '영감'이니 '대감'

이니 하고 부르지 않고 '아버지'라 부를 수 있었다.

"네가 있는데 왜 또 솔양을 한단 말이냐?"

"그렇지만 저야 봉사손이 못 될 사람이 아닙니까?"

"그러나 내 혈속이 나을 게다. 나는 문중에서나 세상에서 뭐라 하든지 그런 것을 가리지 않고 지내련다."

허견은 아버지의 마음도 이와 같이 떠보는 사람이었다.

2. 허견의 호색

허적은 드디어 벼슬에 오른 지 50년인 현종 말년에는 지위가 일인지하(一人之下)요 만인지상(萬人之上)이라는 영의정의 자리에까지 오르게 되고, 따라서 현종이 승하할 때 고명유신으로 숙종을 추대하여 다시 숙종의 조정에서도 영의정으로 있게 되었다. 영의정으로 있으면서 차차 서인들을 몰아내고 남인의 세력을 늘려보려 할 때였다.

그러나 서인들은 눈치를 알고 허적을 어떻게 하면 치워버릴 것인가, 하는 생각을 품게 되었는데, 허적에게는 아무런 탈을 잡을 일이 없었다.

하지만 그 아들이 하는 일이 아무래도 수상해 보였는데, 이자의 일을 뒤에서 살펴봐서 미심쩍은 일만 있으면 당장 고변(告變, 정권을 뒤엎으려는 행위를 고발하는 것)하려는 서인 일당들이 있었다.

이 일을 알게 된 허적은 아들에게 이런 세상물정을 귀띔

해 일러주고, 그러고도 사람이 믿음직하지 못한 까닭에 늘 자기의 심복을 내세워 아들의 행동을 뒤쫓아서 몰래 살펴보았다.

그럼에도 허적의 귀에는 늘 허견에 대한 세상 풍설이 좋지 않게 들리는 것이었다.

"뉘 집 양반집 여자를 뚜쟁이를 놓아서 빼내서 간통하고 그대로 팽개쳤느니……."

"어느 재상의 집 대문밖에 가마를 대고, 친정부모가 급병에 걸려서 아주 위독하므로 딸을 데리러 왔노라고 그 집 며느리를 태워다가 절로 끌고 가 이삼 일씩 겁탈을 하고 내어 돌려보냈느니……."

"어떤 거상(巨商)을 잡아들여 사사로이 감금하고 억지로 많은 재물을 내라고 해서, 수표(手票)를 받아 그 돈을 찾고 몸을 풀어주었느니……."

별별 말이 다 들리는데, 그중에도 제일 송구스럽게 들리는 말은 세상 사람들이 허견을 지목하여 복선군(福善君)이라는 종친을 끼고 역모를 꾸민다는 혐의를 두는 일이었다.

허견을 불러서 주의시키면 열 번 스무 번 펄펄뛰면서 그런 일이 절대로 없다고 하지만, 세상 풍설이 이러하니 허적의 마음은 항상 줄에 앉은 새의 몸과 같았다.

그래서 이때부터는 자기에게 가장 심복이 되는 청지기(양반집에 거처하면서 잡일을 맡아보고 시중을 드는 사람)를 오랫동안 하다가 지금은 집을 나가서 사는 염시도라는 사람을 불렀다. 그는 은밀히 자기의 속타는 이야기를 하고, 어떤 방법으로든 아들의 행동을 끊임없이 감시하다가 형세가 위태한 때나 일이 그릇되어 가는 때에 자기에게 고해서 임기응변하게 할 것은 물론이요, 일상적인 행동까지 날마다 자기에게 고해바치라고 했다.

염시도는 이런 은밀한 부탁을 받은 뒤 허정승의 앞을 물러갔다.

자기 집은 상사골(지금의 서울 청진동 부근)로서, 집에 가는 길에 금천교 다리를 건너서자 여러 해 만나지 못한 친구를 만났다.

"여, 웬일인가? 대관절 얼마 만인가!"

그는 크나큰 책임을 맡고 나서 어떻게 해야 할 것인지 계획을 세우면서 걸어가는데, 그 앞에 웬 사람이 이렇게 외치는 말을 듣게 되었다. 머리를 들고 보니 그는 오랫동안 정답게 지내던 친구로서 시골로 내려가는 바람에 만나지 못했던 친구였다.

"아, 자네 웬일인가! 언제 올라왔나?"

"나, 그동안 시골 있다가 또 냄새가 나서 서울로 왔네. 내 집이, 이 내수사[內需洞] 옆일세. 잠깐 우리 집에 가서 이야기나 하다 가게그려."

그렇게 오랜만에 만나 회포를 푸느라고 그들은 밤이 이슥

하도록 술을 마셨다.

밤이 퍽 깊어 일어서려는데, 친구는 팔을 잡고 만류한다.

"밤도 깊고 술도 취한 터이니 나하고 같이 자고 내일 가게 그려."

염시도는 기어이 그 팔을 뿌리치고 방을 나섰다.

"하는 일은 없어도 노상 바쁘니까 취했더라도 밤중이라도 가야 하겠네. 자, 술 잘 마시고 잘 놀다가 가네. 또 종종 만나겠지. 내 집도 지금 상삿골 회양나무 우물 앞집일세. 틈이 있거든 좀 놀러오게."

이런 말로 작별하고 총총히 집으로 향했다. 오는 길에 관상감재(觀象監峴, 지금의 수송동 부근)를 넘어오는데 졸지에 몸을 가눌 수가 없고, 정신이 깜빡하면서 옆에 보이는 향나무 고목 밑에 팩 쓰러져 세상모르게 되었다.

어느 때나 되었는지 선뜻한 촉감이 들어 눈을 떠보니 날은 새서 활짝 밝았고, 빗방울이 뚝뚝 떨어지는 것이었다. 깜짝 놀라서 생각해보니 친구 집에서 먹고 취한 술이 정신을 흐리게 해서 그대로 한데서 밤을 새게 되었다.

얼른 일어서는데 옆에 무슨 보퉁이 하나가 놓여 있는 것이 눈에 띄었다. 염시도는 의심스러운 눈으로 보퉁이를 물끄러미 바라보며 향나무 주위를 살펴보았다.

그러나 근처에는 사람이라고는 보이지 않았다. 어젯밤에 자기는 보퉁이를 들고 왔던 기억이 없으니 이 보퉁이는 다른 사람이 이곳에 놓고 잊어버린 채 그대로 간 것이 틀림없었다.

그는 고지식한 사람이었다. 그런 것을 봐도 자기 물건이 아닌 이상 아랑곳 않고 그대로 일어설 사람이었다.

그대로 일어서려다가 다시 생각해보니 이 물건은 임자가 있어서 찾아올 테니까 제 주인을 찾아갈 것이나, 그전에 누가 지나가다가 이것을 보면 세상 사람이 모두 자기같이 고지식하지 않을 것이었다. 그대로 두면 주인이 찾아갈 때까지 이 자리에 있을 것 같지 않으므로, 그는 그 보퉁이를 자기가 갖고 있다가 다음에 임자가 나서면 주리라 생각하고 보퉁이를 들어보니 무슨 일이랴, 의외로 묵직하게 무거웠다. 깜짝 놀라서 풀어보니 그 속에는 뜻밖에도 서슬 푸른빛이 도는 은덩이 몇 개가 들어 있었다.

그는 얼른 그 보퉁이를 도로 싸면서 가만히 생각하니 이 재물이 적지 않게 큰 것인데, 이것을 누가 어떻게 되어 잃어버렸든 잃어버린 사람은 지금 혼비백산해서 눈이 뒤집혀서 찾을 것이 뻔했다. 그런즉 이것은 임자에게 돌려줄 터인데, 나같은 하찮은 사람이 이런 물건을 길에서 얻었다고 하면 도리어 도둑 누명을 쓰게 될지도 모르니까, 이것은 허정승 대감께 갖다드리고 임자가 나서는 대로 찾아주시게 해야겠다는 생각을 했다. 그래서 보퉁이를 들고 집으로 가지 않고 그길로 허정승댁이 있는 사직골로 올라가서 대감이 잠에서 깨어나기를 기다렸다.

얼마 뒤에야 대감께서 기침하셨다는 말을 듣고 조용히 큰 사랑 앞으로 가 아뢰었다.

"소인 염시도 문안 드립니다."

"어떻게 이렇게 일찍 올라왔느냐?"

"좀 뵈올 일이 있어서……."

"어, 무슨 일이냐?"

허정승은 무슨 소식이나 듣게 되는가 해서 한편으로는 궁금하고 한편으로는 마음이 설레어 온 뜻을 물어보았다.

무엇보다도 염시도를 평소부터 정직한 사람으로 알기는 했지만, 그가 이런 큰 재물을 얻고도 욕심을 내지 않고 들고 온 일이 너무도 기특해서 짐짓 기쁜 마음이 들어 분부했다.

"너, 그 보자기를 펴보아라."

그는 이어 이렇게 말했다.

"그러나 이미 네가 얻은 재물이니 네가 갖다 두었다가 임자를 찾아주든지, 임자가 나서지 않으면 네가 차지하든지 그럴 일이다. 만일 네 말과 같이 말썽이 일어나서 신변이 위태로울 지경이라면 그때는 내가 어디까지든지 다짐[辯護]을 서줄 테니 그것은 염려마라."

보퉁이가 풀어지고 그 안에서 번쩍거리는 은덩이가 네 개나 나왔다. 모두 겉으로 봐도 4백 냥의 은뭉치인 듯 보였다.

"도로 싸서 들고 내려가거라."

"아니올습니다. 대감께서 넣어 두십시오."

"아니다……, 지금 생각하니 그 은은 생각나는 데가 있으니 그곳에 가 알아보고 임자에게 한시바삐 돌려주도록 하여라."

"아, 생각나시는 데가 어디시옵니까! 알기만 하면 곧 갖다 줄 생각입니다."

그는 이렇게 천진스럽고 정직한 말을 했다.

허정승은 잠깐 무엇을 생각하다가 말했다.

"내 추측에는 이 은이 아무래도 장동 김판서댁 말 판 돈인 듯싶다. 그렇다면 그 댁 하인은 죄를 받아 죽든지 애를 쓰다가 자살을 해 죽든지 아마 이 돈을 잃어버린 빌미로 죽게 되기가 십중팔구일 게다. 이것은 네 집에 갖다두고 당장 그 댁에 가서 알아보아라."

"그렇다면 여기서 바로 그 댁에 갔다 오지 무엇하러 또 끌고 내려갔다가 다시 그 위에까지 올라가겠습니까?"

"아니다! 이 물건은 내게 잠시라도 머물러 있을 재물이 아닌즉 네 집에 갖다 두어라. 그리고 김판서댁에 다시 올라가야 한다. 어서 가거라!"

염시도가 인사를 드리고 그 보퉁이를 들고 나오면서 생각했다.

'대감이 내가 어디서 이 보퉁이를 훔쳐온 것으로 아시고, 혹시라도 다음에 연루가 될까봐 저러시지 않는가?'

이런 생각도 해보면서 결국 자기 집에 주운 보퉁이를 갖다 두고 아침밥을 먹은 뒤 곧 장동 김판서댁을 찾아갔다.

김판서라는 이는 현종의 왕비 명성 김씨의 사촌동생 되는 김석주로서 청풍부원군 김우명의 아들이었다. 사람이 총명하고 깨끗하면서도 기이하고 호걸인 김판서는 말타기를 좋아해 도성 안에서 소문난 말이면 값을 아끼지 않고 사들여서 등자와 안장을 사치스럽게 꾸며 출입할 때에는 이따금 이 말을 타고 나가는 것으로 호사를 삼았다.

염시도가 주인 대감께 인사를 드리니 대감은 반갑게 인사하고 허정승의 안부를 물었다.

그는 안녕하시냐는 말씀을 드리고 그제야 입을 열었다.

"저, 혹 대감께서 타셨던 말을 파신다는 말씀을 하신 일이 있습니까?"

"있었지, 벌써 팔았는걸……."

"얼마에 파셨습니까?"

"돈백이나 밑지고 팔았지."

"그러시면 또 사셔야 합지요?"

"사는지 마는지, 탈 났네!"

"무슨 일이 있었사옵니까?"

"그 변변치 못한 하인 녀석을 시켜 팔아 오랬더니 사백 냥에 팔아 가지고 오다가 길에서 그 돈을 잃어버렸다네그려. 말 한 마리가 공중에 떴나보이. 벌써 몇 차례나 갔는데도 여

태껏 못 찾는 꼴이니 이런 일도 더러 있는가?"

"말을 어디로 갖다 팔고, 어디로 해서 왔다고 말씀했습니까?"

"말을 느릿골 누구에게 갖다 팔았다네."

"말값은 얼맙니까?"

"돈백이나 밑지고 팔았어도 사백 냥을 받았다네. 누가 아나, 그놈이 한 짓을?"

"허, 그것 안되셨습니다. 그러나 소인이 어제 관상감재에서 돈 사백 냥의 은뭉치를 싼 것을 주워 저희 댁 대감께 올리옵고 임자가 나서는 대로 내어 주십사고 그것을 보여 드렸더니, 대감 말씀이 내게 당치 않은 재물은 나는 맡지 않을 것이니 네 집에다 갖다두고 임자를 수소문해보라고 하셨습니다. 그 말씀 끝에 사백 냥이라면 장동 김판서댁 말값이 사백 냥이라고 소문이 났는데, 아마 그 댁 말을 판 값을 하인이 잘못해서 빠뜨렸는가 보니 그 댁에 가서 사실을 알아보라고 하시기에 이렇게 올라왔습니다."

"허, 거, 너무도 고마우시군그래! 자네 일도 너무도 갸륵하고……! 그러나 그것이 꼭 그 돈인지 모르니까 내가 하인이 들어오거든 자네 집으로 보내지. 지금 집은 어딘가?"

"보내실 것 없지요. 소인이 곧 가서 가지고 올라오겠습니다."

이어 내려가서 곧 그 보퉁이를 들고 김판서의 집으로 찾아왔다.

염시도가 그 은뭉치 보퉁이를 김판서 앞에 올리니 김판서는 곧 그 행랑아범 호군을 불렀다.

호군은 어제 밤새도록, 오늘 아침 내내 이것을 찾으러 다니다가 지쳐서 이제는 목숨으로 바치고 말겠다며 죽기로 작정했다. 행랑방에서 한숨을 치쉬고 내리쉬는 판에 대감이 부른다는 말을 듣고 거의 죽어서 설설 기어 들어와 마루 앞에 엎드렸다.

대감은 보퉁이를 내보이면서 물어보았다.

"자, 이게 네가 잃어버린 보퉁이가 맞는지 살펴보아라."

호군은 보퉁이를 보더니 그만 미친 것처럼 상전과 옆에 서 있는 염시도를 번갈아 쳐다본다.

"네가 잃어버린 게 맞느냐?"

"제 것이올시다! 이게 대체 웬일이오니까?"

"나도 모르겠다. 저 사람은 사직골 허정승댁 하인으로서, 어제 관상감재에서 이것을 주웠단다. 이런 고마울 데가 어디 있나! 임자를 일부러 수소문해 찾아와서 이렇게 갖다주는구나. 저 사람처럼 저렇지는 못하나마 내 집 아랫것들은 모두 이런 병신이니 이게 웬일이냐!"

호군은 그 말에는 대답도 않으려 하고, 다만 염시도에게 무수히 절만 하였다.

호군은 또 치하하고 절하며 너무도 고마워했다. 이때 김판서는 보퉁이에서 한 덩이를 꺼내 염시도에게 내어주었다.

"이것은 너무 기특한 자네의 뜻을 생각하고 주는 게니 약소하나마 받아두게."

그러나 염시도는 정색하면서 물러나려 했다.

"무슨 말씀입니까? 저희 대감마님과 이 댁 대감마님과의 교분을 생각하온들 소인이 댁 물건을 찾아드리고 거기에 값을 주시기로서니 받을 소인인 줄 아십니까? 행여 이런 처분은 다시 내리지 마십시오!"

이때에 호군은 집안일로 먼저 나가고, 대감은 염시도를 붙들고 이런저런 이야기를 하다가 물러나서 나오는데, 대문을 나서려니 17, 8세 되는 처녀가 쫓아 나오면서 급한 소리로 부르는 것이었다.

"여보십시오, 잠깐만 지체하시고 이 청지기 방으로 들어 앉으십시오!"

"아니, 무슨 일이기에 이러느냐?"

"미안합니다만, 주인댁에서 잠깐 머무르실 일이 있으신 듯하니 기다리십시오."

계집아이는 이런 말을 하고 중문으로 휑하니 들어가더니 조금 뒤 술상을 쩍지게 차려서 들고 방 안으로 들어와서 잔에 술을 따라 권하는 것이었다.

"아니, 이 술상을 누가 내보내시는 것인데 이렇게 잘 차려 먹이시니 너무나 미안하구나."

"천만의 말씀이시지요. 이 술상은 제가 주인마님께 여쭤어서 차린 상이옵니다. 잡수실 것은 없어도 많이 드십시오."

"네가? 네가 누구기에?"

"네. 저는 아까 그 말 판 돈 잃어버렸던 분의 딸입니다. 저희는 그 돈을 잃어버리고 대감께서는 꾸중만 하시나, 양심에 가책을 받고 나쁜 짓을 하고 핑계로 잃어버렸다 하는 것 같아서 아버지는 심지어 저를 종으로라도 팔아서 그 돈을 해놓든지, 그러지 않으면 자살이라도 하겠다고 야단이 이었습니다. 그러던 차에 이렇게 손님의 하해 같으신 덕을 입어서 일이 풀리니 그 은혜는 무엇으로 갚으올지, 제 몸으로라도 갚을 수 있다면 사양치 않고 갚겠습니다."

"원, 별말을 다 하는구나. 으레 임자가 찾아갈 일이지 무엇이 은혜란 말이냐?"

"아닙니다. 제 몸뚱이로라도 은혜를 갚겠습니다."

"뭐? 하하하……. 어떻게 하는 게 몸뚱이로 은혜를 갚는 것이냐?"

이 말을 듣던 계집아이는 얼굴이 곧 빨개지며 수줍음을 짓고 고개를 숙였다. 이름이 분이라고 했다.

염시도는 술이 좀 들어간 판이라 또 짓궂게 물어보았다.

"왜 말을 못해? 어떻게 하는 게 몸뚱이로 은혜를 갚는 거냐 말이야?"

이 말을 하고 껄껄 웃으니까 아직까지 얼굴을 숙이고 있던 그 계집아이가 머리를 들어서 그를 보고 방긋이 웃으면서 말했다.

"손님께서 버리시지 않는다면 저는……."

이런 말을 하고는 다시 머리를 푹 숙여버리는 것이었다.

이때에 그는 상처한 지 오래되어 단지 아들 하나 데리고 살림을 하던 터인데 이 말을 들으니 듣던 중 반가웠다. 더욱이 이 계집아이는 얼굴이 어여쁘고 체격이 얌전해서 그의 안목에 들었다. 그러나 말을 건네기는 거북한 사이다.

"그렇지만, 부모네가 그렇게 하실 리 없지……."

"아닙니다. 그런 걱정은 없으니 곧 뫼시고 지내게 해주십시오."

"그러면 서서히 생각해봐서……."

"아니올시다. 저는 다른 곳으로는 시집가지 않고 손님께로 시집가서 은혜를 갚겠습니다!"

염시도가 가만히 생각하니 굳이 그럴 바에야 기를 쓰고 거절할 것도 없어서 될 수 있는 대로 그렇게 해보겠다고 대답하고 술상을 물린 뒤 집으로 돌아왔다.

집에 와서 생각하니 그대로 표면으로 드러내 놓고서는 허정승도 자기가 김판서집 사람을 데리고 산다면 요긴하지 않게 생각할 것이요, 김판서도 자기가 그 집 식구를 데려간다면 역시 그렇게 생각할 것이다 싶었다. 그것은 다름 아닌, 허정승은 남인이요, 김판서는 서인이니 예사 교분으로는 싫어하지 않는 사이니 하등 관계가 없겠지만, 당색(黨色)을 가지고 본다면 서로 얼음과 숯 같은 처지에 이쪽 하인과 저쪽 하인이 서로 친근하여 부부가 되면 안방의 비밀이 하인의 눈과 귀를 통해서 자연히 서로 교환될 것이므로, 이 일을 매우 염려하여 될 수 있는 데까지 꺼릴 것이 사실이었다.

'그러면 무슨 방법으로 그 계집아이에게 장가들 것인가.'

지금 염시도의 처지로는 나이 30여 세에 집안이 구차하고 처지가 그러하니 웬만한 곳에는 장가갈 수 없고, 이미 이 일이나 잘 되어질까 하고 간절히 바라지만 역시 도리가 망연할 뿐이었다.

그러나 한번 그 계집아이를 보고 그런 말을 들어보니 차마 잊을 수 없었다. 드디어 백방으로 돈을 끌어들여 집 한 채를 사놓았다. 날을 잡아 김판서를 보러 간다는 핑계로 그 계집아이를 만나 귀띔을 해서 어느 날 밤 어디에서 만나기로 약속했다. 계집아이도 무슨 연분이었던지 약속한 대로 나와 기다리고 있었다.

그는 계집아이를 이끌고 사 놓은 그 집으로 나가서 자리를 잡아주고 이내 자기 집을 그리로 옮겼다. 우물쭈물 머리를 올려 쪽을 지우고 후취 겸 첩실 겸 아내로 삼게 되었다. 이것은 그가 큰 재물을 보고도 욕심을 내지 않았기 때문에 그 음덕으로 복을 얻어서 이처럼 얌전한 아내를 힘 안들이고 얻게 되었는지도 모를 일이었다.

그러나 김판서댁에서는 하룻밤 사이에 행랑하인의 딸자식

하나가 간 곳을 모르게 되었으니 어느 놈과 정분이 나서 배가 맞아 도망갔다고 소동이었다. 한번 나간 계집아이는 끝내 오리무중이 되어버렸다. 그러나 염시도를 꿈에라도 의심한 사람은 아무도 없었다!

이렇게 된 뒤에 그는 살금살금 김석주의 생활 이면과, 드나드는 여러 사람과, 밤이면 어떤 사람들이 남몰래 찾아오는지 끊임없이 살펴보다가 드디어 무슨 일 한 가지를 알게 되었다.

염시도의 새 아내는 처녀 시절, 김판서댁에 있을 때에 이름이 '분이'가 아닌 채란(彩蘭)이라 불리었다.

염시도가 아내 채란에게 새로 듣게 된 이야기라는 것은 요즈음 청풍부원군 김우명이 새로 작첩(作妾, 첩을 얻는 것)을 했다는 것이었다.

그러나 청풍부원군이 작첩했다는 일이 염시도에게 그다지 시원하고 반가운 일은 아니지만, 부원군의 첩이 되었다는 '예정(禮貞)'이라는 '영해(寧海)집'이 노상 모르는 사람이 아니요, 허정승의 집 사람인 까닭이었다.

서인과 남인 사이에는 어느 때나 서로 행적을 살펴서 무슨 단서라도 얻어내기 위해 저편에 자기의 심복을 몰래 들여보내는 것이 아주 예사로운 일이 된 이때에 청풍부원군이 하필이면 허정승의 집 식구와 관계 있는 사람을 작첩한

데에는 반드시 간첩의 의미로 얻어들인 것이 분명했기 때문이다.

그러면 '예정'으로 불리는 '영해집'이란 여자는 어떻게 된 사람인가.

허견은 자기 신분이 서자이기 때문에 아무리 정승 아버지를 두었다 하더라도 소과에나 참례했지 대과에는 들어갈 도리가 없었다. 그런 까닭에 '남의 서얼(庶孼) 대접을 그 누구라서 이렇게 하기로 제도를 정해 놓았던가' 하고 불평을 품는 사람 중의 하나였다.

마음속으로 항상 원망하고 있어서 그 눈치를 알게 된 허정승이 여러 조관과 시관들에게 사정을 해 적극 주선한 결과 허견은 드디어 대과에 참례하여 장원까지 가게 되었다. 그리하여 교리 · 옥당 · 승지 · 참판……, 이렇게 올라가 어느덧 경상감사까지 이르렀다.

경상감사 허견이 부임하여 얼마 뒤에 도내를 순시하다가 영해 고을에도 찾아오게 되었다.

이때에 영해부사는 신관 사또의 행차를 화려하게 준비했다. 특히 그의 객회(客懷)를 풀어 주기 위해 영해의 명소라고 일컫는 해안루(海晏樓)에 자리를 깔아놓은 뒤, 군사를 청군과 홍군 두 편으로 갈라놓고 청홍(靑紅) 군졸들을 차례로 감사에게 현신(現身)시켰던 것이다.

이때 홍진의 군졸 중에 제일 나중 현신한 어려 보이는 군졸은 얼굴이 깨끗하고 기골이 장대하여 얼른 보아도 수백 명 중에 뛰어나 보이는데, 몸 쓰는 것을 유심히 보니 그 행동거지가 과히 상스럽지 않았다. 아직까지 청홍의 성적이 비겨 있었고, 홍군 한 사람이 과녁을 맞히고 못 맞히는 데 따라서 승부가 결정될 터였다. 이때에 결승으로 나선 사람이 이 소년군졸이었다.

소년군졸은 용기를 내어 한번 활시위를 당겨 쏘니 화살은 과녁을 바로 맞히었다. 우레 같은 환성은 홍군의 우승을 축하하는 한편 그 소년군졸에게 뭇사람의 시선이 모이게 되었다.

이때에 허감사는 청홍 양쪽에서 적중했던 군졸을 불러내어 재결승을 보게 되는데, 이때에도 소년군졸은 오발오중(五發五中)의 기막힌 재주를 보이게 되었다.

허감사가 그 소년을 가까이 불러 올려 성명을 물어보니 그는 영해고을에서 유명한 선비의 집 자식으로 태어났으나, 불행히도 서자로 태어나 버젓이 과거도 보지 못하고 이와 같이 호반(虎班, 무관武官의 반열)으로 나오게 되어 이래 2년간 관아의 직무를 보고 있다는 것을 알게 되었다.

서자의 설움을 한탄하는 것을 보게 되자 허감사는 꽤 어지간히 동정의 마음이 들었다. 그뿐 아니라 소년으로서 활 쏘는 솜씨가 그만큼 빼어나고, 인물도 뛰어나고, 행동이 그만큼 출중하여 어느덧 사랑하는 마음이 일게 되었다.

그래서 좀 더 재주를 시험해 본 뒤 어떠한 결단을 하려는

데, 마침 하늘에는 기러기의 울음소리가 들리는 것이었다.

이때에 허감사는 소년에게 물었다.

"네, 저 기러기 한 마리를 쏘아 떨어뜨릴 재주가 있겠느냐?"

그러자 소년은 천연스럽게 되물었다.

"몇 번째로 나는 놈을 떨어뜨리오리까?"

허감사는 더욱 놀라웠으나, 역시 천연스럽게 일렀다.

"셋째 놈을 쏘아보아라."

소년은 뜰아래로 내려서서 활줄을 만져보다가 살을 매겨 허공을 쏘았다. 이어 기러기의 행렬이 갑자기 흩어지며 저편 벌판에 기러기가 살에 맞아 떨어져 퍼덕거리는 것이 보였다.

군중들 사이에 감탄하는 소리가 우수수 일어났다. 허감사는 소년을 불러 가까이 세우고 재주를 매우 칭찬하면서 문득 그가 혼인했는가를 물어 아직 장가들지 않았다는 알게 되었다. 즉석에서 영해부사에게 말해 자기에게 과년한 딸이 있어 사위를 고르던 중인데, 이제 장래 명장(名將) 재목을 찾게 되니 그대가 중매해 주면 어떻겠느냐고 말했다.

영해부사는 누구의 영인데 거역할 수 없어 그 분부를 잘 따르겠노라 아뢰었다.

이날 영해부사가 주최한 해안루의 연무회(演武會)가 끝나고, 허감사도 영해 관아로 들어와 공무를 보면서 소년의 집에 통혼한 결과를 기다리고 있었다.

이 소년은 성명이 이후일이고, 부친은 영해의 유림 대가로 한몫하는 이시형이었다.

그러나 당시의 정승 허적의 아들이요 경상감사로 있는 그로서 영해부사, 즉 본관사또를 통해서 그 딸을 시집보내겠다는 이 일에 반대할 사람이 누구일 것이랴. 물론 그들은 황공하여 처분만 기다리노라고 할 줄만 믿었더니, 일은 추측과는 정반대로 이시형의 집에서 이 청혼을 첫마디로 거절했다. 두 번, 세 번 권해도 신랑 될 이가 벼슬이 높고 권세 있는 집안에는 장가들지 않겠다고 한다는 핑계로 끝끝내 듣지 않는 것이었다.

허감사가 이 말을 들으니 괘씸하기도 하고, 한편으로는 그만한 자격을 놓치는 것이 분해서 결국 관아에서 십여 리나 들어간다는 이시형의 집을 사또와 동반해서 찾아갔다. 물론 이시형을 불러들여도 좋겠지만, 그러면 저편이 더욱 불쾌해할까봐 손수 그 집을 찾아갔던 것이다.

이시형은 앞에 서서 안내하고 정성껏 대접하였으나, 결국 온 목적을 말하니 역시 자식의 일이라도 이미 지각이 난 자식인 터에 의사를 전혀 무시할 수도 없는 것이라 설명했다. 아울러 '자식의 의견이 이와 같다니 억지로는 할 수 없는 까닭에 죄송하오나 분부는 들어드릴 수 없소이다' 하는 것이었다.

허감사는 이후일을 불러달라고 해서 앞에 앉히고, 무슨 까닭에 권문세가에 장가들기를 꺼리느냐고 물어보았다.

이후일의 대답이 별로 흠이 없이 어지간하게 나왔다.

"사나이가 세상에 태어나면 제 처지와 비슷한 집에 장가 가서 자유롭게 살 것이지, 권문세가에 장가들면 그 배경이나 얻기 위해서 거기에 의지하며 처가의 통제를 받고 지내게 되는 것은 도저히 대장부의 할 일이 아니므로, 소인은 절대로 소인의 집보다 나은 집 딸에게는 장가들지 않기로 결심했사옵니다."

"그러나 처가의 절제만 받지 않으면 그만이 아니냐?"

"그러나 그런 집 딸은 그만큼 교만합니다."

"내가 내 딸을 두둔하는 것 같지만, 내 딸은 교만하거나 무례한 행동을 하는 것은 아직 보지 못했다."

"그렇다 하더라도 대감댁 사위 되기는 싫습니다!"

이렇게 대답하고 그대로 나가버리는 것이었다.

그러나 허견의 성품은 무슨 일이든 제대로 이루어지지 않으면 안 될수록 기어이 해보고야 말겠다는 결기라 할지, 고집이라 할지, 억지라 할지 이런 성벽이 있는 사람이었다. 그래서 그대로 이후일, 즉 이시형의 집에 묵으면서 마치 방문하러 와 객지에 머무르는 척하고 하루, 이틀, 사흘 이렇게 지내가며 끈덕지게 묵고 있었다.

이 집에서 감사를 대접하기에도 큰일이었지만, 공무가 항상 바쁜 사또가 관아를 떠난 지 어느덧 5, 6일이 되니 불안함이 비할 데 없었다. 그래서 은근히 이시형 부자에게 어서 허락을 해 감사를 보내자고 조르는 것이요, 이럴 때마다 이시형은 아들을 꾸짖으며 달래는 것이었다.

마침내 이후일은 몇 가지 조건을 붙여 혼인을 승낙하겠노라 하니, 그 조건이라는 것은 대개 이러했다.

첫째, 혼인 정한 것을 될 수 있는 대로 남에게 널리 알리지 말고 혼인 날짜를 기다릴 것.
둘째, 혼인은 밤에 급히 하고 그날로 신부례를 행할 것.
셋째, 혼인 뒤에는 두 집에서 다른 교분으로는 몰라도 사돈간 관계로는 절대 서로 왕래하지 말 것.

이런 조건의 혼인은 허씨 집안의 딸만 데려왔을 뿐이지, 왕래는 끊어지는 것이었다.

허견이 가만히 생각하니 자기의 존재를 무시하고 이와 같이 하는 것이 괘씸했다. 그러나 혼인을 이루는 것이 자기의 고집을 이루는 것인즉, 일이 지난 뒤에는 그때 또 자기 마음대로 해보게 될 것이라는 생각으로 그의 조건을 전적으로 승낙하고 딸을 시집보냈다.

그러나 혼인날 한 번 처가에 다녀갔던 사위 이후일은 그 뒤 일 년, 이 년 지나가도 찾아오는 일이 없없고, 또 딸도 친정 한 번 다녀가는 일이 없었다.

생각 끝에 딸의 소식을 듣기 위해 사위 집 근처의 어떤 선비를 알게 되어 그를 부중(府中, '府'의 이름이 붙은 행정구역의 안) 근처로 이사하게 하고, 그 선비를 통해 딸의 소식을 알게 되었던 것이다.

허감사가 과만(瓜滿, 벼슬의 임기가 다 된 것)되어서 서울로 올라가게 되는데, 몇 년을 친밀히 지내는 동안에 소년과부로 친정에 와 있는 그 선비의 누이동생과 알게 되었다. 선비가 허감사에게 누이를 데리고 올라가서 보살펴 달라는 부탁을 해서 함께 서울로 올라왔다.

그 과부는 실상인즉 그 선비의 친누이도 아니요, 그와 동문 수학하던 친구의 첩의 동생으로서, 일찍이 같이 자랐던 관계로 과부가 된 뒤에 또 오라비마저 죽으니 오라비의 친구 집에 와서 의지하고 있었던 터였다. 그런데 이와 같은 경로를 밟아서 허감사가 맡게 되었던 것이다.

그런데 이 여자는 성을 오(吳)라 하고 이름을 예정(禮貞)이라 했으며, 허견의 부인과 알게 되자 친밀히 지내면서 형제의 의를 맺게까지 되었다.

예정은 인물도 어여쁘고, 바느질이 능란하고, 마음 씀씀이도 무던하다 해서 허견의 친구 누이면서도 늘 관아의 안채에도 들어와서 이 집 식구와 같이 지내오던 터였다. 그러나 무엇보다도 허견의 부인이 헤어지기를 싫어해 과만하여 올라오는 길에 함께 데리고 왔던 것이었다.

허견은 이번에 경상감사를 갔다 온 탓으로 딸은 아주 잃어 버리다시피 없어져버리고, 새로 '예정'이라는 미모의 청상과 부 한 사람을 얻어 가지고 온 것이었다.

허견이 다시 서울에 와서 몇 년을 지내는 동안 그들 간에 추축(追逐, 벗끼리 왕래하며 사귀는 것)하는 사람 사이에는 어떠한 비밀스런 모임이 있게 되었고, 여기에 한몫을 보게 되는 것이 이 예정부인이었다.

예정은 허견의 아내와 형제지의를 맺고 몇 년 동안 친형제와 같이 친밀하게 지냈는데, 어느 날 아내는 예정에게 누구의 집 침모를 들어가라고 일렀다. 이것은 허견이 아내 예형(禮亨)을 통해 그의 일에 도움이 되기 위해 이같이 권하는 것이므로, 다만 침모로서가 아니요 허견의 일을 하기 위하여 가는 일이었다.

예정은 예형의 말을 듣고 시키는 대로 시골에서 떠돌다 온 사람의 행색으로 청풍부원군의 저택으로 들어가서 차차 주인에게 알려지게 된 바, 주인은 그에게 바느질 재주가 있는 것을 알게 되자 침모의 소임을 그에게 맡기게 되었던 것이다. 이것은 허견이 벌써 청풍부원군의 집에 침모가 나가고 없었기 때문에 새로 침모를 구한다는 말을 듣고 그와 같이 했던 것이다.

예정은 이 집에 침모로 있으면서 예형이 가르쳐준 대로, 한 달에 몇 번쯤은 얼굴을 보게 되는 부원군 김우명에게 이상한 눈치를 보여 드디어 풍채가 좋다는 그의 마음을 사로잡게 되었다. 그리하여 슬그머니 마음을 일으켜 어느 기회에 남의 눈을 피해서 넘지 못할 경계선을 넘게 되었다.

한 번 이런 일이 있은 뒤 그는 예정과 무슨 약속이 있었던지 예정은 슬그머니 이 집에서 침모를 그만두고 나가버리고, 김우명은 집을 장만하여 예정에게 살림을 차려주었다. 이리하여 예정은 일약 부원군의 애첩이 되는 동시에 왕비의 서모가 되기에 이르렀다.

이와 같이 계책을 이룬 허견은 아내를 통해, 자주 이 집을 찾아오는 예정에게서 김우명의 일상생활을 어느 정도는 내탐할 수 있게 되었다.

그런데 그는 원체 점잖은 재상이요, 또 아들이나 조카들이 다 높은 벼슬에 있는 처지이니, 공공연하게 늙어서 첩 얻은 것을 세상에 알릴 수도 없고, 또 아들이나 조카에게도 알리지 못했다. 대개 어느 친구의 집 방문을 핑계 대고 어쩌다가 첩의 집을 찾는 이런 정도의 첩실인 까닭에 예정의 행동은 얼마쯤은 자유스러웠다.

그러나 세상에는 비밀이란 게 없어서, 예전 침모로 있던 여자와 살림을 차렸다는 것을 알게 되었다. 하지만 점잖은 집안이라 이런 일을 크게 문제삼지 않고, 다만 노년의 소일

거리로 그랬던 것으로 돌리고 김우명이 풀이 죽을까 봐 그런 일은 통 알지도 못하는 듯이 지내왔다.

이런 까닭에 예정의 행동은 더 자유스러웠고, 대개 집안일은 찬모(饌母, 반빗아치)에게 맡길 뿐 의형(義兄)인 예형의 집에 와서 지내는 일이 많았다.

그런데 이 예정이라는 여자는 얼굴이나 행동만 계집다울 뿐이지, 지각이 아주 얕은 데다 듬직하고 위엄이 있는 구석이라고는 없었다. 당장에 보이는 눈앞의 이해타산만 따질 줄 알았지 원대한 생각은 할 줄 모르는 인간이었다.

그런 까닭에 이미 부원군의 첩실이 되고 왕비의 서모자리에 섰으니 제 처지로서는 그 이상 더 바랄 것이 없으련만, 그의 소견 없는 생각으로는 그 일이 일시적이지 끝끝내 늙은이의 애첩이 되고 싶지 않다는 것이었다. 또 나이가 할아비뻘 되는 늙은이하고 한평생을 어떻게 사느냐는 생각이 들었다. 어느 정도로 자기 차지가 되면 그때에는 버젓이 부원군과 헤어져서 자기의 이상에 맞는 남편을 골라 재미있게 살아보겠다는 마음이 가슴 귀퉁이에 들어 있었다.

그런 까닭에 허견 부부는 이것을 이용해서 얼마든지 자기의 일을 할 수 있었다.

허견은 잘생긴 얼굴에다 체격의 준수함이 기린 같았다. 어디로 보든지 미남자의 풍모를 갖췄다. 바깥모양이 그러하니 안모양도 그와 같이 아름다울 것이었다.

그러나 세상일은 대개 밖과 안이 추측 의외로 엄청나게 다를 수 있으니, 허견은 외모는 아름다우나 성격이 아주 좋지 못한 인물이었다. 그 간악하고 음험한 것이 보통사람으로는 추측할 수 없으리만큼 심했다.

그중에도 그 천성으로 되어 있는 고질은 호색(好色)하는 일이었다.

역관 이동구는 허적과 매우 가까운 사이로서 자주 그를 찾아왔으며 친분이 깊었다. 그가 무슨 일이 있어서 이동구를 찾게 되었을 때, 아름다운 딸이 있는 것을 알게 되었다. 마음에 항상 잊지 않고 있었는데, 추후에 그의 딸은 역관 다니는 서효남의 며느리로 들어갔다.

이동구의 딸은 이름이 차옥(次玉)이었는데, 그녀의 아름다움은 차차 장안에도 소문이 높아서 아름다운 얼굴을 표현할 때는 '이차옥만큼이나 어여쁘다'라는 말까지 생겨났다.

허견은 항상 그녀를 손안에 넣기 위해 그녀가 처녀시절부터 이동구에게 자기의 부실로 달라고 해보려고 했으나, 그는 말만 역관 다니는 중인이지 범절이 사대부에 못지않게 지내는 처지이므로 감히 입도 열지 못했다. 그녀가 출가한 뒤에는 더군다나 움직여 볼 수가 없으므로 허견은 어느 날 취한 마음에 드디어 온당치 못한 일을 저지르게 되었다.

이차옥의 매부 이시정이 역시 역관집으로 새로 며느리를

보게 되어 잔치를 베푸는데, 이 잔치에 이차옥이 참례하게 되었다. 그녀의 입장으로서는 고종사촌 오라비가 장가드는 잔치에 가는 일에 지나지 않는 일이었다.

그런데 저녁때가 되고 손님들이 차차 헤어질 때쯤 해서 잔치 집에는 얼굴을 알지 못하는 가마꾼 한 사람이 들어왔다.

"사동 서역관댁 아씨를 뫼시러 왔습니다. 마님께서 잡수신 것이 별안간 체해서 위중하시다고 곧 내려오라고 하십니다. 하인들은 다 의약을 구하러 나가고, 저희들은 그 동네 병문(屛門, 골목 어귀의 길가) 사람으로 대신 왔습니다."

이차옥은 낯선 사람이었으나 의심치 않고 그대로 교자에 타고 총총히 이 집을 나오고 따라갔던 하인도 뒤를 쫓아오는데, 하인은 늙은이였는지라 걸음이 굼뜬 데다가 가마꾼들을 따라가자니 하도 재빠른 까닭에 드디어 뒤떨어져서 헐떡거리며 쫓아갔다.

그런데 이 교정(가마꾼)들은 교자를 메고 사동 서역관의 집으로 가는 게 아니요, 유곽골 어느 조그마한 초가집 속으로 들어갔다.

"이 댁이 마님 친척 되시는 댁인데, 여기 오셨다가 병환이 나셔서 이 댁 건넌방에 누워 계시다니 마루에 내리셔야지……."

이렇게 중얼거리면서 마루에 내려놓고 가마를 멘 채 그대로 나가버렸다.

이차옥은 시어머니의 병환이 위중하다는 데 마음이 황망

하여 아무 정신 없이 건넌방 문을 열고 보았다. 방 안에는
으레 시어머니가 누워 계실 것으로 알았는데, 나이 20여 세
되는 젊은 새댁이 누워 있다가 깜짝 놀라 일어나면서 좋지
않은 낯으로 물었다.

"댁이 누구기에 이렇게 남의 집에 말도 없이 들어오셨소?"

그녀는 하도 기가 막혀서 자기가 실례했노라는 말을 한 다
음, 자기가 이 집에 온 형편을 이야기하고 어떻게 하면 집으
로 찾아가게 될지, 길도 모르는 처지에 교정이 알지 못하고
아무 집에나 버리고 갔으니 어떻게 좀 주선해서 집을 찾아
가게 해주시오, 애걸했다.

주인의 말은 '나 역시 여편네의 몸으로 무슨 힘이 없으리
오, 이따가 사랑양반이 오시면 그때에 주선해 드리오리다'
하는 것이었다. 그녀는 할 수 없이 그때를 기다리고 있었다.
그러나 밤이 되어 깊어가도 이 집 바깥주인은 오지 않았다.

밤이 반이 넘어서야 이 집의 주인이라는 젊은 사나이가 들
어오는 모양인데, 들어오는 길로 묻지도 아니하고 불쑥 건
넌방으로 들어왔다.

"여, 차옥이. 오래간만일세그려!"

이렇게 반갑게 말하고 일상 친숙히 지내던 친척아저씨나
되는 듯이 친절을 보이면서 자기는 차옥의 부친과 수십 년
을 친하게 지내며, 여러 차례 안동 친정아버지를 찾아갔던
사람이라고 매우 친절하게 대접해주었다. 그러면서 어떻게

하여 이렇게 찾아왔느냐고 묻는 것이었다.

이차옥은 반신반의하면서도 그 사나이가 자기의 친정아버지와 친히 아는 사이라니까 아무 염려가 없으려니 생각하고, 도리어 반가운 인사와 미안한 말씀을 드렸다. 자기가 여기까지 찾아온 이야기를 하고 있는데, 주인여자는 슬그머니 밖으로 나가버렸다.

그녀는 홀로 남의 집 남자를 대하는 것이 몹시 불안했다.

"매우 안되었네그려. 그러나 시댁에서 아무리 기다린다 하더라도 이 밤중에 내려갈 수 없고, 밝은 날이나 기다려 어떻게 주선해 볼 테니 안심하고 있게."

이런 말로 위로해주었다.

그다음부터는 자기가 나이 생각이나 처지 생각도 하지 못하고, 일찍 그 친정 부친 이동구의 집에 다닐 때부터 그대를 마음에 항상 사모했노라고 말하며 괴상한 행동을 했다.

그때 그녀도 이번 일이 모두 그 흉한 자의 간계로 꾸며놓은 일이라는 것을 알게 되었다. 당장 문을 박차고 도망가려고 했으나, 그때 형편으로 도저히 그 악랄한 수단을 면할 수 없어 마침내 욕을 보게 되었다.

날은 밝았다. 그러나 철통같은 준비로 도저히 이 집을 벗어나갈 수가 없고, 이웃이라도 알게 된다면 그때에는 시집에서까지 알게 되므로 더욱 창피해서 아주 벙어리로 꾹 참으면서 하루, 이틀, 사흘이 지나갔다.

연사흘 계속해서 이름도 모르는 음흉한 사나이에게 갖은 욕을 다 당하고, 사흘째 되는 날 밤에 그자는 가마에 그녀를 태워서 집으로 데려다준다고 이 집에서 내보냈다.

그녀는 이번에야말로 정신을 차려야 하겠다고 교자 안에서 자주자주 바깥을 살펴봤으나, 밤이 깊어 지척을 분별할 수 없는데 얼마 동안이나 왔는지 좀 쉬어가자고 교정은 교자를 내려놓았다.

한참이 되어도 교자가 움직이지 않으므로 궁금해 밖을 내다보니 이게 무슨 일이랴! 교정들은 한 놈 없이 다 도망가버리고 말았다.

차옥이 얼른 밖으로 나와서 살펴보니 그곳은 사동 친정집 대문 앞이었다. 심히 놀랍고, 한편 반가워서 그 집 대문을 두드려 뛰어들어갔다.

친정부모도 이 일이 웬일이냐고 깜짝 놀라서 그 곡절을 물으니 감히 대답하지 못하다가, 하인들이 다 나간 뒤에야 모친에게만 그간 욕을 본 경과를 이야기했다.

집에서는 놀랍고 분한 것을 견딜 수 없어서 그놈이 누구인지를 알아보려고 갖가지로 생각하다가 하인을 시켜서 장안 병문 사람들을 찾아다니면서 그 교자의 주인이 누구인지를 알아보았다.

그 결과로 교자의 주인이 사직골 사는 허대감이라는 것까지 알게 되었다.

이동구는 벌써 그가 누구라는 것을 직감적으로 알기는 했으나, 아무리 이런 불법행위를 했다 하더라도 그네들은 지금 세도 재상이니 자기 같은 사람이 이런 문제를 섣부르게 꺼냈다가는 도리어 되얽히기가 십중팔구였다. 또 이미 딸을 찾았고, 제 시집에서는 모르고 있는 터이니 그저 꿀꺽 참는 수밖에 없다고 생각하고 분기를 억눌렀다.

서효남의 집, 즉 이차옥의 시집에서는 며느리가 봉변 당한 것을 알지 못하였는가…….

그날 따라오던 늙은 하인은 시집 하인이 아니고 친정집 하인이었다.

그녀가 시집에서 바로 친정 고모의 집으로 갔던 것이 아니요, 친정에 있다가 그 집으로 갔던 까닭에 하인은 서효남의 집으로 들어가서 아씨행차가 왔느냐고 물었다. 시집에서는 온 일이 없다고 모두 이상스럽게 여기고 기다리는데, 교활하고 엉큼한 하인을 시집으로 보내서 동정을 봐서 대답하라고 했던 것이다.

하인이 시집으로 가서 문안을 드렸다.

"새아씨는 언제나 오신다던가?"

그러자 엉큼하면서도 사람 다루는 데 능란한 그 하인은 이렇게 대답했다.

"글쎄올시다. 고모댁에 가셨는데 큰일도 있고 여러분들이 모두 붙들어서 가지는 못하고, 시집살이하는 처지로 마음이 놓이지 못해서 우선 죄송합니다만 전갈이나 여쭤어 달라고 친정댁으로 기별이 와서 제가 이렇게 달려온 것입니다. 이삼 일 뒤에는 곧 오시겠지요."

"그럴 테지. 시집살이 괴롭게 지내다가 모처럼 나갔으니까 며칠 잘 놀다 가라고 붙드시는 게지. 염려 말고 잘 있다 오라더라고 전갈을 해주게."

"너무나 고맙습니다. 그럼, 물러갑니다."

이런 영롱한 말솜씨로 막아놓은 처지이니 시집에서는 알 리가 없었다.

이동구는 밝은 날 조반을 먹은 뒤에 곧 딸을 시집으로 보내주었다. 허견에 대한 복수는 표면으로 드러나게 할 수는 없는 대신 적극적으로 비밀리에 복수하려고 그의 사생활을 더 살피고 지내게 되었다.

독수리가 병아리를 채가듯 잡아다가 그런 집으로 이차옥을 몰아넣고 며칠을 욕보인 허견은 알지 못하는 사이에 담아오고, 알지 못하는 사이에 담아냈으니 아무도 모르리라고 생각했다. 그러나 허견이 이차옥을 담아온 집은 다른 곳이 아니요, 예정이가 있는 그 집이었다.

예정과 허견의 사이는 마치 언니의 남편 같은, 즉 처제를 대하는 정도로 친숙했지만, 허견의 아내 예형은 혹시나 하는 생각에 늘 남편을 의심하고, 따라서 예정의 집에서 심부름하는 계집아이는 예형이 보낸 허견의 집 하인이었다.

허견의 처는 예전에 병마절도사를 지냈다는 홍순신의 애첩의 소생으로, 성질이 괴벽하고 마음이 악한 편이었다. 예정과는 친동생 이상으로 사랑하고 믿고 지내지만, 그의 사생활을 살피기 위하여 이런 간첩을 심어두었는데, 하루는 이 간첩이 와서 말하는 것을 듣고 깜짝 놀라며 분기를 일으켰다.

간첩으로 예정의 집에 가 있는 계집아이의 이름은 향란이었다. 향란은 이제 열댓 살쯤 된 계집아이로 눈치코치가 빨랐다.

허견도 이번 일에 대해 혹시 아내가 알까봐 향란에게 비단옷 한 벌을 해주기로 하고 이 사실을 누구에게도 발설치 말라고 했던 것인데, 이 일을 잊어버렸는지 그대로 달포나 지나갔다. 어느 날 향란이 예형에게 갔더니, 예형은 또 예전에 물어보던 그 문제를 꼬치꼬치 묻기 시작하는 것이었다.

그 문제라는 것은, 지난달 남편이 어느 시골에 가노라고 집을 떠나서 며칠이 지난 뒤에 돌아왔는데, 당시에는 아무 의심이 없었지만, 추후에 가만히 생각하니 그동안에 이상하게도 예정이 한 번도 자기 집에 오지 않았던 것이었다. 자세히 생각해보니 그때 남편이 필시 예정의 집에 가 있었던 것 같았다. 그러나 직접 보지 못한 일이요, 마구 말도 할 수 없는 일이지만, 예형이 허견과 예정의 사이를 의심하는 마음은 더욱 심해지게 되었다.

그래서 향란이 올 때마다 가지가지로 달래서 당시의 일을 물어보았으나, 향란도 그들에게 매수가 되었는지 허견이 그 집에 간 일이 없다고 딱 잡아떼며 말해오던 터였다.

그러나 올 때마다 묻는 터인데 이번 대답은 전과 달리 나와서 의심은 더해갔다. 향란의 대답은 예형을 놀라게 했다. 그것은 예형의 추측 예상으로 당시의 일이 기괴했기 때문이었다.

예형은 향란에게 후한 상을 주었는데, 상 준 물건은 자기가 보관하기로 하고 향란을 돌려보냈다.

어느 날 평일과 다름없이 예정은 예형을 찾아왔다.

마침 허견은 시골에 가고 집에 없었던 때였다. 아무런 눈치 없이 종일 지내고 예형의 집에서 자고 가려고 밤늦도록 이야기하고 있는 예정에게 돌연히 청천벽력이 내렸으니, 일은 이제로부터 험해지게 되었다.

밤참으로 냉면이 들어와서 맛있게 먹고 난 뒤였다. 방은 더웠으나 예정은 냉면을 먹은 후라 달달 떨었다. 예형은 하인을 시켜 생강차를 덥게 끓여오라고 호령한 뒤, 생글생글 웃으며 예정을 말끄러미 바라보다가 말했다.

"호호, 아마 인제는 옥동자를 낳으려나 보구먼……. 이렇게 더운 방에서도 춥다고 떨고 야단이니……."

"아이고, 형님두! 별말씀을 다 하시는구려. 하늘에 올라야

별을 따지 않수?"

"왜 그래? 내가 들으니까 귀동자를 낳을 만하겠던
데……."

"왜, 무슨 소리를 들으셨수?"

"아니, 내가 들어서 못 쓸 소리가 있도록 한 일이 있남!"

"그런 일이야 없지만 무슨 말씀을 들으셨다니 말이
지……?"

"들은 말이 있지."

"무슨 말씀을 들으셨수?"

"그만두겠네."

"아이, 형님두! 심심두 해라. 왜 그렇게 쑥이요? 말을 하
려고 했으면 하셔야지."

"내가 했댔자 자네에게는 이로울 게 없으니 애당초 들으
려고 조르지도 말게."

"그건 무슨 말씀이유?"

예정의 얼굴은 아주 나빠진다.

"왜, 그렇게 굳이 알고 싶은가?"

"알고 싶어요. 꼭 알고 싶어요!"

"이 말을 듣는대도 자네는 내 앞에 버젓하겠지. 조금도 꿀
릴 일은 없지."

"원, 이건 또 무슨 말씀이오?"

"그럴 테지. 자네야 조금도 꿀릴 일이 없겠지!"

"염려말고 어서 말씀하시우."

"그렇게 남에게 꿀리지 않고 지낼 사람이 왜 우리 댁 대감은 자네 집 건넌방에 사흘 나흘 묵혀두었나?"

예형의 얼굴에 독기가 팽창했다.

이 말을 듣게 된 예정은 너무도 기가 막혔다. 분명히 자기와 허감사 사이를 의심하는 말이니 애매하고 분하지만, 허감사가 자기 집에 와서 묵었던 일을 알고 말하는 이상, 자기의 결백이나 변명하려고 얼른 얼굴빛을 바꿔 가지고 해죽이 웃어 보였다.

"호호…… 옳아, 그때 그 일 말이로구려. 왜, 그 일을 형님은 모르셨습디까?"

"뭐, 내가 아느냐고? 나는 모르니까 물어보는 게 아닌가? 무슨 일로 남의 집 사내양반을 제 집 건넌방에다가 사흘 나흘 가둬두고 묵혔느냐 말이야!"

"아이, 참! 기막혀 죽겠네. 그래, 내가 그 양반을 붙들어서 내 집에서 묵혔단 말이오? 애매한 말을 해도 분수가 있지!"

"그러면 그놈의 대감인지 곶감인지가 무엇 때문에 네 집에 가서 있었느냔 말이야?"

"그것은 그 대감보고 물어보시구려."

"너희 댁 대감보고 물어보겠다."

"아무렇게나 하시구려. 가만히 계셔요. 오히려 형님이 남편 어른을 위하시려면 도리어 나를 위하셔야 해요!"

예정은 입을 삐죽하고 돌아앉았다.

예형도 지난달에 남편이 무슨 까닭으로 예정의 집 건넌방에서 몇 날을 묵었는지 향란의 입을 빌려서 이미 다 알고 있었다.

그러나 전연 모르는 척하고 생트집으로 이렇게 하는 것은, 마치 허견이 예정과 관계가 있었기 때문에 그와 같이 했던 게 아니냐는 이런 의미로 추궁하는 것이었다. 그것은 예형은 이만큼 말하면 저만큼 알아듣는 사람으로서, 자기의 생각에는 남편 허견이 일찍이 예정과 아무리 한집안 식구같이 지냈다 하더라도, 어느 정도의 관계가 없고서야 그 집 건넌방을 빌려 그런 짓을 했을 리가 있는가, 하는 예측으로 그와 같이 했던 것이다.

그런데 지금 예정의 말을 들으면 도리어 자기를 건드리면 오히려 예형에게나 허적에게 나쁜 일이 돌아간다고 하니, 이것은 만일 이 일이 부원군에게 알려지면 좋지 못하다는 말인 것으로밖에 해석하지 못했다.

예형은 아직도 남편이 누구 집의 양가부녀를 그와 같이 했다는 것은 알지 못하고, 다만 예정과 남편 사이의 일을 알기에만 열중했다.

그것은 생판 모르는 계집과 그런 일이 있다는 것은 오히려 예사이지만, 예정으로 말하면 한동기같이 믿고 사랑하는 처지인데 믿는 나무에 곰팡이 핀다고 예정으로서야 이럴 수가 있는가, 너무 괘씸하고 분했기 때문에 그 흥분한 마음은 한층 더 흥분을 더했다.

예형은 예정을 보고 코웃음을 쳤다.

"음! 그중에도 저희 댁 대감만 무서운 줄로 아는 게로군. 그러나 오죽이나 못났어야 아무리 첩실이라도 그렇게 규범을 수습하지 못할라고. 입이 광주리만 해도 할 말이 없겠다!"

"그렇지만 나는 아무 죄도 없어요!"

"요 앙큼한 년! 그래도 변명이야."

예형은 옆에 놓인 목침으로 예정의 머리통을 후려쳤다.

이때에는 예정도 울화가 날 대로 났다.

"그런데 왜 까닭 없는 사람을 땅땅 때리는 게요? 어디, 더 때려보오!"

예정은 몸뚱이를 예형에게 들이대면서 발악을 했다.

"네깟 년은 죽여놓아도 좋다. 내 손에 죽어달라, 그따위 버릇을 하다가는……!"

예형은 한층 더 호령을 치면서 그의 어깨통을 밀어냈다.

"아니, 댁 대감이 어떤 년 하나를 잡아다가 놓고 이틀 사흘 그따위 짓을 한 것을 내가 무슨 죄가 있다고 나를 몹쓸 곳으로 몰아넣는 게요? 내 변명이 미덥지 않거든 이 댁 대감께 물어보라니까 왜 이리 강짜를 부리는 게요. 누구는 그리 허름한 줄 아우?"

"앗따, 부원군 첩실이니까 어깨가 으쓱한가보다! 그 알뜰한 첩실, 누가 알아준다고 제멋대로 어깨를 으쓱거리네. 그나마 누가 그 자리나마 가게 해주었는데……? 그러고저러고 간에 내 말은 다른 게 아니야. 대감이란 이가 어떻게 아무 일이 없고서야 남의 집, 그야말로 부원군네 첩실 댁을 찾아가서 그 건넌방을 치우고 버젓이 그런 짓을 했느냐 말이야! 제가 그전부터 그따위 짓을 하다하다 못해서 나중에는 다른 계집까지 천거를 하는 게 아니냐 말이야. 천하에 의리부동한 년 같으니! 몇 년을 친동기같이 위해준 생각을 하기로서니 그럴 데가 어디 있느냐 말이야!"

예정은 이 말을 듣다가 독기가 끝까지 뻗치는 것이었다.

"이년아! 네년은 뭐기에 남을 애매하게 몰아서 땅땅 치는 거냐. 정 못 미더우면 대감이 오거든 물어보려무나!"

발악을 해버렸다.

"아니, 이년이! 아무것도 보이지 않나! 그래, 함부로 이따위로 누구한테 이러는 게야?"

예형이 노기충천해서 예정을 넘어뜨리니 예정은 쓰러지면서 입에서 피가 쏟아져 나왔다.

이때에 하인들은 놀라서 문밖까지 와서 듣고 있다가, 꽝하면서 계집의 곡성이 들리니 문을 열고 뛰어들어갔다. 싸움을 말리고 예정을 살펴보니 예정은 그 입이 장지틀에 부딪치고 넘어져서 입속에서 피가 물 나오듯 쏟아졌다.

"에그머니, 이게 웬일이야!"

하인들은 비명을 외치고 예정을 일으키면서 한편으로는 물을 떠다가 먹이고, 한편으로는 입을 씻기면서 살펴보니 앞니가 두 개나 몽창 입안으로 오그라들었다가 잡아떠니 그 대로 빠져버렸다.

예정은 아프고 분함을 못 이겨서 울고 있다가 이가 빠진 것을 보고 더욱 섧게 우는 것이었다. 그도 그럴 것이 예정은 지금 얼굴이 그 생명의 전체인데, 젊은 나이에 이가 빠졌으니 이제는 그 누가 돌아볼 것이랴, 하는 슬픈 생각에서 이와 같이 소리쳐서 슬프게 울었던 것이다.

예형은 이 광경을 보고도 조금도 불쌍히 여기는 빛이 없이 도리어 남부끄러운 줄 모르고 울고 있다고 흉을 보는 것이었다.

"네가 행실을 잘 가졌더라면 이런 일이 날 것이냐? 남부끄러운 줄은 몰라도 아픈 줄은 아는구나! 울기는 어느 아가리로 운다는 말이냐! 듣기 싫다, 입이나 닥치거라!"

이렇게 매몰차게 지껄이는 것이었다.

예정은 화기를 그대로 참지 못하고 또 어떠한 대항도 할 수 없으므로 그대로 울며불며 대문을 나서서 하인이 말리는 것도 듣지 않고 그길로 자기 집으로 돌아왔다.

3. 김석주의 계략

그런 일이 있은 뒤 이듬해 해가 되었다. 이 해는 숙종 5년 (1679) 2월 10일이었다. 그 겨울에 부원군은 작고하게 되었다. 조카 되는 김석주가 돌아간 숙부의 옛 정의를 생각해서 서숙모의 존재 가치를 확실히 세우고 집도 훨씬 큰 것을 사 주었다.

그러는 한편 김석주는 어느 편으로 소문을 들었는지 서모 예정과 허견의 처 홍씨 사이에 큰 싸움이 일어나서 이가 빠지게 되었다는 것도 알게 되었다. 어느 날 김석주가 그 서숙모를 찾아가서 예전 숙부 생존시의 이런저런 이야기를 하다가 문득 서숙모의 이가 빠진 이야기에 이르게 되었다.

예정은 처음에는 그 조카에게 말하기가 부끄러워 차마 말을 못했다가, 김석주도 어느 편으로 들어서 알았는지 이런 형편을 잘 알고 있는 것을 알게 된 이상 더 가릴 게 없다는 생각으로 터놓고 말했다. 그랬더니 의외로 김석주는 한술 더 떠서, 그래도 지금 우리 집 형세로 봐서는 좀 하기 싫더라도 다시 허견의 집을 드나들면서 그 편의 이야기를 한마디라도 더 자세히 들어다 달라고 부탁했다.

예정은 그 조카가 자기에게 마음쓰는 일이 늘 고마웠던 터라 부탁을 안 들어줄 수 없었다.

그래서 예정은 다시 예형에게 다니게 되었다.

"형님. 사람의 더러운 것은 정입니다. 그렇게 이가 부러지게 싸우고도 십 년 가까이 든 정을 잊을 수가 없어서 어떻게 그대로 배기겠습니까. 기왕 일은 누가 잘했건 누가 잘못했건 그만두고 우리 형님이 그리워서 왔으니 그전대로 의지하고 살아야 하겠소. 산 설고 물 선 데를 누구를 바라고 예까지 왔겠소! 그때도 내가 잘못이었어요. 형님이 망령으로 그런 말을 했거든 나는 그저 그런 척하고 형님 영감이 내 영감이요, 내 영감이 형님 영감이지 친형제 사이 같은 처지에 영감을 누가 뜯어먹소, 웬 영감 싸움이란 말이오, 하고 빌붙었으면 그만일 것을 내가 못나서 말을 우물쭈물하니까 형님은 더 의심이 나서 그랬지 뭐요. ……형님, 무슨 말씀이라도 해요."

"아닌 게 아니라 나도 그때 무슨 마음으로 그랬는지 그 뒤에 퍽 후회했네. 이 천리타향에 누구를 바라고 온 동생이라고 그까짓 대수로운 일에 그런 싸움을 하다니 될 말인가. 외입을 좋아한다 해야 우리 댁 영감같이 좋아하시는 이가 세상 또 어디 있겠나! 그런 남편을 섬기면서 십 년 가까이 한 집안처럼 지내던 자네와 그런 일이 있다기로 무슨 변이요, 자네도 그런 행동을 하는 이를 그대로 반항하지 않았다기로 무슨 법이 되리라고 그와 같이 했으니, 이게 원 될 말인가. 그러니 조금도 예전 일은 생각지 말고, 앞으로 여전히 잘 지내가세. 이렇게 와서 먼저 풀어주니 너무나 고마우이!"

이런 이야기를 하게 되어 두 사람은 전과 같이 왕래를 했다. 따라서 싸우고 정든다는 격으로 그 사이는 더욱 친밀해진 듯했다.

허견은 예정을 처제 대하듯 하였다.

업신여겨서가 아니요 말하기 좋아서겠지만, 허견은 그즈음은 종종 우스운 소리도 예정에게 건네고, 예정은 그런다고 노여워도 않고 그대로 잘 받아넘겼다.

변하는 마음은 측량하기도 어려운 일이었다. 그와 같이 투기를 부리던 예형이었지만, 그 즈음은 예정과 허견 사이를 통 모른 척하고 어느 때에는 재미있게 이야기하고 놀 만한 기회도 주었다.

그것은 자기 말을 빌리면, 소년과부의 마음을 위로라도 해주는 뜻이라고 했다. 그런 까닭에 거의 이 집에 와서 살다시피 하는 예정은 이제 와서는 사랑출입도 마음대로 하고, 사랑에 어떤 손님이 오가는 것까지 알게 되고, 무슨 이야기를 하는 것까지 대강은 눈치채게 되었다.

예형의 감시의 눈이 무뎌졌다고 허견과 예정의 사이가 그야말로 예형이 상상하는 정도로 가까워졌는지는 모르되, 어쨌든 예정은 예형보다도 이 집 사랑을 자주 드나들면서 허견의 처소를 보살펴주고 집안일을 껴잡아 거들었다.

그러면 김석주는 어떻게 해서 예정과 허견의 처 예형 사이에 큰 충돌이 있었던 일을 알 수 있었는가. 이 또한 미묘한 곡절이 있었다.

몇 해 전, 김석주의 집에서는 말을 팔고 말값을 잃어버려서 법석을 하던 중 말값을 찾아준 사람이 있었다. 그 뒤에 또 행랑채의 딸 분이를 잃어버려서 소동을 일으켜 찾다가 찾지 못한 일이 있었다.

그런데 반년쯤 지나서 잃어버렸다던 분이가 곱게 단장하고, 비단옷을 잘 해 입고, 머리를 날아갈 듯이 쪽을 얹고, 교군을 타고 이 주인댁을 찾아왔다.

제 말을 빌리면 아무 댁 하인과 정분이 나서 따라가서 잘 살게 되었다는 것이었다. 그러나 예전 주인을 잊을 수 없고, 길러준 부모를 보고 싶은 마음을 억제할 수 없어서 처녀로 도망갔던 일이 부끄러움도 무릅쓰고 이와 같이 찾아왔노라 했다. 예전 주인 김석주도 뵈었다.

김석주는 어느 예감으로 짐작이 있었기 때문에 사랑에 불러 세우고 넘겨짚어 물어 염시도에게 시집갔던 것을 알게 되었다.

그래서 우선 염시도에게 이 집 형편을 어느 정도로 발설했는지 물으니 그 대답이 이랬다.

"옛말에 호랑이도 새끼 둔 굴을 바라본다고. 소녀가 부모 있는 댁의 말씀을 마구 했을 리가 있겠습니까?"

그럴듯이 대답했다.

김석주는 매우 기특하다고 칭찬해주고 그다음에는 차차 자기의 속마음을 비쳐 이야기하면서, 반드시 자기의 심복이 되어 허씨댁의 동정을 될 수 있는 데까지 남편 염시도에게 물어 자주 와서 일러달라고 했다. 이런 간절한 부탁까지 해두고 허락을 듣게 되자 분이에게 비단과 피륙, 적지 않은 돈을 우선 상으로 주는 한편, 분이의 거행 여하에 따라서 부모에게도 집을 사주고 식량과 땔감을 대주겠다는 것을 약속했다.

분이는 기쁜 얼굴로 며칠 뒤 남편의 집으로 돌아갔다.

남편은 분이를 반가워라 맞아주고, 그들 부부 사이는 전보다 한층 더 애정이 두터워졌다.

이후부터는 분이는 한가한 겨를이 있으면 항상 남편이 상전으로 섬기는 허정승과 허감사의 집 생활 이면을 물었고, 어느 때에는 염시도가 심심풀이로 허감사의 집 이야기도 들려주었다.

허정승은 얼마 뒤에 염시도가 주택문제로 해서 멀리 나가서 있게 된다는 이야기를 듣고 아들 허견의 집 근처에 집 한 채를 사주기까지 하고, 아들 허견의 행동 일체를 내탐하게 했다.

분이는 총명한 계집이었다. 그러나 교양이 없는 계집인 까닭에 자기의 생활목적에 철저한 이해성이 없었고, 다만 어떻게 해서든지 자기 몸과 자기 친족들이 잘살기만 하면 그만이라 생각했다.

김석주의 집은 자기 몸이 나기 전부터 신세를 입은 댁이요, 허정승의 집은 그다지 대수롭게 생각되지 않았다.

그래서 그는 무슨 일이든 김석주의 집 사람이라는 생각을 가지고, 나중에 허정승이나 허감사에게 어떠한 일이 닥쳐오더라도 그것은 생각지 아니했다. 더욱이 식견이 얕은 까닭에 김석주가 물어보는 정도가 알맹이까지에는 이르지 않아, 아무 생각 없이 허감사의 집 이야기를 남편에게 들은 대로, 또는 남편이 비밀에 부쳐서 아내에게 말하지 않는 그런 일이면 눈치로라도 살펴서 알아냈다. 그대로를 닷새에 한 번이나 열흘에 한 번 꼴로 김석주의 집에 와서 은근히 고해 올렸다.

김석주는 이런 내탐 기관을 두어 허견의 일을 어느 정도까지 알 수 있었다.

김석주는 어떠한 사람인가.

그는 청풍 사람으로 명종 때 유학 대가로 유명하던 문정공 김육의 손자이자 김좌명의 아들이요, 청풍부원군 김우명의 조카였다.

자질이 총명 영특하고, 무슨 일이든지 관찰력이 명철한 인물로서 당시에 서인의 대가로 손꼽는 집 자제였다. 그는 항상 동인들이 득세해 서인을 괄시하며, 권력을 남용하고 포악한 정치로 국가가 쇠하는 일을 크게 근심하며 지내던 뜻있는 재상이었다. 그러기에 시기를 엿봐서 한번 당로 대신들을 바꿔보겠다고 그 기회를 찾고 있었는데 허적과 허견의 집 형편을 내탐하고, 분이라는 하인배의 딸을 놓아서 허견의 생활 이면을 살펴보는 것이 모두 여기에서 비롯한 것이었다.

어느 편으로 듣더라도 허견이라는 그 위인이 범상한 인물은 아니요, 그 행동이 아무래도 올곧지는 못하게 보였다.

그러는 중에도 허견 편으로부터 들리는 말을 들으면, 몇 년 안에 신왕이 건강치 못한 이때를 타서 종친이라는 허울 좋은 이름으로 궁중을 마음대로 출입하는 복선군의 행동이 더욱 의심스러웠다.

복선군은 궁중의 몇몇 궁인들과 연락해서 궁중형편을 살피는 한편, 이번에 궁중에서 죄를 얻고 추방 처분을 당해 내쫓겨 사친의 집으로 나가 있다는 장씨 궁인을 비밀히 찾아다녔다. 그런가 하면, 허견과 공모해서 어떻게 하든지 이 장씨 궁인을 복위시켜보자는 운동을 했으며, 궁중의 유력한 환관들과 결탁해 무슨 일을 도모한다는 말이 들렸다.

그즈음 김석주는 또 한 가지 이상한 일을 발견했다.

그는 지난겨울에 사랑에 둘러쳐져 있던 병풍이 아주 낡고 색이 바래 어느 문필 있는 친구에게 받은 글씨를 펴놓고 보다가 문득 새 병풍을 꾸며 보겠다는 생각을 하게 되었다.

그래서 집 안에 휴지 모아두었던 것을 있는 대로 모아서 내어놓고, 헌 병풍을 걷어내서 장색(匠色)을 불러 병풍과 글씨, 휴지를 싸서 내주며 받아온 글씨로 병풍을 멋지게 꾸며 오게 했다.

장색이 일감을 가지고 나간 지 한 달 만에 병풍을 꾸며 들여오고, 남은 휴지까지 주었다. 병풍은 김석주의 마음에 들도록 잘 꾸며졌다. 그는 얼마쯤 그것을 들여다보다가 남겨 왔다는 휴지를 들추면서 혹시 쓸 만한 휴지가 나가지나 않았을까, 하고 뒤적거려 보니 웬일인지 자기 집에서 나간 휴지가 아니요, 다른 집에서 서한 왕복하던 그런 편지 휴지가 들어 있었다.

그것은 아마 장색이 여러 집 병풍을 맡아서 꾸미다가 휴지가 서로 섞여서 찾을 수 없으니까 짐작으로 몇 집에 도로 돌려준 것이겠거니, 하고 뒤적거리는데 이 휴지들 속에서 이상한 글을 찾아내게 되었다.

그 어느 봉투 뒷장에는 '이염' 두 자가 있고, 겉봉에는 허견의 이름이 씌어져 있었다!

김석주가 깜짝 놀라서 그 편지를 펼쳐보니 거기에는 간단한 몇 줄의 사연으로 무슨 물건을 받은 것을 사례하는 말을 썼고, 그다음에는 이런 말이 씌어 있었다.

우리가 계획하는 일은 그대의 말씀과 같이 김성신녀(金姓辛女), 즉 김가 성 가진 신녀를 없애버리지 않으면 마치 백년하청(百年河淸)의 일일 것이니, 일의 첫걸음은 여기에 있다…….

김석주는 그 편지를 들고 반나절이나 생각해봐도 그 '김성신녀'라는 사람이 누구인지를 알지 못했다.

김석주는 얼마 뒤에야 그는 비로소 그것을 생각해내고서 스스로 미련한 것을 비웃었다.

그 해석은 이러했다.

그들이 지금 꾀한다는 일은, 여러 방면의 내탐자의 말들을 종합해보면 장씨 궁인의 복위운동인 모양인데, 그 일을 하는 데 제일 꺼려할 사람을 생각하니 그는 다른 사람이 아니요, 왕비 김씨, 즉 자기에게는 사촌누이가 되는 사람이다. '신녀'라고 은어(隱語)를 쓴 것은 왕비가 신축생(辛丑生)이므로 그와 같이 신녀라고 부르는 것이다…….

드러내놓고 왕비라거나 누구라고 말한 것이 아니요, 자기의 추측이니까 말을 할 수는 없는 일이었다. 그러나 가장 간악한 음모와 행사, 도저히 용인할 수 없는 간악한 도당들을 그대로 둘 수 없으므로 그는 가슴 두근거리며 분노를 일으키면서 여기에 대한 대책을 생각했다.

그가 어떠한 대책을 세웠는지 그 즉시 편지는 집에 감춰둔 채 곧 의관을 차리고 가마를 준비해서 상동(지금의 남대문 부근)에 사는 한성좌윤 남구만이라는 노련한 재상을 찾아갔다.

남구만은 의령 사람으로서 효종 때 벌써 대과급제해서 관직이 혁혁했던 재상이요, 수년 동안 서인이 몰락하는 시기를 당해서 아직까지 한성좌윤이라는 크지 못한 벼슬로 자리에 있기는 하나 항상 시국에 불평을 품던 사람이요, 성질이 호방해서 무슨 일이든지 선선하고 성품이 괄괄한 인물이었다.

이런 성격을 가진 줄 알기 때문에 그와 같이 일을 의논하러 갔던 김석주였다. 나이가 훨씬 위이므로 공손히 인사한 후에 대강 문안을 마친 뒤 차차 자기가 온 뜻을 고하기 시작했다.

김석주는 이번에 남구만을 통해서 허견의 죄상을 차례로 조리 있게 위에 아뢰어서 그 효과를 거두기로 작정했다. 또 허견이라는 인물은 지금 영의정 허적의 아들이어서 좀체 흔들릴 것 같지 않다는 것을 말했다.

도리어 허견이나 허적에게 되씹히는 날에는 자기 몸에 화가 돌아올지도 모르는 터이므로 철저한 방위를 하지 않고 칠수 없다는 생각이었다. 드디어 삼단전법(三段戰法)을 쓰기로 하고 우선 먼저 말한 것이 허견과 예정 사이의 일이었다.

뜻하지 않는 문제도 도사리고 있었다. 예정이라는 사람은 왕비의 사친으로서 서모뻘 되는 사람이요, 그보다도 자기, 즉 김석주에게는 서삼촌댁 되는 사람이니 자기의 처지로 앉아서는 말을 하기가 매우 미안한즉, 남구만이 대신 이 일을 위에 아뢰어 달라는 것이었다.

김석주는 과거에 허견의 아내 예형이라는 계집이 청풍부원군의 부실 예정과 의형제를 맺어 지내오다가 사실이었는지 아닌지는 모르나, 허견이 혹시나 예정과 은근히 통하지나 않았는가 하는 의심을 사게 되어 트집을 일으켜서 드디어 큰 싸움을 하게 되고, 결국에는 예정의 이까지 두드려 빼놓은 일이 있었다는 것을 자세히 이야기했다. 또 허견이 평소에 음흉무도한 짓을 했기 때문에 이런 혐의를 받게 되었으나, 아무리 형제 칭호가 있기로서니 현재 곤전(坤殿, 왕후)으로 계신 그분의 서모 되는 이에게 이런 무도한 일을 하기에 이른 것은 그 가도(家道)를 바르게 하지 못한 증거가 아니고 무엇이냐고 말하고, 이 사실로써 상소해서 허견의 죄를 성토하자고 했다.

그다음으로 허견의 일을 대강 남구만에게 이야기하고 삼단전법을 써가면서 기어이 이 기회에 허견을 내쫓고, 이어

서인들이 다시 들고일어나게 해야 할 것이라는 말을 자세히
일러주었다.

남구만은 결기 있는 사나이였다. 이런 단서가 알려지지
않아서 애를 쓰며 기회 있는 대로 남인을 쓰러뜨리려고 애
쓰는 사람이었다. 남구만은 그 말을 듣고 며칠 동안 소문(疏
文)을 적어 가지고 드디어 조정에 상소를 올리게 되었다.

도승지는 그 상소를 받들어서 대왕대비가 수렴청정하는
앞의 젊은 왕이 듣고 있는 전폐(殿陛, 전각의 섬돌) 앞에서 읽
어 아뢰었다.

신이 여항(閭巷, 백성의 살림집이 많이 모인 곳, 즉 백성)의
전하는 말씀을 듣건대 청풍부원군 김우명은 이미 작고했
으나, 그 부실 오씨가 아직 옛집을 지키고 있사오나 그는
영남 사람으로 일찍이 교서정자(校書正字) 허견이 경상도
감이 되어 부임할 때에 허견의 아낙과 친히 알아서 그 청
상과부의 정경을 불쌍히 여겨서 과만 귀경할 때에 데리고
와서 마침 청풍부원군의 부실로 들어갔고, 그 뒤에도 정의
가 형제같이 지내면서 결의형제했던 사이온데, 어느 날은
허견의 아내가 항상 제집에 드나드는 오씨가 그 남편과 어
떠한 치정 관계가 있다고 해서 마구 때리고 싸우다가 드디
어 오씨의 앞니를 몇 개나 빼어놓았으며, 오씨는 그 분함
과 아픔을 견디지 못해서 울며불며 집으로 돌아갔다 하오

니, 허견이 과연 오씨와의 사이에 그런 일이 있었는지는 질정할 수 없으나 오씨의 말은 천만 애매하다는 바입니다.

　어쨌든 오씨는 하방천인이라 하더라도 부원군의 부실이요 중전마마의 서모의 자리에 있는 분으로 어느 편으로 보든지 그와 같이 무엄무도할 데가 없으며, 그 전후에도 허견은 그 아내를 단속하지 않고 남의 집 양가 부녀를 늑탈(勒奪, 폭력이나 위력을 써서 강제로 빼앗는 것)해서 숨겨놓고 마음대로 음흉한 짓을 한 뒤에 밤을 타서 내다버려서 저절로 돌아오고도 그자로서는 누구에게 붙들려가서 욕을 본 것인지 알지 못하게 했던 일이 종종 있으니, 그 아내가 그 남편을 그와 같이 의심하게 되는 것인즉, 이런 자를 그대로 두어서는 법에 어긋나지 않을 수 없습니다……．

　젊은 왕은 상소를 듣고 아연실색했다. 왕은 그 상소를 전폐 위로 올리라 하여 친히 본 뒤 지엄한 비답(批答, 상소에 대한 답변)을 내렸다.

　"이제 이 일을 들으니 너무 해괴하여 무엇이라 말할 수 없으니 유사(有司, 책임을 맡은 관원)에게 명해서 그 사실을 명백히 알아올리라. 그 뒤에 처치할 바를 이르리라."

　이튿날에는 또 영의정 허적이 상소를 올렸다. 그 상소의 뜻은 이러했다.

신의 서자 견의 처는 죽은 병사 홍순신의 서녀로서, 그 성품이 괴이하고 흉측하여 이루 말하기 어렵고, 행검(行檢, 점잖고 바른 품행)이 없이 마구 언동을 지었더니 그 의제(義弟)라는 예정이라는 여자와 웃음의 말로써 서로 싸우다가 드디어 그런 해괴한 말에까지 이른 것이라 하오며, 양가(良家) 여자를 늑탈 운운은 전혀 사실이 없는 일이오니 널리 통촉하시옵소서.

이런 뜻으로 그 아들 견의 일은 순전히 뒤덮고, 다만 그 며느리가 흉패(凶悖, 험상궂고 패악함)해서 그런 좋지 못한 소문이 난다는 것을 아뢰었다.

그러나 다음날은 또 신정이 상소로 이렇게 아뢰었다.

요즈음은 조정에 서서 벼슬을 한다는 재상 중에는 남의 아내를 겁탈해서 가둬두고 며칠씩 욕을 보이다가 슬그머니 거리에 버리는 이런 자가 더러 있어서 백성들이 이 일을 밝히 다스리지 않는 조정을 의심하는 터입니다. 자세히 말씀하오면 이차옥이라는 계집은 역관 이동구의 딸로서 역시 역관 서효남의 며느리가 되었더니, 그 친정 고모부 되는 이시정이 며느리를 보는 잔치에 이차옥을 청해 갔다가 날이 저물어 헤어질 때쯤 해서 교정 한 사람이 와서 차옥에게 전갈을 고하고 시모 되는 이가 관격(關格, 먹은 음식이 갑작스럽게 체하여 가슴이 꽉 막히고 정신을 잃는 위급한 병)되어 위중한 까닭에 데리러 왔다 하므로, 급히 가마에 올랐더니 교정은 결국 뉘 집 안마당에 이차옥을 태워다 내려놓고 이 집 건넌방에 시모가 와서 계시다 하며 나가기로 그 방문을 여니 판연히 다른 집을 왔는데, 밤에 그 집 바깥주인이 돌아오기를 기다려서 가마를 구해달라고 애원하니 날이 밝은 뒤에 구해보겠다 하고, 그날부터 그 계집을 겁탈해서 무릇 삼사 일이 지난 뒤에 밤을 타서 보내준다 하고 태워 보내더니, 그 교정은 어느 골목에 교자만 내려놓고 그대로 달아났으므로 억지로 친정집을 찾아서 들어갔으나, 그 갔던 집도 또는 욕을 보인 자도 알지 못하나 다만 가던 날 교군 휘장 틈으로 내다본즉 사직 대문 앞을 지나와 얼마 안 가서 내려놓았다고 하오니 추측하건대 사직골 부근인 듯하오이다.

이와 같이 그 일의 윤곽만을 대강 말했을 뿐 누구라는 말은 이야기하지 않았지만, 사직골 부근 재상의 집이라면 은연중 허견 부자(父子) 중 누구의 집이라는 것을 의미하는 것이었다.

왕은 드디어 그 상소를 포도대장 구일에게 내어주고 이 사실을 명백히 사실(査實, 사실을 조사하는 것)해 올리라 하였다.

구일은 어명을 받들어서 당일로 허견과 이차옥을 붙들어

서 가두고, 그 길로 엄중한 사실을 해본 결과 이 일은 이차옥이 전면 부인하니 드디어 근거 없는 이야기로 돌아갈 수밖에 없었다.

그녀는 맑은 물 속에 옥과 같이 행세하는 집 딸이요 행세하는 집 며느리였다. 비록 그런 일이 있었다해도 자기에게 욕스러운 일밖에 돌아가지 않으므로 그와 같이 말했던 것이요, 허견으로 말하면 이 일에는 처음부터 펄펄 뛰며 불복했던 터였다.

포도대장 구일은 드디어 이차옥과 허견 사이의 일은 근거 없는 이야기요, 신정의 아룀은 전혀 무소(誣訴, 없는 일을 꾸며서 관청에 고소하는 것)라고 아뢰어 두 사람은 모두 그대로 놓이게 되었다.

이튿날은 남구만이 다시 상소를 올렸다. 이번에는 더 심각했다.

세상에서 다 아는 바이옵거니와 허견은 요즈음 집에 있어 하는 일 없이 친구를 모아 술 마시고 놀면서 시국을 의논하는 것과, 남의 집 부녀자를 겁탈해서 흉음의 짓을 하여 내어놓는 것으로 능사를 삼는 터입니다. 이차옥의 일로 말하면 허견의 아내 예형과 예형의 의제(義弟) 오성녀(吳姓女)가 증거이온데, 그들을 다 내어놓고 허견과 이차옥만을 불러서 물어봤으니 그 일의 진상이 드러나지 않았을 것입니다. 그뿐 아니라 이 일은 허적과 두터운 친분이 있는 대사헌 윤휴가 싸고도는 까닭에 이와 같이 신정의 아룀이 무소가 되는 바이오나, 윤휴로 말씀하더라도 바른 사람이 될 수는 없습니다. 그는 요즈음 집을 지을 때 길가에 있는 금양(禁養, 산의 나무나 풀을 함부로 베지 못하게 하여 가꾸는 것)하는 소나무를 수천 주씩 마음대로 베어서 재목을 썼다 하오니 금송(禁松, 소나무를 베지 못하게 금하는 것)이라는 것은 열 주만 베면 사죄(死罪)에 이른다는 국법이 있거늘 법을 맡은 자가 이와 같이 하니 어떻게 백성을 조종할 수 있사오리까.

남구만의 두 번째의 상소가 이같이 오르게 되자 왕은 곧 이맛살을 찌푸리며 즉시 형조판서 이관징을 불러 앞에 세웠다.

"듣자니 요즈음 권문세가에서 세력을 믿고 부정한 짓을 하는 자가 부지기수인 듯하니 법과 형벌을 맡은 자로서 어찌 이다지도 책임 없이 방치했는지 모를 바이라. 이 사실들을 전부 밝혀내서 알리고 곧 법에 비추어서 처치하게 할 것이니라."

이런 엄명을 내리고 여러 차례 들어온 상소들을 그대로 내어주었다.

다음 날 형조판서 이관징이 왕에게 아뢰었다

"전후 일의 사실을 조사해본 바 허견의 집 일은 지각없는 하인배들이 주인의 나무람을 듣는 것을 싫어하여 그럴듯한 터무니없는 말을 떠들어서 소문이 났던 바이오며, 윤휴의 집은 살펴보니 그 집은 새로 지었으나 모두가 헌 재목으로 지었고 새로 썼다는 나무들은 서까래 십여 개를 가려서 썼을 뿐으로 전혀 무근한 것임을 알았사옵니다."

이 말을 들은 왕은 남구만이 두 번이나 올린 상소가 전혀 무근한 것을 무고(誣告)해서 임금을 속인 일이니 그대로 용서할 수 없다며, 그 자리에서 남구만의 관직을 삭탈하고 유배 처분을 내리게 되었다.

남구만의 상소가 무고인지, 법을 맡은 자들이 권문세가의 청탁을 받고 그와 같이 뒤덮는지 모르는 가운데서 일은 이렇게 결정되어 남구만이 귀양을 가게 되자, 한참 동안 가라앉아 있던 서인과 남인 사이의 감정이 다시 예민해지게 되었다. 그것은 허견과 윤휴는 모두 남인의 재상이요, 남구만과 구일은 모두 서인의 재상으로서 서로 흉을 드러내서 처법되기를 바랐다가 일이 뜻대로 되지 않았기 때문에 도리어 감정만 일으키게 된 것이었다.

그러나 이차옥과 허견 사이의 사건과 금송사건이 차차 조용해져 가는 때에 새로이 다른 사실이 나타나기 시작했다.

이때에 강화도에 계선돈대(繫船墩臺)를 쌓는 역사(役事)가 있어서 팔도의 승군(僧軍)을 불러모아서 일을 시키고 수군절도사 이우가 이 일을 감독하고 있었다.

그런데 어느 날 알지 못하는 과객 한 사람이 지나가다가 이우를 보고 인사한 뒤에 자기가 지금 급한 일로 서울 근처에 가는 중인데 노자가 떨어져서 곤란하니 얼마라도 보태주기를 바라노라고 청했다.

그자는 사람이 준수하면서도 말주변이 좋았다. 교제가 능란한 데 탄복했는지 이우는 서슴지 않고 쾌히 승낙하여 하룻밤을 같이 지내면서 여러 이야기를 교환하고 다음 날 노자로 쌀 두 말을 주어서 보냈던 것이다.

그런데 이 과객은 떠날 때에 자기가 묵었던 객주집에 편지 한 장을 주면서 이것을 부디 감독하는 이수사에게 전해달라고 했다. 편지는 객주집 주인의 손을 거쳐서 얼마 뒤에 이우의 손에 들어왔다.

이우가 편지를 펴서 보더니 아연실색하며 그대로 봉해서 당시 새로 임관된 병조판서 김석주에게 시급히 올려보냈다.

김석주는 그 편지를 보고 그대로 쥐고 있을 수만은 없다고 생각하고 드디어 조정에 내보였다. 모든 재상들이 다 보았고, 왕도 보게 되었다.

그 편지의 사연은 이러했다.

슬프다. 이때는 정히 나라가 위태하기 짝이 없는 시기이다. 임금은 어리신 중에 병이 많고 연약한데, 극정은 몇 사람 재상의 손에서 마음대로 권력이 우롱되니 백성은 모두 도란에 들어서 아내와 자식을 보전치 못하고, 재물과 생명을 보전치 못하고 모두 권문세가에 빼앗겨도 그 원통함을 호소할 곳도 없으므로 민심은 점점 불안하여 장차 내란이 일어날 것이니, 남의 나라를 막기 위해서 해변에 배를 맬 돈대를 쌓는 것은 도리어 우스운 일이다. 제공은 이런 일을 치우고 승군을 수백 명 모집해 가지고 도성으로 들어가서 중종이 반정하시던 그날을 기약해서 삼개〔麻浦〕로 이끌고 나와서 기다리라. 이날은 어느 곳으로부터 수십 척의 배에 허다한 의군(義軍)을 싣고 들어와서 승군과 합세해 소현세자의 손자 임창군을 추대해서 거의(擧義)하려는 터이며, 여러 동지들이 국내에 그득히 있는 터이다. 왕실을 바로잡고 백성의 도탄을 건지는 것은 한때의 공만이 아니요 후세에 길이 전하는 큰 업적임을 생각하고 이 일에 힘쓸 것이다.

이 글을 보던 대소 군신들은 모두 당황하고 어떻게 할 겨를도 없이 그날로 어전공의(御前公儀)를 열어 선후책을 강구하기에 급급했으니, 사태는 눈앞에 다가온 것처럼 긴박할 듯이 보였다.

어전공의에서는 그 편지에서 여러 가지 일을 찾아내고 있었다.

첫째, 이 글 지은 자, 즉 편지를 부치는 자가 유생(儒生) 이유정이라 했으니 먼저 그자를 찾아내어 잡을 것.

둘째, 수십 척의 배가 계해반정하던 그날에 삼개로 들어온다고 승병을 모집해 나오라고 했으니 그 배를 기다릴 것.

셋째, 임창군을 추대한다고 씌어 있으니 임창군을 잡아와 국문(鞠問)할 것.

넷째, 어느 때 무슨 일이 있을지 모르니 도성과 국내에 비상경비를 명령해서 만일을 염려할 것.

다섯째, 권문세가에서 백성의 계집자식과 재물들을 빼내서 민원이 아주 심해졌다 하니, 혹시라도 그런 일이 없도록 관기(官紀)를 엄격히 다스릴 것.

이런 일을 의논하고 곧 각조(各曹) 유사가 일을 실행하게 되었다.

이때에 허적이 나서서 자기의 의견을 발표하였다.

"이 글의 내용을 보면 반드시 시국에 불평을 품은 자가 시세를 뒤집어놓기 위해서 이와 같이 하는 듯싶은데, 시국에 불평을 품을 자는 내 추측으로는 지금 가장 실세하고 있는 명문의 후예들일 것이라 생각하고 있소. 그러면 무엇보다도 서인들의 행동을 철저히 관찰해야 할 것이오."

그때에 조정에는 서인들이 실상 몇 사람 없었다. 이 말에 대해 이 일에 서인들을 의심내는 것은 무슨 까닭이요, 항변

할 사람이 누구랴. 모든 사람들은 서로 입만 바라보고 아무
말이 없었다. 얼마 뒤 형조판서 김석주가 일어서서 말했다.

"이번 역모 무리가 사실로 있다면 이 일은 드러나 봐야 알
것이오. 미리 서인이니 남인이니 할 것이 아니오! 모든 사람
들을 서로 관찰해야 할 것이오."

여러 사람들이 이 말을 옳게 여겨 어전공의는 끝나고, 유
사들은 각각 그 일의 조사를 철저히 진행했다.

그러나 이유정이라는 유생도 찾을 수 없고, 경비가 철통
같은 속에서 삼개 일대와 오강 전체를 뒤져봐야 이날에 이
런 배인 듯싶은 배는 들어온 일이 없었다.

이와 같이 싱거운 짓이 지나간 뒤 모든 것이 헛소리로써
인심을 선동하는 것이라고 해서 긴장이 늦춰질 때 어떤 사
람이 파자전 다리에 방(榜) 써 붙인 것을 발견했다. 방에는
이렇게 씌어 있었다.

　남당이 득세하자 서류(西流, 서인)들은 극도로 원한을
품고 드디어는 판국을 바꾸기로 결정해서 강화에 사는 김
모는 수군을 수천 명이나 팔도에 헤쳐서 기르고 그 기회를
엿보고 있다. 이런 거사에는 도성의 서인 대가들이 참례
치 않은 자가 없다. 이 일의 진상을 알려면 서인에서 하야
(下野)한 자들을 모조리 구금한 뒤에 북부에 사는 어떤 선
비의 노자(奴子, 사내종) 거창을 잡아서 심문하라.

군중들이 차차 모여들어 이것을 보다가 어떤 포교 한 사람이 그 방을 떼어 의금부로 가져갔는데, 나중에는 조정에까지 이 방이 들어가서 다시 어전공의가 열렸다.

이때 남인 재상들은 모두 이렇게 말했다.

"서인 재상들을 일단 가둬놓고 일의 진상을 사실해야 하겠소."

김석주가 나서서 목청을 높였다.

"그래, 대감네들은 이런 방이 붙게 될 때를 기다렸단 말이오? 무슨 말이오? 이 헛도깨비 같은 종이 한 장 방 붙인 것을 보고 사실 여부도 알지 못한 채 무턱대고 재상 여러 사람들을 가둬놓는다는 말이오? 이 방이라는 것은 분명 남인들이 서인을 모조리 진멸시키려는 자의 소위인 것을 나는 밝히 증명하고 있소. 때는 정히 위급한 때요! 안으로는 주상께서 어리시고 병약하셔서 국기가 튼튼치 못하고, 밖으로는 무비(武備, 군사에 대한 장비 또는 준비)가 충실하지 못한 중에 이상한 종족들이 사교(邪敎)를 펴가면서 국정(國情, 나라의 정세나 형편)을 살피려고 애쓰는 때에 조정의 재상들은 당쟁의 세력싸움으로써 일을 삼으니 이런 망극할 데가 어디 있겠소! 이 일은 본직이 도맡아서 사실할 것이니 너무 애쓰지 마오. 역시 강화 흉서(凶書) 사건같이 아무것도 아닌, 서인을 모함하는 선동을 시키는 짓일 뿐이오!"

이렇게 말해 쓸데없이 지껄이는 것을 막아놓고 곧 포도청

전체를 풀어서 이 방을 붙인 자를 수배하면서, 북부에 남의 집 사내종으로 '거창'이라는 이름 가진 자를 모조리 찾았다.

달포 뒤에야 거창이 나섰다. 다시 그 상전을 알아보니 신성로라는 늙은 선비로 아무 일도 못했을 듯한 인물이었다. 그러나 법에 비추어 거창과 신성로를 옥에 가두고 너희 노주(奴主, 종과 주인)가 무슨 까닭에 서인 편이 되어 남인을 원망하고 역모하는가를 물어보았다.

그러나 이것은 배지 않은 아이를 낳으라는 것이나 한가지의 일이다. 아무리 때리고 물어봐야 전연 그런 일은 없다고 하면서, 신성로는 늙은 몸에 혹독한 형벌을 받고 나서야 말했다.

"이 사람이 일찍이 이환이라는 자와 전답의 경계를 밝히는 일 때문에 서로 송사했다가 이환의 무경우한 일이 탄로되어서 그쪽 편에서 지게 되었습니다. 그자가 그 일을 혐의해 늙은 몸이 오늘날 이 지경이 되도록 하기 위해서 이런 일을 했던 것인 듯하옵니다."

포도대장 이동흘은 당장 이환을 잡아와 엄중히 국문했다. 그러나 이환이 이 일을 절대로 부인하던 중 윤휴가 위에 아뢰어 이환은 무죄하오니 석방하기를 청했다. 따라서 거창과 신성로도 애매한 매만 맞고 일은 싱겁게 끝나버렸다.

그러나 이 일이 있은 뒤 남인에 대한 서인의 혐오와 원망의 불길은 당장 폭발은 안 되었다 하나 극도로 팽창해갔다.

이 눈치를 아는 남인들은 매우 불안한 중에 어느 기회를 엿
봐서라도 서인을 곧 한 구덩이에 쓸어 넣으려고 갖은 음모
를 꾀하고 있었으나 때는 돌아오지 않았다.

이러는 중에 남인의 거두 허적의 불안 초조한 마음은 더욱
더했다.

한편에는 허견이 이염과 조석으로 상종하면서 이염을 시
켜서 궁인들과 밀계를 꾀해 무슨 일을 일으키느라고 복선군
은 매일 궁중에 무상출입이요, 허견과 주야 밀계를 한다는
소문이 점점 널리 퍼져 들렸다.

허적은 허견을 보는 대로 단단히 타일러 경계하도록 했지
만, 허견은 조금도 그런 일은 없다고 했다. 한편 김석주는
아무 말 없는 가운데 일전 병풍 휴지를 손에 쥔 채 시기만을
기다리고 있었다.

그러나 김석주가 발설을 하기 전 판부사 허목이 상소 한
장을 올렸으니, 그 내용은 이러했다.

영의정 허적은 선왕의 고명유신이요 주상이 믿고 사랑
하는 재상으로서 나라 백성이 모두 의지하고 믿고 지내는
처지이니 조정과 국민의 선도자가 되어야 할 것입니다.
그런데 허적은 그 처지를 생각지 아니하고 그가 벼슬에 오
른 지 오십 년에 아무런 공적도 없으며, 국정을 잡은 이래
당색을 가려서 사람을 쓰고 교만과 사치가 날로 늘고 주

구(誅求, 백성의 재물을 억지로 빼앗는 일)가 날로 심한 중에, 요즈음은 환관, 나인들과 결탁하여 궁중의 대소절차를 아는 척하지 않은 것이 없으며, 대전과 곤전의 일상행동을 시시로 내람하고 있사옵니다. 그 서자 견은 아비의 세력을 믿고 제 성품을 마음대로 부려서 쾌락을 일삼고 음흉 난행으로 양가 부녀를 늑탈 간음하고, 세력을 믿고 백성의 재물을 빼앗아들이며, 종친과 결탁해서 궁중을 무상 출입하고, 밤낮으로 밀계를 일삼아서 세상 사람의 시청을 모아가며 의구심을 사게 하나 조정에서는 그 누구 한 사람 탄핵하는 자가 없고, 혹 여론을 일으키는 자가 있어도 세력을 믿고 패기를 돋워서 교묘한 수단으로 번번이 이 죄를 벗어나고, 바른말 하는 자만이 귀양 가고 죄를 입으니, 이와 같이 하다가는 종묘사직이 날이 갈수록 위태로워질 것이옵니다. 급히 이자들의 사생활을 비밀히 내람하시어 상당한 조처를 내리시옵기를 간절히 바라옵니다.

왕은 이 상소를 보고 곧 노여움을 지었다.

"한동안 아무 일이 없더니 또 남구만 따위가 생겼구나. 이 무슨 주제넘고 쓸데없는 짓이냐. 영의정 허적은 충성스럽고 선량한 신하인데 그를 해치려는 자가 누구냐?"

이런 말을 하시고 곧 비답을 내렸다.

"영의정 허적은 세 분 임금을 뫼시었던 선왕의 유신이요 짐이 의지하고 믿는 재상인데, 그대도 대궐에 들어와 짐을 섬겨야 하는 도리로 마땅히 서로 화협해서 오직 국정을 보필해야 옳거늘, 도리어 세력을 다투고 시기심을 일으켜서 예전에 어떤 신하가 망령되이 지껄인 그 말로써 되풀이해 충신을 모함하려 하니 이 무슨 간신배의 짓이랴. 이것은 종묘를 둘러엎고 사직을 위태롭게 하는 일인즉, 나는 길게 탄식하며 뼈가 저리는 것을 걷잡을 수 없노라!"

허목은 이 비답을 받들고 황공무지해서 곧 궐문 밖에 대죄했다가 죄를 받아 귀양 가게 되었다.

숙종이 허적을 믿고 의지하는 바는 이만큼 깊고 두터워 시국을 개탄하는 몇 사람의 상소는 번번이 헛일이 되었던 것이다.

제 4 장

서산에 지는 해

1. 몰락의 이유

허적은 이번 허목의 상소사건이 있은 뒤에 그 처지가 매우 불안해서 궐내에 들어가 머리를 조아리면서 몹시 황송하게 아뢰었다.

"신이 세 조정을 내리 섬겨온 원로의 자리에 있는 몸으로 더욱이 성총(聖寵)의 두터움이 망극하와 항상 충성을 다하여 나라의 은혜에 보답하옵기를 뜻하고 있사온데, 원체 덕이 적고 식견이 얕아서 그 은혜를 보답치 못하고 도리어 여러 동료들의 시기를 받게 되어 벌써 여러 차례나 좋지 못한 말씀이 성총을 어수선하게 해드리오니 도리어 황공 불안함을 견딜 길이 없사옵니다. 이제는 몸도 늙고 마음도 쇠미해져서 더 조정에 서기 어렵사오니, 바라옵건대 직품을 거두어 주시어 노년을 맑은 산수간에서 보내다가 천명에 죽게 하여 주시기를 간절히 우러러 바라옵나이다."

이는 자기의 처지가 불안하여 모든 것을 잊어버리고 한가하게 지내겠다는 말을 고한 것이다.

왕은 허적의 아룀을 듣고 대답했다.

"경이 삼조 역사의 원훈(元勳, 나라를 위한 가장 으뜸이 되는 큰 공)으로 짐을 대신해서 정치상의 중요한 기틀을 감독하던 터에 요괴로운 무리들의 간흉한 말을 짐이 그대로 믿는 터도 아니어늘 도리어 불안한 마음을 품고 스스로 몸을 도피하려 하니, 이것은 나라와 운명을 같이하는 신하로서 취할 바가 아니다. 아예 그런 뜻을 두지 말고 더욱 천하의 정치를 올바른 데로 이끌기 위해 힘쓸 바를 생각하라."

이런 두터운 은혜로 처분을 받게 된 허적은 그 마음이 더욱 높아졌으나, 항상 근심하는 바는 허견의 소문이 점점 좋지 못하게 전해지는 일이었다.

허적의 처지가 이처럼 반석같이 튼튼해지자 허견의 방종함은 날로 심해서 뜻있는 자가 차마 그 분노를 견딜 수 없었다.

이제는 공공연하게 남의 집 부녀를 겁탈하고, 궐내를 출입하며, 병기를 사들이고 무기를 대량으로 만든다는 소문이 날마다 심해지게 되었으나, 누구 한 사람도 감히 입을 열어 탄핵하지 못했다.

이런 형편을 돌아보던 김석주는 드디어 남구만의 두 번 상소에 이어 셋째 계단을 올라가지 않을 수 없다 하며, 어느 날 깊이 감췄던 이염과 허견 사이의 비밀한 편지를 품에 품고 조용히 어전에 나아가서 허적과 허견의 죄상을 낱낱이 아뢰고 겸해서 허견 일당이 분명히 음모를 계획한다는 말씀을 고한 뒤에 품에서 그 편지를 내어 받들어 올렸다.

"허적은 늙은 간흉이요, 허견은 젊은 역적이오니 이 기회를 그대로 지나치시면 반드시 장차 후회하실 날이 있을 것이옵니다. 세 분 임금님을 섬겼다는 것과 고명유신이라는 이것만을 믿지 마시고 여럿의 여론을 살피시고 인심의 귀추를 곧게 들으시어 곧 그자들의 생활 이면을 금위비장(禁衛秘將)들에게 단단히 타일러 경계하게 하옵소서."

왕은 이 아룀을 듣고 편지를 받아본 뒤에야 비로소 허견 부자의 일을 의심하면서 곧 별군직 이입신과 어영장 박빈, 어영부장 남두북을 불러 긴밀히 일렀다.

"주야로 복선군과 허견 부자의 사생활을 추호도 빠짐없이 살펴서 알아 올리라."

그러고는 은 삼백 냥을 주어서 기밀비로 쓰고, 또 부족되는 대로 알려서 더 내가도록 하고 일만은 틀림없이 거행하라 분부했다.

이입신은 행수(行首, 우두머리) 거행자로서 즉석에서 돈 삼백 냥을 세 사람이 각각 나눠서 간수했다. 이입신은 복선군을 맡고, 박빈은 허적을 맡고, 남두북은 허견을 맡아서 각각 그 처소를 싸고돌며 내탐할 것을 약속하고 어전을 물러 나왔다.

그들 세 사람은 돈 백 냥을 각각 품고, 맡은 바 그 집 부근으로 다니면서 그자의 집과 부근에 있는 집의 하인배와 계집종 및 사내종들을 돈냥과 술잔으로 잘 사귀어서 어느 정도까지 내용을 탐지하였다. 마치 행인과 같은 행색으로 술집과 골목을 출입하면서 듣지 않는 척하며 모든 일에 귀를 기울였다.

이입신은 당당한 관리이면서도 남루한 의복에 가마를 메는 교군꾼 비슷하게 이리저리 떠도는 사람처럼 차리고 여러 차례 복선군 궁에 출입했는지라 궁비들도 대강 낯이 익게 되었다.

어느 날 식전에 찬 서리를 맞고 덜덜 떨면서 복선군 궁의 행랑채 어느 구석 궁비가 불 때는 아궁이 앞에 들어가서 손을 쬐면서 이죽이죽 말을 꺼내서 이야기를 시키는데, 의외로 여기에서 이상스러운 말을 듣게 되었던 것이다.

즉, 복선군 궁에서 수백 벌의 전복(戰服)을 짓는다는 것이었다. 낮이 아닌, 밤을 틈타 짓는 이 전복은 복선군 궁에서만 짓는 것이 아니라 대궐에서 쫓겨난 장(張) 나인의 집에서도 모든 계집종을 동원해 계속 짓고 있는데, 모든 것은 철저히 비밀리에 이루어지며, 여기 드나드는 사람은 자고 가는 법 없이 밤에 왔다가 반드시 그 밤으로 떠난다는 사실도 알게 되었다.

이입신은 크나큰 수확을 얻은 것을 기뻐하며, 이 내탐 거행을 도맡은 김석주에게로 가서 이 사실을 낱낱이 고했다.

김석주도 이입신이 상당한 단서를 잡아낸 것을 여간 칭찬하지 않았다.

"참 수고했네. 그러나 좀 더 힘을 써서 다른 일이라도 내탐해 보게. 이 일은 국가 대사이니 일이 잘되었다고 보면 자넨들 별군직 그대로만 있겠나! 훈련대장이라도 될 수 있겠지. 모든 일은 내가 다 위에 잘 아뢰어줄 터일세!"

이 말에 이입신도 만족하게 생각하고 물러나서 다음 일을 계획하였다.

이러는 한편 박빈도 역시 병문(屛門) 사람으로 변장했다. 병문 사람이라는 것은, 어느 큰길 옆 골목 들어가는 어귀에 모여 앉아 있다가 지나가는 사람이나 그 골목 안에서 누구라도 허드레 일꾼을 구하는 때에 나서서 막벌이를 해먹고 사는 것을 직업으로 하는 사람이다. 누가 짐을 질 게 있든지, 교자를 메게 할 일이 있든지 하면 나서서 일하고 심부름도 하였다. 각처 대갓집의 잔치나 큰일 때에는 찾아가서 심부름을 해주고 얻어먹었다. 따라서 그 집 하인의 입을 통해서 또는 눈치로 여러 집의 생활 이면을 짐작하고 그들의 사생활도 알게 되는 것이었다.

박빈은 병문 놈의 행색으로 사직골 부근을 드나들면서 벌써 허적의 집 하인들과는 친숙하게 되었다.

신왕이 즉위한 지 6년 되는 해 3월에 영의정 허적의 집에서는 위에서 조부에게 시호를 내리신 때문에 사당에 차례를 지내고 원근 족척(族戚)과 친지와 오래된 벗을 청해서 굉장한 잔치를 하게 되었다.

그런데 이날은 아침 후에 별안간 비가 내려 잔칫집에서는 큰 고통을 겪게 되었다. 준비해놓은 음식이며 초청한 고관대작을 봐서 하루라도 연기할 수가 없는 일이었다.

그런 까닭에 그대로 진행하려고 우선 비를 막을 수 있도록 궁중 차일(宮中遮日)들을 빌려내다가 곳곳에 쳐놓고 빈객들을 대접하는 일에 분주했다.

이런 일을 모르는 상감은 이 비오는 날에 잔치를 치를 허정승의 집 일을 생각하고 근신(近臣)들에게 말했다.

"오늘은 영상의 집에서 시호 잔치를 하는 날인데, 공교롭게 이렇게 비가 오니 얼마나 괴로울 것인가. 궁중 차일을 내보내주면 좋을 터이니 이 뜻을 유사에게 이르라."

그때에 별입시 환관은 아무 생각할 여지도 없이 그 말에 대답해 아뢰었다.

"궁중 차일은 벌써 영상 집에서 내어갔습니다."

이즈음 왕은 시국이 시국이요, 허적 부자를 세상에서 몹시 의심하는 때이므로 그들의 일이 혹시 세도나 권력을 남용하는 일이 없지나 않나, 이런 것에 매우 유의하는 터였다. 또한 지난번에 김석주의 말을 들은 뒤에 이입신의 내탐 사실까지 들은 터라 겉으로는 조금도 드러내지 않으나 내용으로는 매우 주목하던 처지였다.

그런데 궁중 차일을 제 마음대로 내다 썼다는 것은 듣기에 매우 거슬렸다.

"그럴 리가 있느냐, 영상이 그런 짓을 할 리가 없다. 내가 모르게 제 마음대로 궁중 물건을 내다가 사사로이 쓸 리가 없을 터이니 다시 자세히 알아보아라."

"조금 전에 내어가는 것을 보았삽나이다."

"뭐, 그러면 사실이란 말이냐? 누구에게 이르고 내어갔다 더냐?"

"그것은 자세히 모르겠습니다."

"네, 당장 예방승지를 불러라."

"네이, 대령하오리이다."

조금 뒤에 예방승지가 입궐, 대령했다.

"오늘이 영상의 집 시호 잔치 날인데 비가 이렇게 쏟아지니 매우 괴로울 것이다. 궁중 차일을 내어 보내주게 하여라."

왕은 이런 말을 예방승지에게 일렀다.

"황공하오나 궁중 차일은 이미 내어간 줄로 아나이다."

"무슨 말이냐? 누가 내어 보냈단 말이냐?"

"영의정이 임의처분을 받자온 줄로 말하여 그대로 내어 보냈습니다."

"내가 허락을 했다고 하더냐?"

"따로 그런 말은 못 듣자왔고 궁중 차일을 내어 보내달라고 하인들을 보냈사옵니다."

"모두 똑같은 패역지신이다. 어째서 궁중의 의례절차에 쓰는 기물을 왕명도 없이 내간단 말이냐. 참으로 무엄 무법한 것들이다!"

이만 꾸짖고 말았으나 그 마음으로는 차차 허적의 의세남권(依勢濫權, 세력을 믿어 권력을 남용함)을 괘씸하게 여겼다.

그런데 그보다도 이날 박빈은 이 시호 잔치에서 이상한 수확을 얻어 가지고 왔다.

허적의 집에 시호 내린 이 일로 말하면, 허적의 공적을 가상히 여겨서 그 작위가 자신에게만 올라간 것이 아니요, 그 선조에게까지 작위를 주느라고 증직(贈職)으로써 사대를 추증(追贈)하였다. 그의 부친에게 영의정, 조부에게 이조판서, 증조부에게 이조참판, 고조부에게 이조참의……. 이와 같은 작위를 내리시게 되어 옛글에 '몸을 세우고 이름을 날려서 그 부모를 나타낸다(立身揚名以顯父母)'는 말 그대로 행해지는, 본인은 물론 한집안의 광영(光榮)이었다.

그런 까닭에 선조에 차례를 드리고 동료와 붕당(朋黨)이며 원근 친척에게 이 광영의 성사를 자랑하기 위해 행하는 이 잔치는 실로 자기의 집 부귀를 그대로 한번 시험해 보는 터였다. 따라서 잔치의 호화로움은 영의정의 호화가 미치는 정도보다 더 이상을 목표로 해서 굉장하게 준비를 했다. 허적의 선조에 대한 감격과 손님들에게 대한 기쁜 마음이 실로 깊었던 것이다.

이날 아침이 채 밝기도 전에 허적의 집 대청에서는 시호차례 행사가 있었다.

이 집 하인들은 있는 대로 모두 잔치준비에 부산했고, 마당에서 행하는 정요(庭燎)에서는 하인의 손이 모자랐기 때문에 마침 영의정 댁 잔치의 음식을 목표로 하고 와서 심부름하는 듯한 박빈이라는 병문 사람이 대신 홰(화톳불을 놓을 때 싸리나 갈대 따위를 묶어 불을 붙이는 일)를 잡는 하인이 되었다.

그런데 이 엄숙한 차례의 초헌(初獻)을 올릴 때에 돌연히 한데서 자고 있던 암탉 한 마리가 횃불 빛에 놀라서 화닥닥 날더니 안대청으로 들어갔다. 닭은 제상 위로 올라가더니 몇 자씩 높게 괴어 놓은 제물을 실과고 무엇이고 이리 날아 무너뜨려 놓고 저리 옮겨앉아 또 무너뜨려 놓았다. 이 지경이 되자 여러 사람들은 너무 당황하여 어찌할 바를 몰라 하며 날뛰는 암탉을 잡으려고 쩔쩔매고 애를 썼다.

닭은 좀체 잡히지 않고 일은 더 크게 벌어졌다. 허적은 조상께 매우 황송하여 그가 손수 손을 들어서 닭을 쫓으려는데, 닭은 또 퍼들쩍 뛰어서 저편으로 날아가 주독(主櫝, 신주를 모시는 궤) 속으로 들어갔다. 이어 신주가 쓰러지고 주독이 엎어졌다.

　처음으로 당하는 낭패요 큰일이어서 허적은 곧 불길한 예감이 들었다. 비록 닭은 붙들었다 하나, 마음은 매우 불안해서 어찌할 바를 모르는 중에 집안 사람들이 민망히 여기면서도 위로해서 주독을 세우고 신주를 바로잡아 놓고 하여 차례는 그대로 진행했다.

　차례가 끝난 뒤에 허견은 아까 붙들어 매놓은 그 닭의 목을 당장 도끼로 쳐 죽여버리라고 하인에게 호령을 외치는데 허적은 이를 말렸다.

　"어쩌다가 잘못된 일을 구태여 오늘 이 경사스런 날에 살생을 할 게 아니니 잘 붙들어 매뒀다가 차차 어떻게 하더라도 아직 죽이지는 말게 하여라."

　이 말 때문에 암탉은 겨우 목숨을 부지하게 되었다.

　비는 차차 빗발이 굵어져서 주인의 마음을 초조하게 했다. 이런 호화롭고 품위 있는 잔치를 여러 사람에게 보이려면 손님이 한 명이라도 더 와야 할 터인데, 비가 이렇게 퍼붓고 그치지 않으니 크게 근심되었다.

　그러나 허적의 간청을 받은 손님들은 우비를 덮은 가마를 타고 한 사람, 두 사람 모여와서 드디어 잔치가 싱겁지 않을 만큼의 사람 수효가 모이게 되자 잔치는 그런대로 진행하게 되었다.

　큰사랑이 사간이요, 사랑대청이 삼간이요, 작은사랑이며

안사랑, 수청방 등 여러 곳에 모여 앉은 손들은 허적이 오라
고 한번 청했던 사람들이고, 꼭 참석해 달라고 두 번, 세 번
긴하게 부탁했던 지위 높고 거만한 손들은 거지반 오지 않
았다. 그들은 이날 비가 온 것을 둘도 없는 구실로 삼으려고
매우 기뻐했을 것이다.

이날에 좀 더 의미 있게 청했던 손들은 서인의 집 재상들
인데, 역시 몇 사람이 못된 채 잔칫상을 올리게 되었다.

잔칫상에는 산해진미와 육산포림(肉山脯林) 그대로의 호화
판을 그려놓았다. 손님들은 모두 그 잔치의 융성한 음식을
주인에게 찬탄해 말했다. 각기 술 한 잔의 순배가 돌아갔을
까, 주인의 얼굴에는 화기춘풍이 스쳐가고 손님들은 저마다
즐거운 웃음으로 주인댁의 경사를 축하하면서 허씨 일문의
영광이 비할 길 없다는 것을 부러워라 이야기할 때였다.

별안간 큰사랑 부근이 요란해지면서 화닥닥 무엇이 뛰어
들어와서 이리 닫고 저리 닫고 손님들 앞에 한 자 이상 높게
고배해 놓은 교자상 음식들을 모조리 파헤치기 시작했다.
그러자 손님들은 음식 국물이 튀는 것을 옷에 받지 않기 위
해서 이리 닫고 저리 피해 소동을 일으키는 중에 닭을 붙들
러 들어온 당황한 하인들이 발을 잘못 디뎌 잔칫상 위에 그
대로 자빠졌다.

잔칫상 위에 하인이 쓰러져 자빠지자 그릇이 깨지는 소음
과 함께 손님들과 주인이 놀라 부르짖는 비명소리에 분위기

는 더욱 살풍경해져서 닭의 소동보다도 사람의 소동이 더한 층 심했다. 그중에도 하인이 번듯이 자빠져 버렸던 상은 이 잔치 좌석에서도 가장 귀빈으로 치는, 현재 왕비인 인경 김비의 친정아버지 광성부원군 김만기가 받고 앉아 있었다.

좌중은 아연실색해서 누구나 다 얼어붙어 이리 몰리고 저리 몰리며 갈팡질팡하고, 주인은 미안하고 부끄러워서 어찌할 줄을 몰랐다.

이때에 주인 허적은 그 창피함을 어찌할 줄 몰라서 우선 넘어져서 교자상 위에 누운 자를 일으켜서 호령해 내쫓았다.

"아, 이놈이 웬놈이냐! 높으신 빈객이 와서 계신 터이니 거행에 익숙한 놈들이 앞에 와서 거행할 것이지, 그저 빌어먹던 병문놈을 마구 불러들여서 소중한 거행을 맡겨 가지고 이런 실수를 하게 하니, 주인 된 내 얼굴이 무엇이며 손님네들은 얼마나 괴로우실 것이냐! 냉큼 이놈을 내쫓고 다른 집안 하인들을 시켜서 이 상을 물리고 다시 상을 올리게 하여라!"

부끄러움과 분노를 모두 덧붙여서 내놓은 호령이었다. 이때에 등과 궁둥이가 오색으로 물들여 적셔진 몸을 부축해 일으켜서 밖으로 내쫓겼던 그 병문 사람은 다른 이가 아니요, 당당한 어영장의 한 사람인 박빈이었다.

이 수선을 겪어서 미안하기는 했지만, 이 통에 그 잔치에 모였던 빈객들을 대강은 알 수 있었다.

오후에는 기생들의 가무와 풍류가 있었고, 비가 오는 탓으로 손님이 오붓한 까닭에 놀음도 좀 더 재미있게 되었다. 큰사랑에서 잔치하는 놀음의 거동이 이러할까 하면, 작은사랑에서는 허견이 역시 자기의 친구들을 모아 즐겁게 노는데 이 좌석에의 귀빈은 복선군이었다.

실수했던 병문놈 박빈은 어디서 옷을 갈아입었는지 다시 들어와서 여전히 이리저리 다니면서 거행을 하는 척 이날 왔던 손님들을 있는 대로 다 기억하게 되었다.

이 잔치에는 왕께서 따로 무감을 보내 그 빈객들을 조사케 하였다. 이날의 잔치에 눈에 띄는 몇 사람들을 찾아보면 종친으로는 복선군 형제요, 서인 편으로는 오두인·이단상·김만기 등 몇 사람뿐 그 외에는 전부가 남인 재상들뿐이었다.

그중에도 훈련대장 유혁연이 주인과 가장 가까운 자리에 앉아 있는 것이 다른 손들의 이목을 집중시키는 일이었다.

어느 틈엔지 무감이 이 형편을 정찰하고 대궐로 들어갔는데, 이 사실을 위에 아뢰었는지 즉시 별입시 환관이 갑자기 허적의 집으로 나와서 왕명을 전하고, 유혁연과 김만기는 곧 입궐하라는 분부를 말했다.

오늘은 허영상의 집 잔치인 것과 또한 대소 조관이 모두 이 집에 모여서 하루를 마음놓고 놀 것을 번연히 알면서도 별안간 훈련대장에게 입궐을 명하는 것은 허투루 볼 일이 아니요, 나라에 변고가 있기 전에는 병조를 통하지 않고 훈련대장을 직접 부르는 일도 없을 것이었다.

분명히 궁중에 변고가 난 모양인데, 번연히 한자리에 앉아 있으며 이런 형편으로 훈련대장이 입궐하는 것을 알고서야 대소 조관들이 그대로 편안히 있을 수는 없었다.

부제학 유명천이 벌떡 일어나면서 주인 허적에게 말했다.

"주인대감 들으시오. 지금 위에서 병조를 거치지 않고 별입시 환관을 시키시어 훈련대장을 부르심을 뵈오니 궁중에 필연 급변이 있는 것 같소이다. 이제 우리가 그대로 태평스레 있을 수 없소이다. 대감댁의 성대한 잔치가 중간에 파흥되는 것은 매우 미안하오나 우리들은 곧 예궐해야 하겠소이다!"

허적의 집 시호 잔치는 또 수라장이 되고 말았다.

유명천이 이와 같이 말하고 자리에서 일어서자 다른 재상들도 모두 다 일어섰다.

"삼공 육상(三公六相, 영의정·좌의정·우의정과 육조판서)과 삼사(三司, 대사헌·대사간·정언), 정·부제학(正副提學)들이 다들 궐하에 대기해야 할 것이오."

허적이 드디어 이런 말을 하고 곧 다른 방으로 들어가서 옷을 바꿔 입게 준비하라고 하인에게 분부하고 한편으로는 자비(가마)를 놓게 하였다.

여전히 빗발이 가늘지 못한 채 만좌 백관들은 자비에 우비를 덮어서 타고 그길로 곧장 예궐하게 되었다.

이쯤 되니 허적의 집 상하 내외는 모두 잔칫집이 변해서 초상을 친 집이 되고 말았다.

그런 중에 이 수선과 난리를 겪으면서 차근차근 여러 손님들의 사색을 살핀 사람은 병문놈 박빈이었다. 이런 소동이 나자 누구보다도 당황하여 어쩔 줄 몰라 안색이 상기된 사람은 허적과 복선군, 허견이었다.

"아버님, 소자도 수행하렵니다."

허견이 자비에 오르려는 부친을 보고 이같이 물으니 허적은 전에 없이 크게 성난 언성으로 또 눈알을 붉게 하여 흘겨보면서 호령했다.

"그만두어라! 어디를 간다느냐!"

비는 장대같이 내리는데, 이 빗발을 뚫고 조관들의 수십 개 자비가 대궐문을 향하고 들어가는 것은 마치 무슨 변고가 일어난 것으로밖에 보이지 않았다.

임금이 누구보다도 먼저 불렀던 유혁연은 예궐한 지 오래며, 대소 조관들이 빈청(賓廳, 궁중에 있는 회의실)으로 들어가서 장차 인견(引見, 아랫사람을 불러들여 만나보는 것)을 청하게 되는데, 먼저 세 정승이 함께 알현해야 할 터였다. 그런데 좌의정 권대운은 무슨 일에 비틀렸는지 같은 남인이자 같은 동료이면서 비를 핑계로 잔치에 참례하지 않았다. 그래서 부득이 영의정 허적과 우의정 민희(閔熙)만이라도 알현할 작정으로 내전 궐문에 이르러서 별입직 승지에게 이 뜻을 전했다.

"시방 대할 까닭이 없으니 그대로 물러가라."

승지가 들어갔다가 나와서 가볍게 손을 저으면서 임금의 이 같은 분부를 전하는 것이었다.

영의정은 우의정의 얼굴을 돌아보고, 우의정은 영의정의 얼굴을 보며 모두 얼굴이 흙빛이 되었다.

정승 두 사람은 무료하면서도 불안 황공해서 물러나와 빈청으로 들어가서 다시 육조판서가 함께 알현할 것을 의논하니, 역시 병조판서 김석주와 예조판서 이모, 이조판서 김모세 사람은 서인인 관계로 잔치에 일부러 오지 않았으니 자리에 없었다.

육경(육조판서) 중에서 호조판서 이원정, 형조판서 이관징, 공조판서 김 모 세 사람이 내전 궐문 밖에 들어가서 알현을 청하니 역시 별입직 승지가 다녀 나와서 손을 젓는 것이었다. 세 사람 역시 서로 쳐다보면서 흙빛이 된 얼굴을 잔뜩 찌푸렸다가 그대로 빈청으로 물러났다.

이때에 삼상 육경 중에 다섯 사람이 당황해서 초조해하고 있는 광경은 그야말로 당장 큰 처분을 받을 것 같은, 아니 벌써 큰 처분을 받은 사람들과 같았다.

조금 있다가 도승지 윤심이 언제 들어왔는지 이제 퇴궐하는 모양이었다. 윤심이 눈에 띄자 허적은 깜짝 놀라 반가워하면서 얼른 마주 나가서 그를 맞이하며 은근히 물어보았다.

"영감! 언제 예궐하셨소?"

"아침에 곧 들어왔소이다."

"아침에요?"

"네."

"그래서 내 집에 변변치 못한 잔치나마 청하였더니 못 오셨소그려?"

"네, 비가 와도 가서 뵈오려고 마침 몸을 움직이려는데 어명을 받자와서 곧 예궐한 뒤 이때까지 거행에 분망했습니다."

"그러시겠소. 대체 대내(大內)에 무슨 일이 계시온지요?"

"아무 일도 없었습니다."

"네?"

허적은 깜짝 놀라며 아무 일 없었다는 이 말에 깊은 의심을 일으켰다.

"훈련대장이 입궐했지요?"

"네, 지금 알현 중이옵니다."

"무슨 말씀이 계시옵지요?"

"모르겠습니다. 대사헌과 같이 뵈셨습니다."

"대사헌이?"

"네."

허적은 더욱 놀라는 것이었다. 대사헌은 며칠 전에 그 고향 수원으로 선조 면봉(緬奉, 무덤을 옮겨 다시 장사 지내는 일)

하러 간다고 떠나서 아직 올 때가 아니었다. 모든 일이 아무리 생각해도 알 수 없는 일이었다. 대사헌과 훈련대장이 동석해서 알현했다면 이 일은 커도 여간 큰 일이 아니었기 때문이다.

허적은 대사헌도 입궐했다는 말을 듣자 더욱 놀라는 기색을 보였다. 윤심은 빈청에 모여 서 있는 여러 재상들을 한 번 빙 둘러보더니 완연히 경멸하는 눈치로 허적에게 말했다.

"대감! 그 무슨 잔치를 그다지도 우람하게 차리셨기에 소문이 궐내에까지 굉장하게 들려왔소이까?"

"네?"

허적은 아주 넋이 나간 사람 모양으로 의문의 대답만 하고 있다.

"궁중 차일은 대감 자의로 내가셨던가요?"

"네?"

윤심이 물으면 허적은 덩달아서 물어보는 것이었다. 분명히 허적은 당황하는 표정이었다.

이때에 유명천이 그 거동을 보고 도리어 불쾌해서 허적을 보고 버럭 소리를 질렀다.

"대감, 그 속이야기 하지 않는 사람에게 물어보실 게 무엇이 있소. 모두 나갑시다. 모두가 사직하십시다. 이제는 처분만 기다릴 수밖에 다른 길은 없소."

이런 말을 하고 황황히 일어나서 밖으로 나가고, 윤심도 어느 틈에 나가버렸다.

모였던 사람들도 죄가 무슨 일인지 알지 못하는 이상 궐하대죄도 할 수 없고, 밤이 새도록 그곳에 있다 한들 소용이 없는 일이므로 나중에는 차례로 물러 나왔다.

집으로 돌아온 허적은 허견을 불러 앉히고 최근에 어떠한 일을 했던가를 물어보았으나, 허견의 입은 딱 붙은 채 대답이 없었다.

그는 하룻밤을 그대로 밝히고 날이 밝자 아침밥도 먹지 않은 한 채 곧 민희를 청하니, 민희도 밤에 잠을 이루지 못한 채 즉시 달려왔다.

"대감, 이게 어떻게 된 셈이오?"

민희가 물어보았다.

"난들 알 수 있소! 시운이 지나서 남인이 몰살을 당하는 판인가 보오."

"그러나 나는 아무리 생각해도 죄를 당할 일은 없었소이다."

"죄 없으면 관계치 않겠지!"

"그런데 또 기막히는 일이 있소이다."

"무슨 일이오?"

"훈련대장 유혁연에게 밤사이에 두세 차례 사람을 보보내니 아침까지 퇴궐치 않았다는데, 친한 무감이 있어 알아보니 어제 저녁 의금부로 업어갔다 하니 이게 통 어떻게 된 일이오?"

허적은 유혁연이 잡혀갔다는 말을 듣고 깜짝 놀라 물었다.

"아니, 이것은 웬일이오?"

"하, 글쎄 난들 알 수 있소이까! 통 어떤 일인지를 모르니 미칠 것만 같소이다!"

"별수 없소. 꼭 한 가지 길뿐이오!"

"무슨 수가 있소이까?"

"나는 곧 서강별장으로 나가서 사직상소를 올리겠소."

"나 역시 그렇게 생각하고 있소이다."

"대감은 어디로 나가시려오?"

"나요? 나는 글쎄, 어떻게 할까?"

이리하여 허적과 민희는 아침 일찍 서강별장으로 가 곧 사직하는 상소를 올리고 처분을 기다렸다. 그러나 소문을 올린 지 하루가 지나도 궐내로부터는 하등 처분이 내리지 않았다. 허적과 민희는 밤새도록 잠 한 숨 못 자고 그대로 밝혔다.

만일 왕이 그들을 붙들려 한다면 사직상소를 보고 곧 승지를 보내어 불러들였을 것이었다. 그러나 이렇게 그대로 두는 것은 반드시 무슨 처분이 내릴 것이 분명한 일이요, 그렇다면 일의 갈피가 어떻게 된 것인가, 무엇보다 궁금했다.

그다음 날 새벽에 허적은 민희와 의논하여 곧 성안의 집을 시골로 옮기고 깊이 숨어버리기로 작정하고, 밝은 뒤에 집으로 돌아와서 식구들에게 다급히 그간의 경과를 묻고 있었다.

　그런데 바로 이때…….

　문밖이 소란하면서 금부도사가 나졸들을 무수히 이끌고 와서 허적의 집을 에워쌌다.

2. 은인과 업보

　그러면 허적은 한 나라의 영의정이라는 높은 자리에 올라
갔다가 어떻게 되어서 하루 동안에 그와 같이 금부도사에게
잡히게 되는 지경에 이르게 되었는가?

　허적의 성쇠일대기(盛衰一代記)를 대강 정리하면 이러하다.

　시초는 잠곡 상공(相公, 재상의 높임말) 김육이 세상을 떠나
자, 그 아들 부원군 김우명 형제가 부친을 장사 지내는 때부
터 시작된다.

　그것은 김상공의 장례 때에 시신을 묻을 준비는 다 되었는
데, 아직 장사행렬이 도착하지 않았다. 마침 중간에 강이 있
었던 까닭에 당시는 강물이 얼었다가 풀리기 시작하는 때였
다. 강을 건너는데 얼음을 탈 수도 없고 배를 띄울 수도 없
어서, 강을 건너지 못하고 운구하는 일은 마침내 중간에서
정체되어 우선 관곽(棺槨, 시체를 넣는 속 널과 겉 널)을 석관

으로 모시고 얼마 동안을 기다리게 되었다. 그런데 산역을
중지할 수도 없고 그대로 진행할 수도 없어서 뒷날 관을 들
여 모실 옆길만을 뚫어놓고 그대로 봉분을 모아서 광중(壙
中)을 덮어놓았다.

김우명 형제는 부득이한 사정으로 그와 같이 처리한 일이
었으나, 남의 말 하기 좋아하는 세상 사람들은 이 일을 일컬
어서 김부원군 집에서 장사를 지낼 때 수도(隧道, 굴)를 썼다
더라, 하는 이야기가 일어날 듯하므로 이 일만은 극비리에
행했다.

그러나 역시 숨기는 일처럼 드러나기 쉬운 것은 없어서 마
침내 남들이 이 일을 더러 알게 되고, 그중에도 이런 일에
남달리 여론을 일으키고 시비를 잘하는 그때의 완고한 유림
우암 송시열이 이 일을 알게 되었다. 이어 김부원군 형제의
귀에 송시열이 말했다는 내용이 들어왔다.

"김우명 형제는 그만 도량을 알 만한데, 김상공 장사 때에
일반 사람으로서는 하지 못하는 수도를 썼다데그려."

산소를 쓰는데 수도를 만들어서 광중을 다 해놓고, 봉분
을 완성한 뒤에 옆으로 굴을 뚫어서 나중에 관만 들고 들어
가서 광중에 안치하게 되는 이런 일은 국왕이나 하는 일이
요, 일반 백성으로서는 왕공족이라도 하지 못하는 것이 이
때의 제도였다. 만일 이런 일이 있다고 하면, 그자는 왕이
되고 싶은 생각으로 왕실에서 하는 일을 흉내냈다는 죄명으

로 당장 역적으로 몰리게 되는 터였다.

본의 아닌 일을 해놓고 큰 화근을 장만한 김우명 형제가 이 일에 대해서 꺼려지는 이는 송시열이었다. 어떻게 해서 송시열의 입을 막아야 하고, 그렇지 않으면 송시열이 멀리 외향으로 갔으면 좋겠는데 그때 김우명 형제의 힘으로는 도저히 상상도 할 수 없는 일이었다.

김우명 형제는 모여 앉으면 이 일을 근심하던 나머지 드디어 한 가지 계책을 냈으니, 이것은 다른 일이 아니었다.

김좌명에게는 새로 벼슬에 나간 총명한 아들이 있었는데, 김석주라는 소년재상이었다.

부친과 숙부가 항상 이 일로 근심하시는 것을 보고 마음에 늘 불안하던 차에, 하루는 아버지 형제가 모여 앉은 자리로 나아가서 자기 의사를 발표해 보았다.

"아버님께서나 작은아버님께서는 그리 크게 근심하실 것이 없습니다. 이 일은 소자가 아무리 불민하더라도 잘 막아서 근심이 되시지 않게 하겠습니다."

"네가 무슨 수로 막아낸단 말이냐?"

김우명은 너무도 반가웠다.

"별수 없습니다. 지금 우암을 달래는 수도 없고 다른 인물을 끼어넣어 우암을 막아내는 수밖에 없는데, 그렇다면 묵재밖에 없습니다. 묵재는 소자를 매우 생각해 주었으나 아직까지 소자가 그 뜻을 받지 않았습니다. 지금이라도 묵재

를 잘 받들면 우암을 막아내는 일은 용이할 것입니다. 묵재
는 원래 우암과 마음이 맞지 않을 뿐 아니라 그 사이가 기름
과 물 같아서 서로 화합해 오지 못했습니다."

김석주는 이런 말을 아뢰었다. 묵재는 허적의 호였다. 허
적은 남인의 영수요, 우암은 서인들의 추앙을 받는 처지였
으니, 그들 사이가 친밀해질 이치가 없었다.

"그러나 너부터 서인인 것을 아는 묵재가 너를 그리 대단
히 알 턱이 있을 성싶지 않다."

"그러하오나 이 일은 수단 방법이 있습니다."

"아무런 도리를 해서라도 할아버님 산소가 무사하도록,
우리 집안에 일이 없도록 된다면 작히나 좋으랴!"

이런 말을 들은 김석주는 그날부터 묵재 허적의 집을 드나
들기 시작했다.

허적은 규율 있고 침착한 중에도 온후한 재상이요, 약한
자를 건지고 불쌍한 사람을 구제해 주는 일에 많은 음덕을
베푼 사람이었다. 더욱이 신진 재사들이 자기를 찾아오고
추앙하는 것을 여간 기뻐하지 않았다. 그는 신진들을 후원
하고, 따라서 후일에 신진들의 추앙을 받고자 하는 이런 일
에 큰 야심을 갖고 있는 사람이었다.

당시 부원군의 아들이요, 또 신진의 연소 재상으로 그 재
주와 풍채가 아울러서 출중하다는 김석주가 자기 문하에 들
어오게 되자 그를 애중히 여겼다.

이후에 인선왕비의 승하로 그해에 복제를 정하게 되는데, 당시의 임금인 현종 임금의 모비의 거상을 어떻게 입느냐는 이 문제를 두고, 조신들 중 누구는 삼 년 거상을 주장하고, 누구는 기년복(朞年服, 누가 죽었을 때 일 년 동안 입는 복)을, 누구는 대공(大功, 五服 중의 하나로서 대공친의 상사에 9개월간 입는 服制)으로 각각 자기의 의견을 주장했다. 일이 얼른 결정되지 않자 왕은 망극(罔極) 중에도 화기를 일으켜서 조정의 대소 백관은 진실로 몸둘 곳이 없게 되었다.

"이 나라가 세워진 지가 어제오늘이 아니요, 삼백여 년 장구한 세월이 지나가는 동안에 선왕께서 제정하신 바 예장(禮葬)과 관례(慣例)가 소소히 있거늘, 오늘날 새삼스럽게 이런 일을 가지고 각각 생각나는 대로 막중한 예장을 마음대로 지껄이니, 이 조정에 그 누가 재상이며 그 누가 정승일 것이냐? 자격이 없는 신하들은 나라를 망칠 것밖에 다른 것은 없는 것이다!"

혈기방장한 젊은 왕의 진노는 실로 듣기 어려울 만큼 추상 같은 위엄을 보였다.

이때에는 송우암이 대공설을 주장했기 때문에 더욱이 이런 변고가 일어났으며, 그 책임은 누구보다도 송우암이 중했기 때문에 그는 금후문 밖에서 대죄했다가 귀양을 가게 되었다. 예조판서 조행은 당장 이 일을 거행하는 처지였으므로 참판 김익경, 참의 홍주국, 정랑 임이도 등은 대죄하다가 즉시 하옥 처분이 내려서 소위 예관(禮官)으로서 으레 당해야 할 일이라 하여 문죄(問罪, 죄를 캐내어 묻는 것)를 시작하였다.

여기에 따라서 영의정 김수흥과 그 이하 좌우상과 육조판서, 그 외에 판중추부사 김수항과 대사헌 강백년 등이 모두 인의사직하고 처분을 기다리게 되었다.

왕은 삼상 육경에게는 문죄하지도 않은 채 다만 사직상소만 받고 그날로 허적을 영의정으로 삼고, 정지화는 좌의정, 이완은 우의정으로 삼았다. 또한 육조판서와 삼사(三司), 옥당(玉堂)을 모조리 허적이 주천하는 대로 갈았다. 이날이 갑인년(1674) 7월 26일이어서, 이 일을 '갑인당국(甲寅當局)'이라고 일컬었다. 이리하여 서인의 내각이 무너지고 남인들이 득세하게 되니 세상은 또 뒤집힌 셈이었다.

여기에 따라서 이면의 운동자가 허다한 중에도 김석주가 송우암의 대공설에 큰 탄핵을 일으키도록 여러 재상들을 충동한 그 이면이 따로 있었다.

어쨌든 김석주가 꺼려하던 송우암은 멀리 갔으나, 의외로 사태는 크게 벌어져서 서인의 내각이 총사직을 하게 되니 서인이 실세한 이상, 서인 김석주가 비록 남인 허적과 친분이 두터워 자기의 출세에는 영향이 없게 된다 하더라도 남인 틈에 가서 미관말직을 거행하고 있기도 창피한 지경이 되었다.

그때에 김석주는 비로소 '토끼가 죽으면 여우가 슬퍼한다 (兎死孤悲)'는 옛말을 절실히 느끼게 되었다.

서인 편에서는 벌써 김석주를 가지고 쓸개 없는 사람, 지각 없는 사람, 명리밖에 아무것도 모르는 사람이라고 뒷공론을 하는 자가 있었다.

그러나 김석주는 모든 것을 귀 밖으로 듣고 오직 자기의 당면문제만 타개했다. 그러나 서인이면서도 남인에게 붙어서 벼슬한다는 주목을 받는 김석주가 아들의 혼인을 치르기 위해 남인의 집에 청혼을 했더니, 결국 규수 집에서 신랑집 당색을 물어보고 서인이라 하니 그만 거절하더라는 것이었다.

김석주는 두 번째 자기가 남인과 가까이 지냈던 일을 후회하게 되었다.

이때부터 김석주는 비로소 서인 세력을 일으켜놓지 않으면 서인은 필경 남인의 등쌀에 스스로 녹아버릴 것이라는 점을 새삼 느꼈다.

한 가지 꺼려지는 일은, 서인이 득세하면 송시열이 다시 들어오게 되고, 그때에는 또 수도문제가 일어나게 될 것이 근심이었다. 그러나 지금에 와서는 그런 일쯤은 막아낼 도리가 자기에게도 있을 것이므로 그 일은 도리어 지엽적인 문제요, 근간이 되는 문제는 오직 남인을 억제하고 서인이 다시 일어서는 일이라고 생각하게 되었다.

이런 마음이 일어날 때 마침 강화도에 괴서사건(怪書事件)

이 일어났다.

　김석주는 어느 편으로부터 그 괴서사건의 주인공이 이유정이요, 이유정은 일찍이 허견과 더불어 친분이 두터운 사이로 지냈다는 말을 들은 일이 있었다.

　지금도 그가 허견과 밀접한 관계를 가지고 있는 것은 알지 못하나, 그러나 만일 허적의 아들 허견이 이유정과 어떠한 관계가 있다 하더라도 허적이나 허견이 그런 척도 아니할 것은 정한 일이었다.

　그렇더라도 이 일로 허적에게 물어보면, 허적이 이유정 건에 대한 의견을 들어보고 나서 거기에 대한 태도와 눈치만으로도 넉넉히 그 일의 절반은 추측할 수 있으리라 하고 결국 허적에게로 가게 되었다.

　김석주는 허적을 대하고 이번에 강화도에서 일어났다는 이유정의 괴서사건이 싱겁게 끝나는 둥 마는 둥 그만저만 말아버리는 이야기를 하다가 그 말끝에 지나가는 말로 물어보았다.

　"대감께서는 이번 이유정의 일을 어떻다고 보십니까?"

　"어떻다고 할 게 무언가, 미친놈의 장난이지. 무슨 그리 큰 뜻이 있을 리가 있나?"

　"그렇게 볼 수는 없지 않습니까? 어디 미친놈의 짓으로만 돌릴 일입니까? 모월 모일에 배 몇 척에 군사 몇천 명을 태워서 이끌고 올 테니 승병을 모아 가지고 있다가 내응을 해줘서 반정의거를 해보자, 이런 말이 어떻게 미친놈의 말이라고 할 일입니까?"

"그래도 모월 모일이라는 날 오강을 다 헐어도 아무러한 동정이 없었으니, 공연히 헛소리를 해서 인심만 소동시키는 미친놈이 아니고 무엇인가?"

"그야 일은 제대로 다 준비되었으나 멀리 동정을 살펴봐야 이쪽에 아무 동정이 없으니까 그대로 묵주머니를 만들고 다음날의 기회를 엿보는 것인지 알 수 있습니까?"

"천만에! 그렇게 구체적으로 역모를 꾀하는 사람이라면 알지도 못하는 사람을 사이에 놓아서 글자줄로써 내응을 청하는 이따위 어림없는 일을 애당초 안 했을 것일세. 그것은 추측으로도 알 일이니까."

"그러면 어떠한 조치를 내려야 할까요?"

"글쎄, 어떻게 해야 할까?"

"중한 형벌을 내려야지요."

"중한 형벌까지야 할 수 없지."

"어떻게 면하겠습니까? 역모죄인이니 이유정은 물론 죽여야 할 것이고, 그 도당도 모두 죽여야 할 터이지요."

"내 생각에는 일을 거기에까지 이르게 할 까닭도 없을 것 같고, 또 이유정이 사형에까지 이를 만한 죄명도 없을 것일세."

"대체 이유정이란 어떤 사람입니까?"

"모르지. 처음 듣는 이름이니까."

"자제도 모르는 터랍니까?"

"음, 그 아이는 대강 짐작하는 사람인가본데."

"친분은 없을 테지요."

"친분까지야 없겠지……."

하지만 허적의 말하는 태도가 매우 부자연스러웠다. 이 눈치를 간파하게 된 김석주는 이것을 그날의 큰 수확으로 하고 다른 이야기를 하다가 그대로 돌아갔다.

그러나 이런 반신반의한 단서를 가지고 무슨 일을 해볼 수도 없으므로 그의 고민은 그대로 남아 있게 되었다.

이럴 즈음 김석주의 집에 진객(珍客)이 찾아왔으니, 그 사람은 광성부원군의 숙부 김익희였다.

허적과 가까이 지낸다는 것을 김익희는 번연히 알면서 김석주가 사면초가(四面楚歌)에 외로이 지내는 김석주를 찾아온 것은 필시 까닭이 있는 일일 터였다. 김석주는 그가 무슨 말을 하려는가 눈치만 살피고 있을 때 김익희는 마침내 자기 이야기를 시작했다.

"첫째, 송우암이 배소(配所)인 제주도에 가 있으면서 그 고초가 노경의 몸을 드디어 원향고혼을 만들게 되겠으니, 이분을 구원하려는 마음이 주야로 그치지 않으나 거기에 대한 방법이 없고, 여러 가지로 생각해도 허정승이 협력하지 않으면 안 되겠는데 허정승과는 친분이 없소. 또한 당색이 다르니 말하기가 거북한 터여서 생각다 못해 그대를 찾아온 것인데, 그대는 최근 허정승과 가깝게 지내는 터요, 또 그만하면 송우암에 대한 세상의 평판도 침식된 터이니, 어느 점으로 보든지 그대가 이 말을 들으면 감동되지 않을 리 없을 듯하기에 이와 같이 말하는 것이오. 우리 서인의 거벽이라는 우암을 건져내는 데 오로지 그대의 힘을 믿는 바이오."

이 말을 들은 김석주의 머릿속에서 전광석화와 같이 한 가지 의견이 일어났다.

그것은 다른 것이 아니었다. 송우암이 다시 일어나서 서울로 올라오면 무엇보다도 자기 집의 수도문제가 염려되는데, 이 기회에 그를 구해줘서 그 은혜를 생각하게 만들면 설마 김석주를 보기로서니 수도문제를 일으킬 까닭이야 없으려니, 하여 마침내 우암을 구출하는 데 생색을 내보자는 것이었다.

그래서 김익희에게 자기도 비록 부득이한 처지에 있어 서인들의 더러운 욕을 들으면서도 오히려 남인 허적에 집을 드나들기는 하나, 언제든지 시기가 오면 서인을 다시 일으켜보겠다는 마음이 없을 수 없는 터인즉, 우암을 구원하자는 말씀에 크게 감동된 바가 있으니 적극적으로 이 일을 계도(計圖)해 보겠노라고 대답했다.

김익희는 김석주의 말을 듣고 만면희색으로 돌아가고, 며칠 뒤에 또 조카 되는 김부원군을 대동하고 와서 김석주에 게 다시 그 일을 부탁했다.

이런 뒤에는 김익희 숙질이 자주 김석주의 집을 출입하고, 김석주도 답례로 여러 번 김익희와 김부원군의 집을 가게 되어 이제는 슬그머니 그네들의 지기(知己)가 되기에 이르렀다.

이후부터는 김석주의 마음에 허적을 쓰러뜨리겠다는 결심이 일어나게 되고, 더욱이 강화 괴서사건에 대해 이유정을 옹호하는 허적의 심사를 눈치챈 터라 드디어 각 방면으로 허적과 허견의 사생활을 살펴보았다. 다른 재상들이 여러 번 허적 부자를 탄핵해야 한다고 소(疏)를 올려도 도무지 듣지 않고 오히려 진노하던 왕도 김석주의 손으로 올려진 휴지를 보자 차차 김석주를 신임하게 되었다.

그 뒤에는 다시 자기의 심복 재상이 되는 정원로를 달래어 마침내 그를 시켜 허견과 친하게 지내면서 사생활을 직접 목격하게 하였다. 또 허견의 당중에 가담하기까지 해서 여러 각도로 따져서 허견의 일을 꿰뚫어 알아내어 나중에는 정원로의 입으로 고변하게 했던 것이다.

정원로는 직접 이런 상소를 올렸다.

교서정자 허견은 예빈사정(禮賓寺正)으로 있는 이래서와 훈련대장 유혁연과 그 외에 수십 동지를 규합해 역모를

하여, 장차 복선군을 추대하려 하던 일이 요즈음 알려졌
는데, 며칠 내로 거사할 모양이니 즉각 처분하시옵소서.

이 상소가 올려지기는 바로 허적의 집 시호 잔치하던 날
낮이 되려 할 때의 일이었다.
비가 와서 궁중이 조용할 때에 정원로가 비를 무릅쓰고 들
어온 것은 다른 이목을 피하기 위해서였다.
허적의 시호 잔치에 궁중대사에 쓰는 차일을 제멋대로
내갔고, 일전의 김석주의 상소와 복선군의 수찰의 일도 있
고……
정원로의 상소가 이와 같자 이래저래 왕의 마음은 격노하
여 즉시 도승지 윤심을 불러 모든 일을 물어보다가 돌연 유
혁연을 불러 다른 말로만 물어보는 척하면서 그 속내를 더
듬으며 눈치를 살피다가 즉각 의금부로 압송시켰다. 뒤에
궁중의 심복 무감들을 허적과 허견의 집에 보내 벌써 며칠
째 그들이 유혁연의 하옥사건에 어떤 반응을 일으키고 있는
지 살펴보다가 결국은 의금부에 분부하여 허적 부자와 그
친지 친구들을 있는 대로 잡아 가두게 하였다.
이날도 허적은 집으로 돌아와서 다급하게 가사를 정돈하
고 있는 중에 아무리 생각해도 시호 차례와 잔치 때에 닭이
난리를 일으킨 것이 이번 일의 징조인 듯싶었다. 생각하다
못해 가깝게 있는 용하다는 점쟁이를 불러들여서 여기에 대

한 말을 물어보았다.

점쟁이는 한참이나 무엇을 생각하다가 점괘를 열었다.

"닭이라면 닭 계(鷄)자도 있지만 닭 유(酉)자도 있는데, 유는 방위로 서방(西方)이요 또 서녘 서(西)자와 방불하니 이것은 서편 사람의 해를 입을 징조이오이다. 그렇게밖에 해석할 수 없소이다."

이 점쟁이는 동인 · 서인이니 남인 · 북인이니 이런 것이 무엇인지 알지도 못하는 사람이었다. 그 점괘를 들으니 과연 심상치 않았다.

허적은 드디어 급한 대로 서울 집은 누구에게 맡기고, 이부자리와 식사 도구만을 챙겨 가평고을에 있는 땅으로 깊이 숨어버리려고 급급히 준비를 하던 차에 돌연 집을 에워싸고 들어오는 의금부 나졸들에게 포위를 당했다.

의금부도사가 허적 앞에 나서면서 말했다.

"왕명으로 대감을 뫼시러 왔으니 곧 의금부로 가십시다!"

천하가 진동할 듯하던 영의정의 위세와 호화, 위엄은 하루 사이에 굴러떨어져서 개울바닥에서 헤매게 되었다.

허적이 허탈함과 비통함에 젖어 있을 때, 40년 전의 그 일이 불현듯 떠올랐다.

어느 날 꿈에 보였던 늙은 내외가 자기 아들 며느리를 애매하게 죽였다고 절규하면서 귀히 되리다, 아무쪼록 잘 살아보소, 하고 말하던 그때 일이 생각났다. 사치를 했다고 때려

죽인 그 부부의 혼이 구렁이가 되었고, 구렁이는 아이들의 손으로 때려죽여 태워 그 기운이 첩의 배에 들어가서 뱀의 혼으로 아들 허견이 태어났다는 것을 확실히 믿게 되었다.

허적은 모든 것이 업보 아닌 것이 없음을 믿으면서 집을 떠났다.

허적은 어제 새벽 서강별장으로 떠나가려고 준비할 때, 밤에 왔다가 그대로 자고 있던 염시도를 깨워서 앞에 앉히고 시급하게 재촉했다.

"시도야, 너는 지금 곧 네 집으로 가서 가재도구를 급히 치우고 깊은 산골로 들어가 다시 내 집에도 오지 말고 서울에는 오지 말아라. 이 집에는 며칠 안으로 악운이 닥쳐올 것이다. 아무쪼록 몸을 보전하고 있다가 닥쳐올 뒷날에 내 집에 무슨 일이 있거든 그 뒤나 돌봐주게 하여라. 그러면 곧 떠나도록 하여라!"

염시도는 그 까닭을 알지 못하고 돌연히 이런 분부를 들으니 놀랍고 궁금하고, 한편으로는 섭섭해서 그 무슨 까닭인지 물었다. 그러나 허적은 아무런 설명도 없고 그저 자기가 했던 말을 되풀이할 뿐이며, 곁방에서 아무도 모르게 커다란 보퉁이를 내주면서 말했다.

"이것이 얼마되지는 않는다만, 이것으로 되는 데까지는 전답과 집을 사놓고 우선 목숨을 보전하면서 다음의 형세를 엿보아라. 그런데 좀 섭섭한 것은 너에게 있는 게 아니고 네 아내에게 있다. 오늘날의 절반은 네 아내에게서 비롯된 것을 너는 넉넉히 짐작할 것이다. 그러나 역시 뒤늦은 일이다!"

"이 말씀은 무슨 말씀입니까?"

자기 아내 때문이라는 말을 듣자 깜짝 놀라 물어보지만, 허적은 여기에 대한 대답은 없이 즉시 가족들을 불러서 차례로 최후의 작별을 할 뿐이요, 염시도에게는 어서 가라고 재촉이 성화같다.

그는 눈시울이 실룩여지며 더운 눈물을 흘렸다. 열 살 때 빌어먹어 이 댁으로 들어온 뒤 30년 동안 양육해준 주인이 이같이 무슨 일인지도 모르지만 비참한 작별을 하는 것을 보자 그 마음은 찢어지는 것 같았다.

염시도는 사랑마루에 머리를 내려서 엎드리며 울었다.

"대감마님, 대체 어떻게 된 일이옵니까! 소인이 대감을 뫼시온 지 삼십 년에 가는 뼈가 대감의 은택으로 굵어진 터이오니 모발 골육이 모두 대감의 양육지은인데, 평시에는 대감님의 은덕으로 살아 있다가 대감댁에 무슨 위태로운 일이 계시다고 이 몸만이 살길을 찾아간다는 것입니까! 차마 할 수 없는 일이옵고, 또 지금 말씀에 소인의 처가 이번 일을 그르쳤다 하시면서 그 까닭은 일러주지 않으시니 이 일은 통 알 수 없습니다. 만일 이번 일이 소인의 처로부터 불길지사가 생겼다면 소인은 한칼로 처를 죽이고, 몸이 어느 지경이 되옵더라도 대감의 곁을 떠나지 않겠습니다!"

충정을 하소하는 염시도의 말은 과연 목석이라도 감동될 만한 충복의 말이었다.

허적도 이 모양을 보고 눈물을 씻으면서 염시도를 내려다보았다.

"시도야, 네 마음도 내가 알지 못하는 바는 아니다. 그러나 운이 다하고 재앙이 오는 때에는 하는 수가 없구나! 그러나 내가 너를 보내려 해서 보내는 것이 아니다! 그래도 차후에 내 집을 돌보아 줄 사람이 있어야 그나마 내 집안이 아주 멸망하지는 않을 게 아니냐. 그런 일을 해줄 만한 사람이 너밖에는 없으니까 너는 따로 보내는 것이다. 알았느냐! 어서 가서 부디 잘 살아라. 이것이 모두 운명인데 하는 수 없다!"

그제야 염시도는 대강 그 뜻을 알아들은 듯이 머리를 들고 허적에게 의미 깊은 눈길을 보내며 그리고 차마 견디기 어려운 슬프고 섭섭한 표정이 되었다.

"그러면…… 그러면 부디……!"

염시도는 말을 잇지 못하고 인사를 한 뒤, 대문을 나섰다.

병든 사람 모양으로 비실거리며 자기 집으로 돌아가면서도 이번 일이 심상치 않은 것과 은인의 집에 큰 화란이 닥쳐오는 일을 통한하면서 집으로 돌아왔다.

아내는 밤사이에 어디를 나가서 자고 오는가, 하는 의심의 눈초리로 남편을 대했다.

그는 아내를 대하자 먼저 생각한 것이 허정승의 말인데, 아내에게 섣불리 말을 했다가는 도리어 일이 그릇될 것이므로 먼저 태연한 태도를 보이면서 무슨 일로써 아내의 일을 더듬어볼 것인가를 생각했다.

염시도는 허정승이 말한 '네 아내 때문'이라는 의미를 전혀 모르는 것은 아니나, 아내가 하루걸러 한 번씩 김판서댁을 드나드는 때에 혹시 자기가 허정승댁 이야기를 되는대로 말했던 것을 옮기지나 않았나, 하는 마음에서 종종 아내를 단속했다. 혹시 모르는 결에라도 김판서댁에 가서 허정승댁 일을 발설할까, 더욱이 허정승이 그 아들을 염려해서 자기를 시켜서 그 뒤를 살피게 한다는 말을 할까봐 이르고 다지고 이래왔던 것이다.

그러나 이루 잴 수 없는 것이 사람의 마음이다. 더욱이 변하기 쉬운 것이 계집의 마음이다.

아내 분이의 마음을 남편 염시도가 유리를 들여다보듯 샅샅이 알아볼 수는 없는 일이었다.

분이는 김판서댁을 은인의 집으로 생각하고, 반대로 염시도는 허정승댁을 은인의 집으로 생각하는 처지였다. 두 집은 표면으로는 좋은 사이지만, 어느 한편으로 봐서는 얼음과 숯이며 원수 사이였다. 만일 아내가 김판서댁 꼬임에 넘어가서 자기가 허정승댁 이야기하는 것을 그대로 옮겼다면 분명히 아내의 입으로 허정승댁을 결딴냈던 일이 되었을는지도 모르는 일이었다.

그래서 그는 아내를 한번 의미 있게 불러보았다.

"왜 그러서요?"

남편의 부드러운 말소리에 아내는 해죽이 웃으면서 남편의 표정을 살피며 대답했다.

"그런데 이 일을 어떻게 하면 좋단 말이오?"

"왜, 무슨 일이기에?"

"저 보퉁이를 좀 들어봐요. 그것이 모두 은뭉치요. 이제 우리는 부자가 되었소."

"아니, 어쩌면!"

아내는 부리나케 그 보퉁이를 끌러보더니 눈과 입을 크게 열며 놀라는 모양을 하였다.

"아이, 이게 웬일이요! 이게 웬 게요?"

"그런 게 아니라 이 재물을 꼭 먹어야 할 텐데 양심이 허락치를 않는구려……."

"아니, 어떻게 된 건데?"

아내는 미소를 띠면서 조용히 묻는다.

"다른 게 아니라 이게 김판서 대감께서 주신 게야……. 그런데 이게 달리 주시는 게 아니라 나더러 글쎄 허정승 대감 부자의 형편 이야기를 하라고 그러고, 그 형편 이야기를 대강 했더니 나더러 글쎄 의금부에 가서 이 사실을 고발하라고, 그러면 이만한 돈을 또 주시겠다 하니……. 그래도 수십 년 주인으로 섬겨오던 터에 차마 그럴 수가 있어야지. 그래서 어름어름 그냥 오기는 했으나, 당초에 양심에 가책이 되는구려. 그리고 그 어른 말씀이 허정승 부자의 대강 이야기는 네 처에게서 들었노라고 그래서 이럭저럭 그 공으로 이만 재물을 주신다고 이러십디다그려……."

이 말을 듣던 아내는 기쁨을 이기지 못해서 대꾸했다.

"호호……. 그럼, 내가 당신이 하지 말라는 말을 죄다 그댁에 가서 여쭈었지. 그래도 그 김판서댁이 내게는 은인인데, 그저 몇 해째 두고두고 물으시니 어쩌겠소! 네 남편이 허정승댁을 드나드니 너는 다 알 일이다, 말을 해라, 해라, 이러시는 통에 다 해버렸지……. 그런 상급으로 이것을 주신다고? 원, 이런 고마우실 데가 어디 있어! 그 허정승댁이라는 그 집이야 우리가 실상 알려면 알고 모르려면 모르지 않수! 그리고 그 아드님 되는 이가 그런 짓을 한다는데 아무 때 망해도 망할 집인데 보잘 게 뭐예요? 하시라는 대로 해요! 그래서 또 주신다는 그 재물마저 타 와요. 그래서 우리도 시골에다 땅도 사고, 집도 사고 재미있게 살아봅시다!"

"글쎄, 그래도 괜찮을까?"

"원, 별말씀 다 하시는구려! 허정승댁도 그만치 부귀를 누렸으면 다른 집도 좀 그만치 살아봐야지. 그래, 허정승댁만 오래도록 정승댁으로 지내란 법 있소? 그 대신 김판서댁이나 정승댁이 되셨으면 좋겠소."

"허정승댁은 망해도 좋을까?"

"옳아, 친정셈이니까? 그럴 게야. 그러나 인제는 그 댁에도 시운이 다했어요. 어서 내 말대로 그렇게 해요."

"그러나 나로서야 차마 그 양반댁 일을 의금부에 고발할 수 있나!"

"그렇게 어렵게 생각되는 일이니까 이만치 많은 재물을 주신 게 아니오!"

"허허, 그럴 일이야. 그러나 그것은 내가 모두 그대의 마음을 떠보려고 했던 일이야! 실상은 이 돈은 허정승댁에서 주신 게야. 김판서 대감이 역모를 한다니 그 내용을 염탐해 오라고. 그리고 그 사실이 드러나거든 곧 의금부에 가서 나더러 고발해 올리라고……."

"뭐예요!"

아내는 별안간 얼굴이 흙빛이 되어서 남편을 쏘아보았다.

"왜, 기막히지?"

"아니, 그게 웬말이오? 그리고 그 양반이 역적모의라니, 아무리 그렇기로서니 나를 봐서라도 어떻게 그 일을 당신 입으로 고발한단 말이오!"

이런 말을 할 때에 염시도는 어디서 준비했는지 길쭉한 칼을 들어 쑥 뽑아 아내를 향했다.

그는 충혈된 두 눈으로 아내를 쏘아보면서 서리빛 나는 칼을 번쩍 쳐들었다.

아내는 별안간 비명을 외치며 방 한구석으로 쫓겨 들어가서 웅크리고 남편을 쏘아보았다.

"네 이년, 무엇이라고 했더냐? 나도 어리석은 놈이야! 계집에게 아무 말이고 마구 해서 알려준 것이 잘못이다. 그러나 그만치 열 번 백 번 당부했으니 계집이 입을 다물고 있을 게지! 있는 말 없는 말 마구 지껄여서 내 삼십 년 은인 허정승댁은 오늘날에 네 주둥이로 해서 멸문지화를 당했다! 너는 내 원수이니 이 칼에 죽어보아라!"

염시도는 눈을 돌려 다른 편으로 외면하면서 그대로 아내의 목을 후려쳤다. 아내는 무엇이라 말할 사이도 없이 그대로 절명이 되었을 것이나, 그는 그것을 돌아다보지도 않고 그 길로 보퉁이를 들고 집을 나서서 정처 없는 나그네의 몸이 되어버렸다.

염시도 집의 비극은 온전히 주인에 대한 충의의 열성으로서, 그 분노를 그대로 행동으로 표현한 것이다.

아내 분이는 처음 그에게 시집올 때, 그 아버지를 구해준 은혜로서 보은의 뜻으로 몸뚱이를 그에게 바친다고 말했던 터였다.

그러나 분이는 입 하나로 인해 허정승의 집을 결딴내는 한편, 허정승의 집을 은인으로 생각하는 분이의 남편 염시도는 은인의 집을 망하게 해놓은 원수라 해서 결국 사랑하는 아내를 참혹하게 죽이고 방향 없는 나그네의 길을 떠났던 것이다.

허적이 의금부로 끌려간 뒤에 허견도 도망갔다가 붙들리고, 복선군 이염도 붙들렸다. 따라서 동지로 혐의 받는 자들이 모두 잡히니 그 수효가 수천 명에 이르고, 그 뒤에 왕은 일곱 군데에 국문처(鞫問處)를 베풀었다. 그들을 엄히 국문한 결과 이번 사건의 주범이 되는 허적 부자·유혁연·이염·이태서 등은 모두 처참하고, 그 밖의 사람들은 모두 멀리 귀양 보내며, 그렇지 않은 사람도 대개는 삭탈관직하는 큰 변란이 일어났다. 이것이 숙종 6년(1680) 경신해의 일이므로, 이 일을 '경신대옥(庚申大獄)'이라 일컬었다.

반면 김석주와 정원로는 역모의 고변자의 공로로써 보사훈(保社勳), 즉 사직을 보전하게 한 공훈을 받게 되었으며, 허적의 내각이 쓰러짐에 따라 김수항을 영의정으로 삼았다. 좌우상과 육조판서가 다 서인으로 임명되어 어제까지 기세 등등하던 남인들은 다 멸망하고 서인의 세력이 조정을 수놓게 되었다.

이렇게 되자 김수항이 왕에게 아뢰어 연전에 예장문제로 제주에 원배(遠配)시켰던 송우암의 원죄를 하소연하므로 즉시 우암을 복직하게 해서 서울로 불러오니, 이때에 사림의 고무와 환희, 기세는 몹시 대단했고, 우암의 인기는 천하를 내리누를 만큼 높았다.

경신대옥으로 쓰러진 사람은 비단 남인뿐이 아니다. 수효

는 적다 해도 세상에서 탄식하며 눈물로 기회를 노리고 남
인의 활동을 기다리던 장씨 궁인 가족도 이 소문을 듣고 또
한 낙담으로 주저앉고 말았다.

그러나 불행 중 다행한 일은 동평군과 조태구, 조사석 등
이 아무 해를 입지 않은 일이었다. 이번 변란이 지나는 동안
동평군은 전혀 외간 출입을 않고, 사랑 거처나 안방에도 못
앉은 채 안채 뒤 찬방(饌房)을 치우고 불생불멸(不生不滅)의
신세로 지냈던 것이다.

종실이 있는 대로 망할지 모르는 통에 혹시 그 불똥이 자
기에게 튀어올까 하여 손톱을 물어뜯으며 살았으나, 동평
군은 아직 악운이 찾아오지 않았던 때문인지 그대로 난리를
지나치고 말았다.

이때로부터 동평군의 마음은 조급해지기 시작했다.

이런 역모사건이라는 것은 번연히 사실이 다 드러나서 나
머지 사람이 없을 듯이 쓸어치운 뒤에도 또 뒷일이 불거지
는 것이 큰 염려였다.

동평군이 아무리 아무 혐의가 없다 하더라도, 또 아무 일
이 없이 지나갔다 하더라도 한 번 다시 걸리면 몸을 빼내기
가 어렵다. 그런 일이 어느 때 있을지 초조하게 지내는 중
동평군은 궁중 나인을 통해 동정을 살피던 일을 오래간만에
다시 시작해서 궁중 처소마다 동정을 정찰했다.

이와 같이 몇 달이 지나가던 중에 궁중에서는 돌연히 변고

가 일어나게 되었다. 이 일이야말로 아직까지 조용하던 궁
중 속에까지 피비린내를 일으키게 되는 일이었다.

용무곡

龍舞曲

1. 흥이 다하면 슬픔이 오고

　궁중에는 하룻밤 사이에 큰 소동이 일어났다.

　이 일은 누구도 헤아리지 못한 불가사의한 일이어서, 궁중의 이러쿵저러쿵하는 소리는 점점 높아지게 되었다.

　일이란, 왕비가 하룻밤 사이에 병을 얻어 갑자기 위급한 지경에 이르렀다는 것이었다.

　이곳은 대조전에서 거리가 가까운 영휘당(榮徽堂)이었다. 영휘당에는 새 주인 장희빈이 자리를 잡고 낮에는 아들 재미, 밤에는 상감의 귀염 속에서 안락하고 재미있는 세월을 보내게 되었다.

　이만하면 아직은 마음이 흡족하련만, 최고로 생각하는 이상(理想)은 아직도 달성하지 못했기 때문에 그녀는 항상 불만이었다. 더욱이 상감을 대하기만 하면 그즈음 상감의 총애가 극진하게 되어가니, 그럴수록 왕을 뵈옵는 대로 공연한 짜증과 까닭 없는 심술로 상감의 마음을 괴롭게 했다.

이럴 때마다 상감은 노여움을 풀어주기 위해서 장희빈의 비위를 맞춰 주느라 정신없을 지경에 이르렀다. 이러다가도 조금이라도 수틀리면 젖 먹이던 왕자를 방바닥에 내려놓고 울거나 말거나 홱 돌아앉아 버리는 것이었다.

그러나 이것을 그리 큰 문제로 확대시키지 아니하기 위해, 혹시나 왕자에게 좋지 못한 영향이 미칠까봐 상감은 갖은 방법으로 달래고, 어르고, 웃겨 놓으면 그 마음에 만족하도록 그만한 조건이 따라야 했다. 이렇게 만족해서 방긋할 때에 희빈이 상감에게 청하는 일이면 그 무엇이고 이루어지는 터였다.

재상과 수령의 출척(黜陟, 못된 사람을 내쫓고 착한 사람을 뽑아 쓰는 것)이나 하다못해 상궁과 나인의 상벌을 내리는 일이라도 마음대로 안 되는 것이 없었다.

그러나 딱 한 가지 안 되는 일은 '왕비를 치워버리고 나를 중전으로 삼으십소사' 하는 이 말은 좀처럼 입밖에 나오지도 않으려니와, 나온다 해도 실현이 되지 않을 것이어서 애당초 입에 걸어보지도 않았다. 그러나 희빈은 항상 이 일이 소원이었다.

되지 못할 일을 되게 하는 데는 비상수단을 쓰지 않으면 안 된다. 그때부터 비로소 중전마마의 흉이며 잘못을 가지가지로 모함하기 시작했다.

처음에는 자기에게 불만을 품고 까닭 없이 미워한다는 말을 했고, 다음에는 왕과 왕비 사이를 중상(中傷)해서 정의(情誼)를 끊어놓고, 다음에는 이 어린것이 무슨 죄가 있다고 왕비가 이것을 몹시 미워하고 죽기를 축원하여 미신을 통해 갖은 저주를 다한다는 것과, 심지어 심복 상궁을 시켜서 왕자의 음식물에 치독(置毒)하려 했던 적도 있었다는 따위의 말로써 상감을 달래고, 조르는 등 별별 수단을 다 동원해서 왕비를 내쫓도록 일을 삼고 있었다.

상감이 중전의 마음을 모를 리 없었다. 또 장희빈의 심리가 어떤지도 전혀 모를 리 없었다.그러나 이 무슨 일이랴! 상감은 날이 갈수록 장희빈의 말에 귀를 기울이고 나중에는 비판력마저 둔해지게 되었다.

이러는 한편, 왕비 다음으로는 서인 일당들을 모조리 치워버리자는 것이 소원이었기 때문에 역시 기회 있는 대로 서인들을 헐뜯어 서인들은 점점 몰락해갔다.

서인의 거두 우암 송시열은 조정의 원로요 사림의 중진이었으나, 그 괄괄한 성격과 강직한 언동으로 결국 그 한 몸을 보전하기도 어려웠다. 숙종 초년에는 복제문제로 상소했다가 극형에 처해지게 된 것을 김석주의 도움으로 겨우 목숨을 보전한 바 있다. 그러다가 경신환국(庚申換局) 때 다시 도성으로 들어왔다가 얼마 뒤 고향으로 돌아가서 숨어살기 때문에 원자(元子, 임금의 맏아들. 보통 世子가 됨)로 삼을 당시에는 알지 못했다.

추후에야 이 일을 알고 이미 지나간 일을 무슨 소용이 있느냐고 강직한 마음에 이의 철회를 요구하는 상소를 올려, 옳지 못한 이유를 조목조목 나열했다. 따라서 비록 지금이라도 원자로 삼은 절차는 거두어야 한다고 강력히 아뢰었다.

왕도 원하지 않았지만, 장희빈이 이 일을 알고 송시열이 무엄하고도 도리에 어긋난다고 헐뜯었다. 그 바람에 임금은 송시열을 제주도에 위리안치(圍籬安置, 죄인을 귀양지에서 달아나지 못하도록 가시로 울타리를 만들고 그 안에 가두어 두는 것)하는 한편으로 그의 친지와 오랜 친구들을 모조리 처형해 버렸다. 김익훈·이사명·홍치상은 사형에 처하고, 뒤에 김수항 형제도 귀양을 갔다가 송시열과 같이 유배지에서 사형을 당했다. 장 소의(昭儀, 조선시대 왕의 후궁에게 내리던 정2품의 품계. 여기서는 장희빈을 말함)가 재입궐한 지 불과 4, 5년에 서인은 몰락하고 남인이 득세해서 권대운이 영의정, 목래선이 좌의정, 김덕원이 우의정, 그리고 육조판서가 다 남인으로 임명되었다. 너무도 엄청난 요녀(妖女)의 장난이었다.

이 지경이 된 연후에야 왕비 김씨는 비로소 명성왕대비가 그렇게 말리던 것을 후회했지만, 때는 이미 늦었던 것이다.

아무리 왕자가 늦은 나이에 태어났고, 왕자가 아무리 귀엽기로서니 태어난 지 불과 백 일도 되지 않아 원자정호(元

子定號)하는 것도 안 될 일이지만, 여러 재상들이 그처럼 극구 말린 것은 무엇보다도 자기네의 안위 문제, 그보다도 국가 대사를 그르치는 것을 염려하기 때문이었다.

상감의 나이 아직 30세 미만이요, 따라서 정궁(正宮)도 차후에 얼마든지 아이를 가질 수 있는 터에 미리부터 서둘러 후궁 소생을 왕자로 책봉해서 차차 세자와 동궁을 봉하게 되면, 후일에 정궁 소생을 봉작할 때에 문제가 적지 않을 것이므로 2, 3년 더 기다려보다가 책봉하는 것도 늦지 않을 것이었다.

그러나 상감이 이와 같이 고집을 하니 이 일은 필시 남인의 배경을 가진 장희빈이 남인의 교묘한 수단에 속아 임금의 총명함을 막고 가리는 것이니, 일이 이같이 되다가는 장희빈의 세력이 늘어나는 대로 남인이 크게 득세할 터였다. 이어 서인이 대거 쫓겨날 것이요, 이에 따라 남인 간신배가 날뛰게 되면 나라는 기울어질 게 뻔한 일이었다. 그런 까닭에 미연에 이를 방지하자던 노릇이 첫걸음부터 서인을 거꾸러지게 했다.

이 정경을 바라보던 왕비는 질투로가 아니라 오직 왕실의 성쇠와 국가의 흥망이라는 크나큰 달관(達觀)으로 이제야 요녀로 알게 된 장희빈을 제어할 것을 생각하였다. 그리하여 기회가 닿는 대로 장씨의 불분명한 처사와 언동을 살펴 장희빈을 나무라기도 하고 타이르기도 했지만, 이는 오히려 장희빈의 악한 감정만 사게 되었다.

한편 장희빈은 예법으로 따지자면 왕비가 비록 자기보다 연소하더라도 지위가 지위이니만큼 극히 공경하고 행동을 삼가야 할 것이나 왕비를 생각하기를 자기보다 아래인 나이로 보았다. 또 자기는 왕자를 탄생시킨 공로가 태산 같은 사람이라는 것을 자처해서 점점 왕비를 능멸하고, 나중에는 그것이 자라서 왕비를 몹시 더럽게 여겨 몰래 욕을 하기에까지 이르렀다.

왕비는 어느 때 상감을 뵈옵고 조용히 아뢰었다.

"원래 소인이 장성(張姓) 궁인이 내쫓긴 것을 가지가지로 위에 여쭈어서 데리고 들어온 터인데, 사람이 그런 줄은 몰랐더니 두고 볼수록 덕이 없고 요악무도하니, 아무리 상감의 혈육이라고는 하지만 밭이 그런 이상 그 소생이 얼마나 착하리까. 왕자도 신통치 않을 것이요, 장희빈을 그대로 두는 일도 후일 궁중의 화근이오니, 소인이 질투하고 시기하는 마음으로 드리는 말씀이 아니온즉 깊이 살피시고 밝게 처리하여 후일 후회가 없게 하시옵소서. 들으니 그 계집은 더군다나 외정(外政)을 간섭해서 총명을 가로막아 서인 원로 대신들이 모조리 죄를 입어 쓰러졌다 하오니, 그네들의 아룀은 옳으나 상감께옵서는 장희빈의 비위를 맞추기 위해서 그런 처사를 하시온 듯하오니 후일의 국가 대사가 깊이 염려되는 바이옵니다."

원체 장희빈에게 고혹된 젊은 왕은 왕비의 말을 일단 막았다.

"그럴 리가 있소! 어련하게 할 터이니 그런 염려는 놓으시오."

그러나 간특한 장희빈은 중전 처소에 자기의 도당을 비밀히 묻어두었던 까닭에 이런 이야기를 금세 알게 되었다.

"오냐! 네가 도리어 나를 내쫓으려고……!"

이렇게 격노하면서 점점 노골적으로 왕비를 씹어대기 시작했고, 왕이 잘 듣지 않으면 당장 젖 먹이던 아기를 바닥에 내동댕이치면서 해괴한 행동을 방자스레 했다.

"앗따, 중전이 그리 장하거든 이것도 지금부터 중전에게 갖다 주시지요! 나야 그렇게 되면 언제라도 또 쫓겨날 신세, 그렇지 않으면 중전의 손에 죽게 될 목숨, 이 자식이 나에게 당키나 한 자식이기에 무슨 짝에 알뜰히 거둬 먹인단 말씀이오!"

궁중에서는 아기를 기를 때에 대개 유모를 정해서 기르는 터이나, 숙종은 '원래 어린아이는 제 어미젖이 무엇보다 좋은 양식'이라는 견해로 유모를 정하지 않고 장희빈을 시켜서 왕자를 기른 터요, 또 아무것도 의지할 것이 없으므로 장희빈은 아기를 내어놓으려고도 아니했다.

그런 까닭에 처음에는 후궁이 귀여워 사랑하는 뜻으로, 나중에는 친숙한 터이니 응석으로 보는 데다 지금은 왕자를 젖 먹여 기르는 공까지 높이 보았다. 이랬거나 저랬거나 왕은 장희빈을 통 나무라고 단속하는 일이 없어 장희빈의 교만방자와 무엄무례와 요사간특과 악독하고 간악한 꾀는 날로 늘어나 이루 말할 수 없이 심해졌다.

그중에도 제일 간악한 일은 자신의 은인이 되는 중전을 음모하고, 없는 죄를 꾸며서 고해바쳐 기어이 중전을 내쫓도록 상감을 꾀는 일이었다.

— 한번은 중전이 무슨 음식을 보냈는데 거기에 독약을 넣었던 것을 미리 알고 먹지 않았다…….

— 어느 때는 중전이 아기에게 입히라고 옷을 지어 왔는데, 그 옷 속에 부적이 있는 것을 발견하고 꺼내서 알아보니 이것은 열흘 만에 죽게 되는 부적이라 하더라…….

— 중전은 항상 상감을 욕하고 원망하면서 우리 모자를 무슨 방법으로라도 죽이려고 주야 음모를 하고 있다…….

— 중전은 궁인들을 내보내서 서인 재상들에게 연락하여 장희빈을 치워달라고 장차 큰 거사를 꾀하고 있다…….

— 중전은 남인들을 이를 갈고 미워해서 언제든지 남인 재상을 쓸어 죽이고 서인들을 다시 일으켜 세우려고 갖은 간계를 다 부리고 있다…….

이렇게 매우 그럴싸한 말로 상감에게 붙어 시작하여 점차

죄어 들어가서 그 말이 사리에 천부당만부당한 일이라도 곧 이들도록 계책을 꾸몄다. 왕비를 헐뜯는 것이 날로 그럴싸하고 또 자주 있어서 이제 와서는 왕도 차차 왕비를 내쫓으시려는 생각이 일어나는 지경에 이르렀다.

이처럼 상감과 중전 사이의 불화가 극도에 달하는 그즈음이었다.

장희빈은 조금도 그런 눈치를 보이지 않고 중전에게 매우 정성스러운 듯이 전갈을 자주 보내고, 보는 사람에게마다 상감과 중전 사이가 그와 같이 불화하시니 마음이 여간 불안하지 않다는 말을 해서, 이번 일이 조금도 자기로 인해 생긴 일이 아님을 여러 사람에게 드러내 보이려고 애를 썼다.

왕비의 위엄도 상감의 사랑의 정으로부터 나오게 되는 것이다. 이와 같이 불안한 처지에 있게 된 중전이니 이런 일 저런 일이 경황이 없고, 궁중 곳곳에서 지껄이는 말을 듣더라도 장희빈보다도 오히려 중전을 대단히 여기지 않는 지경이 돼 버렸다.

이런 형편에 왕비의 탄신일을 그 누가 대단히 알랴만, 궁중 절차로서 왕비의 탄신일이 돌아오고 축하잔치도 예년과 같이 거행되었다.

때는 숙종대왕 즉위 15년, 기사년(己巳年, 1689) 4월 23일.

이때는 장렬조대비(莊烈趙大妃), 즉 대왕대비의 승하한 뒤 삼년상이 채 지나지 않은 때라 궁중 잔치를 여러 해째 그치게 되었다가, 오래간만에 곤순전 제조상궁의 주선으로 탄신 잔치를 올리게 되었다. 왕비는 한 달여 전에 사친 아버님 여양부원군 민유중이 작고하여 상중에 있는 몸이라 굳이 사양하였으나, 사가 친정의 복상(服喪)으로 궁중 절차를 빼는 법이 없으므로 그대로 잔치를 하게 되었다.

공사(公私) 이중(二重)으로 상복을 입은 몸이요, 또 궁중 형편으로 처지가 불안하여 여러 가지로 미안한 마음에 그날을 지내는 왕비의 심경은 어지럽지 않을 수 없었다. 그러나 예년과 같이 문중과 대궐의 하표진상(賀表進上, 나라나 조정에 경사가 있을 때 신하가 축하하는 글을 바치는 것)과 진찬단자(進饌單子, 대궐 안에서 크게 음식을 차려 왕이나 왕비에게 올리는 일과 남에게 보내는 선물의 품목과 수량을 적은 종이)가 연속해서 들어가게 되었다.

그러나 어쩐 일이랴. 이 모든 것은 한 장도 곤순전에 들어오지 않았다.

이날 아침 진찬은 매우 풍부하게 올리게 되었으나, 각처에서 들어올 문안단자가 한 장도 없는 일이 매우 의심스럽고 궁금하게 생각되어 중전은 봉서나인(封書內人, 궁내 여비서)에게 물어보았으나 알 길이 없었다.

궁금한 마음으로 이날 하루를 지내시고 저녁때가 되었다.

사친 오라버니 민진후가 잠깐 문안 들어왔다가 나가는 것을 잡고 중전이 물었다.

"오늘은 문안단자가 더러 들어올 줄 알았는데, 아무 곳에서도 들어오지 않으니 이게 어찌 된 일이오?"

민진후는 말을 않고 조용히 손짓으로 해 보이면서, 오늘 수백 처에서 들어온 문안단자와 진찬단자들은 모두 정원에서 받아 상감의 분부로 땅을 파고 묻는다, 불태워 버린다해서 치워버렸다는 말을 들었으니, 그런 일은 아는 척도 말고 계시라고 이르는 것이었다.

중전은 이 말을 듣고 너무나도 섭섭하고 야속하게 생각하였다.

밤이 되자 상감은 인정상 그럴 수가 없어서 오늘 어떻게 지냈는가, 물어보려고 곤순전을 찾게 되었다. 왕비는 상감을 맞이하여 대강 인사말이 지나간 뒤, 오라버니에게 들은 바 섭섭한 말을 하였다.

"오늘은 여러 곳에서 문안단자가 들어올 줄 알았더니 한 곳도 온데가 없으니, 어찌 된 일이온지 집안 친척까지도 모두 소인을 괄시하는가 보오니 너무나 야속하옵니다그려."

이 말을 들은 상감은 무슨 까닭인지 갑자기 노기를 띠어 타박했다.

"문안단자가 몇 장 들어왔습디다. 중전은 서인을 끔찍이 여기기 때문에 모두가 서인 재상의 집에서 문안단자를 들여왔기에 아니꼬와서 모두 불을 놓아버렸소. 나는 서인놈들이라면 그 글장까지도 보기 싫은 생각이 듭디다."

"무슨 말씀이시오니까? 구중궁궐에 있는 몸이 서인이고 동인이고 알 턱이 있습니까? 아마 원근 족척 간에 문안을 드렸다는 이들이 대개 상감께서 미워하시는 서인들이었던 게지요. 그러기로 사친 족척들이 자주 만나지는 못하고 서면으로 안부하는 그것조차 막고 끊으실 게 무엇입니까? 너무 야속하지 않습니까!"

상감은 더욱 노기를 일으켰다.

"그렇게도 사친 족척을 못 잊을 지경이면 내일이라도 사가로 나가서 지내구려. 그랬으면 족척도 마음대로 만날 수 있고, 서인놈들도 마음대로 사귈 수가 있을 테니까 여북 좋겠소!"

이런 이야기를 듣고 왕비도 화기가 일어나지 않을 수 없었다.

"이 말씀은 당치도 않으신 말씀입니다! 이 사람에게 서인이 무슨 아랑곳이 있다고 그 원망을 소인에게 펴시려 하십니까? 내쫓으시려면 그대로 내쫓으실 일이지, 사친이 서인이라 해서 이 사람에게도 서인 대접을 하시나봅니다. 희빈은 남인이 뒷배를 봐준다 합디다만, 이 사람은 서인과 결탁한 일이 없습니다. 이 자리를 희빈에게 내어주시려 한다는 말씀은 미리부터 들은 바이오나, 너무도 실덕(失德)하시고 너무도 고혹하셔서 국가 사직이 위태로워지는 일이 원통하옵기에 이 자리를 내어놓기는 원통치 않사오니 내일이라도 나가라 하시면 분부대로 거행하오리다."

왕비는 눈물을 흘리며 이런 말까지 고했다.

"그렇겠수. 나는 만고에 없는 폭군이요, 중전은 세상에 드문 현비(賢妃)이니 어떻게 그대로 궁중에 머무를 수 있겠소. 내일은 사친의 집으로 가도록 하오!"

상감은 이런 말을 남긴 채 노기탱천해서 돌아갔다.

왕비는 이날 밤, 밤이 새도록 슬피 울며 날을 샜다.

날이 밝자, 상감은 입직승지에게 명령을 내렸다.

　왕비 민씨는 지난 몇 해 너무 실덕해서 궁중의 기강이 해이해지고 누대 종사가 욕될 것임에 오늘 그를 폐위서인(廢位庶人, 왕비의 자리를 폐하고 서민으로 내려옴)해서 사친의 집으로 내보내는 바이니 백관 유사는 딴말을 말지어다.

이러한 전교(傳敎, 임금이 내린 명령)를 내리시자 승지·주서·사관들은 물론이요, 삼상·육경·삼사 등이 모두 두 눈이 휘둥그레졌다. 승사(承史)와 도승지는 이 전교를 반포치 아니하고 간략한 차자(箚子, 간단한 서식으로 하는 상소문)를 올렸다.

　필연 일시 진노로 생기신 듯하온 전교이오매 아직 전교를 반포치 않았사오니 그 전교는 도로 환수하시옵소서.

이같이 아뢰어서 일이 확대되기 전에 안정시키려고 했다. 그러나 상감은 이 차자를 보고 진노하며 승사와 도승지를 불러 꿇렸다.

"네, 이놈아! 어째서 왕명을 마음대로 억압하고 네 마음대로 처리하려느냐. 곧 전교를 반포하고 거행케 하지 못하겠느냐! 어제오늘 일이 아니어든 막을 자가 뉘란 말이냐. 즉각 거행하여라!"

이런 엄명이 내리시니 할 수 없이 그 전교를 발표하게 되었다.

조정에서는 예조판서가 먼저 극간(極諫)했다. 왕은 조정에 모인 여러 재상을 둘러본 뒤 엄중한 분부를 내렸다.

"소위 중전이라는 위인이 본래 후비(后妃)로서의 덕이 없고, 겉으로는 어진 체하나 속으로는 투기와 간악이 허다했으되 과인이 그 일을 크게 펴놓지 않았다. 여러 해 전부터는 그 버릇이 더욱 심해서 안으로는 가법(家法)을 어그러지게 하고, 밖으로는 왕실의 체통을 보전치 못하게 할 뿐 아니라, 요녀와 환자(宦者, 내시)놈들을 부동해서 아직 강보에 싸인 왕자까지 없애려고 갖은 간계를 다하고 있다. 이즈음에 궁중을 깨끗이 숙청하지 않으면 안 되겠으므로 과인이 크나큰 결의를 가지고 이 거조를 하기에 이르렀으니 백관 유사는 그 누구도 이 일에 대해서 말리는 말을 내지 말라."

그러나 재상들 중에 지각이 있는 늙은이들은 모두 머리를 조아려 고간(固諫)하고, 그중에서도 이기만·이후정·강선 같은 이들은 눈물을 흘리면서 직간(直諫)하였으나 왕은 조금도 감응이 없었다.

"망령 난 늙은이는 나가서 누워 있게 하라!"

이날 낮에는 각조 대신들과 2품 이상 조관들이 빈청에 모여서 대답을 기다리고, 부제학과 교리·부교리들은 합문(閤門) 밖에 엎드려서 전교의 환수를 굳게 청하였으나, 상감은 모두 물리쳐 버렸다.

왕비 민씨를 폐출한다는 전교를 내린 일이 조야에 알려지게 되자, 왕비 민씨의 원통함을 부르짖는 민간의 아우성이 일어나기 시작했다.

그 갸륵하신 현왕비를 무엇 때문에 폐출하신단 말인가!

연전에 추방된 후궁을 백방 주선하시어 다시 부르시게 했던 그 성인같이 착하신 왕비를 폐출하신다는 말씀이 될 말이냐!

그 어지신 왕비를 까닭 없이 내쫓으시는 것은 누구의 참소(讒訴, 남을 헐뜯어 없는 죄를 있는 것처럼 꾸며서 고해바치는 것)를 곧이들으시고 하시는 일이니 이럴 수가 있는가!

일국의 국모(國母)이시어든 아무리 잘못하신 일이 있으

시기로 그런 처분이야 내리신다는 게 될 말인가……!

그러나 고간을 물리치고 들어간 상감은 그날 저녁에 드디어 왕비의 직첩을 거두어서 폐위 서인하고 소보교(素步轎)에 태워서 두어 명 시녀를 따르게 하여 요금문(曜金門)을 나서게 했다. 그리하여 왕비는 드디어 안국방(安國坊)의 사친의 댁인 예전 여양부원군의 집이요, 지금은 승지인 민진후의 집으로 들어오게 되었다.

이때 큰길의 좌우에서 소보교가 지나가는 것을 보게 된 여러 사람들은 누구나 눈시울이 시어서 통곡하며 흐느껴 울지 않는 이가 없었다.

태학(太學)의 유생들이 수십 명이나 길가에 엎드려서 소보교를 우러러 통곡했다. 여염집 여자들이 길가에 도열해서 슬피 울었고, 늙은 재상이 길에 엎드렸다가 소보교가 지나갈 때 땅을 치고 울기도 했다. 백성들의 반응을 보게 되자 남인 측에서도 지각 있는 이들은 슬그머니 사직하고 숨어버린 자도 적지 않았다.

그다음으로는 전직 구관, 즉 서인 측 구관들 중에 아직 사직만 당하고 있는 이들이 차차 여론을 일으키기 시작했다.

전임 형조판서 오두인은 숙종의 매부 오태주의 부친이요, 인조 이후 네 임금을 내리 섬겼던 원로 재상이었다.

"이대로 지나다가는 나라가 망하리라!"

소리쳐 일어나서 동지들을 모아 이 일을 고간해서 귀정(歸正)시키겠다고 열렬히 부르짖었다. 자제들은 이 시국이 이러하니까 공연히 노년에 편치만 않을 것이라고 간절히 말렸으나, 듣지 않고 전 참판 이세화·유헌 등과 전 응교(應敎, 시강관侍講官) 박태보 등 80여 명을 모아 가지고 여기에 대한 일을 주야로 의논하였다.

이 몸이 대대로 녹을 받던 신하로서 국은이 망극하옵던 중 자식이 의빈부(儀賓府, 부마駙馬가 모이는 곳)에까지 참례하게 되니 국가에 대한 충의가 남보다 더해야 할 것이므로 오늘같이 국세 위태한 때를 바로잡으려면 일신일가의 생사화복을 돌아볼 겨를이 없을 것이다. 더욱이 우리가 계획하는 상소 일절은 아침에 전해져 저녁에 몸이 죽게 될지도 모르는 터이나, 우리는 오직 이 나라의 사직을 굳게 지키기 위해 총명이 가려진 주상의 마음을 깨우쳐 드릴 따름이요, 한갓 성의(聖意, 임금의 뜻)가 어긋나시지 않으심을 비는 그뿐이다.

이렇게 80여 명이 비장한 선언을 한 뒤에 그중에 문장이 뛰어난 전(前) 응교 박태보로 하여금 소문(疏文)을 짓게 했다.

소문이 된 뒤에 소두(疏頭)에 제명(題名)은 박태보가 자신을 추천하자 오두인은 이를 말렸다.

"그대는 앞날이 창창한 많은 사람, 우리네는 다 늙은 노물이니 희생될 바에는 노물이 없어지는 게 옳지 않느냐?"

그러나 박태보도 의지가 굳고 곧은 선비라 위국진충(爲國盡忠)하는 일에 노소가 무슨 구별이냐고 해서 드디어 두 사람의 이름을 같이해 소문을 올렸다.

그 소문의 대의는 이러했다.

중궁은 지존의 배필이요 일국의 국모로서, 입궐하신 지 9년에 갸륵한 성덕이 조야에 자자할 뿐 아무런 큰 허물이 없으신 터에 돌연히 그 죄상을 말씀하지도 않으시고 폐출하시니 신 등이 비록 몽매 중에라도 성상께서 이런 왕후에게 이런 처분을 내리시어 안으로는 성덕을 손상하시고 밖으로는 만백성의 인심을 잃으실 줄을 알았사오리까. 바라옵건대 오늘이라도 번의(飜意, 먹었던 마음을 뒤집는 것)하시와 곧 국모께 복작 처분을 내리시오소서.

들건대 이번에 희빈 장씨가 왕자 탄생을 자세(藉勢, 권력에 기대어 위세나 세도를 부리는 것)하고 전일 왕비의 대은을 입은 것을 저버리고 가지가지로 왕비를 참소하고 한편으로 서인으로 지목받는 재상들을 모함하여, 드디어 차례로 조정과 궁중에 불상사를 일으킨다 하오니, 자고로 후궁의 잠자리에서의 아첨과 참소로써 정비(正妃)를 폐출하고 재상을 쫓아내는 임금이 나라를 그르치지 아니한 자가 없은즉, 신 등은 이 일을 너무도 통한이 여겨서 주상의 마음에 하루바삐 깨달으심이 일어나시기를 천만 바라오며, 만일 언로(言路)를 막는 뜻으로 신 등을 죄주신다면 이 일만은 얼마라도 감수하려고 소를 올리고 대죄하는 터이옵니다.

이리하여 오두인 이하 80여 명의 연명 상소는 이날 신초(申初, 오후 3시경)에 들어갔으나, 날이 어두워도 아무런 비답도 없었다.

상소를 올린 뒤에 오두인 이하 모든 사람이 금호문 밖 의정부 조방(朝房, 신하들이 조회를 기다리며 쉬는 방)에 모여서 비답을 기다리는데, 해가 지고 밤이 되어도 아무런 기미가 보이지 않았다.

사람을 보내서 알아보니 조정에는 소문 한 장도 들어온 게 없다고 하므로 상소를 받아 들여간 녹사(錄事)를 족쳐서 물어보니, 이 상소가 어전에 오르게 되면 무슨 처분이 내릴지를 몰라서 아직 고려하는 중이라고 말하는 것이었다.

오두인과 박태보는 하늘이 낮다고 펄펄 뛰면서 녹사를 호령했다.

"국가 대사가 위급해서 이와 같이 팔십여 인이 상소하고 비답을 기다리지 않느냐. 오직 들어주시지 않으시려면 죽여주십사 처분을 기다릴 뿐인데, 너희들이 무슨 주제넘게 이 일에 고려란 말이냐! 냉큼 정원에 올리지를 못하겠느냐!"

이런 난리가 난 뒤 이경(二更, 4시간가량)이 지난 뒤에야 창덕궁 안팎이 떠들썩하고 거동이 다급해졌다. 대소 조관 80여 명이 이와 같은 결사(結社)로 결사적(決死的) 행동으로 왕의 뜻을 꺾으려고 드니 궁중에는 큰 소동이 일어났을 것이었다. 그보다도 왕은 이런 거조를 알게 되자 분노로 견디지 못해, 밤중임에도 불구하고 정청에 나앉아서 대소 백관을 부르고, 인정문(仁政門)에 앉아 오두인 이하를 친국(親鞫)하기 시작했다.

원래 이날 밤이 되어서야 녹사가 호령을 듣고 들어가서 입직승지에게 그 상소를 곧 전해야 할 것을 말했으므로 그때 경상 앞에 앉아 있던 상감에게 상소를 올렸다. 그랬더니 상감은 상소의 소두(疏頭) 두 사람과 연명자들의 성명만 보고 상소 본문은 살펴보지도 않았다.

그런데 밤이 깊은 뒤에 상감이 장희빈의 처소에 들어 그 말을 하니 장희빈은 간드러진 웃음으로 조롱 비슷, 응석 비슷 말했다.

"상감도 딱두 하시우! 오두인은 해창위 부친으로 나라의 사돈으로서 비록 왕실이라고는 하나, 사돈댁의 이런 일에 대해서 팔십여 인을 동원해서 연좌 상소한 터이니 그 일이 궁금도 하실 게 아니에요. 그 글빨이 어떤 것인지 살피셔서 상당한 조처를 하셔야지, 그렇게 미적지근하게 내버려두시면 다음날 연산이나 광해처럼 강화나 교동밖에는 가실 곳이 없을 터이니 참 기막힌 처신이시오!"

한편으로는 그 글을 보도록 하고, 또 한편으로는 분기를 긁어댔던 것이다.

상감은 장희빈의 말을 듣고서야 비로소 그럴 듯이 생각하고 환관을 시켜 경상 위에 놓인 상소를 가져오라 하여 장희빈과 같이 보고 그야말로 벼락같이 화를 내었다. 더욱이 글줄이나 읽은 장희빈이 이 소문을 보고 얼굴이 푸르락붉으락 난리를 치니 상감은 걷잡을 수 없이 분노해서 뛰쳐나갔다.

숙종은 원래 천성이 호방한 까닭에 괄괄한 성격을 가졌다. 따라서 남의 말을 옳게만 들으면 모두 다 옳게 여기고, 그르게만 생각하면 조금도 유연성이라는 게 없었다.

처음에는 왕비를 가리켜 현숙한 부인이라 생각하고, 당신의 정적(情敵)이 되는 추방한 궁인을 불러들이자고 주선하여 기어이 장성 궁인을 불러들이는 것을 보고 과연 현숙한 덕행을 지녔다고 찬탄하였다.

이러던 한때도 있었으나, 한번 장씨 궁인의 참소를 곧이 듣게 되자 결국에는 반신반의하게 되었다. 그러다가 후궁에 대한 총애가 깊어가고, 또 왕자까지 탄생하게 되어 오직 장희빈의 말이라면 모두 옳게 여기고 그대로 들어주게 되니, 시초에는 같은 길에서 갈리게 될 때 얼마 떨어지지 않다가도 자꾸자꾸 벌어져나가면 얼마든지 멀어지게 되는 것이다.

이제 와서는 왕비를 폐출까지 하고 왕비를 비호하는 사람들인 서인 재상들을 무조건 반대만 하는 당으로 생각하고 있었다. 철천지원수라는 곡해를 가지고 모조리 억누르던 차에 상소가 밤중에도 들어오니 그것을 제대로 보지도 않고 모두가 서인인 까닭에 '이 서인놈들이 또 무슨 나쁜 소리를 했구나' 불쾌히 생각하게 되었다. 숙종은 이처럼 분기를 일으켜 단단히 엄명을 내렸다.

"내, 그 상소한 놈들을 모조리 친국할 터이니 지체 말고 즉각 인정문에 형구를 차리고 오두인 이하를 있는 대로 불러들이게 하여라!"

밤중에 야단이 나고 삼상·육경과 삼사를 급히 불러들여 무슨 일인가 하고 초관들이 눈이 둥그레서 돌아와 모셨다.

왕은 그 상소를 그네들에게 내주어 보이고는 얼마 뒤에 물었다.

"경들은 이 상소를 어떻다 생각하는가?"

다른 사람이 대답하기 전에 대사헌 목창명과 좌의정 목래선 숙질이 먼저 아뢰었다.

"상소 전문이 구구절절이 모두가 요상한 욕설이요, 더욱이 주상을 비방하고 침을 뱉었으니 신은 그저 통분하옵는 바이옵니다."

상감은 무릎을 탁 쳤다.

"목씨의 두 재상은 과연 충신이다! 신자의 도리로 당연한 말이다!"

그러자 옆에 있던 판의금부사 민암이 따라서 입을 열었다.

"대사헌과 좌의정의 마음만이 그럴 리 있습니까. 전하의 조정에 서 있는 자 그 누가 이 일을 통분하게 생각지 않을 자가 있사오리까!"

상감은 기쁜 기색이 얼굴에 가득했다. 그래서 여러 조간들에게 말했다.

"이 조정에서, 이 상소에 통분치 않을 자가 한 사람도 없을 것을 짐도 잘 아노라!"

이때 승정원 입직승지가 들어와서 정문에 국청(鞫廳)을 차렸다고 고하자 상감은 조신들에게 말한 뒤 출어하였다.

"자, 다 같이 나가서 이 친국의 형편들을 자세히 볼 것이다."

조신들이 차례로 나가서 전후좌우로 임금을 모시고 선 자리에서 국문은 소두 오두인, 박태보 두 사람부터 시작하게 되었다.

먼저 오두인이 들어오니 그의 나이는 금년에 66세로 나이보다도 훨씬 노쇠한 체격이었다.

그러나 불꽃같이 일어나는 분노를 이기지 못하는 상감은 당장 형틀에 잡아매라는 벽력같은 호령을 내렸다.

오두인은 원래 부귀한 집 자손으로 일생을 영화롭게 지냈으며, 형벌이라고는 구경도 못했던 인물이었다.

"네, 그 늙은 역적을 형틀에 매고 맹장(猛杖, 곤장으로 볼기를 세차게 치는 형벌) 30대로 그 입에서 폐비 민씨와 내통했노라는 말이 나올 때까지 엄형 국문해라!"

어전형리는 사령을 호령해서 상감의 분부를 그대로 일렀다.

오두인은 사령의 사나운 매 30도를 맞은 뒤에 살이 해지고 뼈가 드러나도 호호백발 늙은 근력은 여전히 또랑또랑해서 에구, 소리 한마디 아니하였다.

"내통이란 말씀은 당치 않은 문목(問目, 죄인을 신문하는 조목)이옵니다. 왕비를 한쪽으로만 치우쳐 두둔하는 것이 아니오라, 왕비는 국모이오니 어머님이 아버님에게 노여움을 사서 죄가 없이 쫓겨나는 터에 자식되어 어찌 그 일을 보고 그대로 있겠습니까? 사가가 이 지경이면 집안이 망하고, 왕실이 이 지경이면 나라가 망하게 됩니다. 나라의 녹을 먹고살았던 신이 어찌 나라를 망하게 하시려는 임금을 간하지 않고 그대로 보고 있겠습니까?"

강철 같은 정력으로 쇳소리 나는 말을 하는 데는 상감도 놀라지 않을 수 없었다.

"저 늙은 놈의 몸은 강철로 부어 만들었단 말이냐! 저만치 강경하니 무서울 게 있을 리 있느냐! 그러나 오늘로 끝날 일이 아니니, 그냥 두고 또 다른 놈을 잡아들여 엄형 국문하여라!"

이런 분부가 내리자 오두인은 질질 끌어 치워놓고, 다음에는 이세화를 잡아들이게 하였다. 역시 칠십 노령, 학 같은 백발에 활처럼 굽은 몸이었다.

그러나 그는 기계적으로 형틀에 올라서 천연스러이 그 형벌을 점잖게 받았다. 20대를 쳐도 몸짓 한 번 안 했으나, 살은 이미 해져서 뼈가 드러났다.

"얘, 그 늙은 놈들은 모두가 강철뼈로구나! 이렇게 질길 수가 있단 말이냐?"

상감은 너무도 놀라워서 이렇게 말했다.

이때에야 이세화는 입을 열었다.

"명색이 재상이 되어 어전 친국을 당하는 자리에 뼈가 부서지기로 소요를 떨 리가 있습니까? 신 등은 상소를 바치는 날 벌써 이 일을 각오하온 바이오나, 오직 그 성의가 부족해서 상소한 글이 성의(聖意)를 감동시켜 드리지 못한 것을 한탄할 뿐입니다."

상감은 이 말에는 대답도 않고 호령했다.

"그것도 독물이다! 두고두고 말이 나올 때까지 국문해 볼 일이다. 이번에는 박태보를 불러들여라!"

이세화도 질질 끌려나가 오두인과 함께 어느 처마 끝 밑에 쓰러졌다. 뒤미처 박태보가 들어와서 딱 버티고 서 있다. 그는 30 장년, 외모가 준수한 남자였다.

"네, 그놈을 형틀에 엎어매고 매우 맹장하여라. 그놈은 천하에 독물이다. 연전에 동형대제(冬亨大祭, 종묘제례) 때 봉로

관(奉爐官) 거행 시에 백탄이 이글이글하는 그 큰 놋화로를 받들게 되는데, 수복(守僕, 종묘에서 제사를 맡아보는 관리)이 젖은 수건을 주니까 그것을 받지 않고 맨손으로 들고 서서 두 손이 타서 살빛이 변해도 조금도 까딱없었던 놈이다. 여간한 매로는 살이 간지러울 게다!"

박태보에게는 형벌이 내리기 전에 단속부터 하였다.

사령이 달려들어서 박태보에게 손을 대니, 그는 두 눈을 부릅뜨고 추상같이 호령하였다.

"아무리 어명이라고는 하지만, 나는 내 죄상을 알기 전에는 너희 놈들의 손을 내 몸에 대게 할 수 없다! 죄명을 알아야 그때 내 스스로 형틀에 오른다고 여쭈어라!"

노기충천한 됨됨이에 눌려서 사령들이 흠칫 한 걸음 물러났다.

"저런 천하에 무도한 놈이 있느냐! 왕명이어든 반항을 한다는 말이냐? 냉큼 잡아 붙들어 매라!"

"황감하오이다. 신의 죄상을 말씀하시고 형벌을 내리시옵소서!"

"이 천하에 고얀 놈아! 네 죄를 네가 모르겠느냐?"

"신의 죄를 신은 전혀 알지 못하옵니다."

"그러면 아까 밤에 드린 상소는 누가 지은 글이냐?"

"글과 글씨가 다 신이 한 일로 아뢰오."

"그렇거든 어째서 받아들이지 않는단 말이냐! 군왕을 그처럼 비방하고 능욕하고도 아무 죄도 없을 줄 알았더냐? 너희놈들은 무슨 까닭에 폐비 민씨와 내통해 가지고 이와 같이 쓸데없는 망동을 하는 것이냐?"

"신은 폐비되신 중전과 내통한 일이 없소이다!"

"정녕 없을까?"

"없습니다!"

"엄형을 받아도 바른대로 대답지 못할까?"

"형벌 아니라 죽인대도 안 한 일은 항복할 수 없소이다!"

"네, 그놈을 당장 뼈가 튀도록 치지 못하느냐?"

노호 일성에 나졸들은 기어이 형틀에 잡아맸다.

박태보를 형틀에 맨 뒤 호령이 다시 내려 맹장 30대에 살이 해져도 박태보는 자기의 죄를 모른다고 억울함을 호소하였다.

"너는 폐비 민씨와 내통하고 군상을 능욕한 네 죄를 그래도 모르느냐?"

왕은 드디어 먼저 태보의 죄상을 일렀다. 그제야 박태보는 껄껄 웃었다.

"전하는 신 등의 상소는 보시지도 않고 까닭 없는 격노로써 무죄한 신하들을 이와 같이 억울하게 엄형 국문하시니 이는 분명 참소한 자가 있는 모양이온즉, 그 참소하던 자도 한자리에서 엄형 국문하시와 사실 여부를 살피시옵소서!"

이 말에는 대답하지 않고, 숙종은 앞에 놓인 서안(書案, 책을 얹던 책상)을 부서져라 쳤다.

"저런 몹쓸 놈들이 친국 죄인의 몸으로서 몸이라 칭하지 않고 신(臣)이라 버젓이 지껄이니, 저런 죽여도 죄가 남을 놈들이 있느냐! 소위 금부 당상이란 자는 귀가 먹어 들리지를 않느냐? 무엇하려고 여기 등신처럼 서 있느냐. 너희들도 명색이 법관이냐?"

판의금부사 민암이 나장에게 죄인의 입에서 '신'이라는 말이 나오거든 주릿대로 입을 짓찧어라 호령했다.

그러나 박태보는 껄껄 웃으면서 아뢰었다.

"참, 알 수 없나이다! 신 등이 무슨 죄가 있기에 죄인이라 하시며, 몸이라 자칭하라 하십니까! 억울한 탄압과 남형(濫刑)도 분수가 있을 겁니다!"

"이놈! 네가 죄가 없단 말이냐. 너는 거짓으로 말하고 있다. 그 죄를 자복(自服, 자백하여 복종함)하도록 저놈을 더 때려라!"

호령이 또 내리자 사령들이 달려들어서 다시 때리기 시작했다. 그러나 10대, 20대에 여전히 '불복이오!' 한마디뿐으로 입을 열지 아니했다.

상감도 하는 수 없이 좌우 신하를 돌아보다가 다시 분부를 내렸다.

"참, 그놈 독물 중에도 독물이다! 네, 이번에는 압슬(壓膝, 무거운 돌로 무릎을 누르는 형벌)을 해보아라!"

압슬틀을 갖다놓고 그 널빤지에 박태보를 꿇어앉혔다. 그 다음에 사기 깨진 것을 담은 그릇을 갖다놓고 밤톨만 한 사기 조각을 더 뿌리고, 또 그 위에 널빤지로 가로놓고 위아래 널을 밧줄로 양쪽에 밧줄로 단단히 맨 뒤 나장이 널빤지 위에 올라서니 박태보의 강경한 힘으로도 입이 딱딱 벌렸다.

올라선 나졸의 호령에 따라서 뛰며 발을 구르니 널빤지 사이에서 뼈가 으스러지는 소리가 우지직우지직 들려왔다.

"네, 그래도 불복일까?"

"불복이오!"

박태보는 눈을 부릅뜨고 큰 소리로 외쳤다.

"안 되겠다! 그것도 집어치우고 낙형(烙刑, 불에 달군 쇠로 몸을 지지던 형벌)을 해야 하겠다. 낙형 제구를 곧 차려라!"

상감은 추상같이 호령을 내렸다.

널조각을 풀어내고 보니 뼈가 으스러지고 피가 흘러 널판을 물들였다.

"네, 그놈을 저 종대(鐘臺)에다가 거꾸로 매달고 인두를 달궈서 살을 지지되, 자복이란 소리가 날 때까지 한정하고 지져라."

어느 영이라 거스를 수 있겠는가. 어느덧 박태보는 종대에 거꾸로 매달리고, 백탄을 이글이글 피워놓은 화로가 앞에 와 있고, 이 형벌에 쓰이는 자루 긴 인두가 서너 개 꽂혀 있었다.

상감의 천둥 같은 호령에 인두는 어느덧 박태보의 볼기짝을 지졌는지 차마 맡을 수 없는 누린내가 전각 안팎에 피어올랐다.

"네, 그래도 불복이냐?"

"불복이오!"

여전히 힘찬 목소리였다.

"자복이요, 소리가 나도록 전신을 다 지져라. 그러다가 죽어도 그만이다!"

호령에 따라서 이곳저곳을 지지니 살점이 벌렁벌렁 뛰면서 누린내가 차마 견딜 수 없이 풍겨왔다. 전신을 다 지져도 항복이 없었다. 가슴과 힘줄을 지질 때에는 박태보로서도 이를 부드득부드득 갈고 있었다. 너무나 참혹했다!

이때 영의정 권대운이 이 모양을 차마 볼 수 없었던지 왕에게 나아가 아뢰었다.

"원래 낙형이란 것은 강도 죄인에게나 쓰는 것이요, 설사 쓴다 하더라고 지지는 곳은 사지(四肢)에 한했지, 아무 데나 지지는 것은 아니오니 살펴주시옵소서."

상감은 이 말을 듣고서야 목래선에게 분부했다.

"저놈이 아직도 자백하지 않으니 내병조(內兵曹)에 가두고 항복할 때까지 경이 위관(委官, 죄인을 신문할 때 의정대신 가운데서 임시로 뽑아 임명한 재판장)이 되어 한사코 엄형 국문하라!"

목래선이 임금의 말을 주의 깊게 듣자, 박태보는 풀린 뒤에 임금을 우러러보고 머리를 조아려서 또렷한 목소리로 충의 깊은 말을 했다.

"제후께서 일개 법리(法吏)가 할 일을 하시느라 밤공기를 쐬시고 새벽바람까지 쐬시다가 어체가 손상되오면 신 등은 죽어도 죄송하게 되오니 어서 그만 듭시어 주옵소서."

밤이 깊어 거의 샐 무렵에야 상감은 내전으로 들어가면서 일렀다.

"밖에 있는 다른 사람들은 문죄할 것도 없이 그대로 내보내고, 오두인 · 이세화 · 박태보 세 놈은 내일 다시 엄형 국문해서 공초(供招, 범인이 범죄 사실을 자백함)를 받는 대로 알리게 하라."

조신들은 분부대로 혹형을 받은 세 사람을 들것에 태워서 내형조로 내보내고, 회의실에 모여 송구함을 견디지 못하는 다른 사람들은 그대로 돌려보낸 뒤 각각 자기 집으로 돌아갔다.

이튿날 위관 되는 목래선은 무슨 사업이나 하는 듯 기세가 등등해서 국청을 차리고 반송장이 된 세 사람을 잡아들여서 차례로 엄형 국문하나, '소금에 안 전 것이 장에 절랴' 하는 속담처럼 어전 친국에 항복하지 않은 그네들이 목래선의 매에 굴할 이치가 어디 있을 것이랴!

그중에도 박태보는 당상에 좌정한 법관 목래선을 쳐다보

고 도리어 호령이었다.

"이 천하에 목을 벨 놈 같으니! 너도 일전 폐비 전교 내리실 때에 우리네와 같이 참례했던 놈이로구나! 폐비를 간지(諫止, 어떤 행동을 하지 못하도록 간하여 말리는 것)할 때에는 너나 나나 일반인데, 네가 어찌 우리를 죄인이라 하고 공초를 받으려고 하느냐? 너 같은 놈의 고기는 아귀도 안 먹을 것이다! 우리는 애매한 형벌을 받다가 죽어도 좋으니 어서 쳐라!"

이 지경이 되는 터이니 목래선도 심술이 날 대로 나서 호령을 추상같이 하고 형리들을 다그쳐 곤장마다 피가 묻고 안 묻고를 살펴가면서 경골이 해져서 힘줄만 달려 있게 되도록 심술풀이를 마음대로 했다.

그러나 세 사람은 죽은 듯이 대답이 없었다.

사연대로 아뢰니 상감도 하는 수 없이 세 사람을 원지(遠地)에 귀양 보내게 하였다.

박태보는 진도(珍島)로 보내고, 오두인은 의주(義州)로 보내고, 이세화는 압록강 옆의 위원(渭原)으로 보내기로 작정되었다.

정배(定配)가 작정되자 당일 압송하라는 엄명이 떨어지니 반송장이 된 세 사람이 삿갓가마를 타고 집에 들르지도 못했다. 배소(配所)로 떠나게 되는데, 내병조 앞에 무수한 사람이 모여 섰다가 이 일행이 나오는 것을 보았다.

"이 일이 웬일이오!"

그네들의 가족이 가깝게 달려들 새도 없이 덤벼들어서 붙들고 통곡하는 사람들은 같이 상소를 올리던 재상들이었다.

그러나 정배 죄인에게 이러는 법이 없다 하고 의금부 나장들이 기세등등하게 쳐버리고 풍우같이 몰아서 육조 앞을 나가려 하는데, 그 기나긴 큰길가에는 왕의 거동이나 인산(因山) 때 이상으로 남녀노소가 나서서 혹은 울고 혹은 탄식하면서 이 삿갓가마를 보내었다.

이러면서 거의 육조 앞을 왔을 때에 종각거리에서 한 떼의 종각거리 장사꾼들이 우르르 달려들어서 가로막아 삿갓가마를 삥 둘러쌌다.

"만고의 충신이니 생전에 그 얼굴이라도 한번 뵈어야겠다!"

그러고는 삿갓가마 문을 열고 정신없이 앉아서 가는 반송장 된 이네들에게 열 번, 스무 번 절을 하면서 눈물을 흘려가며 위로했다.

"참, 너무나 갸륵하시옵니다! 너무나 고마우십니다! 비록 원통한 죄명으로 이런 지경을 당하시와도 충절의 장한 이름은 천추에 전하게 되오리이다!"

그뿐 아니라 이네들의 상소와, 친국과, 군세게 저항하여 불복한 것과, 죽음을 무릅쓰고 충간(忠諫)했다는 말을 어느 편으로 그렇게도 빨리들 듣게 되었는지, 장안성 밖에 남녀

노소와 귀천과 현명함과 어리석음을 불문하고 모두 나서서 지나가는 것을 보고 가엾어 하며 눈물을 흘리며 그들의 충절을 사모하는 마음은 충심으로써 찬탄 감격하게 되었다.

그러나 그네들은 육조 앞에서 각각 헤어져서 영원히 이별하는 것이나 마찬가지로 작별을 한 뒤에 다시는 한성에 돌아오지 못하려니 생각하고 각각 그 가족들을 결별하고 떠나게 되니, 가족들이 통곡 결별할 여지도 없이 연로의 백성들이 모두 실성통곡하고 보는 사람이면 눈물 없이 이 경황을 그대로 볼 자가 없게끔 처참했다.

법관의 호위로 귀양 가는 그네들이었으니 지체할 도리는 없었다. 그대로 각각 귀양지로 향했으나, 의주로 가던 오판서는 파주에서 죽게 되고, 진도로 가던 박태보는 노들〔노량진〕서 작고하고, 오직 이참판만이 형벌이 그리 혹독치 않았으므로 그래도 배소가 되는 평안도 위원 고을까지 내려가게 되었다.

그러나 그 뒤에는 다시 간하는 자가 없게 되었다.

2. 쓴 것이 다하면 단 것이 오고

중전 민비가 폐위 서인해서 시녀 두어 사람만의 행색으로 안국방 사친의 댁으로 나오니 그 황송 망극함은 이를 것도 없었다. 이 소문을 듣게 되자 아침 일찍부터 서두르던 민진후의 수십 명 딸린 식구들은 마치 난리에 쫓기는 것과 같이 되어 상중인 민참판을 위시해서 서강별장으로 피해 나갔다. 이로 인해서 온 집안이 수라장이 되고 말았다.

궁중에서 폐서인의 처분을 내리시니 죄인의 몸이요, 죄인이 되어서 사친의 집으로 나오니 사친이 편안히 맞아들이지 못하고, 그 집을 그대로 내어주고 집안 식구는 피해 가는 것이 신분에 당연한 일이었기 때문에 으레 이렇게 하는 법이었던 것이다. 폐비 민씨는 수십 간 크나큰 집에는 몇 사람의 하인들이 있을 뿐, 죽은 듯이 고요하고 깨끗이 치워놓은 집에 들어와 곧 예전 거처하던 감고별당(感古別堂)으로 들게 되었다.

이곳으로 들어오자 문득 떠오르는 것은 이곳에 거처하던 옛일이었다.

지금 와서는 부모가 계셔도 오히려 애절할 것이나, 이제는 부모도 남매도 아무도 없는 몸이 되어 이 짚자리(죄인자리를 해야 되기 때문이다) 위에서 홀로 지내게 될 것을 생각하면 가슴이 미어지는 듯하고 살점이 떨리는 듯하였다.

뜰에 심었던 동청수(冬靑樹, 사철나무)는 10년 동안에 몰라보게 훤칠하게 자랐다. 그 나무를 심으면서 하시던 아버지의 말씀, 그때 정경이 눈앞에 어제처럼 떠올랐다.

어느덧 10년.

그 처녀 시대의 일은 오직 당신의 일생을 통해서 그 어느 때보다도 행복했음을 새삼스럽게 깨닫게 되었다.

"사가로 시집을 가는 터이면 혹 귀한 몸으로 돌아오실 수도 있지만, 이제는 이 늙은이들은 임금께 문안하러 들어가기 전에는 서로 만나볼 기회가 전연 없게 되었소. 아가씨는 행여 친가 생각을 마시고 오직 궁중의 법도만을 잘 지키오."

이런 말을 이르시면서 한 번 들어가면 다시는 못 나오리라고 말씀하시던 아버지와 어머니의 얼굴이 눈앞에 떠오르고, 부모들이 새삼스럽게 그리워지면서 한편으로는 이 까다로움 많은 궁중으로 무엇 때문에 시집보내 주셨는가 하는 원망도 들었다.

폐비 민씨는 격분과 통한을 견디지 못하고 짚자리에 그대로 엎드려서 소리쳐 울기 시작하였다. 원한과 비통이 격심해졌던 그 감정은 반나절 통곡으로도 다 풀리지를 못했다. 측근자들도 따라서 울며 말리고 위로했다.

아무리 울어도 아무런 효과가 나지 않으니 기진맥진한 그 몸을 일으키고 어지러워진 정신을 수습했다. 목숨이 남아 있는 날까지는 이곳에서 슬프고 처참한 생활을 하지 않을 수 없게 되었다.

하루가 가면 또 하루가 오고 이러는 동안에 날이 가고 달이 가서, 몇 달이 지나도 감금생활의 이곳에서는 그 누구 한 사람 서로 이야기할 곳도 없었다. 문밖에서는 수십 명의 문지기 군사가 교대해서 이 집 전후좌우를 지키고, 대문 안에는 나인과 세숫물 떠 주는 계집종, 내관 몇 사람이 있어 민씨의 의복과 음식, 거처 등을 보살펴줄 뿐이었다.

슬프면 울고, 울음이 끝나면 오직 사철나무를 위안 대상으로 삼으며 안타까운 세월을 보낼 뿐이었다. 그러나 짚자리, 짚베개에 무명옷을 입고 이런 구슬프고 처량한 생활을 하는 한편에는 너무도 기막히는 반응이 일어났다.

그것은 장희빈의 형편이 고귀해짐이었다.

폐비 민씨의 감고당 생활이 이처럼 애수에 싸여 있는 대신에 장희빈의 궁중생활은 너무도 호화로워지게 되었으니, 폐비 민씨 폐출하는 그 당일에 희빈 장씨는 왕비로 책봉되었다. 또 그 부친 장현은 옥산부원군을 봉하고, 모친 윤씨는 파평부부인으로 봉했으며, 주색잡기로 날을 보내는 시정 무뢰배 출신인 오라비 장희재는 척신(戚臣)이 되어 버젓이 어영대장의 인수(印綬)를 차게 되었다. 특히 장희재 앞에는 금관자 옥관자며 쌍학흉배, 쌍호흉배가 찾아와 굽실거리면서 새 중전을 통해서 아무쪼록 상감께 잘 보이게 해달라고 아첨하는 무리가 부지기수로 많이 생겼다.

이러는 한편 장희재에게 별안간 수십 간 기와집이 생기고, 수백 석 추수가 생기고, 부실도 몇몇씩 되어 세도가 당당해지고, 하루 이틀 지나는 데 따라서 부귀가 부쩍부쩍 늘게 되니, 그 두 어깨는 마치 신이 오른 사람 모양으로 으쓱으쓱 어깨춤이라도 추어질 듯했다.

"누구나 이제는 모조리 나오너라! 내 힘대로 겨뤄 보고 쓰러뜨려 보겠다, 어서들 나오너라!"

장비(張妃)가 외쳤고, 장희재가 외쳤고, 윤성녀가 외쳤다.

이제는 세상에 무서울 게 없고 꺼릴 게 없었다. 비록 상감이라 하나 그도 장비의 말이라면 모두가 엿가래 휘어지듯 녹신녹신해지는 것이었다.

그들은 드디어 삼백 년 종사와 삼천리강토를 그들의 소원대로 자기네 천하로 만들어놓고야 말았다. 왕은 오직 헛이름만을 가지고 있는 데 지나지 않았다. 백관유사가 장비의 심복이 아닌 사람이 없었다.

그러나 장비는 오히려 부족함이 있고, 근심이 있었다. 그것은 혹시나 이 시국에 불평을 품고 자기네를 쓰러뜨리려는 책동을 하는 반동분자가 있을까, 세상 한구석에서 어떠한 비밀결사가 생기지나 않을까, 하는 의심과 염려가 무한히 품어지기 때문이었다.

이리해서 궁중이라야 이제는 후비(后妃)도 다른 이는 없고 오직 독차지이다. 그래도 늙은 상궁이나 환관들이 어쩔까 해서 대궐문을 열어놓다시피 하고 무상출입하면서 한 방 한 자리에까지 오르게 되는 이가 있었으니, 이는 종친으로 예전부터 그 어느 정도까지 친해졌던 동평군이었다.

동평군은 원래 장비가 불우해졌을 때나 예전 윤성녀의 시대에까지라도 대대로 은인인 동시에 장성녀가 장비로 되기까지의 큰 공로자, 즉 장비의 공신이기 때문에 장비의 간청으로 인해 궁중을 무상출입시키는 특혜까지 상감께 받아낸 사람이었다. 또 궁중을 경찰(警察)하는 책임이 있게 되어 여기에 대한 기밀사건의 보고라고 해서 예전에 장비가 쫓겨났던 당시 하던 버릇 그대로를 하면서 기밀을 아뢴다 하고, 간혹 상감이 계시든 안 계시든 장비의 침방까지 출입했다는 이런 추문이 세상에 떠돌기까지 했다.

궁중의 정찰을 동평군이 하는 대신에 궐외(闕外) 모든 위험인물들의 정찰은 장희재가 아첨 하는 쓸개 빠진 재상들과, 예전의 친구 부랑 난봉꾼들을 부하로 삼아서 정찰을 하게 되었다.

이때에 장희재가 어떤 큰길을 지내며 듣자니까 아이들이 이렇게 노래를 하고 있었다.

"미나리는 사철이요, 장다리는 한철일세……."

장희재가 가만히 들으니까 그 소리 속에 딴 뜻이 있는 것이었다.

그 아이를 불러 그 소리를 누가 가르쳐 주더냐, 물으니 그 아버지가 가르쳐준 것이라고 대답했다. 네 집이 어디냐고 하니까, 저기 저 집이라고 일러주었다. 희재는 그 집을 봐 두었다가 집으로 돌아가서 사령들을 불러서 그 집을 일러주고, 그자를 잡아오라고 해서 보니, 그는 전일 서인 집권시대에 당하관으로 지내던 사람이었다.

그 집 아이가 노래하던 그 소리를 들려주고, '네가 네 자식을 이렇게 가르친 것은 무슨 의미냐'고 그 까닭을 대라고 단단히 조져댔다. 그랬더니 그 사람은 아비가 오죽 할 일이 없어서 어린 자식 노래를 가르치며, 아이들이 무어라고 지껄였든 그것에 의미를 붙여 질문할 수 있느냐고 완강하게 대답했다.

"이놈, 무엇이라고! 너는 민씨 편이 되는 서인놈이니까 그렇게 생각하지만, 나는 장중전의 사친되는 사람인데 어째서 이 말을 듣고도 가만히 있는다는 말이냐. 사실로 네가 네 자식에게 이 소리를 가르쳐서 동요를 만들어 인심을 흔들자는 뜻이 아니냐?"

　호령과 아울러 사나운 형벌까지 해가면서 그 까닭을 대라고 하니, 그 사람은 우악스러운 형벌을 견디지 못하고 기어이 죽어버리게 되었다.

　이 소문을 듣게 되자 장희재의 의세남권을 미워하고 민중전을 불쌍히 여기는 저잣거리 사람들이 돈을 줘가며 아이들에게 이 노래를 가르쳐 부르게 하여 온 장안에 이런 동요가 퍼지게 되었다.

　장희재가 이런 동요가 퍼져가는 것을 보고 이 동요를 금지하나 아이들이 철없이 부르는 소리를 나무라도 안 되고 때려도 안 되자 나중에는 문밖의 미나리장수들을 없애버리기로 작정했다. 미나리가 없으면 이 소리가 없으려니 생각해서 미나리장수가 들어오는 대로 가두고 때려서 내쫓았으나, 그러나 미나리라는 이름이 수천 년 내려온 말인데 하루아침에 없어질 수는 없는 일이었다.

　이 동요의 뜻은 미나리는, 즉 민씨는 쫓겨났어도 잠깐의 일이니 미나리가 사철 있는 것과 같이 길게 있을 중전이요, 장다리는, 즉 장씨는 중전이 되었어도 장다리와 같이 일시뿐인 그런 존재라는 뜻이었다.

　이 동요문제 사건은 드디어 장비의 귀에까지 들어가 근심하게 되었다.

　예전부터 동요라 하면, 천진난만한 어린아이의 입을 빌려서 옮겨지는 하늘의 뜻을 노래하는 것으로서, 장비는 어느 일을 의미해서 그 조짐을 예언하는 것인 동시에 그대로 이루어진다는 이런 생각을 하게 된다.

장비는 이 말을 들으니 마음이 점점 불안해지고, 거기에 따라서 대책이라고는 민비를 그대로 두지 말고 치워버리는 수밖에 다른 도리가 없다고 생각하게 되었다. 자기가 아무리 민비의 자리까지 빼앗고 애매하게 모함해서 폐위 서인하여 사가로 내쫓아 거적자리 짚베개에 서글픈 생활을 하도록 만들었다 하더라도, 자기의 목적을 달성하려는 데는 그 가엾고, 억울하고, 참혹한 민비라도 생각할 여지없이 민비를 치워버리기라도 해야 하겠다는 생각이 일어나게 된 것이다.

그때에는 여지없이 가엾게 된 폐비 민씨를 다시 상감에게 감언이설과 갖은 간특을 부려서 역시 민씨가 밖에 있으면서도 별별 수단을 다 부려서 왕자를 없애려 하고, 무당과 점쟁이를 시켜서 갖가지로 단명해지게 해달라고 기도한다는 말을 했다. 그리하여 왕자가 혹 감기가 들고 머리가 더워져도 '이게 필연 민녀(閔女)의 작간으로 되는 일'이라고 민비를 씹고 욕하고 이러기를 여러 차례 하면서 민녀에게 사약을 내리라고 은근히 졸라댔으나, 상감은 이런 일은 통 모르는 척하였다.

비록 일시의 격노로 중전에게 그같이 몹쓸 처분을 내렸으나 마음에는 종종 불안한 생각이 들고, 또 장씨의 교만 방자와 요약 간특을 차차 알게 되었다. 그뿐만 아니라 지금 폐비가 나가 있는 곳은 수십 명 수문 군사가 주야 교대로 수위하고 있어서 비단 같은 그물처럼 개미 새끼 하나도 드나들 수 없는 터인데, 무당이나 소경에게 어떻게 연락을 취할 것인가. 이것은 너무도 터무니없이 간특한 참소라는 것을 알게 되었다.

어느 때는 이렇게 헐뜯어도 듣지 않으니까 장비가 또 젖을 먹이던 왕자를 바닥에 내동댕이쳤다.

"나는 모르겠소! 이 자식이 민녀의 저주에 걸려서 죽든 살든 알게 뭐요. 그리고 폐비 민녀가 그렇게도 소중하거든 오늘이라도 사죄하고 모셔 들여오구려!"

이같이 무엄 방자한 말을 아무렇게나 지껄이고 심술을 부리는 것이었다.

이때에는 상감도 격노하였다. 전 같으면 바닥에 떨어져서 울고 있는 아기를 얼른 받아 안았을 것이지만 이번에는 모른 척하였다.

"너도 인간의 양심을 가진 년이라면 생각을 해보아라. 왕비를 내쫓고 천민녀를 왕비의 자리에 올려 앉힌 것은 오직이 왕자 하나 때문의 일이었으나, 너로서는 어느 때나 벽력이 무서울 것이다. 민씨가 너에게는 큰 은인은 말고라도 예사로 폐출된 사람이라 하자. 무슨 그리 큰 원수가 된다고 시방 그 지경이 되어 있는 그이의 목숨까지 약사발을 안기려는 것이냐? 너도 가만히 생각해 보아라! 에잇, 천하에 악독한 것!"

이렇게 호령하면서 측근자를 불러 왕자를 안아 모시라고 이르고 곧 외전으로 나갔다.

그 뒤에 장비는 다시 왕께 간특한 말로 다가섰다.

"그러면 모든 것은 내가 잘못했으니 용서하셔요. 이다음에는 다시 그러지 않을게요."

애교 실은 웃음과 간특한 말솜씨로써 왕의 노여움을 풀기는 했으나, 장비에게는 또 새로운 근심이 생기게 되었으니, 왕이 폐비 민씨를 아주 미워하지 않고 가엾고 측은하다는 생각을 갖고 있다는 것을 알게 되었기 때문이다. 혹시라도 마음을 돌려서 다시 불러들일지도 모르는 일이라고 생각하게 되자, 이제는 왕비의 자리까지 위태롭게 될 것 같아서 장비의 마음은 갑자기 무거워졌다.

그래서 급급히 민비를 치워버리려고 장희재를 불러들여서 극비리에 이 일을 의논했다. 왕께 여쭈어서 왕의 명령으로 민비를 치워버릴 수는 없으므로, 막대한 재물을 써서 문지기 군사들을 끼거나 또는 거기서 시봉하는 시녀나 내관들로 하여금 민비가 자결한 것처럼 음식에 독을 넣어 보려고도 했다. 또 칼로 찔러버리려고도 했고, 사지를 묶어서 우물에 넣어버리려고도 했다.

어느 날 민비는 밤늦도록 잠을 이루지 못하다가 한밤에 어슴푸레 잠이 들 무렵 엄청나게 큰 남자가 칼을 들고 침방에 들어와서 우뚝 선 것을 보게 되었다. 아무리 생각해도 그물 같은 경계를 펼치고 있는 이 속을 들어올 사람이 없는데, 밤 중에 이 같은 행색으로 들어온 그 장정을 보니 너무도 가슴을 서늘해 민비는 당황하여 어찌할 바를 몰랐다.

그러나 민비는 더 참고 아낄 것이 없었다. 비록 목숨을 빼앗긴다 해도 이 모진 세상을 하루라도 더 살고 싶지 않은 처지이니, 이다지 악에 받친 터라 무서움도 없어졌다.

민비는 벌떡 일어나 찬찬히 앉으면서 그자를 바라보고 조용히 일렀다.

"네가 내 목을 베러 왔나보다. 그러면 어서 이 목을 잘라 장씨 중전에게 바치려무나."

이 말을 듣고 미닫이문 뒤에서 민비를 모시고 자던 나인 하나가 일어나서 장지를 열어젖히고 벽력같이 이 방으로 들어와 외쳤다.

"이놈! 이 천하에 죽여도 죄가 남을 놈아! 몇 푼의 돈에 팔려서 네가 여기를 들어왔는지 모르지만, 너도 사람의 양심은 있고 하늘이 무서운 줄은 알 거 아니냐! 무슨 그리 몹쓸 죄를 지셨다고 이 지경이 되어 계시온 터에도 그 간흉한 말을 듣고 예를 온단 말이냐! 그렇게 피비린내가 맡고 싶거든 내 목을 대신 찔러라!"

이렇게 소리를 치고 달려드니 그 장정은 겁이 났는지 그대로 돌아서서 번개같이 도망을 가버렸다.

장비는 간악한 짓을 해서 민비를 살해하려다가 뜻대로 되지 않으니까, 이제는 다른 도리가 없다 해서 드디어 외간에서 무당들과 소경들을 불러들여서 궁중 비밀한 곳에 신당을 차렸다. 벽에 민비의 화상을 그려 붙이고 궁녀와 무당을 시켜서 민중전 화상 전신에 화살을 쏘게 하고, 소경을 시켜서 주야로 무슨 경문을 외우게 했다.

이때에 민비는 우연히 종기가 나더니 이곳저곳으로 번지면서 전신에 천연두처럼 이름 모를 악종이 무수히 나게 되어 온 여름을 죽을 지경으로 지내게 되었다.

그래서 처지가 이쯤 되고 신수가 이다지 꽉 막힐 바에야 차라리 목숨을 끊어버리는 편이 나으리라 하여, 자결하려는 생각까지 하는 것을 그전에 자객을 쫓아낸 그 나인이 수없이 울며 말려서 그대로 지내게 되었다.

이같이 민비의 생활이 참담하게 되는 반면에 장비와 그 일족, 일당들의 부귀영화는 하늘과 땅을 흔들 지경이요, 그중에서도 장희재와 그 일당의 의세남권하는 별별 악행과 간악함은 온 세상의 여론을 일으키기에 이르렀다.

물건이 성하기를 극도에 지나면 반드시 쇠하게 되는 것이고, 그릇에 물이 담겨 가득 차도 더 부으려고 하면 넘쳐나는 것이다. 또한 높은 곳에 오른 자가 삼가지 않으면 떨어지는 것이요, 귀한 물체가 감춰져 있지 않으면 반드시 분실되는 법이다.

이것은 자고로 천지간에 큰 법칙으로 되어 있는 일이거늘, 장씨 일족은 부귀를 스스로 지키지 못하게 되어 드디어 몇 년 동안 그네들에 대한 물의가 궁중 내외에 물 끓듯이 일어나고 차차 조락의 바람을 맞게 되었던 것이다.

그즈음 상감은 점점 장비에게 취한 술기에서 깨기 시작했다. 장비의 모든 행동에서 교만방자하고, 무엄 무례하고, 간악한 일을 차츰차츰 알게 되자 마음으로는 새로운 우울 증세가 일어나게 되었다.

한밤에도 잠이 깨면 장차 궁중 일을 어떻게 조처할 될 것인가, 장비를 그대로 둘 것인가, 왕자는 어떻게 길러야 할 것인가 하는 생각으로 번민을 견디지 못하다가 곧 몸을 솟구쳐 일어나서 무감(武監) 두엇으로 뒤를 따르게 하였다. 옷을 달리 차려입은 뒤 민간 여염집 들창 밑으로 또는 술파는 집으로 미행의 발길을 하기 시작했다.

북촌 어느 여염집 들창 밑에서 새어 들리는 이야기의 한 토막.

"민중전은 보기 드물게 어지신 어른인데, 요악 간특한 이의 모함을 받아서 오늘날 저 지경이 되셨으니 너무나 가엾고 불쌍하다. 어느 때나 상감께서 마음을 돌리시게 될지 그동안은 너무도 고생이 되실 게다."

또 어느 선술집에서 들으신 몇 늙은이의 대화는 이러했다.

"암, 그렇고! 여부가 있나! 박응교(박태보)는 참으로 충신 일세! 그분 같은 이가 열 사람만 된다면 그래도 세상이 이 지경은 안 될 걸세. 장희재 그놈이 세도한 뒤부터 우리네들의 곤란이란 게 참으로 말할 수 없게 되었거든!"

"그뿐인가. 장희재의 행악이라는 것은 그야말로 천고에 듣지를 못한 일일세. 그자는 재물과 어여쁜 계집이라면 사족을 못쓰는 더러운 인간이란 말일세!"

"암! 그래도 그것도 세도를 하게 되니까 거기에다가 금관자, 옥관자들이 쫓아다니면서 아첨하는 꼴이란 참으로 구역이 나서 못 보겠데! 그 작자들이 더 더러운 자식들이란 말일세. 이미 예전에 장희재가 시정에 다닐 때부터 친구라는 그자들은 몰라도, 예전부터 버젓이 벼슬살던 놈들도 장희재의 밑을 씻기러 다니면서 행악을 같이하는 통에 그놈들이야 참 희재 이상 아니꼽고 더러운 인간이란 말일세!"

이런 이야기, 저런 이야기를 창틈과 술청 봉당 앞에서 얼마라도 들을 수 있었다.

'백성들이 떠드는 말이 하느님의 말이다. 이거 이래서는 안되겠다!'

숙종은 드디어 이와 같이 깨달았다.

이때부터는 자극을 받아 차차 정신을 가다듬기 시작했다. 그리고 밤마다 궁중을 순회하기 시작했다.

어느 날 밤에는 어느 한적하고 구석진 곳을 지나노라니, 밤이 매우 깊었는데 창에 등불 빛이 비치고 사람의 말소리가 두런두런했다. 의심스러워 근처에 가서 잠시 머물러 있었더니 안으로부터 이런 소리가 들렸다.

"폐비 민씨가 이 화살 맞은 자리마다 악창(惡瘡)이 나게 해주소서."

매우 의심이 생겨 손수 창문 앞에 가서 들여다보았더니, 벽에는 민중전의 화상을 그려 붙이고 무당들이 모여서 활에 살을 메어서 무수히 쏘아대고 있었다. 그 옆에는 장님이 앉아서 경문을 외워가며 이런 발원을 하고 있는 것이었다.

상감은 곧 하늘을 찌를 듯 분기가 일어서 뒤따르던 무감을 불러 즉각 그 무당들과 소경들을 모조리 묶어놓고 무슨 일이냐고 물었다.

"그저 죽을죄를 저질렀습니다. 소인들은 아무것도 모릅니다. 오직 중전마마의 분부를 뫼시옵고 거행만 할 뿐입니다."

이 일을 주선했던 궁인들을 조사해서 물어보니 과연 장비의 명령으로 했던 일이었다.

벌써 일 년 이상이나 밤마다 두어 시간씩 이런 짓을 해왔는데 일이 이제야 눈에 띄었다는 것을 알게 된 상감은 다시 묻지 않고 그자들을 그대로 놓아보냈다. 그러나 장비의 간악 부덕한 일이 괘씸스럽지 않을 수 없었다.

그 뒤에도 상감은 깊은 밤에 궁중 순행을 계속하였다.

역시 어느 후미지고 으슥한 곳에서 등불 빛이 새어나오는 것을 발견하고 가까이 가보았다.

불은 켜져 있으나 사람의 기척은 없었다. 궁금한 마음으로 그 창 앞에 가까이 가서 엿보니 안에서는 이상한 광경이 벌어지고 있었다.

벽 위에는 옷 한 벌을 걸어놓고, 그 앞에는 상을 놓아 여러 가지 음식을 풍부하게 차려놓고, 그 앞에는 젊은 무수리(궁비宮婢, 궁중에서 나인의 세숫물 시중을 맡아보던 계집종) 하나가 엎드려서 흐느껴 울고 있었다.

아무리 보아도 알 수 없는 일이었다. 상감은 드디어 기침을 한 뒤 문을 열라고 불렀다. 무수리가 깜짝 놀라 일어나서 문을 열고 보니 앞에 선 사람은 예사 무감은 아니었다. 보통 상감이 미행으로 야간 순찰할 때에 대개 무감의 복색을 했기 때문에 상감의 미행을 무감의 순행으로 보기 쉬웠다.

무수리는 무슨 예감이 있었는지 깜짝 놀라 얼른 상감 앞에 엎드려서 조아렸다.

"그저 죽을죄를 지었사오니 죄를 받아지이다……."

"야심한데 왜 자지 않고 등불을 켜놓았으며, 이 음식은 누구를 흠향시키느라고 이렇게 차려서 무슨 일을 하는 게냐?"

상감이 조용히 물었다. 무수리는 그제야 울면서 벽에 걸린 여자의 옷을 가리켰다.

"황공무지하오이다만, 저 의대(衣帶)는 전 중전마마 민씨께서 평일에 입으시다가 빨라 하시고 벗어놓은 옷입니다. 밝는 날은 그분의 생신일인 사월 스무사흘날입니다. 아무리 상감마마께 죄를 얻고 나가셨다 하오나, 소인은 여러 해 뫼시고 거행했던 까닭에 은혜를 많이 입었삽고, 또 은정(恩情)이 들었던 까닭에 매양 이날을 당하오면 사모하는 정성이 다른 날보다 더하게 되었사옵나이다. 아무리 법에 없는 일이라도 정리(情理)를 막을 길이 없사와 평시에 민중전께서 즐기시던 몇 가지 찬수를 장만해서 이와 같이 허위배설(虛位排設, 제사 때 신위 없이 제례를 베푸는 것)하고 망례(望禮)를 올리고 있는 터이옵니다. 이 죄를 받겠사옵니다."

이런 말을 하고 나서 또 울음을 삼켰다.

이 광경을 보던 상감으로서도 어떻게 감동되는 마음이 없으랴.

"밝는 날이 전 중전의 생신이라는 것을 나는 벌써 잊어버린 지 오래인데, 너는 옛 주인의 은정을 잊지 않고 이와 같이 정성을 바치고 있으니 오히려 내가 부끄럽게 되었다. 너무도 기특한 일이다! 나도 들어가서 구경할 터이니 어서 지내라."

이런 말을 하고 그 방으로 들어섰다.

상감이 방에 들어서자 무수리는 황공하고 또 한편으로는 감격해서 어찌할 바를 모르고 저편에 깨끗한 자리를 펴 앉기를 청했다. 그런 다음 허위(虛位)를 향해서 절을 올린 뒤, 차례로 음식상을 거두고 술과 안주를 갖춰서 공손히 상감

앞에 올리면서 잡숫기를 청했다.

상감은 추위로 언 몸을 녹일 겸 몇 잔을 마시고 어느덧 취하자 그대로 누워버렸다. 무수리는 상감이 몸을 가누어 일어나지 못하는 것을 보게 되자 벌써 그 뜻을 알고 자리를 보아드리고 조심스러이 물러나려 했다.

"그래, 나더러 이곳에서 혼자 있으란 말이냐!"

숙종은 무수리를 머물게 하고 이내 봄바람이 불자, 취흥을 이기지 못하여 무수리의 손목을 잡아 이끌었다. 무수리는 너무나 황감하고 무서웠다.

첫째로 지존의 몸으로서 나인도 아니요, 나인의 세숫물을 떠 바치는 일개 무수리의 신분을 가진 자기에게 이런 손길을 내어주심이 황공하고, 둘째는 간특 무도한 장씨가 이 일을 알면 장차 자기에게 어떠한 악형을 가할지도 모르는 까닭에 무서움이 일어났던 것이었다.

그러나 아무리 '못될 일이옵니다' 막아도 듣지 않는 상감인지라 하는 수 없이 죄송하게도 그 하룻밤을 모시게 되었다. 그 무수리의 성은 최씨로서 아직 출가하지 않았으며, 자색이 그래도 매우 빼어났다. 이래저래 그와 같이 인연이 맺어졌다.

한번 인연이 맺어진 뒤에는 상감은 야순(夜巡) 돌던 뒤에 혹 최씨가 생각나면 이따금 찾았다.

이와 같이 세상에서 알지 못하는 지극히 작은 움직임이 있

는 반면, 장비와 장희재 일당의 재물을 축적하는 작태가 세
상 사람의 이목을 시끄럽게 하는 것이 상감의 눈과 귀에까
지 닥치게 되었다. 상감은 항상 근심으로 지내며 잠을 이루
지 못했다.

밤이면 근심을 잊기 위해 상궁 나인들을 시켜서 고담도 듣
고, 고대소설도 읽게 하여 들었다. 세상에 흩어져 있다는 고
대소설은 있는 대로 대궐에서 모아들여 가게 되자, '김춘택'
이라는 사람은 이 기회를 타서 상감의 마음을 한번 돌려봐
야겠다고 결심했다. 그는 김만중(金萬重)이 쓴 『사씨남정기
(謝氏南征記)』라는 언문소설을 정성스럽게 한역(漢譯)해 오래
되어 빛이 바랜 종이에 정서(淨書)한 뒤 고대소설인 척 궁중
에 들여보냈다.

김춘택은 전 왕비 인경왕후의 부친 김만기의 손자로서 별
호를 '북헌(北軒)'이라 이르는 문장 재사였는데, 임금의 마음
을 감동시켜 보겠다고 이런 계획적인 번역을 하였던 것이
다. 『사씨남정기』의 내용은 숙종의 마음을 회개시키기에 충
분한 것이어서, 마침내 숙종은 이 소설에서 크나큰 감동을
받게 되었다.

밤사이 소설로 수면시간을 단축시킨 상감은 낮에 평소 거
처하는 궁전에서 문서를 결재하다가 깜빡 낮잠을 잤다. 그
런데 곤순전 담 안에서 조그만 용 하나가 전신에 피를 흘리
고 아픔을 견디지 못하면서 상감에게 입을 벌리며 '살려주십

소사' 애걸하는 것이 차마 가여워서 구원해 주려고 누구를 부르다가 잠에서 깼다.

"참, 이상도 하다! 이게 무슨 꿈인고……."

이렇게 혼잣말을 하며 곧 무감을 시켜 내전을 돌아보고 오라고 일렀다. 반드시 무슨 일이 있을 것만 같아서 궁금해하던 차에 무감이 돌아와서 아뢰었다.

"아무리 살펴야 보이는 것은 없었습니다!"

상감은 무엇인지는 모르나 의심이 들기 시작했다. 분명히 무슨 일이 있을 것만 같은데, 아무 일도 없다는 것이 괴이했다.

장비는 끝을 모르는 부귀와 호화를 누리면서도 오직 근심이 민비의 재기(再起)였기 때문에 무슨 짓을 해서라도 그를 움도 싹도 없애버리려고 갖은 노력을 다하였다. 그러던 중 극히 비밀히 왕비 화상에 활을 쏘고 미신의 경문을 외우게 한 것까지 상감에게 들키게 되자, 무슨 방법을 동원할까 애를 쓰던 중 어느 편으로부터 이상한 소식 하나를 듣게 되었다.

장비의 심복 조궁인(趙宮人)이 어느 날 밤 장비 침방으로 들어오더니 장비에게 귓속말로 무엇이라고 종알거렸다.

"아니, 이 곤순전 안에 누가 나에 대한 말을 할 사람이 있다고 그러느냐! 마음 놓고 크게 말해라."

"그래도 차마 큰 말씀으로야 여쭐 수 있습니까?"

다시 조용조용 무슨 말인지 고하는데, 그 말을 듣는 장비의 얼굴빛이 별안간 변해갔다.

장비는 조궁인의 말을 듣다가 깜짝 놀라서 자리를 고쳐 앉았다.

"그래, 네가 틀림없이, 확실히 이 일을 아느냐?"

"아, 알고 말고가 어디 있습니까! 어느 앞이라고 사실 없는 말씀을 아뢰겠습니까?"

"그래? 그러면, 어서 자세히 말해보아라!"

"그런데 그 계집은 나인도 아니요 무수리라 하오니 너무도 해괴합니다!"

"뭐? 무수리?"

"네. 예전에 폐비 민씨 처소에서 거행하던 무수리라 하옵니다."

"참, 기막힌 일이다! 그래, 일국의 지존으로 온갖 호화를 다 버리시고 하필 계집종 무수리를 가까이해서, 또 그 중에도 아이를 배었다니 이게 웬말이냐! 내일은 기어코 그년을 불러들여서 별도로 조처를 해야겠다!"

장비는 펄펄 뛰며 어쩔 줄을 모르고, 조궁인은 물러갔다.

이날 밤 장비는 밤에 잠을 못 이루었다. 여러 번이나 어금니를 갈아가며 날을 세웠다. 이년을 불러들여 어떻게 해서 감쪽같이 죽여 치울 것인가, 뱃속에 벌써 왕의 씨앗이 들어 있다니 이것을 죽이고 보면 문제가 일어나지 않을까, 또는 갖가지로 독살풀이를 해볼 계교를 생각하다가 밤을 밝히고 날이 밝았다. 아침 수라 절차가 지나고 다른 절차가 대강 지난 뒤라 낮이 가까웠다.

장비는 드디어 측근자를 시켜서 조용히 그 무수리를 불러들였다. 장비는 곤순전 구석방에 숨어들어서 뒤뜰 앞에 무수리를 불러 세웠다.

무수리는 무슨 처분이 내릴지 몰라서 공포로 덜덜 떨고 서 있는데, 무수리를 쏘아보는 장비의 눈빛은 불이라도 일어날 듯이 날카로웠다.

"네가 예전 폐비 민씨 처소에서 거행하던 무수리라 하니, 그러하냐?"

"네…… 황공하옵나이다."

"무수리의 신분으로 상감마마를 뫼시었다니, 그러고도 아무런 일이 없을까?"

"……."

"어째 대답이 없느냐?"

장비가 독한 성깔을 부리며 외치는 소리는 비단을 찢는 듯이 날카로웠다.

"황공무지하오이다. 그러나……."

"그러나, 그런 일은 애매하다는 말이냐? 어디 네 배를 내어 보여라. 억울하면 억울타는 말을 할 수 있게 될 게다."

"……."

"저 계집을 잡아 옷을 풀어 보아라. 벌써 만삭했을 게다!"

장비의 호령에 나인들은 당황하면서도 차마 손을 대지 못했다.

"너희들도 이러기냐? 냉큼 벗겨 보여라!"

할 수 없이 여러 궁인들이 내려가 최무수리의 웃옷을 벗겼다. 다만 속옷만을 입은 채 너무 당황하여 어찌할 바를 모르고 울고 있었다.

"저 계집의 속옷까지 다 벗겨라!"

호령이 다시 내렸으나 나인들은 차마 손을 대지 못했다. 그러나 장비의 독기 실은 호령에 최무수리는 드디어 나체가 되어 앉지도 서지도 못한 채 쩔쩔매며 돌아서 울고 있었다.

"네, 그래도 변명할 길이 있을 게냐! 대체 너는 무슨 목숨을 가졌기에 천지간에 천한 몸으로서 감히 지존을 가까이 뫼셔서 천한 몸에 왕자까지 뱄으면서도 살기를 바랐더냐!"

"황공하옵니다. 쇤네가 한 짓이 아니오라, 상감마마께오서 쇤네 처소에 오신 것을 피하지 못했던 죄가 있을 뿐이옵니다."

무수리는 울음 반 말 반으로 아뢰었다.

"이 천하에 앙큼한 년! 네가 가만히 있는 것을 상감께서 가셨더냐. 무슨 뜻으로 궁중에 요망스럽게 폐서인된 악독한 계집 민가의 생제사를 지낸다고 허위를 배설하고, 무엇을 차려놓고, 앙큼한 마음이 들어서 평소에 버정대던 무감놈을 꾀어서 그곳으로 미행길을 인도하게 했던 일이 아니냐? 그러고도 모든 일을 상감께만 밀어버릴 작정이냐?"

"그 말씀은 애매하옵니다."

"뭐, 애매라고? 싸리비를 뽑아서 저년을 두 대씩 잡아 후려갈겨라. 제 잘못을 발설할 때까지 때려라!"

장비의 두 눈에서는 푸른 불이 펄펄 일어났다. 더욱이 그 발가벗겨 풍만한 육체의 곡선미가 젊으신 상감의 흔들리는 마음을 사로잡았을 것이다. 그즈음 상감이 반 년 이상 자기 처소에 아주 드물게 찾자, 밤마다 새벽마다 고침단장(孤枕斷腸)으로 속 썩이던 일이 절로 떠올랐다. 그리하여 '그 계집의 풍만한 전신을 그대로 뜯어먹어도 시원치가 않으리라!' 외치면서 발을 구르며 저년을 매우 쉬지 말고 연거푸 치라고 했으나, 이 호령만은 그 누구도 감히 복종하는 사람이 없었다. 그것은 그 무수리의 몸속에 벌써 왕자가 들어앉았다는 것을 알았기 때문이다. 그러나 장비는 미친 듯 여전히 발을 굴러가면서 나인들을 호령했다.

장비가 발을 구르고 요망을 떠는 통에 화관(花冠)이 떨어지고 첩지가 비뚤어졌다. 시샘이 났던 판이라 장비는 그 화관을 떼어내서 방구석에 내동댕이치고 남치맛자락이 포르르 날개를 피도록 마루 아래로 뛰어내려갔다. 준비해 놨던 싸리비를 잡아 뽑아 두 가락을 손에 쥐고 무수리를 향해서 돌아서는데, 불길이 뻗치는 듯한 두 눈으로 무수리를 쏘아보고 있었다.

"네, 수건 한 끝만 가져오너라!"

나인이 비단수건을 올렸다.

장비는 무수리의 머리를 잡아끌어서 기둥 앞으로 갖다 세우고, 두 팔을 얼러서 전신을 기둥에 단단히 매어 놓은 뒤 쓴웃음으로 조소하며 외쳤다.

"흥! 네가 요만치 안팎으로 절색이니 무수리 아니라 아무 것이로서니 상감의 마음을 끌지 않을 수가 있겠느냐?"

이런 소리를 하다가는 돌연히 불같은 노여움을 일으키면서 싸리채를 들어 무수리의 하복부와 넓적다리를 얼러서 네다섯 번 훔쳐 치며 찢을 듯이 호령으로 꾸짖는다.

"네, 이년! 천하기 짝이 없는 년이 어느새 군왕께 알씬거려 갖은 간악을 다 떠니 그래도 애매하다 변명할 테냐! 하늘의 해가 무섭지도 않으냐! 바로 대라. 너는 번연히 어느 무감놈과 정을 통해서 자식을 배고, 못된 꾀로써 무감놈을 시켜서 미행을 걸어오게 해서 지존을 농락한 다음 왕자를 잉태했다고 하는 것이니, 이러고도 살기를 바라느냐! 그러나 항복하면 아무 일이 없을 것이다. 어느 무감놈과 정을 통했는지 바로 일러라!"

너무도 억울한 호령이다.

무수리는 하복부를 회초리에 무수히 얻어맞고 전신을 어떻게 가질 줄 모르게 쩔쩔매며 고민하는 중에 더욱이 이런 애매한 말을 듣게 되니 너무나 기가 막혔다.

"이 말씀은 너무나 억울하옵니다!"

"네, 이년! 그래도 억울하다느냐? 어서 바른대로 대라. 그놈이 어느 놈이냐?"

장비는 또 새로 싸리비를 뽑아서 두세 개를 합해 갖고 있다가 말이 끝나자마자 무수히 전신을 휘갈기니 먼저 맞았던 데는 부르트게 되었다. 그러다가 이번 매에 터져서 피가 나고 새로 맞은 곳은 가슴 근처와 하복부가 손가락 굵기나 되게 기다란 선(線)이 생기고 무수하게 때려서 살가죽이 떠올랐다.

무수리가 악을 쓰니 수건으로 입을 틀어막고 무한정 매를 치다가 입을 닫아놓고 울음을 내지 못하게 하였다. 자백하라고 후려쳐 항복을 받으려고 했으나, 무수리는 입을 꽉 다물고 대답하지 않았다.

"네, 그래도 자복하지 못할까?"

장비는 또다시 싸리채를 뽑아들고 전신을 후려쳤다. 아까 맞았던 유방과 하복부가 부르튼 곳이 이번 매에 터져서 피가 흘렀다. 전신이 어디고 조금도 성한 곳이 없었다.

이번에는 끌어내서 기둥을 향해 세워놓고 잡아맨 뒤에 등 뒤편을 또 매질했다. 장비의 암상과 사독의 그 푸념이 다 나오려면 아직도 멀었는데, 준비했던 싸리비 두 자루가 다 없어지고 등·허리·엉덩이·다리·종아리가 모두 짓이겨 놓은 듯이 되어 피가 줄줄 넘쳐흘렀다.

"참, 그년! 독물 중에서 무서운 독물이다. 이제는 낙형을 할 수밖에 없다. 백탄을 피워놓은 은화로와 인두 두어 개를 바삐 바쳐라!"

화로와 인두는 미리 준비했던 듯 즉시 가져왔다. 장비는 다시 무수리의 얼굴을 이편으로 보이게 해서 잡아 묶어놓고 그래도 독기는 여실히 일어났다.

"네, 이년! 너는 천한 계집으로 상감을 뫼시는, 그런 꿈에도 못 볼 영화(榮華)를 보았으니 이만치 매를 맞아도 오히려 좋다고 생각하는 게다. 그래서 꿈쩍 않고 서서 자백을 안 하는 모양이다. 어디, 불찜질에는 얼마나 배겨내는가 보자!"

장비는 새빨간 백탄 숯불에서 인두를 내어들더니 거침없이 무수리의 하체로 가져다가 지지는 것이었다.

"이년! 네가 상감을 뫼시던 때에도 이만치는 좋았으리라! 네, 이 맛이 얼마나 좋은가 맛을 보아라!"

장비는 미소를 지어가며 이 짓을 하는데, 무수리는 아픈 괴로움을 견디지 못해서 얼굴을 찡그리며 이를 바드득 갈았다.

누린내가 끼쳐 장비의 코로 들어가고 살이 타는 연기가 인두 밑에서 뽀얗게 일어났다. 모시고 있던 나인들도 모두 눈을 찡그리며 머리를 외면하고 코를 가렸다.

"네, 그래도 복중 아이가 왕자라고 엉뚱한 말을 할까? 어서 그 아이 아비놈을 자백하여라!"

장비는 또 얼러대면서 다른 인두를 다시 빼드는 것이었

다. 이번 인두는 아주 빨갛게 달궈져서 나무라도 당장 탈 지경이었다.

이 인두를 들고 악착같은 아귀와도 같이 무수리를 바라보는데, 돌연 내전 저편으로부터 설레는 소리가 들려온다.

장비는 이 설레는 소리에 귀가 쫑긋해서 새빨갛게 달궈진 인두는 도로 화로에 꽂고 나인을 돌아보며 조용히 일렀다.

"네, 급히 나가 동정을 살펴보아라!"

나인이 잽싸게 뛰어나가더니 되짚어 들어오며 황급히 외친다.

"이를 어쩝니까! 상감마마께옵서 드신답니다! 곧, 듭시는 모양입니다!"

이 말을 들은 장비는 금방 눈이 휘둥그레지며 두 눈을 갈팡질팡 사방으로 돌렸다. 그때 저편 추녀 끝에 낙숫물을 받느라고 세워놓은 큰 독이 보였다.

"얘, 이 계집을 번쩍 들어다가 담 밑에 앉혀놓고 이 독을 들씌워 두어라."

나인들도 황급히 수건을 끌러 입 틀어막았던 것을 꺼내며 옷에 피를 묻힐세라 사지를 헹가래쳐서 드는데, 잘 들지를 못하니까 장비가 겁과 심통이 동시에 일어나서 곧 달려들어 계집을 잡아끌다가 그만 옷끈에 피를 묻히고 말았다.

그러나 장비는 당황하여 이를 알지 못했다.

이때에 조궁인이 내려서면서 말한다.

"중전마마께옵서는 어서 화관을 쓰시옵소서."

그제야 화관을 벗어 내동댕이친 생각이 나서 얼른 방으로 들어가 화관을 쓰며 뜰 앞의 것을 치우라 하고 궁전으로 나가려는데, 벌써 상감은 아무도 뒤에 따르게 하지 않은 채 내전 궁전의 곁방 뒷마루까지 나오셔서 눈을 좌우로 돌리는 것이었다.

장비는 너무나 다급해 어쩔 줄을 모르면서도 간사한 꾀는 있어서 간특한 애교 실은 웃음으로 상감을 대하면서 물었다.

"에그, 별일이십니다그려! 오늘은 편전 협실까지 들어오시니 이게 웬일이셔요?"

그러나 상감은 아무런 표정도 짓지 않은 채 그 말에는 대답도 않고 여전히 담 밑이며 뜰을 살펴보았다.

장비는 간이 콩알 만해지며 손톱 끝을 씹고 있었다. 필시 어떤 년이나 놈이 상감에게 급한 상황을 알려 들어온 모양인데, 이 일이 탄로나고 보면 이 노릇을 어쩔까 애가 바작바작 탔다.

이러면서 언뜻 보니 툇마루 앞을 치웠다는 꼴이 핏방울이 두어 곳 떨어진 채 있으므로, 이것이 상감의 눈에 띌까봐 얼른 상감 앞으로 가서 마주서서 무엇이라고 말을 하려는 터였다.

상감은 아까 가매(假寐, 졸음) 중에 본 일이 아무래도 알 수가 없어서 기어이 내전까지 들어오고, 내전에 사람이 없어

곤전에 있는 곳을 물어 이곳까지 들어와 여러 곳을 살펴보았지만, 이렇다 할 만큼 수상스러운 거동이 보이지를 않았다.

그래서 '참 괴상도 하다' 생각하고 다시 돌아서 나가려고 발을 옮기려 하는 이때에 장비가 앞으로 향해 오는데, 남치마 흰 옷고름 위에 붉은 피가 밤톨만큼 묻어 있는 것이 눈에 띄었다.

그제야 확실한 단서를 얻은 것이라 생각하고 아까 의심스럽던 그 독을 다시 바라보았다.

장비가 입을 열려 할 때에 상감은 옆에서 모시던 나인을 돌아보았다.

"네, 지금 내려가서 담 밑에 놓은 저 독을 치워보아라."

이런 말을 하며 장비의 표정을 살폈다. 아니나 다르랴! 이 말이 떨어지자 장비는 얼굴이 빨개지며 당황하는데, 그래도 조금도 흔들리지 않는 척 찬웃음을 지었다.

"상감께서는 원 별것도 다 시키시네. 그 독은 왜 별안간 치워 놓으라셔요?"

상감은 나인을 살펴보며 서로 머뭇거렸다.

마침 이때에 무감이 내전 마당에서 무슨 일을 여쭈러 들어왔다.

"상감마마께 아뢰오……."

장비의 마음은 뛰는 듯 따가웠다.

조금 뒤에 무감은 저편 뜰로 돌아서 이편 편전 곁방 뒷마루의 앞마당에서 두 팔을 껴서 길게 읍하고 대령함을 아뢰었다.

상감이 무슨 말을 하기도 전에 장비가 얼른 가로막았다.

"무슨 일로 상감마마를 청하는 게냐?"

무슨 일이 있으면 그 일에 정신을 팔리게 해서 그대로 나가게 하자는 꾀였다.

그러나 무감이 대답을 사뢰기 전에 상감이 분부했다.

"네, 저 담 밑으로 가서 저 독을 들어다가 이 앞으로 가져다 놓아라."

장비는 이 위기일발의 형세에 있어서 얼른 그 말씀을 취소시키려 했다.

"아, 무엇 때문에 한쪽으로 치워놓은 그 독은 또 이리로 가져오시랍니까?"

그러나 상감은 이 말은 들은 척도 않고 또 한 번 재촉했다.

"네, 머뭇거리지 말고 곧 거행하지 못할까!"

분부가 강경하자 머뭇거리던 무감이 할 수 없이 그편으로 걸음을 옮기려고 했다.

상감마마는 독을 치우라 분부하고, 곤전마마는 독을 치우지 못하게 한다. 그 중간에 서 있는 무감은 실로 어떻게 거행해야 할지 몰라서 머뭇거리던 차에 상감의 엄명이 내렸다. 무감은 할 수 없이 발길을 옮겨서 그곳으로 다가갔다.

"글쎄, 무엇 때문에 그 독을 옮기시려는 게옵니까? 알 수 없는 일입니다. 제발 그대로 두어주십시오!"

장비는 또 한 번 막아 보았다. 그러나 상감도 중전과 같이 대답하였다.

"글쎄, 무엇 때문에 그 독을 기어이 옮겨놓지 못하게 하오? 참 알 수 없는 일이구려! 제발 그런 참견은 말아주오그려!"

이렇게 말한 뒤 무감을 재촉했다.

"거, 머뭇거릴 게 무어냐. 냉큼 가서 치워라!"

호령이 내리자 무감은 그 담 밑으로 가서 그 독을 옮기려고 누일 때였다.

'앗! 이를 어쩌나!'

장비가 극도로 초조할 때에 상감은 무엇을 보았는지 깜짝 놀라며 외쳤다.

"앗! 이게 웬일이냐!"

독을 눕히자 그 밑에는 누구의 짓인지, 한 젊은 계집이 몸에 실오라기 하나 감지 아니한 채 피투성이가 되어서 그대로 독을 쓰고 있다가 땅에 쓰러져버렸다! 이미 정신을 잃었던 것이다. 얼른 보기에도 너무나 끔찍한 주검이었다.

"아, 이게 대체 어떻게 된 셈이냐?"

상감은 깜짝 놀라며 나인을 돌아보고 물었으나, 모두 얼굴빛이 빨개져서 대답을 못하고 있었다. 무감은 나체가 된 시체가 나오자 놀라면서도 역시 남자인지라 미안쩍어서 그대로 외면하며 서 있을 때 상감이 무감을 보고 분부했다.

"너는 그만 나가거라! 나가다가 대조전에 지밀상궁이 있을 터이니 곧 들어오라 해라!"

무감은 말없이 조아리고 물러갔다.

이때에 상감이 시체의 얼굴을 자세히 보니 의심할 바 없이 최무수리가 분명했다.

상감은 더욱 놀라웠다. 장비를 돌아보고 극히 조용한 말씨로 물었다.

"이게 어찌 된 일이오?"

장비는 오히려 웃는 낯으로 아주 평범하게 대답했다.

"저 계집이 무수리온데, 어느 무감과 간통해서 자식을 배고 앙큼스럽게 상감을 뫼셔서 왕자를 잉태했다 하며 상감마마를 욕되시게 하기에 그 죄를 다스렸던 것입니다."

"……."

상감은 대답 없이 분노한 표정으로 장비를 바라보았다.

"호호, 왜 이리 쏘아보셔요? 만일, 이 말씀을 내신다면 도리어 상감의 위신이 손상되십니다. 그대로 나가십시오!"

분명히 궁중 계집종을 가까이했다는 것을 조소하는 뜻으로 경멸의 눈초리를 던지는 것이었다. 너무나 방자한 행동이었다.

"그런 죄에는 저런 형벌을 해야 하는 게요?"

"호호. 왜, 잘못된 일이 있습니까?"

장비는 여전히 간특한 웃음으로 말을 내었다. 그러자 상감은 너무도 격분했다.

"에잇, 악독한 계집! 썩 물러가지 못할까!"

상감은 드디어 두 눈을 부릅뜨고 발을 몹시 굴렀다.

"제 앞에도 어린 자식과 늙은 에미가 있거든 사람의 껍질을 쓰고 이럴 수가 있을까!"

이제야 장비는 주춤 물러섰다. 그래도 할 말은 얼마라도 있었다.

"아니, 왜 이러시오? 저 계집이 무감과 간통했던 사실이 있고 증거가 있어도 이와 같이 싸고도시겠어요?"

"뭐라고?"

"참 딱한 노릇입니다! 저 계집을 가까이하셨대서 이다지도 저 계집을 옹호하시지만, 너무나 딱합니다. 체면을 생각하십시오! 일국의 지존으로 계셔서 그래, 겨우 저 궁중 계집종을……?"

"무슨 딴말인가? 냉큼 물러가지 못할까!"

상감은 또 발을 굴러 호령했다. 그러나 장비는 눈 한 번 꿈쩍이지 않고 그대로 서서 상감을 쏘아보고 있었다.

이때에 지밀상궁이 들어왔다.

"무슨 분부이시옵니까?"

"저 담 밑을 보오."

늙은 상궁은 상감을 바라보고 왕비를 바라보고 번갈아 눈치를 살핀다.

"그 말은 나중이고 급히 나가서 옷 한 벌을 들여다 입히고, 누구에게 일러서 저 계집을 급히 구하도록 하오! 우선 상궁의 처소로 데려다가 조리를 시키게 해야겠소."

늙은 상궁은 맨발로 뛰어내려가서 자기가 입고 있던 겉치마를 벗어서 발가벗은 알몸을 덮어주고, 곧 황황하게 나가서 나인 몇 사람을 불러 급급히 들어왔다.

들어와서 보니 상감은 어느 틈엔지 뜰아래로 내려서서 담 밑에 있는 그 계집의 얼굴을 살펴보고 있었다. 상감은 그래도 그 계집의 얼굴이 미심쩍어서 손수 내려가서 덮은 것을 열어젖히고 얼굴을 살펴보았다. 분명히 최무수리였다.

그제야 상감은 자신이 진작 최씨의 신분을 밝혀주지 못해서 이 지경에 이르게 된 것을 깊이 후회했다. 잔뜩 부른 배며, 피 묻은 몸뚱이를 보고 더욱 가엾이 생각하자 장비에 대한 증오가 격심하게 일어났다.

상궁이 나인들을 데리고 들어와서 최씨에게 옷을 입히고 부축해서 업으려고 할 때 상감은 얼굴을 찡그리며 물었다.

"아직 숨기가 붙었나 만져보오."

상궁이 맥과 가슴을 자세히 짚어보다가 무엇을 생각하더니 대답했다.

"아직 따뜻한 기운이 있으니 소생할 가망이 아주 없지는 않을 것 같습니다."

최무수리는 나인에게 업혀 자기 처소로 돌아가고, 상감은 격노한 얼굴로 장비를 훑어보고는 그대로 외전으로 나갔다.

장비는 그제야 공포가 일어나 번민되면서도, 그래도 어떻게 해서 저 계집에게 죄가 당연하게 되도록 일을 꾸밀까, 생각해보았다. 그러나 좀처럼 계교가 나서지를 않았다.

상감은 측근에게 분부하여 어의(御醫)를 불러 치료하게 하였고, 다행히 최씨는 죽음 직전에 삶을 얻어 차차 조리하는 데 따라 완치되었다.

상감은 최씨에게 '소원(昭媛)'이라는 벼슬아치의 임명을 내리고, 그다음에는 금위(禁衛)와 여관(女官)을 수십 명씩 교대해 가면서 최소원을 극진히 보호케 하였다.

이런 지도 한 달이 가까웠을까. 9월 13일(숙종 재위 20년, 갑술해) 새벽에 최소원의 몸에서 드디어 옥동(玉童)의 왕자가 탄생하니, 이 아기가 서른넷에 얻은 숙종의 둘째 왕자였다!

상감은 며칠 뒤에 신생 왕자를 대하게 되자, 첫 왕자 탄생 당시보다도 더 한층 기뻐하였다.

이때 최소원은 조용히 일어나서 상감에게 절하며 말씀을 아뢰었다.

"이 왕자는 오직 전일에 전 중전마마께 탄신 망례를 드렸기 때문에 탄생된 바이온즉 그 일을 생각하셔서라도 하루바삐 전 중전마마를 복위시켜 주옵소서."

"오냐. 난들 생각이 없겠느냐만, 아직 무슨 일을 생각하던 중이다. 네 정성이 이와 같으니 곧 복위를 시키겠다."

그때에 장비는 상감에게 이런 지경을 당하고도 오히려 최소원을 살해하려고 장희재를 시켜서 최소원의 처소에 독약을 들여가려다가 탄로가 났다. 왕은 극도로 진노하고 그 원인을 묻다가 마침내 장비의 일임을 알게 되었다. 왕은 드디어 그날로 왕비의 직첩을 거두고 곧 궐외로 추방처분을 내렸다.

그러는 한편 장희재를 즉각 구금해서 의금부로 가둔 뒤, 그 집을 적몰해 버리고 집 한 채를 얻어서 장씨를 내보내게 하였다.

장씨는 한때는 자기의 큰 은인인 민중전의 왕비 지위를 찬탈해서 스스로 왕비의 자리에 나아간 지 무릇 6년(기사년부터 갑술년까지)이요, 민비의 은혜를 입어서 재입궐한 지 무릇 9년 만에 또 추방을 당하게 되었다.

또 한때는 왕비의 자리에 대신 앉아서 큰 호화를 누리던 장씨의 몸은 드디어 민비의 폐출 당일을 그대로 겪었는데, 이때에는 백성들에게 몹시 경멸받고 침 뱉는 것을 당하면서 쓸쓸히 대궐 밖으로 나와 짚자리에 엎드려 울게 되었다. 왕비인 누이를 믿고 부귀영화에 흥청망청하던 그 오라비 장희재는 하룻밤 사이에 중죄인이 되어서 폐비 당시 다른 충신이 당하던 그대로 옥중의 몸이 되었으나, 누구 하나 가엾이 여기는 자가 없고 도리어 다행하게 여겼다.

　장씨가 이렇게 되는 한편 최씨는 당일로 숙빈(淑嬪)의 직위를 받게 되고, 먼저 있었던 민비복위전지(閔妃復位傳旨)가 내리자 이 소식을 들은 사람들은 한결같이 큰 만세를 불렀다.

　"그러면 그렇지! 우리 상감께서 한때의 일월식(日月蝕)과 같은 일이지, 될 수 있는 말이냐! 이젠 나라가 바로잡히게 될 것이다!"

　그러나 이런 반면에 제일왕자 연영군은 이제 일곱 살 된 어린 나이로 가엾게도 그 친생 모친과 이별하지 않으면 안 될 운명에 봉착했으나, 역시 그만큼 자랐던 때라 양육에는 별로 영향이 없었다.

3. 대리청정의 혼란 속으로

　흥이 다하면 슬픔이 오고, 쓴 것이 다하면 단 것이 온다(興盡悲來苦盡甘來).

　안국방 무궁화골[槿花洞] 텅 빈 수십 간의 퇴락한 집 뒤채 감고별당 한편에서 눈물과 탄식으로 하루를 일 년같이 보내며 애통하던 폐비 민씨는 그 생활이 비참하기 짝이 없는 중에 어느 때에는 식사를 하다가 어떤 이상한 예감으로 그 음식을 조금 맛보다가 곧 내어놓았다. 그것을 조금 덜어서 새들에게 끼얹어주니 새들이 먹고서 그 자리에서 죽어버렸다. 너무나 놀라운 일이었다!

　물론 감고당 시봉자가 이런 짓을 했을 리 없었다. 어떤 음식에 무엇을 넣어서 들여보냈는지, 누구의 짓인지도 모른 채 민비는 그 음식을 조용히 땅에 묻어버렸다. 또 어느 때는 야밤에 자객이 칼을 들고 들어왔는데 심복 나인 정씨의 충의로 다행히 큰일에는 이르지 아니했다.

그러나 이런 일이 있을 때마다 민비의 마음은 더욱 괴롭고 비분을 견디기 어려웠다.

가을이 가면 겨울이 오고, 겨울이 가면 봄이 오고, 봄이 가면 여름이 오고…….

세시가 교대하기 몇 번이건만 이곳에서는 외간 소식을 알 수 없었다. 더욱이 궁중 형편을 알 길이 없었다. 최무수리가 승은했는지, 직첩을 받았는지, 왕자를 낳았는지, 장씨가 폐출을 당했는지, 장씨 일족이 화를 당했는지 알 턱이 없었다. 다만 있는 듯 없는 듯 앞길을 알 수 없는 상태로 일생을 보낼 것으로 생각하고, 오직 천명이 진하는 때를 기다릴 뿐이었다.

어느 날, 정씨 나인이 잠자리에서 일어나더니 기쁜 낯으로 민비를 뵈옵고 여쭈었다.

"쇤네는 어젯밤에 아주 기쁜 꿈을 꾸었습니다! 아마 쉬 관대하신 처분을 내리실 것 같습니다, 너무 애통치 마십시오!"

"꿈이란 허무한 것이니라! 무슨 그런 처분을 바랄 때가 되느냐?"

"아니옵니다! 꿈에 붉은 옷 입은 선동(仙童)이 여러 군사를 거느리고 옥교(玉轎)를 준비해 가지고 와서 중전마마를 뫼셔 가는 것을 뵈었습니다. 이 꿈이 필연 궐내에서 가마를 보내셔서 부르옵실 징조인 듯싶사옵니다!"

"응, 잘되었다. 이 괴로운 세상을 아마 그만 살고 하늘 위로 올라가나보다!"

민비는 있을 수도 있고, 없을 수도 있는 허망한 탄식을 지
으면서 대답했다.

정나인이 웃으며 위로하고 그날을 보내는데, 낮이 되었을
까 할 때에 늙은 환관이 주름잡힌 얼굴 만면에 희색을 싣고
경중경중 뛰어 들어와서 뜰아래에 엎드렸다.

"너무나 황감무지하오이다! 지금 문밖에 세자마마께옵서
가마를 가지시고 상감마마의 봉서(封書)를 뫼시고 납시어 계
시오니 어떻게 하시렵니까?"

"세자마마나 듭시라고 하여라!"

민비는 얼굴이 갑자기 흐려지면서 이쯤 일러 내보냈다.
조금 뒤에 궁중으로부터 늙은 환관이 나인 4, 5명과 함께 어
린 세자를 모시고 들어와서 세자로 하여금 어머님을 뵈라고
절을 시켰다.

세자는 시키는 대로 절을 했다.

민비는 세자를 대하게 되자, 그 심정이 갑자기 급격히 끓
는 것을 금할 수 없었다. 생각하면 생각할수록 기막힌 일이
었다.

세자라는 저 아이 하나가 탄생된 연유로 자신의 신세가 이
처럼 비참한 세상을 6년이나 이곳에서 지내온 것이었다. 아
이의 어머니라는 장씨는 자신을 원수같이 대한 터였다. 저
아이가 아무리 '어머니'라 하고 절을 한대도 결국 '아들'이라

는 애정을 느낄 수는 없었다. 그러나 일국의 체면이라든지 또는 옆에 모신 자의 이목을 보아서라도 기분좋게 대해 주어야 하는 것이었다.

더욱이 저 세자라는 아이야 아무것도 모르는 어린아이. 어린아이에게 그 무슨 잘못이 있을 것이랴. 오직 운명의 장난일 뿐이요, 대체로 보아서 당신의 아들이 아닐 수도 없는 일이었다.

민비는 드디어 일곱 살 된 세자의 손목을 잡아 가까이 이끌어 앉히면서 감격에 넘치는 눈물로 나인을 시켜서 봉서를 펴 읽으라고 하였다.

봉서의 대의는 이러했다.

오랫동안 여염생활이 얼마나 괴로우셨소. 생각하면 과거는 모두가 취중인 듯 쓴웃음에 부칠 수밖에 없고, 새로이 가도(家道)를 바로잡고 궁중을 숙청하려 하는 바이니 이 가마에 올라서 즉시 입궐하기를 바라는 바이오.

봉서 읽기를 끝내기 전에 민비의 두 눈에 눈물이 철철 내렸다.

기쁨보다도 감격의 눈물이었으며, 또 이 눈물은 과거 6년의 피눈물들을 모아서 정화시키는 눈물이었다. 이 정경을 보는 정씨 나인과 궁중에서 모시러 나온 상궁 이하 여러 나인들 모두 눈물을 흘리지 않는 이가 없었다.

　민비는 얼마 뒤에야 울음을 그치고, 세자의 머리를 어루
만지면서 물었다.

　"금년에 몇 살이냐?"

　세자는 천연스럽게 대답했다.

　"일곱 살이 되었습니다."

　"벌써 일곱 살! 내가 이곳에 온 지가 어느덧 육 년이 지났
구나!"

　세자는 무슨 말인지 몰라서 머리를 돌려 민비의 얼굴을 우
러러 뵈옵는다.

　"너희 어머니는 잘 계시냐?"

　"네!"

　그러나 세자는 대답을 하면서도 두 눈이 눈물로 흐려졌
다. 민비는 그 까닭을 알지 못했다.

　"세자가 어쩐 까닭이오?"

　늙은 상궁에게 묻자, 늙은 상궁은 허리를 굽히면서 아뢰
었다.

　"세자마마 모궁은 벌써 폐출되어 궐외로 나가 계신 지 오
래되옵니다."

　"폐출이라니?"

　민비는 실상 놀랍게 들었다.

　"자연 아시게 되올 것이오며, 분부를 뫼신 터인즉 곧 환궁

하시옵소서."

"……."

그러나 민비는 대답 없이 건너편 담 밑에 심어놓아 무성하게 자라는 동청수를 바라볼 뿐이었다.

사철나무와 벗을 삼아 지낸 지 6년 만에 궁중으로 들어가면 이 나무와 또 작별하게 되는 것이었다. 십수 년 전에 저 동청수와 작별하던 그해의 일을 생각하면 감회가 더욱 새로웠다.

'그때에 보내주시던 여러 어른은 다 안 계시고, 이번 감고당 작별에는 오직 동청수만이 나를 보내줄 것이로구나.'

그렇게 생각하니 나무와의 작별이 더욱 아까웠다.

뜰아래 모시고 섰던 늙은 환관이 아뢰었다.

"상감마마의 황감하옵신 분부로 곧 환궁하심을 아뢰옵나이다."

이때에야 민비는 세자에게 조용히 일렀다.

"너는 먼저 들어가거라. 나는 차차 봐서 들어가려고 생각한다. 이 말씀을 아바마마께 아뢰어라."

"그러나 저는 어마마마를 꼭 뫼시고 들어오라시는 분부를 듣잡고 왔습니다. 어마마마께서도 곧 들어가시옵소서."

세자는 어른스럽게 간곡히 아뢰었다. 세자의 이 말에 이상한 느낌을 받은 민비는 웃으며 물으셨다.

"내가 대궐로 들어가는 것이 네게도 좋게 생각되느냐?"

"아바마마 말씀이, 나가 계신 어마마마가 정작 너희 어머님이라고 하셔서 이렇게 뫼시러 왔습니다."

이 말을 들은 민비는 이때야 비로소 세자에게 가여운 마음이 일어났다.

"그렇다, 내가 네 어미다! 그러면 지금 같이 들어가자. 네가 그처럼 하니 하는 수 없구나."

민비는 곧 정나인에게 분부하여 길 떠날 준비를 재촉하였다. 다른 나인들도 이 일을 거들어서 한참 뒤에 민비는 드디어 감고당을 떠나며 동청수를 어루만지고 작별하였다.

이리하여 민비는 6년 만에 다시 왕비로 복위되어서 곤순전에 들어오게 되고, 세자는 친어머니와 아들로서의 은애(恩愛)를 느끼며 지내게 되었다.

따라서 상감은 기쁘고 반가운 마음으로 민비를 맞으며 걸걸한 웃음으로 6년간 취중으로 지내는 동안 중전에게 미안한 일이 많았노라고 위로하고, 양전(兩殿, 임금과 왕비) 사이는 가례 당시와 같이 화합하게 되었다.

그중에도 새로이 반가운 일은 전일 거행하던 무수리가 왕자를 생산하고 숙빈의 직첩을 받게 된 일이었다. 왕비가 환궁하던 날 저녁에 최숙빈은 왕자를 데리고 왕비 처소로 와서 왕비의 환궁을 공경하여 맞이하며 뵈었다. 최숙빈은 실로 심덕이 갸륵한 사람으로, 왕비의 환궁운동에 적지 않은

공을 끼쳐 추후에 왕비도 그 말을 듣고 그 충심을 매우 기특
해했다.

돌이켜 보면 전(前) 중전 김씨는 장씨 후궁을 추방시키고
그 뒤에 승하했고, 새 중전 민씨가 입궐해서 장씨를 불러들
이도록 하였다. 그러나 장씨는 민중전의 은공을 모르고 도
리어 민중전을 폐출하도록 했다. 장씨가 차차 의세남권하는
일에 근심하던 끝에 숙종이 최씨 후궁을 들이자, 최씨 후궁
의 민중전에 대한 충성으로써 민중전이 복위 환궁되고 장씨
는 폐출되었다. 그리고 뒤에 민중전은 최씨 후궁을 사랑하
여 거느리니 궁중은 새로이 화합하게 되었다.

민비가 복위해서 환궁했을 때 숙종 임금은 34세였다.

이때부터 양전의 부부애가 재출발한 듯 금실이 궁중에 그
득하게 되었다. 따라서 최숙빈도 20여 세의 나이로 양전의
사랑을 받으면서 화합한 날을 보내게 되니 궁중은 꽤 안정
되게 되었다.

반면에 장비는 '장희빈'이라는 예전 작호 그대로 초전골에
있는 조그마한 초가집의 짚자리 위에서 처량한 나날을 보내
게 되었다. 그도 응당 6년 전 민비가 왕비의 처지로서 당신
의 손으로 불러들인 희빈의 모략으로 폐출되어 친가에 나가
짚자리에서 애통 처참한 생활을 보냈던 그 일을 생각했을
것이다.

그러나 민비의 정성으로 다시 광영한 날을 보게 되었으

나, 자기는 은혜를 잊고 끝끝내 은인을 모함해서 폐출하고도 그것마저 부족해서 갖은 독수를 다 피우다가 그 죄벌로 오늘날 이 지경에 이르렀어도, 오히려 민비에게 미안한 마음과 자기 죄과의 부끄러움을 깨닫지 못했다. 이런 속에서도 오히려 민중전과 최숙빈을 욕하고 저주하면서 어떻게 하면 그들에게 원수를 갚아볼까 하고 허다한 날을 악한 언동으로 몹시 구슬픈 생활을 수놓고 있었다.

그러나 상감은 그런 악독한 계집이라 하나, 어린 세자를 생각하더라도 차마 내던져둘 수 없어서 비록 수문 군사를 수십 명씩 교대해서 지키기는 해도 의식이나 거처, 음식 등은 가난한 지경에 빠지지 않도록 보살펴 주었다.

왕비는 세자가 아직 어린 나이로 생모와 이별하고 홀로 있는 것이 가엾어서 세자를 극진히 사랑하는 한편, 상감마마의 이목을 피해가며 모자의 온정을 막아 주기 어려운 인애(仁愛)로 매달 한 차례 세자의 문안 전갈이라 하여 상궁을 내보내고, 그럴 때마다 철 따라 적당한 의복 일체와 시식(時食) 등속을 보냈다.

장씨는 그것을 받을 때에는 이렇게 반응했다.

"너무나 황감하오이다. 이와 같이 모자의 은정을 끊으시지 않고 자주 소식을 들려주시고, 겸해서 세자를 대신해서 의복 음식을 보내주시니 너무나 황감하옵니다……."

그러나 나인이 다녀간 뒤면 온갖 악독한 욕설을 해가면서 그 의복을 발기발기 찢어서 불에 태워버리고, 음식은 한 그릇에 모아 담아 짓찧어서 땅속에 묻어버렸다. 그러면서 일찍이 민비를 미신으로써 저주할 때 무당 판수에게 들은 주문(呪文)으로 저주하는 미신 행동을 했고, 주문을 주야로 외우는 것을 일삼아서 광인으로 변하다시피 하였다.

이런 연유인지 모르나, 왕비 민씨는 이제 아무런 여한이 없게 되고 안락한 날을 보낼 수 있었으나, 무슨 까닭인지 항상 신체에 병이 생기고 쇠약하여 잔병이 계속되어 자리에 눕는 날이 많았다.

6년 동안 짚자리에서 처량한 생활을 애통하며 보내는 중에 육체로 정신으로 지극한 상처를 받은 여독(餘毒)인지는 모르되, 어쨌든 왕비의 안락할 듯한 생활 이면은 이처럼 괴로웠다. 이때에 최숙빈은 정성으로 왕비의 병을 간호하고 천지신명에게 빌어 왕비의 건강을 축원했다. 그러나 민비의 운명은 역시 민비의 운명 그대로를 걸어갈 뿐, 최숙빈의 힘으로도 어찌할 도리가 없었다.

궁궐로 돌아와 오랜 세월을 잔병과 고통으로 지내던 중, 어느 때인가는 편하지 못하던 병세가 좀 나아져 자리에서 일어나자 구미가 당기지 않는다는 말을 듣고 최숙빈은 사옹원(司饔院, 궁중의 음식에 관한 일을 맡아보던 관아)에 일러 게장을 드리라고 했다. 아직 첫가을이라 마침 쓸만한 것이 없었으므로 궁중에 올렸던 것을 몇 개쯤 미음 반찬으로 올렸더니, 여기에 구미를 붙였다.

"여보게, 이 게장이 유난히 다니 웬일인가. 나는 이런 것은 처음 먹어보네!"

"아무것이라도 잡수시고 구미를 얻으시고, 식사를 잘하셔서 하루바삐 회춘하시옵소서."

최숙빈은 너무도 다행이라 이렇게 여쭈었다. 이러는 한편 사옹원에 사람을 보내서 햇게장 결이 삭는 대로 곧 들여오라 일렀다. 그러나 이 게장이 무엇 때문에 그와 같이 달았는지 최숙빈이 모르는 터이니 민중전도 알 턱이 없었다.

어쨌든 왕비는 이 게장을 먹은 뒤에 정신이 다시 혼미해지면서 자리에 눕게 되었다. 궁중에서도 긴 병 끝에 재발하는 증세와는 달리 갑자기 정신을 잃는 데 크게 놀라 다시 어찌할 바를 모르고 바싹 긴장했다.

아무리 생각해도 까닭을 알지 못할 왕비의 증세는 드디어 두어 시간 후에 위독한 지경이 되었고, 얼마 안 가 서둘 새도 없이 승하하고 말았다.

왕비는 호흡을 모아 쉬는 시간까지도 상감에게 당부했다.

"저 세자를 생각하셔서라도 아무쪼록 그 어미를 너무 슬프게는 대접치 말아주시옵소서. 부덕한 인간이 부질없이 왕후 자리에 앉아 왕자 한 분 못 낳아드리고 가는 것이 너무나 죄송하오니, 아무쪼록 세자를 성취시키셔서 국본을 튼튼히 하여 주시옵소서."

이렇게 말한 뒤 어린 세자를 앞에 불러 어루만졌다.

"이 어미가 덕이 박해서 네 생모에게 미안한 일이 많았다. 후일에 친생모를 보거든 부디 내 이 말을 전해다오."

이 말을 한 뒤 즉시 숨이 가빠지며 절명하였다.

왕비는 승하하는 시간까지 장희빈에 대한 마음을 이만큼이나 쓰던 어진 사람이었다. 그러나 자신의 후반생 16년간 경과는 그만두고라도, 당장 당신이 무슨 연유로 천명을 마치지 못하고 이같이 변사(變死)의 죽음길을 떠나는지조차 알 턱이 없었다.

왕비가 서너 시간 사이에 급작스레 병세가 악화되어 승하하자, 상감으로부터 측근자들까지 모두 의심을 하여 마침내 식사를 올렸던 일을 살피게 되었다. 숙빈은 언뜻 게장밖에 의심나는 게 없어서 게장을 조금 맛보니, 과연 게장의 단맛 이외의 맛이 들어 있었다. 따라서 이것이 꿀을 넣은 것까지 알려지자 즉시 게장이 궁중까지 들어오게 된 경로를 살펴보았다.

이 게장은 사옹원에서 직접 수라간으로 들여왔고, 수라간에서 편전까지 올리기는 김나인이요, 편전에서는 최숙빈이 몸소 미음상을 올렸던 것이다.

그런데 이 김나인이라는 인물은 어느 때나 최숙빈을 얄밉게 보던 자로서, 왕비의 분부로 여러 차례나 장희빈에게 세자 전갈을 전했던 사람이었다. 여기까지 생각하게 된 최숙빈은 은밀한 곳에 김나인을 몰아넣고 곧 상감에게 이 말을 아뢰었던 결과 상감은 즉시 친국을 시작하였다.

금부나장이 몇 번 때리지 아니해서 자복은 순순히 나왔다.

김나인은 드디어 장희빈의 밀계를 그대로 시행해서 기회가 닿는 대로 음식에 치독도 하려고 했고, 어느 때는 다른 독수(毒手)를 펴려고도 했으나 종시 이루지 못하고, 이번에 이 같은 금기 음식을 이용해서 일을 저질렀다는 것이었다.

김나인은 더 물을 여지없이 금부로 내보내고, 상감은 즉석에서 장희빈에게 사약을 내렸다.

이 전교가 내려지자마자 어린 세자는 지금 모비상(母妃喪)을 당해서 망극한 중에 겹으로 친생모의 극형 처분까지 듣게 되니 그 애통하고 두려운 것을 입으로는 이루 형용할 수 없었다. 그러나 최후까지 정성을 기울여서 어머니를 구해보리라 결심한 어린 세자는 부왕의 처소 앞뜰에 짚자리를 펴고 석고대죄하며 아뢰었다.

"소자는 어미와 같이 함께 죽어지이다."

이와 같이 아뢰면서 흐느끼며 애걸하는 한편으로 늙은 환관과 입직 대신들을 보는 대로 애원했다.

"우리 어머니를 구해주시오!"

세자가 지극한 정성으로 목놓아 울면서 애걸하는 모양은 진실로 사람의 마음을 가진 자는 그 누구나 눈물 없이 볼 수 없었다. 그러나 숙종은 처음부터 결의한 바가 있어서 조금도 용납하지 않았다.

장희빈은 최후 계략인 민비 치독사건이 탄로나 드디어 사약까지 받게 되자, 갑자기 마음이 이상스럽게 변해서 사약을 받아놓고 나인을 궐내로 보내 말을 전했다.

"사약을 내리시니 먹기는 하겠사오나, 생전에 모자가 최후 영결(永訣)이나 하겠사오니 세자를 잠깐만 보여주시면 유한 없이 죽겠나이다."

상감이 이 말을 들으니 어미의 정이 그럴듯하고, 게다가 세자가 목놓아 울며 애걸하는 모양도 측은히 생각되어 세자를 우선 위로하였다.

"네, 나가서 네 어미를 보고 다시는 그런 죄악을 범하지 않겠는가 물어보고, 겸해서 모자가 오래간만이니 대면도 할겸 잠깐 다녀오너라."

늙은 환관에게 잘 보호하라 시켜 자비에 태워 내보냈으니, 모자간의 최후 결별을 허락한다는 뜻이었다.

세자는 친생 모친을 대하게 되었다.

눈물을 좌르르 흘리면서 앞으로 달려들어 울고 있는 어머니를 얼싸안았다.

"어머님, 이 노릇을 어떻게 한단 말씀이오!"

그러나 장희빈은 세자를 보는 순간 갑자기 정신에 이상이 일어나고, 마음은 아주 악독하고도 광란적으로 격분되었다.

으레 같이 따라서 울고 세자를 맞이하련만, 세자를 보고는 돌연히 눈빛이 싸늘해지고 얼굴에 독기를 품는 것이었다.

그러다가 세자가 자기를 향해서 '어머님'을 부르고 울며 달려들어 얼싸안을 때 그는 어느 틈에 홑옷 입은 세자의 아랫도리로 번개같이 손을 내밀어 세자의 하초의 성기를 꽉 부여잡고 죽어라 아래로 낚아챘다. 실로 눈 깜짝할 사이에 일어난 벼락같은 행동이었다!

울고 있던 세자가 반사적으로 비명을 지르며 즉시 까무러치는 통에 옆에 섰던 사람들이 급히 달려들어 구호했다.

장희빈은 여전히 독기 실린 말로 살기 등등하게 고함을 질렀다.

"내가 이 지경이 되어 죽게 되는 처지에 너를 남겨둬서 이가(李哥)의 혈통을 잇고, 민가년의 제[祭祀]를 지내게 할 내가 아니다! 너 죽이고 나 죽으면 그만이다!"

미친 사람처럼 소리를 외친 뒤 놓쳐버린 세자의 하초를 다시 잡으려고 세자에게로 달려오는 것을 군중들이 억지로 빼내어 안아내서 궁중으로 들어가려고 가버렸다.

세자가 그 모양이 되어 나가자 사약 이상의 참혹한 형벌이 올 것은 정한 이치였다. 세자가 나가는 통에 옆사람이 다들 나간 그 틈을 타서 장희빈은 약사발을 들어서 내동댕이쳤다. 그러더니 비단수건을 끌러서 목을 매어 대청 대들보 밑에 궤를 놓고 올라섰다. 그걸 바짝 매달고 두 발로 궤를 걷어차며 들보에 매달려 스스로 절명하게 하였으니, 41세의 일생은 이렇게 청산되었다. 바탕은 악이요, 독으로써 수놓았던 일생이었다…….

장희빈은 이와 같이 악독한 최후를 마쳤으나, 궁중에서는 갑자기 시체 모양으로 변한 세자가 돌아오게 되자 기막힌 소동을 일으키고 급히 응급수단을 가하는 한편 어의와 여의들이 있는 대로 모여들어서 구호하게 되었다.

더욱이 숙종은 이 광경을 당하자 너무 다급하고 당황해 어찌할 바를 몰랐다.

중전 민씨 인현왕후가 중년 나이로 승하한 것도 회한이 적지 않은 중에 제 죄에 죽는 장희빈이라고는 하나 세자가 마음의 상처를 받게 될 것이 여간 가엽지 않아 마음이 몹시 괴로웠다. 그런 중에 세자가 친생모와 결별하러 갔다가 이 모양이 되어 돌아오게 된 것이다. 더구나 그 까닭을 물어 알게 되자, 인사불성의 세자는 꼭 죽을 것만 같아서 숙종은 한없이 가엽고 안타까움을 견디지 못하였다. 정신을 잃고 쓰러져 누워 있는 세자의 손을 쥐고 하염없이 눈물만 흘렸다.

"오, 이게 무슨 신수란 말이냐! 이제 나이 사십에 이다지도 파란이 많다는 말이냐! 이럴 바에는 차라리 천인(賤人)의 집에라도 태어나서 일생을 마음 편히 살다가 죽느니만 못하다!"

세자는 얼마 후에 명의와 선약의 효과, 부왕의 지극한 정성으로 소생되고 차차 기운을 진작해서 기동할 수도 있게 되었다.

그러나 원체 심하게 일격을 당한 급소의 급한 상처는 그 결과가 끝끝내 좋지 못했다. 반듯한 몸의 기상은 사라지고, 의식은 희미해졌으며, 전날의 총명과 영특도 다 사라졌다. 그리하여 끝내 내시처럼 한쪽 어깨가 으쓱 올라가며 걸음걸이도 비슬대는 폐인이 되고 말았다. 게다가 한 달이면 두세 차례씩 정신이 혼수상태에 빠져 누워 지내게 되니 이럴 때마다 부왕의 마음은 말할 수 없이 괴로웠다.

그런 중에도 이듬해 9월 30일, 인현 민비 복제(服制)가 끝나자 조정의 신하 중에는 상감에게 왕비 간택을 고하는 자가 있었다.

"연기(年紀) 이제 40으로서 불로불소의 춘추를 가지신 처지이니 곧 왕비를 책봉하셔야 합니다."

신하들의 권유로 왕은 왕비 간택의 영을 내리고 왕비 재목을 물색하게 되었다.

이때에는 조정의 재상들이 대개 서인들로서, 서인이 집정한 지 여러 해가 되자 또 벌써 세력싸움이나 당파 싸움이 성해갔다.

숙종 9년(1683)에는 송시열이 노론이 되고 윤증이 소론이 되어 서로 싸우다가, 숙종 15년(1689)에는 세자책봉 문제로 남인과 서인 사이에 또 충돌이 생겼다. 따라서 희빈 장씨가 왕비로 책봉되어 6년간 지내는 동안 남인이 득세했다가, 왕비 복위 때에 남인이 실세(失勢)하고 서인이 다시 득세했으나, 서인 중에도 소론 남구만이 영의정이 되는 통에 노론들은 시들어졌다. 얼마 뒤에는 남인들이 차차 들어오기는 했으나 시원치 못하고 오히려 노론들이 많이 들어왔다.

노론과 소론 사이에는 차차 서로 갉아대는 조짐이 있고, 또 왕비책봉운동을 노론이 유난스럽게 서두르게 되자 숙종은 이 일이 밉살스러웠다.

이래 수백 년 사화(士禍)니 당쟁이니 해서 분란이나 참화를 일으킨 것이 모두 한 당파에 치우쳐 서로 간의 옹호주의에서 생긴 일이요, 그 일이 점점 확대되어 차차 왕실에까지 침투되었다. 왕가(王家)가 그네들의 앞잡이나 어릿광대가 되는 지경에 이르렀음을 생각하면 그네들의 소행이 가증스러웠다.

그래서 이제는 어떠한 당색에도 마음을 두지 않고 오직 자신의 마음대로 현숙한 규수를 택하기로 했다. 그러나 이 뜻을 알지 못하는 재상들은 어느 당색의 집 딸이 왕비 재목이 될 것인가 초조해하고 있었다.

당시 왕비 재목을 고를 만한 집은 대개 노론의 재상집들뿐이었다. 그리하여 노론 재상의 집들은 주린 매 모양으로 기웃거리는 자가 허다했다.

그러나 왕은 노론의 집에는 어떠한 요조숙녀가 있더라도

간택에서 제외하기로 결심했다. 무서운 결심인 동시에 현명한 처사였다. 언제, 어디서나 외척이라고 으스대는 버릇과, 외척과 당파세력의 관계를 없애버리기 위해 이같은 영단(英斷)을 내렸던 것이었다.

여러 방면으로 살펴본 바 경주 김씨 김주신의 집에 16세 된 규수가 있다는 말을 듣고 상궁을 보내어 간선한 결과 마음에 옳게 생각되어 삼간택(三揀擇, 임금의 배우자를 고를 때 3차례에 걸쳐 고른 다음에 결정하는 절차)은 허례(虛禮)로 지내고 드디어 김주신의 딸로 왕비가 책봉되니, 이 딸이 뒷날 인원 김비(仁元金妃)로 시호를 받은 사람이다.

김주신은 그 족척이 소론이므로 대개 소론으로 지목을 받기는 하나, 김주신 자신이 어떠한 당색 관념도 없었기 때문에 그 집을 택하였던 것이다.

42세의 나이에 16세 규수를 맞이한 숙종은 금실이 흡족한 듯하였다. 그러나, 동궁 책봉까지 된 아들의 오래된 병으로 인해 주야로 근심하다가 몇 년 뒤에는 심화(心火)로 내장에 종기가 나는 병까지 얻었다. 또 안질이 갤 날이 없고, 시력을 잃어 거의 청맹과니에 가깝다고 탄식하였다.

신사년(1701)에 일어난 병세가 무려 17년간 계속하며 허다한 고초를 겪으며 숙종의 머리털을 있는 대로 세게 하고, 숙종의 염통을 있는 대로 썩히고 나서야 정유년(1717)에 가서 겨우 다 나은 듯이 몸을 추스르게 되었다.

세자는 병중이었지만 16세 때에 청송부원군 심호의 딸을 세자빈(世子嬪)으로 맞이하였다. 빈의 나이는 세자보다 두 해 위가 되는 18세요, 모비 인원 김씨보다는 한 해 위가 되었다. 이런 나이로 입궐했던 세자빈 심씨는 정숙하고 단아한 여자의 미덕은 있었으나, 남편이 우울하고 초조하게 세상을 지내고 있어 후손마저 생기지 않았다.

그러다가 숙종 재위 31년(1705), 을유(乙酉) 가을부터 동궁의 증세가 제법 회복되는 듯하므로 숙종은 모든 것이 다 귀찮게 생각되었다. 그때 숙종이 몸과 마음을 휴양하기 위해 동궁에게 국정을 대리시키겠다는 분부를 조야에 널리 펴고, 이제 18세 된 동궁이 대리청정하는 세상이 돌아왔다.

차차 동궁의 존재가 뚜렷해졌다. 그러나 아직 왕위에 오르기도 전이건만 제일왕자를 싸고돌던 일당, 즉 남인 일당들은 다시 날뛰기 시작했다.

어떻게 하면 동궁의 마음을 사서 저 서인들을 있는 대로 전멸시켜 볼까, 하는 묘계(妙計)를 생각해내느라 여가가 없었다. 이 눈치를 알아차린 서인배들은 남인을 어떻게 하면 억누를까 하여, 여기에 대한 대책을 강구하기에 밤낮을 가리지 않고 수군거렸다.

그러나 제일왕자 연영군(延英君)과 제이왕자 연잉군(延礽君) 형제는 우애가 지극하였다. 두 왕자의 어머니 사이는 빙탄지간(氷炭之間)이었지만, 아버지를 같이한 동기인 때문인지 천성이 효성과 우애가 갸륵한 동궁은 여섯 해 아래 되는 아우를 극진히 사랑하고, 아우 되는 왕자는 형님을 부모님처럼 공경하고 따랐다.

이런 처지였으나 큰 왕자를 옹호하는 당파(남인)는 작은 왕자를 해치려 들고, 작은 왕자를 옹호하는 당파(서인)는 큰 왕자를 해하려고 하여 마침내 형당(兄黨)과 제당(弟黨)끼리 왕위를 다투는 큰 싸움을 또 한 번 일으키고 말았다.

동궁이 대리청정의 어명을 받은 뒤에도 종종 자리에 눕게 되자, 제당들은 동궁의 건강이 좋지 못하니 아우님으로 자리를 바꾸자고 여러 차례나 여론을 일으킨 적도 있었다.

동궁에게 국정을 대리시키고 정양하던 임금의 몸이 완쾌될 때까지 그대로 있게 했으면 세상은 아무 일도 없었을 것이다. 그러나 추측과 현실은 항상 반대방향을 가리키게 된다.

동궁 연영군(延英君, 뒷날의 경종景宗 임금)은 세자 당시 겨우 14세 되던 때에 어머니 장희빈으로부터 참변을 당한 뒤 무려 17년간을 병으로 신음하였다. 부왕의 지극한 정성으로 겨우 생명을 건져 점점 회춘되다가 정유년에 이르러서 다소 완쾌되자, 부왕은 노환과 잔병으로 국정을 모두 이끌 수 없으므로 동궁이 국정을 대리한 뒤 4년이 지난 경자년(庚子年, 1720)에 이르렀다.

경자년부터는 숙종 임금의 병이 급작스레 깊어지기 시작

해 조야가 모두 근심으로 지내던 중에 이해 6월 8일, 드디어 60의 나이로 빈천(賓天)의 길을 떠나고 말았다.

돌아보건대 숙종의 일생 60년간은 너무도 파란곡절이 많았다. 궁중의 형편으로나, 조정의 형편으로나 파란이 몹시 일어났던 그 세상의 물결은 숙종이 탄 배를 흔들 대로 흔들어, 마음을 흔들 대로 흔들고 불안할 대로 불안하게 만들었다.

숙종이 재위 46년 뒤 떠나가고, 그 뒤를 이어서 동궁이 즉위하니 이 임금이 곧 경종(景宗)이었다.

오랫동안 부왕을 보좌해서 국정을 대리한 마당이니 일이 그리 새삼스럽게 서투르지는 않을 것이었다. 그러나 신왕은 부왕의 예제(禮制)를 당한 뒤 너무 비통해하다가 마침내 전날의 병이 재발하게 되었다. 항상 병석에 있을 때가 많았고, 나중에는 정신까지 혼탁해져서 의식이 똑똑하지 못하기에 이르렀다. 며칠에 한 번씩 의식이 회복되는 때를 타서 공사를 모아 처리하는 바람에 국정이 침체하고 여러 명령이나 제도가 문란해지기 시작했다.

그러나 경종은 이따금 의식이 회복되면 몹시 분한 듯 탄식하였다.

"내가 병들어 누워서 국정을 돌아보지 못했으니 나랏일이 오죽했으랴! 어서 밀린 공사를 들여다 곧 처단해 치우리라!"

때로는 힘을 차려 일을 하다가도 돌연 짜증을 냈다.

"애, 모두가 귀찮다! 너희들이 알아서 해라. 나는 그만두고 좀 쉬어야겠다!"

이처럼 국가 대사건의 처단들을 모두 승지나 사관, 주서들에게 맡겨 버리는 것이었다. 또 어느 때에는 신하를 불러들여서 아룀을 듣다가 지루한 생각이 들면 버럭 언성을 높였다.

"그만 말해도 알아들었노라! 그대로 나가서 기다리라!"

이렇게 내보낸 뒤 하루, 이틀은 물론 며칠이 지나도 비답 같은 것을 내리지 않을 때도 있었다. 측근자들이 궁중 형편을 아뢰고 어찌 하오리까, 하고 무슨 중대한 처단이라도 하기를 청하면 신왕은 그저 괴로운 대답만 했다.

"모르겠다! 너희들의 생각대로 좋게 처리해서 거행케 하려무나."

이쯤 되니 국정이 침체하고 혼탁하게 되는 동시에 대사의 처결도 모두가 승지사관이나 나인과 환관들의 마음대로 처리하게 되었다.

이런 까닭에 이 무리들은 이것을 기회로 삼아서 중대한 일이 있어 무슨 주청(奏請)이나 차자가 들어오면 그대로 끼고 있다가 신왕의 정신이 혼미하실 때를 기다려 올리게 되는 때가 많았다. 그러면 임금이 귀찮아하며, '네 생각대로 좋도록 처결해 내보내라' 하는 분부를 하면 자기에게 유익하도록, 또 생색이 나도록 처리해 내보냈다. 이것은 국왕이 국정을 처리하는 게 아니라 측근자들의 손바닥 안에 있는 격이 되고 말았다.

이듬해 신축년(1721)이 돌아왔다. 이해가 경종 원년이었다.

국정이 더욱 침체해지는 중에도 신왕의 병세는 더욱 나빠져만 갔다. 즉위 일 주년 이상이 된 때지만, 처결되지 못한 공사의 일이 태산 같을 뿐만 아니라, 당장을 걱정할 뿐 앞일을 미리 생각할 겨를이 없을 정도로 증세가 위중한 상태여서 국본(國本)을 세우는 일이 무엇보다 급하다는 의논이 대두하였다.

이해 8월 20일에는 우의정 조태구를 제외한 삼상, 육경과 삼사들이 문무 제신을 거느리고 궐내에 들어가서 합문 밖에 엎드려서 상소를 올렸다.

"성후(聖侯) 미류(彌留, 병이 오랫동안 낫지 않음)하시와 국세가 위태로운 이때이오니 하루바삐 세제(世弟)를 동궁으로 책봉하시와 국본을 세우시게 하옵소서."

이 상소는 당시 신하들의 당연한 말이었으나, 망상과 억측이 많은 반대파들의 오해를 사서 화를 일으킬 실마리가 다시 일어나 나중에 큰 참극을 연출하게 되었다.

경종이 아직 동궁으로 있을 때 세자빈 단의심씨(端懿沈氏)는 아깝게도 26세를 일기로 세상을 떠나고, 이듬해에 어유귀(魚有龜)의 딸을 맞이해서 계빈(繼嬪)으로 삼았다. 이 딸이 뒷날 선의어비(宣懿魚妃)로서 동궁이 왕위에 올랐을 때 왕비에 책봉되었다.

어비는 현숙하고 온순한 심빈(沈嬪)과는 달리 괄괄한 성격과 교활하고 엉큼한 마음이 있을 뿐 아니라, 함원부원군이 된 어유귀도 됨됨이가 예전 부원군과는 딴판으로 외척의 이해득실을 밝히는 한편, 궁중 형편을 살펴서 자기의 진퇴 향배를 민첩하게 행동하는 인물이었다.

그런 까닭에 노론 재상들은 어유귀가 외척을 믿고 날뛰는 것을 눈치채고 그의 행동을 정찰하기 위해 자기 심복을 보내서 종종 출입시켰다. 이는 어유귀의 매부 김순행으로서 노론 재상의 영수 김창집의 족손(族孫) 되는 사람이었다.

김순행은 젊은 관원으로서 노론 재상과 한편인 처남 어유귀가 딸을 궁중에 보내 왕비가 되자 전날의 기개를 고쳐 경종을 옹호하는 소론 편과 한통속이 된 일을 야비하게 생각했다. 김순행은 족대부(族大夫, 할아버지뻘이 되는 같은 姓의 먼 친척)되는 김창집의 심복으로서 어유귀의 집을 자주 드나들면서 친하게 지내는 척하고 동정을 살폈다. 그 결과 어유귀는 딸 어비를 책동해서, 경종이 대를 이을 아들이 없는 데다 병세가 항상 위태로우므로 부원군의 부귀를 연장시키기 위해, 또는 경종의 종친 중에서 소목(昭穆, 종묘나 사당에 신주를 모시는 순서) 닿는 아이를 들여세워서 세자를 책봉하자는 계책을 실현하기 위하여 궁중에서 맹렬히 운동하고 있다는 것을 알게 되었다.

그러나 아직까지 제이왕자 연잉군(延礽君, 후일 영조英祖

임금), 즉 당시의 왕세제를 옹호하고 있던 노론당파에서는 이 지경이 되면 여지없이 낭패인 때문에 이 일을 알고 갑자기 큰 소동을 일으키게 되었다.

더욱이 이번에 경종의 소목 문제를 일으켜서 새 주장을 생각해낸 것이 어유귀 일당의 음모라는 것을 알게 되자, 어이가 없고 기가 막힌 나머지 큰 반동을 일으켜서 그와 같이 삼상, 육영, 삼사가 소대(召對, 임금과 대면하여 의견을 아뢰는 것)를 청했던 것이다.

이날(8월 20일) 영의정 김창집, 좌의정 이건명, 판중추부사 조태채 등은 이조판서 이의현, 호판 민진원, 병판 이만성, 형판 이관명, 공판 겸 훈련대장 이홍술, 한성판윤 이우항, 대사헌 홍계적, 대사간 홍석보, 도승지 조영복 등을 인솔하고 입궐해서 세제 동궁 책봉을 임금께 청했던 것이다.

이것은 이네들이 다만 자기들의 이해득실을 따지는 일로 했던 바가 아니요, 그네들이 사모하는 선배요 동지가 되는 이이명이 일찍이 선왕께 간곡하신 유촉(遺囑, 죽은 뒤의 일을 부탁함)을 받았던 까닭에, 그 유촉을 저버리지 못하겠다는 충의로 일어나게 되었던 일이다.

4. 당쟁은 끝났지만

　그러면 이이명은 숙종에게 어떠한 유촉을 받았던가.

　때는 잠깐 거슬러 올라가 숙종 재위 43년(1717) 8월 어느
날이었다.

　항상 병세가 매우 무겁던 상감은 마음이 우울하고 초조하
던 중에 마침 신임하던 우의정 이이명이 약방에 숙직하게
되었다.

　원래 국가의 규례로 말하면 평시든지 병환중이든지 군왕
이 정승과 대신들을 대하게 될 때에는 반드시 승지가 그 군
신 사이의 범절을 살피고, 사관이 군신 사이의 대화를 기록
하는 것이 철칙으로 되어 있었다. 이 정승이 들어간 뒤 조금
있다가 입직 승지와 사관이 뒤를 따라 들어오려 할 때에 그
때에 모시고 있던 내시 한 사람은 특명으로써 합문을 지키
고 있다가 이이명이 들어온 뒤에 그 문을 닫아버렸다. 승지
와 사관은 이 눈치를 알고 그대로 무료하게 물러가버렸다.

왕은 신임하는 정승 이이명을 가까이 불러 세우고 손을 잡으며, 자신의 병세가 깊고 세자까지 완쾌하지 못하여 대를 이을 왕자가 없는 것을 눈물로 탄식하였다.

"왕실이 위태롭고 나라에 시련과 고난이 많지만, 동궁에게도 국정을 부탁할 수 없는 이때에 용단을 내려 동궁의 자리를 바꾸고 싶소."

숙종은 이런 의사를 표시하였다. 이 말은 신체가 튼튼한 제이왕자로 동궁을 고쳐서 봉하려는 뜻이었다.

너무나 놀라운 분부였다. 몸이 아파 누워 있는 것도 너무나 슬픈 일인데, 그렇다고 동궁의 자리까지 아우에게 빼앗기다니 너무나 야속한 처분이었다. 그러나 국가 대세로 봐서는 그렇게 했던들 아무 근심도 없고, 나라의 형편도 하루바삐 진전되었을 것이었다. 비록 그렇다 할지라도 사람의 일이라는 것은 현실을 잘되게 하는 것보다도, 인정과 의리를 전연 무시할 수도 없는 것이어서 억지로 좋은 길을 못 가게 되고, 고생하는 길로 가게 되는 수가 종종 있다.

이이명은 상감의 분부가 지당한 의견임을 알고 있었다. 그러나 인정과 의리를 놓고 보자면 차마 그럴 수도 없는 노릇이었다.

그는 왕의 표정을 살펴보면서 아뢰었다.

"지금 하교하신 바 동궁의 자리를 바꾸겠다 말씀하신 것은, 신 등이 아무리 무식하오나 감히 봉행치 못하겠사오니 행여 이런 뜻은 억제하시옵소서. 동궁이 아무리 건강치 않사오나 신 등이 충성과 힘을 다하면 대리청정쯤 못할 바 없을 것이옵니다. 마음이 너무 괴로우시면 차라리 동궁으로 하여금 정치를 도와 바른길로 인도하시는 처분은 내리실 수 있을 것으로 아룁니다."

그는 물러나며 말했다.

"독대(獨對)를 거행하는 일이 너무도 죄송하와 곧 물러가오리니 내일이라도 삼정승을 부르시어 이 뜻을 이르시옵소서."

그 뒤 삼상(三相)을 불러 세자 대리청정을 분부하였다.

그러나 사람들은 이날 우의정의 독대 사건을 두고 제각기 억측하여 이이명이 개인적인 의견으로 왕께 고하여 세자 대리청정을 억지로 여쭈었다는 소문이 차차 널리 전파되었다.

독대라는 일도 깜짝 놀랄 만한 해괴한 변고인 데다가, 더욱이 독대하는 자리에서 왕께 그 왕위를 세자에게 전하라는 따위의 말을 했다는 것은 도저히 그대로 용인할 수 없는 일이라고 주장하는 자도 있었다. 이때는 더욱이 노론들이 집권한 때라 소론들은 기회만 엿보던 때에 이런 말을 듣게 되니 그야말로 확실한 기회를 잡은 기쁜 일이었다.

안산(安山) 고을에 은퇴해 있던 원임 영중추부사 윤지완은 소론의 영수로서 당년 90 노인이었으나, 이 소문을 듣고 크게 놀라 펄펄 뛰었다.

"이런 목을 베어죽일 놈이 있다는 말이냐! 당장 주상께서 재위하신 처지에 왕위를 세자에게 전하시라는 이런 무엄 무도한 역적놈을 그대로 둔단 말이냐? 내 아무리 구십 노령 반송장이지만, 이 역적놈을 죽이고 올 것이다! 무엇보다도 정승 명색으로 군왕께 아첨해서 밀실에서 사사로이 독대해 가면서 이와 같이 할 수가 있다는 말이냐! 이놈을 그대로 두면 나라가 망할 것이다. 하루바삐 올라갈 터이나 노상에서 죽을지도 모르니 아주 관을 짜 가지고 자비 뒤에 이끌고 가야 하겠다!"

이 말을 외치고 즉시 밤을 도와 관을 짰다.

이 광경을 보고 아들, 조카들과 문하생들이 모두 말렸으나, 그는 미친 듯이 날뛰고 듣지 않아 기어이 관을 짜서 이끌고 서울로 올라와서 이이명의 죄상을 들어 상소를 올리려 했다.

그러나 막상 서울에 와서 소론 당파들의 이야기를 자세히 들으니 사실인즉 시골서 듣던 바와는 딴판이었다. 원래 이이명이 독대한 자리에서 주상이 동궁에게 대리청정을 시키려는 것을, 이이명은 동궁의 건강이 좋지 못한 것을 핑계로 동궁의 자리를 제이왕자 연잉군으로 바꿔 대리청정을 시키십사 아뢰었다는 것이었다.

어쨌든 소론의 당파에서 노론 이이명을 몹쓸 곳으로 집어넣기 좋은 말이라 생각한 그는 더욱 분연히 질타하였다.

"이이명이 왕위를 제이왕자에게 옮기려는 전제(前提)의 행사이니 그대로 둘 수는 없는 일이다!"

이런 여론을 일으키고 드디어 상소를 지어서 입궐, 임금에게 아뢰었다.

"명분이 일국의 정승으로 임금의 사신(私臣)이 되어 밀실에서 주상과 독대하고 그러는 중에도, 주상의 다음으로 받드는 동궁을 까닭 없이 모해하려 하고, 임금의 권위를 세자에게 옮기십사 하는 무도 무엄한 말씀을 아뢰었다 하오니, 이런 자는 곧 목을 베어서 국가의 기강을 세워놓지 않을 수 없습니다."

숙종은 이 상소를 웃음에 부치고 예사로이 여겼지만, 이 상소가 한번 조정을 요란하게 하자 이이명은 체면상 독대라는 혐의로 사직하지 않을 수 없게 되었다.

이런 상소가 들어오자 왕은 윤지완에게 이같은 비답을 내렸다.

동궁에게 대리청정을 시키자는 말은 짐의 병세를 염려해서 내가 말한 바이며 이이명이 그와 같이 한 것이 아니고, 동궁에게 이미 대리청정을 시킨 바에는 병약한 연영군보다는 튼튼한 연잉군을 동궁으로 봉하겠다 하니까, 이이명은 도리어 인정과 의리상으로 차마 큰 왕자를 아주 괄시할 수 없다고 동궁을 두둔했던 바이다. 그리고 승지와 사관만 없었지 측근자들이 다 옆에 있었던 일인데 독대라는 말이 어디 당치않은 말이냐. 허무한 풍설을 듣고 90 노령으로 관을 끌고 올라와서 이와 같이 해괴한 짓을 지어서 세상의 이목을 수선스럽게 하니 이런 경솔한 처사로 어찌 일국 원로의 체면을 보존할 것이랴. 너무 한심하도다!

이이명은 인의사직하고 금부에 석고대죄하게 되니, 숙종은 돈유(敦諭, 정승이나 유학자가 노력하도록 권하는 임금의 말)를 내려서 부르게 되었다.

자기에게는 이런 비답을 내리고 이이명에게는 그런 돈유가 내리자, 윤지완은 한편으로는 부끄러워서 결국 다시 그 관을 끌고 무색하게 향리로 돌아갔다. 그러나 세상에는 이 일을 '정유독대(丁酉獨對)'라 하여, 소론 일파에서는 의연히 윤노인의 주장을 옳게 여겨 노론 전체가 제일왕자 동궁을 치워버리고 제이왕자에게 실권을 맡기려고 음모를 꾀하고 있다고 지목하게 되었다. 그러자 세상의 이목은 모두가 노론은 제당(弟黨)이요, 소론은 형당(兄黨)이거니 생각하고 그들의 움직임을 주목하게 되었다.

이런 눈길 속에서 동궁이 대리청정하게 되고, 4년 뒤에는 동궁이 즉위하였다.

즉위한 뒤에 병세가 다시 무거워져 나랏일을 근심하는 재상들이 예전에 숙종께서 제이왕자를 부탁하던 그 유지를 좇아 만일을 염려하게 되었다. 즉, 하루바삐 왕세제를 동궁으로 책봉하는 것은, 다시 말하자면 다음 왕위를 이을 임금을 미리 세우는 뜻이었으니 이 일에 조금도 그릇된 점이 없었다.

그러나 이른바 '형당' 소론파들은 이 일을 옳지 않다고 주장했다. 그것은 도리어 병중인 군왕의 지위를 엿보는 행동인즉, 도저히 그 죄를 용서할 수 없다고 성토하였다.

원래 삼상, 육경의 연좌(連坐) 건백(建白, 의견을 말하는 것) 때에 대신 중에 오직 우의정 조태구만이 소론 편에 있었기 때문에, 조태구가 있고서는 반드시 이 일을 반대해 연좌 건백에 방해가 될 게 뻔했다. 그래서 마침 그가 고향 내려간 동안 이 기회를 타서 그렇게 했던 일이나, 조태구가 서울 집으로 돌아와 이 소문을 듣게 되자 그네들의 소위가 너무나 뻔뻔하여 드디어 소론들과 손을 맞잡고 세제 동궁책봉 문제를 절대로 반대했다.

그다음으로 이번 연좌 건백의 비답이 대강 '상소한 뜻은 여러 가지로 더 생각해본 뒤에 신중히 처단할 터이니 아직 기다리라'는 뜻으로 내린 것을 알게 되자, 소론들은 이 비답은 불윤(不允, 임금이 신하의 청을 허락하지 않는 것)에 가까운 일이라고 생각했다. 그때부터 경종 소목 문제를 급작스레 책동시켜서 조태구 등은 부원군 어유귀를 통해 딸인 왕비 어씨가 간접으로 왕에게 아뢰어 저사(儲嗣, 왕세자)로 하자고 권했던 것이었다.

그러나 임금은 한결같이 이말에 대답을 않고, 더욱이 왕대비 인원김씨는 이 말을 듣고 엄중히 반응했다.

"효종, 태종 이래로 누대 형통이 계승되는 왕실이요, 또 상감의 연기가 아직도 건장하시어든 그 누가 소목을 의논하며, 만일 무슨 변고가 있다 하더라도 선왕의 혈통이 또 한 분 있어 아주 혈통이 끊이지 않을 터인데, 그 누가 망령된 짓을 한다는 말이냐."

형당들은 드디어 목을 움찔하고 물러나고, 왕대비의 책동으로써 왕세제를 동궁을 책봉케 되었다.

그해 10월 12일에 사성부집의 조성복이 또 상소를 올렸다.

전하께옵서 날마다 병세가 무거워지시고, 정무가 허다히 지체되어 나라가 위태로운 이때에 왕세제께옵서 이미 동궁에 책봉되시고 천성이 영특하신 터에 왕세제께 극정을 대리청정케 하시는 일이 당연하올 줄로 아뢰는 바이옵니다. 이러실진대는 첫째, 옥체를 조리하심에 좋은 도움이 되실 것이요, 둘째, 극정을 민활히 처단해서 정사가 지체함이 없을 것이요, 셋째, 왕세제께옵서도 극정을 미리 익히시면 후일 도움이 되시올 것입니다. 바라옵건대 널리 통촉하여 처분하시옵소서.

이 상소가 오르자 세상은 또다시 소란하게 되었다.

조성복의 상소가 오르던 때는 한창 경종의 병세가 무거워진 때요, 무슨 일이고 귀찮게만 생각하던 때였다.

이런 때에 이런 상소를 받으니 너무도 반가웠다. 더욱이 경종은 아우를 지극히 사랑하고 믿으며 그 인격을 어디까지나 인정하던 처지이므로, 상소를 받는 즉석에서 굳은 결심을 하고 그날 밤 여러 가지로 생각하다가 다음 날 승정원에 분부했다.

"짐의 병세가 한결같이 나빠져 회복될 가망이 없고, 국정이 침체되어 하루가 바쁘니 왕세제에게 국정을 대리케 하여 모든 정사를 처단케 하라."

이 전교가 내리자 조정은 아연실색하는 중에도 더욱이 소론 재상들은 큰 변란이나 일어난 듯이 당황했다. 이번 처분에 대해서는 노론 일당들도 불안하지 않을 수 없었다. 주상의 병이 너무 깊은 까닭에 국정을 드디어 세제에게 맡기기로 하여 아직까지 한 임금을 섬기던 자로서 너무나 섭섭하고 송구하지 않을 수 없었기 때문이다.

먼저 삼사(三司)에서 간지(諫止)했으나 듣지 않고, 다음에 사대신(四大臣)의 연좌 합계(合啓)로, '다만 선대왕 때 동궁으로 계시어 대리청정하시던 그 정도로 근심만 하실 뿐이옵지 만기를 다 맡기신다 함은 너무도 황공 불안하옵니다'고 아뢰었다.

그러나 이 역시 허락하지 않았다.

사대신은 김창집·조태채·이이명·이건명, 이 네 사람을 이르는 바이니, 그들은 드디어 합문 밖에 엎드려서 반나절이나 힘써 간했다. 경종은 그래도 한결같이 듣지 않고 모든 정사를 세제에게 일임하겠다는 고집을 그대로 말했다. 사대신도 하는 수 없이 물러났다.

좌참찬 최석항은 소론 재상 최석정의 아우로서 누구보다도 먼저 합문 밖에 엎드려서 간했다.

"이번 전교는 만만부당하오니 곧 환수하옵소서."

"그만 물러가라!"

이렇게 한마디로 물리쳐버리니 드디어 왕세제 대리청정은 실현되었다.

이쯤 되고 보니 소론의 경종 소목 책립계획은 여지없이 와해되는 동시에 노론이 옹호하던 바 세제를 추대하려던 계획은 거의 이루어진 셈이요, 이때에 소론들이 노론에게 압박을 받을 생각을 하면 너무나 기막히므로 소론 일파들은 여러 가지로 계책을 내서 무슨 방법으로든지 자라나는 왕세제의 세력을 꺾으려고 고심하였다.

여기에서 새로운 삼단 전법을 세우게 되었다.

첫째는 교지폐저(敎旨廢儲), 즉 전교를 환수하고 동궁 책봉까지 폐하도록 주선할 것, 둘째는 가화반공(嫁禍反攻), 즉 화환(禍患)을 돌려씌우고 죄를 뒤집어서 공격할 것, 셋째는 직접행동, 즉 자기네들이 세제 자체부터 없애야 경종 소목 책립이 될 것이므로 직접 왕세제에게 시켜보기라도 하자는 것이었다.

그래서 그 제일단의 전법을 이루려고 이 재상, 저 정승이 여러 차례나 교지 폐저를 힘써 간했지만, 일단전법에는 실패하게 되었다.

그다음으로는 제이단의 전법이다.

이번에는 조태구가 밤중에 갑자기 내전으로 들어가서 승정원을 통해서 소대를 청했다. 그러나 이때에 마침 승지도 사관도 아무도 없으므로, 야반에 정승의 소대는 아뢰어 올릴 수 없다고 거절했다.

조태구는 너무도 괘씸했다. 입직승지가 괘씸한 것이 아니라 노론 정승은 마음대로 소대를 허락하고, 소론 정승에게는 이같이 미리 방어진을 쳐두는 노론의 행사에 너무도 분개했다. 결국 분노하던 끝에 무감을 시켜서 이 뜻을 곧 곤순전에 여쭈어 국사가 시급하므로 밤을 살피지 않고 알현했던 바인데, 정원의 입직승지가 알현을 허락지 않으니 곧 뵙게 해주실 것을 간청했다.

조태구라 하면 왕비 어씨도 그가 당신 부친의 동지인 것을 아시는 터요, 그가 야반 입궐한 데는 필시 곡절이 있는 법인데, 노론의 세력으로 된 승정원에서는 입직승지까지도 소론 재상을 이렇듯 괄시하는 일이 너무도 괘씸했다. 그래서 어비는 곧 왕의 침전으로 나가 뵈옵고 갈팡질팡한 얼굴빛으로 아뢰었다.

"지금 좌의정 조태구가 시급한 일로 야반을 불구하고 입궐했는데, 건방진 입직승지가 들이지 않는다 하오니 군신지간을 이와 같이 막는 자를 치워버리시고 곧 백문동 대신(白門洞에 사는 大臣)을 불러들여 만나 보시옵소서."

병세가 나빠짐에 따라 시시각각으로 상황이 변해가던 왕은 이 말을 듣고 진노하여 호령했다.

"저런 죽일 놈이 있느냐! 어째서 대신이 급하게 알리는 길을 막는단 말이냐? 곧 입직승지라는 놈을 불러들여라!"

조금 뒤에 입직승지가 들어왔다. 역시 호령이 추상같으시나, 그는 '다만 승지와 사관이 뒤따르지 않고 소대를 청하는 정승이 야반에 입궐하므로 그와 같이 했습니다' 하고 아뢰고, 곧 조태구를 데려오도록 안내했다.

조태구는 왕을 뵙고 역시 이번 왕세제 대리청정이 만만부당할 뿐 아니라 이와 같이 하면 민심이 시끄럽고 불길한 일까지 일어날 기미가 보인다고까지 아뢰었다. 경종은 밤이 깊도록 여러 번 강조하여 간했으나 듣지 않고, 나중에는 사대신 등 노론 일파가 딴 뜻을 품고 기회를 기다린다는 말까지 했지만, 다만 '그럴 리가 있소' 할 뿐으로 조태구의 아룀을 조금도 곧이듣지 않았다. 조태구는 곧 부끄러이 퇴출되었다.

이번에는 제이단 전법에도 실패를 당했던 것이다.

김일경은 광성부원군 김만기의 조카뻘이 되는 먼 친척으로 김만기가 부귀할 때 그 문하에 출입했다. 그는 문장과 변론에 뛰어났으며, 재략과 지혜가 빼어난 인물로서 김만기의 대접을 받는 동시에 엄연히 노론집 선비로서 한몫을 할 듯했다.

　그러나 김만기가 얼마 동안 지내면서 자세히 살펴보니 김일경의 본심이 아주 거칠고 사나운 데다 흉악해서 음험한 심장을 넉넉히 엿보게 되므로, 김만기는 김일경을 괄시했다. 이게 김일경은 다른 문인들은 다 벼슬자리를 얻게 해주었지만, 나이로 보든지 무엇으로 보든지 괄시 못할 자기를 끝끝내 업신여기는 데 감정을 품고 김만기의 문하를 배척했다. 그에 따라 김일경은 나중에 소론의 거두가 되는 이사상 · 유봉휘 등을 찾아가 아첨했다. 김일경이 숙종 기묘년(1699)에 정시(庭試)에 뽑혔다. 그러자 이 소식을 들은 김만기 일당들은 김일경이 김만기를 욕한다는 말을 듣고 그의 발신(發身)이 뒷날 김만기 등을 모함할 것을 염려했다. 그래서 트집을 잡아 과옥(科獄, 부정선거 문제)을 일으켜 김일경의 급제는 결국 헛일이 되어버렸다.

　이 내막을 알게 된 김일경은 이를 갈며 더욱 연구해서 3년 뒤에 중시(重試)에 급제해서 관리의 등급을 얻기는 했으나, 숙종 말년 때라 노론의 세상이지만 노론의 미움을 받는 그의 계급이 높이 올라갈 수는 없었다.

억지로 서둘러서 부임한 곳이 영변부사였는데, 당시 궁중 내시에 박상검이라는 자가 영변 출신으로 그 세력이 등등한 것을 알게 되고, 어찌어찌하여 박상검의 일족이 영변에 살고 있는 것을 알아 항상 지극한 후대를 베풀었다.

이 일을 자세히 알게 된 박상검은 고향에 왔다가 김일경을 손수 찾아와서 천만 번 치사하고 무슨 일로든지 바다 같은 은혜를 갚겠노라고 말하고 돌아갔다.

이와 같이 박상검을 잘 사귄 뒤 과만되어 돌아와서 김일경은 박상검의 집을 드나들면서 그를 스승과 상전으로 정성껏 섬기며 그와 창자를 맞있게 되었다.

박상검은 장희빈 득세 당시 그의 총애를 받아서 남인과 소론들에게 충정을 바쳐 지냈던 자이므로 최숙빈이나 그 소생이 되시는 연잉군(후일 영조대왕)에게는 자연 미움이 있는 듯했다.

이사상·유봉휘를 사사(師事)하던 김일경은 이들을 통해서 소론들과 친했기 때문에 조태구와도 친했다. 이들이 모두 한편이 되어서 드디어 소론 일파의 제삼단의 전법을 꾀하게 되었다.

소론 일파는 마침내 김일경을 통해 박상검을 시켜서 궁중의 연락을 취하고, 박상검은 그의 심복 나인 문유도를 통해 나인 석렬, 필정 등을 시켜서 지극히 비밀한 가운데 끈기 있는 거사를 계획했다.

박상검은 내시이면서도 성적(性的) 기능이 보통사람과 같아 문유도·석렬·필정 등은 오직 심복으로뿐이 아니요, 성적 관계까지 있었기 때문에 그들은 사생결단 상검의 명령에 절대 복종했던 것이다.

이와 같이 물샐 틈 없는 기구(機構)를 짜 가지고 드디어 김일경은 이진유를 꾀어서 그의 동지 여섯 사람과 함께 거창한 상소를 올렸다. 그 상소문은 이번 사대신이 왕세제 대리청정을 고간하지 않는 것은 그 일을 일찍부터 권하려 했던 일이요, 그들이 이런 권유를 하려는 것은 꼭 왕세제의 세력을 돋워서 왕위를 엿보려는 흉한 뜻이오니 급히 국문하고, 그 흉계를 사전에 밝혀 알아 다스리시옵소서, 모함하는 내용이었다.

이런 상소를 올린 뒤에 김일경은 다시 목호룡 같은 늙은 원로를 시켜서 또 한 번 사대신의 역모에 가까운 일을 성토하는 상소를 올리게 했다.

사대신이 이번에 끝끝내 대리청정을 강력히 요청해 수락했다 하오니, 이것은 역적의 죄로 다스려야 할 것이오며, 지금 노론 재상들은 갖은 음모로써 임금이 편치 않은 중에 괘씸하고 엉큼한 행동까지 하려는 것이 어느 정도 드러나게까지 되었다는 허무한 말을 곁들여서 아뢰었다.

목호룡의 상소는 이진유의 상소를 더욱 힘있게 해놓았는데, 이때에 병세는 더욱 가망이 없어 박상검은 이 상소를 나인 석렬을 시켜서 왕비께 올렸다. 그러자 왕비는 너무도 놀랍고 기막혀 나중에는 친신(親信, 임금을 아주 가까이 모시는 신하) 박상검을 불러 그 처리 방법을 물었다. 박상검은 왕비에게 제 의견을 아뢰고 즉시 왕명이라 거짓해서 병이 깊은 왕은 알지도 못하는 사이에 사대신을 삭탈관직시켜서 곧 잡아다 하옥시키라는 전교를 내렸다. 그리고 최석항이 위관(委官)이 되고, 남인 심단이 금부당상이 되고, 소론 이삼이 포도대장이 되어서 마음대로 혹독한 형벌로 엄형 국문하면서 왕명으로 꾸며 꿋꿋이 충의만을 말하고 항복하지 않는 사대신을 억지로 형살(刑殺)시켰다.

거기에 연결시켜서 노론과 한편이 되었던 내시 · 나인 · 궁노 · 역관 · 의관들까지 모조리 얽어 죽이고, 그네들과 같이 한 조정에 있던 재상과 벼슬아치며 그네들의 문하에 출입하던 문인들과 그네들의 가족과 친척을 모조리 얽어서 죽이니 그 수효가 실로 수천 명에 달하게 되었다. 이 일이 경종 원년 신축(辛丑, 1721)부터 그 이듬해 임인(壬寅)까지 재앙의 근원을 배고 결과를 맺은 까닭에 '신임무옥(辛壬誣獄)'이라 일컫는 화변(禍變)이었다.

이같이 노론 조정이 쓰러진 뒤에는 조태구가 영의정이 되고 최규서가 좌의정, 최석항이 우의정이 되고 이하 육조판서가 차례로 소론으로 등용되니, 세상은 갑자기 갑술년(甲戌年, 1694) 장비 퇴출 이전의 소론시대로 돌아간 듯하였다.

이와 같이 세상이 변하는 데 따라서 소론의 부귀영화는 다시 화염같이 일어나기 시작했으나 오직 두려운 것은 왕세제의 존재였다. 언제든지 왕세제가 즉위하는 때가 오면 반드시 나머지 노론이 다시 일어날 것이므로, 그 싹을 자르는 것만으로 안심할 수 없고 그 뿌리까지 뽑자는 계교로 세제를 향해서 급격한 공작을 꾀하는 자가 있었으니, 바로 목호룡과 김일경이었다.

그들은 조태구·최규서·최석항의 주구(走狗)가 되어 다시 이 공작을 하려는 음모에 급급했다.

그래서 왕에게 제일 가깝게 거행하는 석렬과 필정 등을 시켜서 왕세제가 왕에게 공손하지 못하고, 또 가끔 대리청정하는 절호의 기회로 방자한 생각을 가진다는 소문을 들었다고 아뢰었다. 그러면서 정신이 혼탁한 왕과 세제의 사이를 멀게 만들고 이간하고 모함해가면서 매일 조석으로 알현하던 것을 여러 가지 핑계로 무슨 일 때마다 그대로 돌아가게 하다가는, 드디어 왕명이라 하고 세제를 동궁 처소에 구금하고 대비 처소에도, 왕의 침전에도 아무 데도 마음대로 출입하지 못하게 만들어놓았다.

형왕(兄王)은 위독하다 하여 마음대로 문안하지 못하게 하겠지만, 대비 처소에야 어째서 마음대로 출입하지 못하느냐고 왕세제가 항의하면 수문장을 통해 이렇게 말하곤 했다.

"지금 매우 위독하시므로 이때에 자유로이 출입하는 것은 궁중 규례에 허락지 않으므로 그와 같이 왕명이 내리신 바이니 어쩔 수 없소!"

이와 같이 왕세제를 구금해 놓고 기회를 엿봐서 모함해 거짓 전교로 또 한 독수를 시험하자는 것이었다.

동궁 되는 왕세제는 너무나 초조해서 어느 날은 미친 듯이 밤을 타 처소를 빠져나와 한달음에 상감의 침전으로 달려가서 친히 형님을 뵈었다.

"내게 무슨 잘못이 있기에 그와 같이 구금하신단 말씀이오! 말씀해 주시오!"

내막을 알기 위해 뛰어들어가서 돌격적으로 침전 복도까지 들어갔을 때 궁인 석렬이 깜짝 놀라면서 앞을 막고 더 들어가지 못하게 했다.

"지금 위독 천만하신 때에 누구라도 뵈옵지 못할 처지인데, 더구나 처분을 기다리고 계신 동궁마마께옵서 어쩌자고 이와 같이 야반에 뛰어들어오시오! 어서 돌아나가시오!"

그러나 세제는 그대로 복종하다가는 생전에 형제간 의혹도 없애지 못하겠으므로 억세게 고집하면서 호령했다.

"내가 내 형님 뵈러 오는데 네가 무슨 참견이냐? 냉큼 길을 열어놓아라!"

그러나 석렬은 무슨 까닭인지 악착같이 그대로 버티고 서서 소리를 바락 질러 외쳤다.

"이러시지 않더라도 동궁이 임금 되실 터인데 왜 이리 하

루바삐 왕위에 오르지 못해서 야반에 무슨 흉계로써 금위(禁
衛)하는 처소를 마구 들어오는 게요!"

호령이 추상같았다. 왕명 역적으로 모는 말이나, 사가가
아니요 왕실인 이상 비록 형제간이라 해도 마구 행동할 수
없어 주저하고 있었다.

이때에 입직승지 김일경이 들어오고 별입시환관 박상검이
나오더니 세제의 팔을 잡아 이끌면서 저마다 두 눈이 꼬리
가 져서 꾸짖듯 말했다.

"앗, 이게 무슨 행동이시오니까! 지금 야반에 처분을 기다
리시는 세제의 몸으로서 될 법이나 하신 일이오니까? 어서
처소로 나가시옵소서!"

이제 30이 가까우신 세제였다. 분한 생각으로 당장 그놈,
그년들을 한 주먹으로 죽여버리고 그대로 들어가련만, 내세
우느니 왕실의 규례 법칙이니 역적의 누명이 목전에 왔다갔
다 하는 처지이므로 어쩔 도리가 없었다.

그래서 열없이 물러나서 환관의 뒤쫓는 감시를 받아가며
처소에까지 돌아와서 드디어 분하고 야속함을 견디지 못하
고, 다음날부터는 일절 식사를 들지 않았다. 장차 단식으로
목숨을 끊어 이 더러운 세상을 잊으려는 뜻이었다.

"너무나 야속하다! 내가 무슨 죄를 지었기에 닷새 열흘 절
연하는 처분을 내리나!"

이렇게 형님을 원망해 보다가도 그자들이 왕의 침전뿐 아

니라 대비전에도 못 가게 하는 것으로 봐서는 필시 사사로이 당신을 감금하는 것이라 생각하고 분노를 일으켰다.

"에잇, 무도 흉패한 놈들! 이놈들을 어떻게 하면 한칼에다 죽인단 말이냐!"

이래도 저래도 이 난국을 타개할 수 없는 노릇이었다. 오직 절명해서 세상을 잊고 말면 그만이다, 다시 결심하고 여러 날 음식물을 그대로 쏟고 덜고 해서 그릇을 비우고 밥상을 내보내며 자신의 신세를 한탄하였다.

이때에 설서(說書, 교수 같은 벼슬)로 가깝게 모시고 있던 있는 송인명이 충심으로 세제를 위로해 드리다가 아무리 생각해도 그대로 지내다가는 세제가 굶어죽든지 간악한 무리들의 모함으로 죽을 것이므로, 마침내 자기 목숨을 희생해서 세제를 건져야겠다고 결심했다.

어느 날, 세제에게 여러 가지 말로 분발하게 한 뒤 저녁식사를 든든히 들게 하고 밤 되기를 기다려서 세제를 목마 태워서 담을 넘겨주었다. 송인명은 기왕에 어렸을 때 그 조부가 대궐 역사(役事) 감독을 했던 관계로 조부를 따라서 여러 차례 궁중을 출입했기 때문에 세제는 통로 외에는 알지 못해도 그는 어느 담이 낮고 어느 담 밑에 수도가 있는 것까지 소상히 알던 터였다.

"아무쪼록 정신을 차리셔서 대비 처소에만 가시면 살아나실 게고, 살아나시면 다음 날에 반드시 왕위에 오르시게 될 것이오니, 그때에는 한심하게 된 이 세상을 바로잡아 놓으소서."

이런 말로 격려해 가면서 어느 날은 용맹을 내어서 이편 쪽 담을 타 넘도록 하고 저편 쪽 수도를 기어들어 가게 해서 간신히 한 곳에 오게 되었다.

이곳은 대비 처소에서 멀지 않은 곳으로서, 담을 넘을 도리가 없어서 이편 담 안에 있는 나무를 목말을 태워 오르게 하고, 얼마 올라가서 가지를 타고 저 담 안에까지 들어가 그 가지에서 떨어져야 담 안으로 들어가게 되는 계획이 서게 되었다.

그런데 평생 귀골로 자라난 세제이니 나무 위에 기어오를 재주가 어디에 있으랴. 목말을 태워 올라가게 하고 따라 올라가서 나뭇가지로 기어올라 가려 할 때, 저편 담 밑의 등불이 이편으로 가까이 오면서 중얼거리는 소리가 들리는 것이었다.

"그 웬놈일까? 분명 여기서 허연 것이 얼미적거렸는데 우리를 보고 어디 숨은 모양이니 잠깐 기다려보세."

"글쎄……, 나도 보았다네. 기다려보면서 동정을 살피세."

이런 대화가 들리면서 등불이 가까이 오므로 그들은 초조하기 짝이 없어서 혹시 등불에 비쳐 탄로날까봐 좀 더 나무 위로 올라가서 나뭇잎 속에 몸을 묻으려고 한두 가지 더 올라갔다. 그런데 이때에 무엇인지가 접근하는 것이 송인명의 손

등을 스치면서 위에 올라가는 세제의 등을 타고 올라 닫는다.

깜짝 놀라 기절할 지경이었다.

이 흉측한 놈이 무엇 때문에 무엇을 잡아먹으려고 이곳까지 올라왔다가 이 백척간두에서 공교롭게 내닫는 것이냐……. 악랄한 장난이었으나, 그러나 차마 손발도 할 수 없고 세제의 운명은 코앞에 있게 되었다.

누구에게 구원을 청할 수도 없고, 그렇다고 그놈의 밥이 될 수도 없었다. 그놈이라는 것은 방망이 굵기만 하고 한 발이 훨씬 넘는 큰 구렁이였다. 필시 나무 위에 둥지가 있어 그 새를 잡아먹으려고 밤을 타서 올라왔던 모양이었다.

송인명은 코앞의 재앙과 환난을 당하게 된 중에 더욱이 그대로 조용하게 앉아 죽을 세제를 충동해 나오게 해서 이런 횡액의 변사까지 당하게 하는 것이 너무도 황공 불안했다.

악에 받친 송인명은 번개같이 두 손으로 세자의 등을 타고 올라가는 구렁이 대가리 아래를 꽉 거머쥐었다. 그러자 구렁이는 한 번 휘익 몸을 솟구치는 듯하더니 꼬리를 내둘러서 마음대로 휘두르다가 송인명의 상반신을 휘휘 감아버렸다.

으스름 달밤이라 분명히 보이지는 않으나 상당히 큰놈이었다. 차갑고 미끄러운 것이 얼굴을 스치고 허리를 감는 소름끼치는 것은 그렇더라도 그는 당장 세제가 문제였다.

"돌아가실 지경이라도 정신만은 바짝 차리시고, 얼른 허리에 차신 장도를 꺼내 주십시오."

세제도 위풍이 당당한 장부였으나 너무도 순식간에 닥친 일이라 겁을 먹고 덜덜 떨면서 장도를 뽑아 떨리는 손으로 송인명에게 내주었다. 송인명은 이를 바드득 갈면서 한 손으로 구렁이의 목을 쥐어서 나뭇가지에 걸쳐놓고, 한 손으로는 장도를 잡고 구렁이의 머리를 사정없이 짓이겨 쑤셨다. 구렁이는 아픔을 못 이겨서 전신을 휘두르며 꼬리가 연방 철퍼덕거리면서 다시 송인명의 목에 가서 감기는 것이었다.

얼마 뒤에야 구렁이는 죽어 몸에 힘이 빠져 몸을 감았던 것을 슬그머니 풀었다. 송인명은 죽은 구렁이를 그대로 나뭇가지에 걸쳐놓고 아까 그자들의 동정을 살펴보니 등불조차 보이지 않았다. 온몸에 식은땀이 비 오듯 흘렀다.

극히 짧은 시간이었으나 어찌나 겁에 질려 떨었던지 마치 여러 시간이 걸린 듯했으나, 이젠 얼마간 큰 숨을 쉴 수 있었다.

세제도 그제야 숨을 진정하고 말했다.

"나는 꼭 죽는 줄만 알았소! 십 년 살 것은 감했나보오. 암만 해도 그 처소에서 스스로 목숨을 끊는 것만 못한 짓을 하는 것 같소."

송인명도 미안한 이야기를 하고, 나뭇가지를 타고 내려가며 세제를 붙들어서 도와 조용히 나뭇가지 밑으로 떨어졌다. 높이도 한 길 반이나 되어서 결사의 모험을 하는 것과 다름없었다.

이런 죽을 고생을 해서 다시 두어 곳 담을 넘은 뒤에야 대비의 처소에 오게 되었다. 대비라 고는 하나 왕세제보다 일곱 해 위밖에 안 되시는 분이었지만, 선고왕(先考王)의 일을 생각하나 예나 지금이나 대비가 제이왕자를 극진히 사랑하시는 일을 생각하나, 궁중에서는 누구보다도 사모하여 지내는 큰 기둥이 되는 분이었다.

세제는 대비를 보자 눈물이 비 오듯 하며 소리쳐 울고, 대비도 이 정경을 보고 역시 목놓아 울었다.

송인명은 이렇게 길만 인도해 주고 대비 처소의 한 환관의 안내를 따라 궐외로 나갔다.

대비가 세제에게 말했다.

"왕실과 국가의 운수가 아무리 꽉 막힌다 해도 이럴 줄이 있으랴! 너무나 한심하고 참담하도다! 그러나 아무쪼록 동궁이나 건장하게 있다가 때를 기다려서 국정을 쇄신시켜야 누대 내려오던 왕가의 혈통이 끊이지 않고 국가 대세가 바로잡힐 터이니, 마음을 활달하게 가지고 내 옆에 가까이 있어 몸을 보전해서 다음 기회를 기다리라."

세제는 이 말을 듣자 너무나 황공 감격해서 마음을 새로이 굳게 지켜서, 다음날 국가를 위하여 힘쓸 바를 생각하면서 대비를 모시고 이곳에 있기로 했다.

그러나 이 일을 알게 된 김일경 무리들은 별별 구실을 내세워가며 세제에게 빨리 동궁 처소로 돌아가기를 간청했다.

그러나 대비는 일경과 상검 등을 호령해 물리쳤다.

"너희들이 무슨 흉계로 동궁마마를 유폐해 놓고, 내 처소에고 상감마마 처소에고 사후(伺候, 웃어른에게 문안을 드리는 짓)조차 들어오지 못하시게 하느냐! 선대왕 당시를 생각하든지, 누대 혈통이 끊어지는 일을 생각해보아도 너희들이 차마 이럴 수가 있더란 말이냐!"

이렇게 엄중히 꾸짖어 물리친 뒤에는 간신들이 감히 악한 손길을 내밀지 못했다.

그러나 경종의 병세는 점점 무거워져 재위 4년 갑진년(甲辰年, 1724) 8월 25일 홀연히 세상을 떠나게 되니 이때의 나이 37세였다. 한도 많고 고생도 많은 일생이었다.

뒤를 이어 왕세제가 드디어 왕위에 나아가니 이 임금이 조선 말엽의 영주(英主)라 일컫는 영조대왕(英祖大王)이다. 32세의 나이에 새로운 결의로 왕위에 오르니, 세상은 장차 급속도로 변하게 되었다.

조선 21대 영조 임금은 타고난 기품이 곧고 깨끗하면서도 매사에 사려가 깊은 사람이었다.

영조가 지금까지 이 세상에서 느낀 것은 무엇보다도 당파의 쟁탈로 인해 왕실과 조정, 나라 모두 이 싸움에 휘둘리는 일이었다. 우선 왕실의 경우, 최근의 일로라도 자신의 친생모친의 끔찍한 수난이 너무나 분하고 가엾게 생각되고, 적

모비(嫡母妃) 인경김비와 인현민비 두 분 왕비의 생전 사후의 모든 일이 황송하고 가엾었다.

더욱이 이 당파 싸움의 춤에 싸여서 참혹한 화란을 당했던 희빈 장씨와, 그 아드님이요 자신의 형님 되는 선대왕 경종이 일평생 눈물과 한숨과 괴로움으로 지내시던 일이며, 부왕 숙종이 이 때문에 승하하는 날까지 60평생을 심화병과 안질로 괴롭게 지내던 일을 생각하면 너무도 황공 불안하고 절치 통분한 일이었다.

또한 최근에 자신이 동궁의 처지로서 남모르게 비참한 생활을 하던 일을 생각할지라도 당색을 옹호하고 사리(私利)를 꾀하는 간사한 무리들의 술책이 너무도 가증스러웠다.

돌아보건대 남이 장군을 모함해 죽인 유자광의 간흉 이후로 사화(士禍)라는 것이 생겨나고, 몇몇 번의 사화가 지나간 뒤에는 드디어 당파가 생겨서 당파 싸움이 일어나 서로 죽이고 넘어뜨리면서 자기의 고집과 지위만을 세우고, 자기의 이익만을 도모하기 위해 일국의 궁정과 조정을 마음대로 이리 끌어 엎어놓고 저리 끌어 제쳐놓았던 터였다. 이런 무엄하고 개탄할 일이 다시 어디 있으랴!

이 때문에 즉위 초의 이념인 당쟁조화주의(黨爭調和主義), 즉 당쟁을 조정해서 화합시키자는 주의로서 '탕평론(蕩平論)'을 세웠다. 영조는 탕평을 실현시키겠다는 돈유를 승정원과 원로 대신에게 내리게 되었다.

한편, 국정에도 즉위 당시 삼상 육경이 모두 소론파였던 것을 어느 한 당파에 국정을 몰아서 맡길 수가 없다는 의미로 노론의 홍치중을 영의정으로 삼고 소론의 조문명이 우의정, 남인의 이모를 좌의정으로 하였다. 육경도 역시 이처럼 조화를 이루어 임명하였다. 뿐만 아니라 공사의 털끝 같은 것이라도 일일이 엄중히 감시하면서 혹시나 당색의 구별이 없는가를 일일이 적발해서 엄한 처분을 내렸다. 삼상 육경이 제아무리 조심치 않으려야 않을 수 없게 되어 당색의 알력이 가라앉는 한편, 일생의 의혹으로 생각하던 신임무옥 사건을 다시 검안(檢按)하고자 과거의 기록을 들여오게 하였다.

벌써 몇 년이 지나간 옥사를 이제 파헤쳐 보겠다는 것은 실로 놀라운 일이었다. 이때 소론 일당들, 더욱이 전날의 간흉 극악한 짓으로 수천 명의 생명을 마음대로 살육했던 김일경 일당들은 간과 허파가 떨리는 처지이면서도 천연덕스럽게 아뢰었다.

"과거 옥사를 다시 추궁하실 필요는 없을 듯하오니 이 일만은 그치시옵소서."

이 거동을 유심히 살피던 영조는 즉시 당시 혐의자였던 김일경 · 박상검 · 문유도 · 석렬 · 필정 등을 전격적으로 끌어다 하옥시키고 추궁했다. 그 결과, 모두가 정신이 혼미한 경종의 이목을 속여가면서 거짓 전교로써 충신과 열사들을 애매하게 죽인 일이 백일하에 속속 드러나게 되었다.

영조는 사건의 내막을 상세하게 알고 너무도 통분하였다. 충의 있는 국가의 현명한 신하를 한꺼번에 세 사람씩이나 죽여버리게 된 일이 선대왕의 성덕에 큰 누가 되고, 국가 발전에 크나큰 손실이 된 것이었다. 영조는 드디어 이 잔학했던 김일경 일당을 처참한 뒤 김일경의 잔당이 되는 이인좌 도당까지 깨끗이 치워버렸다.

그러나 이미 원통한 한을 품고 참혹한 형벌로 애매하게 세상을 떠나간 사대신의 얼굴은 다시 찾을 길이 망연했다. 가까운 신하들을 보내서 그들의 묘를 찾아 위로하는 제사를 지내주었는데, 이로써 그들의 원한을 얼마쯤은 풀어주게 되었을 것이다.

그 뒤 영조의 손주인 정조 임금은 이들의 충혼을 제사지낼 사당집까지 지었는데, 이것이 사충서원(四忠書院)이다. 이로써 사충신의 충혼은 또다시 얼마쯤 위로를 얻게 되었다.

정조는 선왕의 유지를 본받아서 더욱 당쟁 탕평에 힘쓰고, 그런 의미에서 혹시나 당쟁 조화에 대한 마음이 해이해질까 두려워 자신이 거처하는 침방 방문 위에 '탕탕평평실(蕩蕩平平室)'이라는 현판을 달아놓게까지 되었다.

이리하여 조선 역대에 수백 년간 화근의 뿌리가 되어오던 당쟁의 뿌리를 뽑게 되었다. 그러나 이 폐단으로 인해 쓸데없이 아까운 생명을 빼앗겼던 수만 명의 원한의 넋은 위로할 바가 전혀 없었다.

그러한 중에도 독한 기운을 머금고 자라서 아리땁게 피어
난 한 떨기 꽃은 사나운 비바람을 겪고 쓸쓸한 가을바람에
나부껴 떨어져서 진흙 속에 묻혀버리니 이것이 장희빈의 넋
일지도 모를 일이다. 장희빈은 조선 역대 후궁들 중에서도
특별한 존재로서, 조선 열녀전(李朝烈女傳)의 한 페이지를 붉
은빛 오점으로 물들여놓았다.

 어제도 오늘도 희빈의 묘소 옆에 있는 노송나무 가지의 늙
은 까마귀들이 새삼스러이 희빈의 넋을 문상하느라고 어지
럽게 울건만, 희빈의 고운 자태를 다시 한 번 다시 볼 수 없
고 오직 한 무더기 흙더미는 떼풀로 덮인 채 아무런 대답 없
이 저녁나절 비끼는 햇빛을 받고 있을 뿐이다.

〈끝〉

윤승한 장편소설

장희빈과 당쟁비사

지은이 | 윤승한
펴낸이 | 황인원
펴낸곳 | 다차원북스

신고번호 | 제313-2011-248호

초판 1쇄 인쇄 | 2013년 04월 05일
초판 1쇄 발행 | 2013년 04월 12일

우편번호 | 121-897
주소 | 서울특별시 마포구 독막로 10(합정동 373-4) 성지빌딩 510호
전화 | (02)333-0471(代)
팩시밀리 | (02)334-0471
E-mail | dachawon@daum.net

ISBN 978-89-97659-19-7 03810

값 · 12,000원

이 도서의 국립중앙도서관 출판시도서목록(CIP)은
서지정보유통지원시스템 홈페이지(http://seoji.nl.go.kr)와
국가자료공동목록시스템(http://www.nl.go.kr/kolisnet)에서 이용하실 수 있습니다.
(CIP제어번호: CIP2013001678)